T0276262

Legado de amor y otros relatos

Legado de amor y otros relatos
  (Legado de amor, En busca de refugio y *Querida Amelia)*

Títulos originales:
  Legacy of Love, libro 1.5 de la serie *Haven Manor.* © 2019 by Kristi Ann Hunter
  A Search for Refuge, libro 0.5 de la serie *Haven Manor.* © 2018 by Kristi Ann Hunter
  A Lady of Esteem, libro 0.5 de la serie *Hawthorne House.* © 2015 by Kristi Ann Hunter

Originally published in English
  by Bethany House Publishers,
  a division of Baker Publishing Group,
  Grand Rapids, Michigan, 49516, U.S.A.
All rights reserved

© de la traducción:
  Legado de amor: Laura Fernández
  En busca de refugio: Tamara Arteaga Pérez y Yuliss M. Priego
  Querida Amelia: Nieves Cumbreras

© de esta edición: Libros de Seda, S.L.
  Estación de Chamartín s/n, 1ª planta
  28036 Madrid
  www.librosdeseda.com
  www.facebook.com/librosdeseda
  @librosdeseda
  info@librosdeseda.com

Diseño de cubierta: Mario Arturo
Maquetación: Rasgo Audaz
Imagen de cubierta: © Serg Zastavskin/Shutterstock

Primera edición: octubre de 2019

Depósito legal: M-29983-2019
ISBN: 978-84-17626-18-1

Impreso en España – Printed in Spain

KRISTI ANN HUNTER

Legado de amor y otros relatos

LIBROS de
seda

Legado de amor

Una mansión donde refugiarse

Capítulo 1

Lancashire, Inglaterra, 1827

Desde un punto de vista puramente racional, Sarah Gooding debería haberse sentido eufórica con su situación en aquel momento de su vida. Lucía un vestido de seda y estaba tocando el piano en una elegante mansión de la aristocracia mientras más de una docena de personas de buena familia la escuchaban sentados a la mesa. Sarah se sentía más segura ante las teclas de un pianoforte que en cualquier otro sitio, y ya llevaba mucho tiempo soñando con gozar de la prestigiosa oportunidad de demostrar su talento.

Pero aquello no tenía nada que ver con lo que había soñado.

La textura rugosa de aquellas viejas teclas de marfil le resultaba tan familiar como la abrumadora sensación de no estar del todo en su sitio. Lo cierto era que se sentía bastante humillada.

Quizá tuviera algo que ver con el hecho de que hubieran dado la vuelta al enorme piano vertical, diseñado para estar apoyado en la pared de alguna mansión elegante, y se hubiera creado así una barrera entre la intérprete y el público. Y a Sarah le costaba mucho no dar importancia a aquel cambio.

Por lo menos de esa forma nadie podía verla bostezar mientras tocaba las notas de la sencillísima partitura del libreto de canciones italianas que le habían puesto delante.

A *lady* Densbury, la actual condesa de Densbury, no le gustaba que se tocara música ostentosa o que pudiera distraer a los invitados durante una reunión tan íntima como una cena familiar.

A Sarah quien no le gustaba era *lady* Densbury.

Mientras deslizaba los dedos lentamente por las teclas para hacer sonar una serie de arpegios especialmente aburrida, Sarah se inclinó hacia la izquierda. Si colocaba la cabeza en el ángulo adecuado veía la parte alta de aquel piano ornamentado. Dado que el instrumento sobresalía por lo menos un metro por encima de su cabeza, era imposible que viera nada. Y aunque los paneles de brocado verde que decoraban el piano eran maravillosos, no le dejaban comprobar si ya habían servido el pastel.

Por ser patrona de Sarah, la viuda condesa de Densbury insistía en afirmar que el trabajo de la joven como dama de compañía suya incluía asistir semanalmente a aquellas soporíferas cenas familiares, y Sarah siempre pensaba en el pastel. Era lo único que hacía soportable aquel sufrimiento.

Bueno, el pastel y la esperanza de que el señor Randall Everard hubiera venido de visita. Como era el tercero en la línea de sucesión del condado, sus padres no le habían hecho mucho caso, y había sido su abuela, principalmente, quien se había ocupado de criarlo. Ya no aparecía apenas por casa, para consternación de la viuda.

Pero esa noche estaba allí.

Ya que no podía ver el pastel, ver al señor Everard le parecía casi igual de bueno.

Por desgracia, por mucho que se inclinara hacia la izquierda, Sarah no conseguía alargarse lo suficiente para ver más allá de la nuca del conde.

Volvió a sentarse bien e hizo una mueca al ver las canas incipientes del noble.

Tampoco le gustaba mucho el conde. Ni su heredero. Ni el resto de la familia. Eran insoportables, y las esposas que los hijos mayores habían encontrado durante el último año no eran mucho mejores.

Quizá la palabra «insoportable» no fuera la más adecuada para describirlos. Sería más preciso decir que eran «muy conscientes de su elevada posición en la sociedad y del bajísimo estatus social de Sarah», pero esa serie de palabras no sonaba ni la mitad de bien. Era mucho más sencillo pensar en la familia como un conjunto de personas insoportables.

Bueno, toda la familia no. La patrona de Sarah era encantadora. La viuda había sido un auténtico ángel con ella desde que la contratara como dama de compañía el pasado enero.

Y eso significaba que valía la pena pasar algunas horas de agonía una vez por semana, si eso hacía feliz a la viuda.

Y después estaba el pastel.

Y si el señor Everard estaba en casa, Sarah siempre podía sentarse en un rincón, comer pastel y mirarlo con ojos de cordero degollado mientras él se esforzaba por hacer reír a su abuela. No era muy probable que su vida fuera a mejorar.

Volvió a concentrarse en la música. Sintió una oleada de pánico cuando se dio cuenta de que no tenía ni idea de por dónde iba o si seguía yendo por la misma página siquiera. Había estado pasando los dedos por el teclado, tocando a su antojo, durante quién sabía cuánto tiempo. Tragó saliva con fuerza, tratando de mitigar su repentina sequedad de boca, y eligió una línea al azar para retomar el hilo de la pieza que le habían pedido que tocara.

Era simple.

Predecible.

Aburrida.

¿Cuánto tiempo llevaba tocando? ¿Una hora? ¿Dos? A la condesa le encantaban las cenas interminables. Sarah vivía convencida, en parte, de que era porque *lady* Densbury estaba deseando que se le cayeran los dedos o que sufriera alguna crisis nerviosa por tener que soportar que volvieran a pedirle que engullera un plato de comida sencilla en la cocina antes de salir a tocar aquella música sedante y discreta mientras la familia disfrutaba de un menú de cuatro platos elaborados.

Lo que la condesa todavía no había descubierto era que a Sarah, mientras pudiera disfrutar de una ración de pastel al final de la velada, le importaban un pimiento los convencionalismos.

Tras echar un vistazo a la partitura para asegurarse de que tocaba las siguientes notas más o menos como estaban escritas, Sarah se inclinó un poco hacia la derecha. Aquella parte del piano vertical era bastante más baja, lo que le posibilitaba mirar por encima para ver si ya habían puesto el pastel en la mesa. Por lo menos podría ver a la viuda y al señor Everard sentados frente a ella. Si tenía suerte, podría ver su sonrisa ladeada asomando por debajo de su nariz, que era demasiado ancha para los gustos de la época, pero perfectamente equilibrada con el resto de sus rasgos, según la opinión de la joven.

Aunque lo cierto era que nadie le pedía nunca su opinión.

Su rápido gesto no le permitió ver nada aparte del inquietante rostro impertérrito de la actual condesa. ¿Sarah estaba más pegada al piano de lo habitual aquella noche? ¿Habrían desplazado el instrumento aquella semana para aislarla todavía más de la reunión?

Pasó la página sin saltarse ni una nota, cosa que le resultó sencilla, ya que la pieza en ningún momento requería que tocara más de tres notas a la vez. Agachó un poco los hombros mientras continuaba tocando. Era evidente que la condesa necesitaba más quehaceres en su vida si tenía tiempo de recorrer las tiendas en busca de la música más tediosa del mundo.

Desvió los ojos de la partitura para volver a mirar hacia un extremo del piano. Normalmente la viuda se aseguraba de que Sarah recibiera una ración de pastel, pero estaba enfrascada en alguna conversación entretenida con su nieto sobre unos dibujos de animales que había visto en un libro. Quizás aquella noche estuviera demasiado distraída para pensar en el pastel.

Retiró un poco el banco y volvió a inclinarse hacia la derecha. Vio cabezas, hombros, incluso un codo, cosa que significaba que la mesa no estaba mucho más lejos. Si pudiera asomarse solo un poco más...

Se desequilibró y empezó a resbalarse. Alargó el brazo de golpe y se agarró a las teclas del piano, lo que provocó un fuerte y discordante sonido que recorrió toda la sala.

Todo se detuvo. No se oía el sonido de los cubiertos contra la porcelana de los platos, ni siquiera el frufrú de las prendas de ropa. Parecía que nadie respirara.

Desde luego, Sarah no lo hacía.

Lo único que la consolaba en aquel momento era saber que nadie podía verla tras el piano agarrada al borde mientras rezaba para que la banqueta, debajo de su cadera, no resbalara.

Una plegaria que iba a requerir auténtica intervención divina.

Le bastó con bajar la mirada para advertir que el banco se había inclinado: las patas del otro extremo estaban ligeramente suspendidas en el aire. La joven se movió un poco y la banqueta se deslizó un poco más. Era imposible que no terminara en el suelo.

Una oleada de calor le subió por el rostro y empezó a latirle en los oídos mientras respiraba con todas sus fuerzas, presa del pánico, como si respirando pudiera encontrar una solución a la terrible situación en la que se encontraba.

Lo mejor que podía hacer era dejarse caer al suelo. Sabía que debía hacerlo. Pero no conseguía convencerse de que tenía que soltar el piano.

—¿Me permite ayudarla?

Aquella voz, delicada y grave, le resultaba dolorosamente familiar. Habían mantenido unas cuantas conversaciones breves durante el último año. Ciento cuarenta y dos para ser exactos. Charlas cortas sobre nada y todo. Libros, pájaros, incluso habían comentado alguna vez el sermón del sacerdote cuando daba la casualidad de que él había estado en casa algún domingo. Ella nunca dijo ni la mitad de lo que estaba pensando, claro, pero le había encantado oír lo que él opinaba sobre el tema del que estuvieran hablando.

Volvió la cabeza y vio sus ojos, de color gris azulado. Aquel ligero movimiento bastó para hacer resbalar la banqueta por el suelo, y Sarah aterrizó sobre los zapatos de piel del señor Everard.

Él esbozó una sonrisa de medio lado mientras le tendía la mano.

—¿Se ha hecho daño?

—No —jadeó Sarah, permitiendo que él la ayudase a levantarse. Cuando estuvo de pie clavó los ojos en las teclas del piano—. No ha sido una caída muy épica.

Él se rio y levantó la banqueta del suelo.

—Supongo que no.

Sarah no quería hacerlo, pero levantó la cabeza para mirar hacia la mesa. Quizá no le gustaran la mayoría de las personas que estaban sentadas, pero eso no significaba que quisiera que pensaran mal de ella. En el centro de la mesa descubrió una visión gloriosa. Un anillo dorado de delicioso ensueño cubierto por una gruesa capa blanca de glaseado y virutas de limón caramelizado.

La cocinera lo llamaba «bizcocho inglés de Madeira» porque lo hacía fusionando dos recetas tradicionales.

Sarah lo llamaba «bocadito de paraíso». Incluso había llegado a guardarse una ración en una servilleta para llevársela a escondidas las noches que habían sido especialmente extenuantes.

Sin embargo, si esa noche quería comerse un trozo tendría que enfrentarse a las risas y la desaprobación de la familia del conde.

—¿Está bien, señorita Gooding? —La voz chillona de *lady* Densbury se oyó en la sala.

Sarah parpadeó y se obligó a mirar a la condesa, que la observaba con el ceño fruncido desde la cabecera de la mesa.

—Sí, *milady*. Perfectamente.

La condesa sorbió por la nariz y asintió.

—Entonces debería volver a tocar. Es como volver a subirse al caballo, ya sabe.

Sarah estaba convencida de que no existía ni una sola persona en la historia que hubiera dejado de tocar porque se hubiera caído de la banqueta cuando intentaba ver lo que había al otro lado de un piano vertical que alguien hubiera plantado en medio de una sala, pero no tenía sentido ponerse a discutir sobre el asunto. Cuando había alguna discusión durante la cena, la condesa se quedaba afectada durante días, por lo que Sarah se limitó a asentir y volvió a sentarse en la banqueta, asegurándose de no mirar al señor Everard, y mucho menos al tentador pastel.

❀ ❀ ❀

Randall cerró el puño. Lo apretó con tanta fuerza que le tembló todo el brazo. Después se relajó y volvió a sentarse a la mesa. La forma que tenía su madre de tratar a las personas que consideraba socialmente indignas no debería seguir preocupándole, pero lo hacía. Odiaba ver cómo intentaba poner a la gente en su sitio, sonriendo, como si les estuviera haciendo un favor al recordarles cómo funcionaba el mundo.

Como tercer hijo cuyo lugar en la estructura social era tan cuestionable como un vaso de leche que llevara tres días sobre la mesa de la cocina, a Randall le inquietaba bastante verla actuar de esa forma.

Pero era su madre. Y la dama de compañía de su abuela parecía la clase de chica a la que los insultos le resbalaban como el agua.

En realidad dejaba que casi todo le resbalara como el agua. Era cierto que a él le gustaba conversar con ella, y había disfrutado jugando al piquet con la joven cuando iba a visitar a su abuela, pero no había nada notable en ella aparte de sus inusuales rasgos. La primera vez que la conoció se sintió intrigado por sus rasgos angulosos y sus enormes ojos. Pero cuando se dio cuenta de que ella no despegaba aquellos ojos del suelo, él había perdido el interés.

Sin embargo, que la chica fuera tímida no significaba que su madre pudiera tratarla como lo hacía. Miró el piano: habían cubierto el altísimo cajón con un tapiz de seda pintada hecho a medida donde se veía representado a san Jorge luchando contra un dragón. Se habían tomado muchas molestias para asegurarse de que las cenas familiares no se contaminaran por la presencia de una mujer tan discreta.

—Debo anunciar algo —proclamó George, el hermano mayor de Randall, desde el sitio que ocupaba cerca de la presidencia de la mesa—. Harriet y yo hemos decidido no volver a la casa de Londres después de primeros de año.

Randall alzó las cejas, pero no era un anuncio que le interesara realmente. Él había estado viviendo en Bluestone durante casi cuatro años dirigiendo la pequeña propiedad del conde en Yorkshire; en realidad, era más bien una granja. Y el hecho de que George volviera a la casa familiar de Lancashire no iba a trastocar mucho la vida de Randall.

—Eso es maravilloso —dijo su madre esbozando una sonrisa tensa.

Era su sonrisa auténtica, la que indicaba que estaba contenta de verdad. Todo lo que hacía su madre era tenso, por lo que resultaba difícil distinguir entre sus emociones cuando uno no sabía en qué debía fijarse, pero a su madre se le habían arrugado los rabillos de los ojos, y eso significaba que estaba contenta de verdad ante la perspectiva de que George volviera a casa.

Si a Randall se le ocurriera proponer algo parecido, fruncíría el ceño.

Cosa que, probablemente, fuera el motivo de que Randall hubiera pasado tanto tiempo en compañía de su abuela cuando era joven. Habían sufrido la desaprobación de su madre juntos, y él había aprendido a seguir el ejemplo de su abuela para no dejar que le afectase o, por lo menos, no dejar que se notara. Ni siquiera estaba seguro de que a su abuela le preocupase la vergüenza general que sus padres sentían por sus actitudes tan poco convencionales.

—Bueno —prosiguió George, sonriendo a su mujer—. Harriet está impaciente por establecer nuestra residencia en algún lugar, ya sabéis, para que podamos formar una familia.

De pronto, su madre y su padre se pusieron muy contentos. El potencial heredero de su heredero estaba en camino.

—¡Fabuloso!

El conde dio una palmada en la mesa y miró a su hijo sonriendo de oreja a oreja.

—Tendréis que elegir con cuidado dónde vais a vivir. Es importante que no te sobrecargues de trabajo en un estado tan delicado —dijo su madre sonriéndole a Harriet.

El hermano mayor de Randall, Cecil, miró a su esposa con una sonrisa en los labios.

—¿Eso significa que Beatrice y yo podemos trasladarnos a la casa de Londres?

El resto de ocupantes de la mesa se deshicieron en felicitaciones: su abuela, Beatrice, el sacerdote local —a quien siempre invitaban a aquellas reuniones— y dos primas con las que no tenía muy claro de qué forma estaba emparentado.

Por encima de todo aquel estrépito una suave melodía emanó del piano, refinando un poco la situación.

George sonrió y asintió agradecido.

—Esto ha hecho que me dé cuenta de que quiero tomarme el futuro más en serio, padre, y quiero estar cerca, aprender lo máximo que pueda sobre el condado.

Randall se metió un buen pedazo de tarta en la boca para reprimir una carcajada. George no había hecho otra cosa que aprender sobre el condado desde que había nacido. Esa era la obsesión de su padre, asegurarse de que tanto George como Cecil aprendieran todo lo necesario sobre su preciado título. Como también había sido el segundo en la línea de sucesión al título, el actual conde era muy consciente de las obligaciones de su segundo hijo, por lo que siempre se aseguraba de incluir a Cecil en todas sus enseñanzas.

Como modesto tercer hijo, a Randall le habían permitido aprender cosas más divertidas, como pescar.

—Estaba pensando —prosiguió George—, que quizá podríamos mudarnos a Cloverdale.

Se oyó otro acorde desafinado y Randall volvió a mirar hacia el piano. ¿Se habría vuelto a caer la señorita Gooding? Pero no, allí seguían sus enormes y gélidos ojos azules, mirando por encima del lado más bajo del piano. Le habían salido dos profundas arrugas en el entrecejo y, por primera vez, estaba mirando directamente a la familia en lugar de al suelo.

El repentino interés que demostraba por la conversación tenía sentido. Cloverdale era la hacienda de la viuda; allí vivía su abuela y, por tanto, su dama de compañía. La anciana llevaba años viviendo allí, por lo menos dos décadas. Y que Randall supiera, él había sido el único miembro de la familia que había puesto los pies en aquella casa desde hacía, por lo menos, cinco años, quizá más, ya que todos estaban acostumbrados a que la viuda se desplazara para asistir a las cenas familiares semanales en lugar de recibirlos en su casa.

¿Cómo podía George insinuar siquiera la idea de trasladarse a vivir allí? ¿Y por qué su padre no se lo negaba inmediatamente?

Randall carraspeó. Normalmente no se molestaba en participar en las conversaciones familiares, pero en este caso...

—No sé si a la abuela le apetecerá vivir en otra casa.

George se ruborizó mientras alternaba la mirada entre su padre, la viuda y, por fin, Randall.

—Claro que no. Pero Cloverdale es una casa muy grande para una persona que nunca recibe visitas. He pensado que la abuela estará mucho más cómoda en Stagwild.

La mesa se sumió en un profundo silencio.

Randall fue incapaz de mirar a su abuela. La verdad era que no podía mirar a nadie. No sabía si se debía al hecho de no querer ver a su abuela dolida por aquella sugerencia o porque no conseguía entender que George estuviera hablando en serio, pero se quedó de piedra en la silla, sin parpadear, sin apenas respirar.

El conde carraspeó.

—No es mala idea.

Volvió a sonar otro tintineo a destiempo y Randall se estremeció y se tapó los oídos. La señorita Gooding rodeó el piano y se plantó delante del instrumento con el pecho acelerado, como si estuviera a punto de escupir una bocanada de fuego como el dragón del cuadro. Se quedó mirando a los hombres que ocupaban la presidencia de la mesa y entornó los ojos hasta que el azul pálido de su mirada no fue más que un recuerdo.

—Esta mujer ha sobrevivido a guerras, a la muerte de un marido y de un hijo y al menosprecio de muchas personas que se creían mejor que ella por derecho de nacimiento.

Recorrió la mesa con la mirada hasta llegar a la condesa. Randall se estremeció en su asiento. Su madre siempre había sido un poco condescendiente con la viuda.

—¿Y ahora ustedes quieren arrancarla de su hogar, privarla de la compañía de su familia y exiliarla a las lejanas tierras de Durham? —La señorita Gooding alzó la barbilla, puntiaguda. Parecía un ángel venido a sembrar el terror del Señor en el corazón de los pecadores—. Debería darles vergüenza.

Capítulo 2

El corazón de Sarah se encogió como un guisante y corrió a esconderse entre los dedos de sus pies. ¿Qué acababa de hacer? Cuando miró a su alrededor se dio cuenta de que todo el mundo estaba igual de asombrado que ella. El conde seguía mirándola con la boca abierta y *lady* Densbury tenía los labios tan apretados que se le habían puesto blancos y habían desaparecido.

La viuda era la única que permanecía imperturbable ante la inesperada reacción de Sarah. Pero lo cierto era que ella era la persona de aquella habitación que mejor conocía a la joven. Y no era raro que Sarah le diera su opinión a la anciana, incluso cuando era contraria a las ideas de su patrona.

Sin embargo, nunca antes había abierto la boca delante de la familia. Siempre había aceptado su papel con resignación y se escondía tras el piano. Pero no pensaba permitir que menospreciaran a la viuda, una mujer maravillosa que había salvado el orgullo y la independencia de Sarah y había pasado todo el año anterior demostrando tener muchísimo carácter.

A ella la habían contratado en calidad de dama de compañía de la viuda, ¿acaso no formaba parte de sus deberes preocuparse por el bienestar de la anciana? Para una mujer de su edad, que cada vez gozaba de menos salud, marcharse a vivir a un lugar solitario con un clima frío y húmedo era comparable a una sentencia de muerte.

En ese momento, la viuda estaba mirando a Sarah por encima del hombro con una gran sonrisa en los labios y un brillo orgulloso en los ojos. Al poco, se volvió hacia los miembros de su familia que ocupaban la mesa.

—Me parece que yo no lo hubiera expresado mejor.

La condesa actual fulminó con la mirada a la anterior propietaria del título.

—No estará pensando en seguir teniéndola como dama de compañía después de lo que ha hecho.

—¿Y por qué no? —La viuda sorbió por la nariz—. Le pago para que vele por mis intereses. Y que pretendáis exiliarme para que me muera en una casa helada al norte de Yorkshire no es precisamente lo que más me interesa.

—Madre —dijo lord Densbury con iracunda exasperación—, nadie ha dicho que desee tu muerte.

Sarah alzó las cejas y tosió sin querer. Cuántas cosas querría contestar a aquella fría e insensible afirmación, pero ya había hecho bastante daño.

—Tampoco nadie ha dicho que quiera que yo viva cómodamente —espetó la viuda.

Quizás últimamente estuviera más lenta y cada vez le costara más hacer las tareas cotidianas, pero la anciana seguía siendo capaz de defenderse por sí misma. En realidad, la viuda no había necesitado la intervención de Sarah. ¿Por qué no se había quedado detrás del piano, que era donde le correspondía estar?

—Su comodidad es lo único que tengo en mente, madre. Ya ha mencionado en alguna ocasión que le cuesta subir las escaleras de Cloverdale. Una familia joven se adaptará mejor que usted a las dimensiones de la casa.

Se hizo el silencio mientras la viuda ladeaba la cabeza con actitud reflexiva.

—En eso tienes razón, Stuart.

Los familiares que ocupaban la presidencia de la mesa se relajaron visiblemente. Sarah parpadeó. Era imposible que la viuda fuera a ceder. Cloverdale era su legítima propiedad. Nadie podía obligarla a marcharse si ella no quería.

Pero la viuda estaba sonriendo, y Sarah conocía muy bien aquella expresión. La anciana no iba a hacer ninguna concesión.

La viuda asintió y dijo:

—Sarah y yo nos iremos a la casita de Bath.

Desesperada por disimular la carcajada que amenazaba con escapar de su garganta, Sarah se tapó la boca con la mano y dejó de mirar a la sonriente anciana. Se topó con los ojos de Randall, y las ganas de reír quedaron sofocadas por su penetrante mirada.

La estaba mirando con la cabeza ladeada y una sonrisa de medio lado en los labios. ¿En qué estaría pensando?

Sarah luchó contra la necesidad de sucumbir a la vergüenza, de escapar a la seguridad del piano. La conversación volvió a brotar a su alrededor hasta convertirse en un oscuro pozo de decepción familiar. Estaba oyendo las palabras que decían, pero era incapaz de despegar la mirada de aquellos ojos gris azulado y de la curiosidad que brillaba en ellos.

—¿A la casita de Bath?

La voz de la condesa se acabó abriendo paso entre la conmoción general. Era evidente que se sentía profundamente ofendida por aquella idea.

—Sí, sí. —La viuda parecía bastante emocionada ante la perspectiva, aunque Sarah sabía que necesitarían un equipo entero de caballos y un decreto real para conseguir que la mujer se marchara de Lancashire—. Nunca me lo había planteado porque, como sabéis, llevo veintitrés años viviendo en Cloverdale, pero me ha convencido ver que os preocupáis tanto por mi salud. La casita de Bath es más pequeña, y allí podré disfrutar del baño y de la brisa del mar.

—Pero... pero... usted siempre había dicho que esas cosas no eran más que tonterías —espetó la condesa.

Sarah estaba viendo una imagen mental de la viuda frotándose las manos muy sonriente como hacía cada vez que alguno de sus empleados estaba a punto de caer presa de alguna de sus bromas inofensivas.

—Quizás haya cambiado de opinión —reflexionó la anciana—. Siempre que vuelves de tus viajes anuales a Bath afirmas sentirte nueva y cinco años más joven. Y os confieso que no me importaría sentirme cinco años más joven. Además, significa mucho para mí que renuncies a las semanas que pasas en Bath para que yo pueda vivir en un lugar donde pueda estar cómoda y cuidar de mi salud. Y, por supuesto, también valoro el sacrificio que harán Harriet y Beatrice.

Randall sonrió con más ganas. Dejó de mirar a Sarah para mirar a su abuela. Sarah se sintió muy aliviada y pudo respirar más tranquila cuando él dejó de observarla. Aunque no podía dejar de admirar el placer que brillaba en su rostro al comprender lo que se proponía su abuela.

Lord Saunders, que había parecido tan seguro de sí mismo al sugerir que su abuela se mudara de casa, carraspeó con aspecto agitado.

—Quizá Harriet y yo debamos volver a Londres durante un tiempo. Mamá tiene razón. No deberíamos hacer mudanzas pesadas ahora que Harriet está en estado. Además, así podremos situarnos mejor socialmente antes de que llegue el bebé.

—Sí, sí —se apresuró a aceptar el conde—. Los contactos que se hacen durante los años de juventud son de vital importancia.

—Vaya. —La viuda dejó escapar un cómico suspiro—. En ese caso, supongo que me quedaré en Cloverdale. No tiene sentido alterar la rutina de todo el mundo solo por mí.

Sarah reprimió otra carcajada. Tenía que sacar a la viuda de allí antes de que se le escapara y antes de que su patrona olvidara la promesa que hizo en su día y tratara de conseguir de nuevo que su hijo y su mujer dejaran de ser tan rígidos. Habían pactado una tregua hacía ya unos años, pero a la viuda no le costaría nada retomarlo donde lo dejó.

Sarah dio un paso adelante y miró con melancolía el pastel que quedaba antes de posar la mano sobre el hombro de la anciana.

—Hablando de rutinas, me parece que se está haciendo tarde, *milady*.

La viuda miró a Sarah con el ceño fruncido como una niña a la que le hubieran dicho que tendría que esperar otro día para nadar en el lago.

—Sí, supongo que sí.

A la mujer le costó un poco levantarse de la silla; le tembló una pizca el brazo al apoyarse en la mesa cuando hizo el esfuerzo de levantarse. Sarah se mordió el labio y se resistió al impulso de acercarse para ayudarla.

Finalmente se levantó.

—Quiero que sepáis todos —anunció un tanto temblorosa— que a pesar de todas vuestras rarezas —y son muchas—, esta es una buena familia. Eres un buen hijo, Stuart, y estás llevando bien una vida que nunca esperaste llevar. Y te va bien con tu esposa, que se ha adaptado a esa nueva vida mejor de lo que hubiera hecho cualquier otra. Solo quería que lo supierais.

Después asintió a cada uno de sus nietos, que aguardaban sentados a la mesa.

—Cecil, George, Randall, sed buenos. Amad a Dios y a vuestra familia y os irá bien. —Sorbió por la nariz—. Buenas noches a todos. Adiós.

Se volvió y abandonó la estancia seguida de Sarah, que la acompañó hacia el vestíbulo.

Una vez fuera del salón, Sarah se colocó junto a la viuda y le ofreció el brazo.

—Menuda situación.

La anciana dejó escapar una risita grave mientras se apoyaba un poco en Sarah. Bastante más de lo que se apoyaba apenas un mes antes.

—Me habría decidido hace meses si eso era lo que hacía falta para despegarte de ese piano.

El mayordomo apareció y las esperó en la puerta con sus sombreros y las pellizas.

Sarah sonrió a la anciana mientras la ayudaba a ponerse la elegante prenda de lana sobre sus delgados hombros.

—Pensaba que le gustaba oírme tocar.

La viuda arrugó la nariz.

—Me gusta oírte tocar, no ese ruido que haces en el comedor de esta casa.

Sarah alargó el brazo para recoger su pelliza.

—Cuando lleguemos a casa me...

La joven se quedó sin palabras cuando oyó un eco de pasos que avanzaba por detrás de ellas sobre el suelo de mármol.

Se dio media vuelta con la pelliza medio colgada del hombro. Nadie las acompañaba hasta el vestíbulo después de la cena, pues la cena en sí bastaba para que toda la familia se diera por cumplida con la anciana.

Y sin embargo, allí estaba el señor Randall Everard cruzando el vestíbulo como si también tuviera intención de marcharse.

—No tenía ni idea de que quisiera marcharse a Bath, abuela. Debería haberlo dicho hace meses.

La sonrisa de medio lado del señor Everard se torció todavía más cuando adoptó un aire conspirador.

La viuda se rio mientras se abotonaba la pelliza.

—Si decido marcharme alguna vez, querido, te aseguro que te pediré que me acompañes.

Randall se inclinó para darle un beso en la mejilla.

—¿Y entonces quién se ocuparía de las granjas?

Lady Densbury sorbió por la nariz.

—¿Crees que podría hacerlo el hombre que se supone que debe heredarlas? Tú deberías haberte unido a la iglesia. No tiene sentido que escondas tu inteligencia y tu fe en el barro. En especial cuando se trata de un barro que ni siquiera te pertenece.

Sarah terminó de ponerse el abrigo y agarró el sombrero. La viuda y el señor Everard llevaban años discutiendo sobre ese tema. A Randall le encantaba pasar las horas al aire libre y ocuparse de la tierra, el desafío de cultivar alimentos y la naturaleza, pero su abuela consideraba que era un desperdicio de su agudo intelecto y su amor por la teología.

Cuando agarró el sombrero que le entregó el mayordomo Sarah notó un peso inesperado que la distrajo de la conversación que estaban manteniendo los dos aristócratas. Miró dentro del sombrero y vio un paquetito cuadrado envuelto en tela. Sonrió.

Pastel.

¿Pero cómo iba a explicar que no se pusiera el sombrero para salir de la casa? Se le borró la sonrisa cuando levantó la vista y se encontró con los ojos del señor Everard y *lady* Densbury.

—Me parece —dijo el señor Everard muy despacio— que no soy el único que se ha estado escondiendo.

❖ ❖ ❖

La señorita Gooding palideció. Los ángulos de su rostro parecieron afilarse cuando abrió los ojos y la boca como si estuviera a punto de decir algo pero hubiera olvidado las palabras.

Era un problema que le había atribuido durante todo el año que hacía que la conocía —la incapacidad de articular palabra—, pero con lo que había hecho en el comedor había demostrado que no tenía dificultad alguna para expresarse. Era evidente que aquellas ocasiones en las que Randall había vislumbrado algo más en su personalidad, algo que había evitado que él dejara de hacerle caso por completo, habían sido las costuras de su verdadera esencia emergiendo a la superficie.

¿Por qué estaría una joven tan apasionada dispuesta a pasar varias horas a la semana escondida detrás de un piano aguantando comentarios crueles, algunos velados y otros no tanto?

—¿Puedo acompañarla a casa, abuela?

—¿Por qué? —preguntó la anciana, que prácticamente lo había criado—. Nunca habías sentido la necesidad de hacerlo.

Eso no era exactamente cierto. La había acompañado a casa varias veces antes de que ella contratara a su nueva dama de compañía. Incluso había seguido acompañándola caminando a casa durante los primeros meses de trabajo de la señorita Goodwill hasta que había empezado a sentirse frustrado por las ideas y sentimientos conflictivos que sentía respecto a la joven.

Pensamientos y sentimientos que lo estaban confundiendo de nuevo. Randall había pensado que ya sabía cómo era la chica, que la conocía, pero de pronto, mientras estaba allí plantado en la entrada de la casa, no dejaba de cuestionárselo todo de nuevo.

Carraspeó y se debatió entre optar por quedar como un nieto responsable o bromear con su abuela. Al final, optó por la sinceridad que tan bien se le daba ocultar a toda su familia.

—Nunca había visto que se apoyara usted tanto en su dama de compañía.

La creciente debilidad de la viuda tenía preocupado a Randall. Sí, su abuela era mayor. Y también sabía, igual que sabía que el sol salía por el este, que un día moriría. Y hasta hacía bien poco había sido perfectamente capaz de no preocuparse por ninguna de las dos cosas. Pero la anciana parecía bastante más débil que la última vez que había ido a visitarla. Estaba más delgada. Temblaba más.

—Y tú te apoyas demasiado en la pereza de tu padre —gruñó la viuda, demostrándole que su espíritu no se había debilitado tanto como su cuerpo—. Pensé que el chico estaba destinado a pasarse el día escribiendo sermones y visitando parroquianos y no me molesté en enseñarle nada cuando era niño. Ahora es conde y ni siquiera sabe qué clase de cultivos crecen en sus granjas.

Señaló a Randall con el dedo.

—Tienes que encontrar un lugar donde vivir mientras tengas energía para hacerlo.

Randall odiaba que la anciana tuviera razón, pero también odiaba ser consciente de que la idea de estar completamente solo, de tener que empezar desde cero, le aterrorizara.

—Y yo que pensaba que todavía tenía toda la vida por delante.

—¡Bah!

La anciana se cubrió los rizos plateados con el sombrero y alzó la barbilla para dejar que la señorita Gooding le atara el lazo.

En lugar de obedecer enseguida, la dama de compañía alternó la mirada entre Randall, su patrona y el sombrero, que agarraba con una de sus esbeltas manos. Tragó saliva y al hacerlo le tembló la delicada garganta. Entonces dio un paso adelante y... ¿le dio su sombrero a la viuda?

Ahora que tenía las manos libres pudo dedicarse a atarle el lazo.

—Soy perfectamente capaz de llevar a su abuela a casa. Es mi trabajo.

Randall se sobresaltó y estuvo a punto de perder el equilibrio. ¿La dama de compañía de su abuela estaba demostrando tener agallas dos veces en la misma noche? ¿Qué había pasado con el tímido pajarillo que solía hacer compañía a su abuela?

—¿Ah, sí? ¿Y que haría si se tropezaran con un bandolero o con un perro salvaje? No tendrá un piano consigo para apaciguarlo con sus melodías.

No era propio de él desafiar así a los demás, pero tenía curiosidad por ver hasta qué punto podía irritarla.

—Teniendo en cuenta que Cloverdale solo está a un kilómetro y medio de aquí, y que se llega siguiendo un camino muy bien cuidado, por el que ni siquiera tendremos que salir de Densbury, creo que podré manejar cualquier amenaza que podamos encontrarnos.

Se puso derecha y lo atravesó con la mirada.

Randall volvió a sentir respeto por la chica, además de una atracción que creía haber enterrado hacía tiempo. Había habido un momento, un único instante, poco después de que ella se fuera a vivir a Cloverdale, en que él la había visto y se había preguntado qué tendría aquella muchacha que por fin había convencido a su abuela para deshacerse de la molesta prima a quien había contratado por haberla convencido para ello. Y por aquel entonces Randall se había preguntado si la nueva dama de compañía de su abuela podría sacarlo del letargo en el que había estado viviendo hasta ese día.

Pero ella se había mostrado callada y tímida, y aquella esperanza se había extinguido como la llama de una vela. Sin embargo, ahora que había dejado de mirar al suelo, era increíble lo distinta que parecía. No solo en apariencia —aunque la imagen de sus enormes ojos parecía haber alterado por completo el aspecto de su inusual rostro—, también percibía un cambio en su espíritu. Como si fuera una chica que hubiera sufrido en la vida y hubiera aprendido cuándo y cómo luchar contra los problemas.

Randall se obligó a olvidar sus frívolas reflexiones.

Cualesquiera que fueran las fantasiosas ideas que estuviera atribuyendo a aquella chica, era evidente que no podía relacionarse con una muchacha que era incapaz de ponerse el sombrero.

Era verdad que ya casi había anochecido y que el complemento apenas era ya necesario, ¿pero no sería mejor llevarlo sobre la cabeza?

La señorita Gooding pasó la mano por la costura del sombrero.

—Se está haciendo tarde —dijo en voz baja, pero no despegó sus pálidos y gélidos ojos azules de los suyos—. Debería llevar a *lady* Densbury a casa.

La viuda se tambaleó hasta la puerta.

—Sí, sí, será mejor que me lleves a casa antes de que estos viejos huesos decidan que ya han crujido bastante por un día.

—Pediré que traigan el carruaje.

Randall dio un paso adelante y le ofreció el brazo a su abuela. Intentó no fruncir el ceño cuando advirtió lo frágil que le pareció su forma de agarrarse a él. ¿Por qué su padre no había empezado ya a pedir que la llevaran y trajeran en carruaje desde su casa? ¿Acaso el conde no había advertido el bajón que había dado su madre?

—No digas tonterías. Si dejo de caminar, no volveré a hacerlo nunca.

—Está perdiendo el tiempo —le explicó la señorita Gooding con voz delicada—. Yo ya lo he intentado todo para convencerla de que debe utilizarlo más a menudo. Pero si le hace sentir mejor, sepa que nos desplazamos en carruaje los días que se hace tarde o las noches poco claras.

Supuso que sí, lo consolaba un poco, y no tenía duda de que su abuela era lo bastante obstinada como para rechazar ayuda, pero seguía sin comprender que su padre dejara que dos mujeres se marcharan a casa paseando cuando ya había anochecido. Mientras Randall y su abuela salían por la puerta, la señorita Gooding se colocó discretamente detrás de ellos agarrando el sombrero como si fuera una cesta.

Una inyección de picardía alimentada por la renovada curiosidad que sentía por la dama de compañía se apoderó de la lengua de Randall. Ladeó la cabeza en dirección al oído de su abuela, pero se asomó por encima del hombro para mirar a la joven, que se estaba apartando de la cara los rizos que la brisa agitaba con suavidad.

—A su dama de compañía no parece gustarle mucho cubrirse la cabeza.

—Bah. —Su abuela agitó la mano en el aire—. Lo que pasa es que no quiere chafar el pastel.

Randall estuvo a punto de tropezarse. Por suerte, la viuda se movía tan despacio que su traspié no tuvo importancia. Volvió un poco más la cabeza para ver a la señorita Gooding, que estaba mirando a su patrona con el ceño fruncido.

—Será mejor que vaya con cuidado, *lady* Densbury —advirtió, transformando la mueca de enfado en una sonrisilla—. No tengo por qué compartir mi premio con usted, ¿sabe?

—¿Después de haberles pedido que envolvieran una ración bien grande? Eso sería un poco desagradecido por tu parte.

—Teniendo en cuenta que ha desvelado usted nuestro secreto, puede que este sea el último pedazo que pueda llevarme a casa.

La señorita Gooding dejó escapar un suspiro largo y exagerado mientras sacaba el paquetito del sombrero y se calaba la prenda en la cabeza.

—Mi querido Randall jamás traicionaría mi confianza, ¿verdad?

Randall tuvo que carraspear antes de poder hablar.

—Claro que no.

Entonces oyó un bufido muy poco elegante por detrás de él.

—¿Y de quién estamos guardando el secreto si no es de su familia?

La abuela hizo un sonidito de disgusto.

—Hay familia y hay «familia». Randall pertenece al segundo grupo.

¿Se suponía que debía sentirse halagado por ese comentario? Suponía que siempre había existido cierta diferencia entre él y sus hermanos. La certeza de que él tendría que buscarse la vida por su cuenta, de que sus hijos no serían aristócratas, de que no estaba destinado a codearse con la élite, todo ello había hecho que Randall viera la vida de un modo algo diferente a los otros.

Mientras su padre había entrenado a los dos hermanos mayores, Randall sencillamente había estado... allí. Su madre se había lamentado en más de una ocasión de que el chico habría sido muchísimo más útil si hubiera sido niña. Por lo menos así podría haberse casado bien para afianzar las conexiones de la familia. Siempre había asegurado que se trataba de un chiste, pero a Randall nunca le había hecho gracia.

Tampoco existía un gran ejército al que alistarse teniendo en cuenta que los últimos diez años habían conformado un periodo de paz sin precedentes en el país.

—Para demostrar mi lealtad —dijo, con la intención de prolongar el tono desenfadado de la conversación—, me comprometo a llevaros un bizcocho inglés de Madeira entero a Cloverdale antes de marcharme.

Estaba convencido de que había oído a la señorita Gooding soltar un quejido.

La abuela se paró.

—¿Antes de marcharte? ¿No te vas a quedar estas Navidades?

Randall miró el querido rostro de su abuela, que lo observaba con una expresión acusadora bajo la luz brillante de la luna. Se sintió tan desesperado que no pudo evitar lanzar una mirada de súplica a la señorita Gooding.

Advirtió la curiosidad en el rostro de la chica antes de que abriera los ojos como platos y agachara la cabeza para mirar al suelo. Estaba claro que no pensaba ayudarlo.

—Abuela, tengo que volver a Bluestone.

—¿Para qué? —La anciana le dio un codazo en el costado—. Estamos en pleno invierno. Hasta el perezoso de tu padre sabe que ahora mismo no crecen ni las malas hierbas.

Cosa que hacía que la excusa de Randall fuera todavía más dolorosa.

—En cualquier caso, es mi casa.

—Bah.

La abuela empezó a caminar de nuevo mascullando palabras que Randall no terminaba de comprender.

Era evidente que la señorita Gooding tenía más experiencia en descifrar los murmullos de la viuda, porque oyó su risita flotando en la brisa serena.

—¿Sería tan amable de iluminarme respecto a la inquietud de mi abuela, señorita Gooding?

Randall volvió la cabeza, pero siguió caminando. Si su abuela lo conducía hasta un árbol tampoco iban tan rápido como para que tuviera consecuencias graves.

La señorita Gooding frunció los labios, cosa que hizo que su barbilla pareciera más afilada y sus ojos más grandes. Era el rostro más singular que había visto jamás. De alguna forma, las marcadas líneas de expresión de su cara combinaban a la perfección con sus esbeltos brazos y su cuerpecillo delgado. Era como si Dios la hubiera hecho para que se moviera con eficiencia y elegancia. Como un galgo.

Aunque probablemente fuera mejor no mencionar esa comparación.

—Con permiso, señor Everard —contestó con cierta firmeza y una buena dosis de diversión—, su abuela no está contenta con la vida que lleva usted.

Randall sonrió.

—Ya lo sé. Pero si cambiara de vida ya no tendríamos nada de qué hablar cuando viniera a visitarla.

La abuela gruñó.

—Claro que sí. Porque tendrías hijos.

—Para tener hijos hay que tener esposa, abuela.

La anciana asintió.

—También podría hablar sobre ella.

Randall negó con la cabeza y dio unas palmadas sobre la mano que tenía apoyada en el antebrazo. Por suerte, ya habían llegado a Cloverdale. La conversación se estaba empezando a poner incómoda y algo absurda.

—No tengo esposa, abuela.

—¿Y crees que no lo sé? —La mujer empezó a subir enfadada por la escalera con toda la energía que le permitía su figura encorvada—. Me tomé la molestia de elegirte una ¡y ni siquiera eres capaz de recorrer el kilómetro y medio desde la finca para venir a cortejarla!

Capítulo 3

*L*ady Densbury estaba tan cerca de la muerte que nadie se cuestionaría nada si Sarah la empujaba para que cruzara el umbral de la puerta del cielo un poco antes de lo que le tocaba, ¿no?

Ya hacía varias horas que Sarah había huido de la viuda y del señor Everard. Había salido corriendo en la primera dirección que se le había ocurrido —que simplemente era «lejos»— y había terminado rodeando la casa para volver a entrar por la cocina.

Se había sentido tan avergonzada que se había metido en la cama para enterrar la cabeza debajo de la almohada, y ahora, mientras se levantaba y se preparaba para afrontar el día, todavía se sonrojaba cada vez que recordaba lo ocurrido. Cuando pensaba en volver a ver al señor Everard, bueno, el mero pensamiento bastaba para que quisiera salir corriendo en sentido contrario. Otra vez.

Se puso un vestido sencillo porque no era domingo, cosa que significaba que había servicio en la iglesia, ni miércoles, que era el día de las tortuosas cenas en Helmsfield. Cuando Sarah había empezado a trabajar allí el enero anterior, ella y la viuda habían salido a hacer algún recado casi cada día, pero pronto pasaron a ser ocasionales visitas al pueblo para comprar algo o tomar el té. Y llevaban casi dos meses sin hacerlo.

Sarah, a quien la mayoría de los días la recluida vida de la viuda le parecía un poco triste, se sentía agradecida de poder quedarse en casa ese día. Así no corría el riesgo de encontrarse con el señor Everard. Si él seguía en la ciudad el miércoles siguiente, ella se plantaría detrás del piano sin que nadie se lo pidiera y se quedaría allí toda la noche, sin mirarlo, aunque eso significara tener que quedarse sin pastel.

La última imagen que tenía de él era la expresión petrificada que él había alternado entre ella y su abuela, sorprendido y un tanto asqueado ante la idea de casarse con una modesta dama de compañía cuyos únicos méritos eran su capacidad de tocar el piano y de hacer reír a una anciana.

Aunque esa mañana no pensaba hacer reír a *lady* Densbury. No creía que fuera capaz siquiera de mirarla mal antes de mediodía.

Bajó corriendo las escaleras para evitar la tentación de deslizarse por la pulida barandilla como si fuera una niña de cuatro años. Habían convertido las dos salitas de la planta baja en el dormitorio y el vestidor de la viuda, reforma de la que el conde no parecía saber nada a pesar de haberse hecho hacía ya tres años. Y eso era un triste reflejo del estado de aquella familia.

Parecía que el conde estuviera esperando a que su madre muriera.

El hecho de que Sarah hubiera albergado aquel pensamiento fugaz esa mañana era totalmente distinto. Ella lo había pensado porque sentía un exasperado amor por aquella mujer tan entrometida.

Echó una ojeada por la estancia —decorada con tonos suaves de azul y algún toque de rojo intenso— y advirtió que la viuda se estaba tomando su tiempo con el desayuno. Seguía con la bata puesta y estaba sentada ante una pequeña mesa en un rincón junto a una ventana.

Sarah asintió a la doncella que estaba preparando la ropa de la anciana y se retiró al salón. Cuando *lady* Densbury estuviera lista, Sarah saldría, se acomodaría en el salón con un libro o cualquier otro pasatiempo y fingiría estar esperando alguna de las visitas que raramente aparecían, si es que venían alguna vez. El vicario venía de vez en cuando, y también recibían a algunas damas, que pasaban por allí cuando regresaban de Londres, pero en general los días en Cloverdale eran muy tranquilos.

En el salón ya habían encendido un fuego que ardía alegremente y llenaba la estancia de luz y calidez.

Pronto el sol asomaría por encima de los árboles y la sala se convertiría en un oasis dorado durante la mayor parte del día. Como había muchos ventanales, tenía mucha luz, pero también entraba más frío, por eso Sarah colocó el chal negro de *lady* Densbury en el respaldo del sillón que aguardaba cerca del fuego para que estuviera bien calentito cuando la viuda lo quisiera.

De entre la lana de la prenda cayó un objeto plateado muy brillante y Sarah alargó la mano para agarrar la joya antes de que cayera al suelo. Sonrió mientras deslizaba un dedo por el enorme corazón de amatista que anidaba en el centro del broche. La piedra estaba rodeada de corazones de plata, y una corona de plata encabezaba la brillante pieza cargada de nostalgia.

Y al hacerlo no pudo evitar perdonar a la anciana por aquella declaración tan embarazosa. *Lady* Densbury era una romántica. Había amado muchísimo a su marido, y era evidente que él la había amado a ella, lo bastante como para llevársela a Escocia y provocar un escándalo, porque la familia del conde la había considerado una esposa inadecuada.

Habían pasado un año en Edimburgo, donde él le había comprado aquel broche como muestra de amor eterno. Era la posesión más preciada de la viuda. Y no se debía al enorme valor de la gema, sino al amor que recordaba cada vez que la miraba. Sarah había perdido la cuenta de las veces que había oído aquella historia.

Era comprensible que la viuda quisiera que el señor Everard viviera esa clase de amor. Era el miembro de la familia al que más cariño tenía y no le importaba admitirlo.

Lo que era menos comprensible era que pretendiera que el señor Everard se enamorase de Sarah.

La joven prendió el broche del chal y se dispuso a preparar el resto de la estancia para pasar el día.

El libro y los anteojos sobre la mesita que estaba a la derecha del sillón. El cesto con el punto en el suelo, debajo de la mesa. La mesa de la izquierda del sillón vacía, preparada para recibir una taza de té. Un taburete escondido debajo del sillón orejero, preparado para que ella lo utilizara cuando le apeteciera. Las cortinas descorridas lo suficiente como para dejar entrar la luz, pero sin deslumbrar.

Habían dejado el paquetito con el bizcocho inglés de Madeira en la mesita donde Sarah y *lady* Densbury comían cada día. Sarah no recordaba lo que había hecho con él la noche anterior, si lo había dejado caer cuando salió corriendo o si lo había dejado junto a su sombrero y la pelliza en la cocina, pero se alegró de ver el paquetito aquella mañana.

Lo abrió y se sirvió un buen trozo de pastel. ¿Quién podía ser comedida cuando había tantos recuerdos vergonzosos que enterrar?

Aun así, no podía comerse la ración entera, porque le sentaría mal, así que volvió a envolverlo con la servilleta y lo dejó en la mesita.

Como ya no tenía nada más que hacer se acercó al piano cuadrado que había en mitad de la otra zona del salón. A Sarah le encantaba aquel viejo instrumento; le gustaba mucho más que el piano moderno que tocaba en Helmsfield. Probablemente fuera porque ese piano no lo habían colocado a propósito para recordarle que ella había sido excluida, pero también porque era como si aquel piano supiera que en esa casa se amaba la música. Las cuerdas parecían vibrar con más luz y las teclas se movían con más fluidez.

Tocó una rápida sucesión de notas que pareció terminar de despertar la habitación. Sarah siempre tocaba por la mañana, embelleciendo sencillos valses o minuetos o haciendo resonar complicadas sonatas en las paredes de la casa.

Aquella mañana tenía que tocar alguna pieza potente, porque, aunque había decidido perdonar a su patrona, seguía bastante enfadada.

Mirar a Randall Everard con ojos de cordero degollado e imaginar que él se fijaría en ella era una cosa. Que anunciaran a los cuatro vientos que la habían elegido para él y que él no había sentido ningún interés por ella era otra muy distinta.

❀ ❀ ❀

Randall tenía el caballo ensillado delante de la casa y estaba preparado para partir. Tenía la intención de marcharse ese día después de haber pasado cuentas con su padre. Por delante tenía dos días de camino hasta llegar a Bluestone, donde llegaría a tiempo de celebrar las Navidades con los arrendatarios y aristócratas de la zona. Aquella mañana incluso había preparado las alforjas con la ropa y la comida que necesitaría para el viaje.

Y, sin embargo, las bolsas de piel seguían sobre el sillón de su dormitorio en lugar de posadas sobre los lomos del caballo.

¿Por qué estaba allí plantado en lugar de estar ya de camino?

Porque la noche anterior había visto algo en la señorita Goodwill que le había fascinado, algo que había imaginado que tenía, pero de lo que jamás había tenido pruebas. Sería un necio si partía sin aclarar, al menos, si aquel brillo había sido un destello de luz momentáneo o el indicio de que había encontrado una valiosísima joya excepcional.

—Randall, ¿te marchas hoy?

Su madre cruzó el vestíbulo hasta donde él aguardaba, junto a la puerta principal.

El mismo sitio donde había estado la noche anterior observando cómo la señorita Goodwill se llevaba el pastel a casa sin que fuera evidente que lo estaba haciendo.

—No, madre, estaba pensando que voy a quedarme a pasar las Navidades.

Randall no sabía que había tomado la decisión hasta que las palabras le salieron de la boca, pero en cuanto se oyó diciéndolas supo que había tomado la decisión correcta.

—Ah. —Su madre guardó silencio un momento y esbozó una preciosa y sincera sonrisa—. Eso es maravilloso, hijo. Hace mucho tiempo que no pasamos las fiestas todos juntos en casa.

Era cierto. Antes de casarse, no era raro que George o Cecil, o incluso los dos, se quedaran en Londres en lugar de viajar hasta el norte. El año anterior había sido la abuela quien había decidido quedarse en la ciudad en lugar de pasar las fiestas en el campo aduciendo que necesitaba renovar su vestuario y que no confiaba en las modistas del campo. Y no solo volvió cargada de ropa nueva: también se trajo consigo una dama de compañía nueva.

—Es una buena idea —dijo Randall—, así toda la familia estará reunida estas Navidades. Quizá podamos convencer a la abuela para que se quede en casa durante las fiestas.

Tanto si estaba preparado para admitirlo conscientemente como si no, era muy probable que aquellas fueran las últimas Navidades que pasaría con su abuela y quería disfrutar cada momento.

—Supongo que sí. —Su madre frunció el ceño y se le formaron varias arrugas que le enmarcaron los labios—. Seguro que insiste en traer a su dama de compañía.

Randall se frotó la nuca con la mano y ladeó la cabeza mientras observaba a su madre.

—¿Por qué no te gusta?

Su madre arqueó sus negras cejas, que asomaron por encima de unos ojos igual de negros.

—¿Aparte del hecho de que le costó a mi prima una asignación muy estimable? Es completamente cuestionable. No tenemos ni idea de su procedencia ni de la clase de familia que tiene. Ni siquiera sabemos para quién trabajaba cuando tu abuela la sacó de un montón de nieve en la orilla del lago helado donde estaba patinando.

Randall no pudo evitar sonreír.

—Pensaba que había sido la señorita Gooding quien había sacado a la abuela de ese montón de nieve.

La condesa hizo un gesto con la mano para eludir su comentario.

—La viuda no tendría que haber estado patinando sobre hielo y punto. Emily ya intentó dejarlo claro.

—Motivo por el que, probablemente, Emily ya no sea la dama de compañía de la abuela. —Randall se caló el sombrero—. A la abuela nunca le ha gustado que alguien le diga lo que tiene que hacer.

—Sí, ya lo sé. —Su madre suspiró—. Tu padre todavía está sufriendo las consecuencias de los muchos escándalos que ha protagonizado su madre. Ya es lo bastante difícil heredar un título de forma inesperada siendo el segundo en la línea de sucesión. La gente habla. Pero que cuestionen todo lo que él hace porque su madre era hija de un profesor de Cambridge es una carga muy pesada para cualquier familia.

—Pues no parece haber perjudicado a ninguno de mis hermanos.

Los dos hermanos de Randall se habían casado muy bien. El hecho de que Randall no consiguiera verse casado ni compartiendo su vida con una mujer parecida a sus cuñadas era parte del motivo de que siguiera soltero a la edad de veintisiete años.

—Pues no. Hemos tenido que ser muy cuidadosos con las apariencias, pero ha merecido la pena.

¿Ah, sí? ¿Qué habían ganado gracias a la obsesión de sus padres por ocultar los numerosos escándalos de una abuela a la que le encantaba divertirse? Era cierto que de no haber sido así quizá su hermano Cecil no se hubiera casado tan bien, pero George iba a ser conde. Que en su árbol genealógico hubiera algún personaje excéntrico no le podía hacer daño a nadie.

Incluso un hermano excéntrico que se planteaba la posibilidad de flirtear con la dama de compañía de su abuela.

Su madre entrelazó los dedos y miró confundida su caballo, que seguía en el camino enterrando el hocico entre unas hojas secas que tenía a sus pies.

—¿Y a dónde vas si no es a casa?

—Mmm, a Cloverdale. —Se esforzó todo lo que pudo por parecer lo más despreocupado posible. Lo último que necesitaba era que su madre sufriera un ataque de pánico—. A ver a la abuela.

—Ah. —Guardó silencio unos segundos, pero en su cara no vio nada que le dejara entrever en qué estaba pensando—. Nos vemos para comer, entonces.

Randall asintió y montó en su caballo sintiéndose bastante ridículo: Cloverdale estaba a un kilómetro y medio de allí. La noche anterior había ido y vuelto caminando, y se sentía un poco absurdo recorriendo aquella distancia a caballo. Aunque *Nero* necesitaba salir a estirar un poco las patas, y Randall aplacó la vergüenza que sentía tomando el camino más largo hacia Cloverdale.

El aire era frío y húmedo y le pellizcaba los pulmones cada vez que respiraba hondo. A su alrededor flotaban las nubes heladas que emanaban del aliento de *Nero*. Nevaría muy pronto, quizás ese mismo día o mañana.

Y así fue. En cuanto divisó Cloverdale empezaron a caer los primeros copos. Las redondeadas y elegantes líneas de la casa siempre le habían encantado, mucho más que los imposibles muros de piedra de Helmsfield. No le extrañaba nada que la abuela hubiera hecho las maletas y se hubiera trasladado allí poco después de que su hijo tomara posesión del condado y se hubiera marchado a vivir a la finca familiar. Ni siquiera había terminado de teñir toda su ropa de negro cuando la empaquetó.

Cuando llegó instaló a *Nero* en uno de los dos establos vacíos de las pequeñas cuadras que había detrás de la casa y se apresuró a subir los tres escalones de la entrada.

Al acercarse a la puerta principal oyó las notas de una apasionada pieza espectacular. Por lo visto, su abuela ya tenía visita. Alguien que sabía tocar. Quizá fueran dos intérpretes. Era imposible que una sola persona pudiera tocar todas aquellas notas.

La doncella lo recibió en la puerta y lo saludó con una reverencia antes de hacerlo pasar al salón. Randall solía ir a casa de la viuda en cuanto llegaba a la ciudad. Cuando estaba allí leía o jugaba al ajedrez con su abuela mientras la señorita Goodwill hacía punto sentada en un rincón. Siempre estaba tejiendo. Era una actividad ligeramente más aburrida que las banales piezas que tocaba cuando la abuela la llevaba a las cenas familiares.

Antes de llegar al salón oyó la voz de su abuela.

—Poderoso sermón el del domingo; ahora resulta que no debemos preocuparnos por lo que opinen los demás.

El ritmo de la música aumentó y las notas empezaron a emerger rápidamente de las teclas.

—Eso no fue lo que dijo el vicario, y lo sabe. Dijo que era más importante que una persona se presentara pura ante Dios que conseguir que la comprendieran sus iguales.

Randall frunció el ceño. Era la voz de la señorita Gooding. Estaba casi seguro. Pero sonaba igual que había sonado durante aquellas intervenciones de la noche anterior: firme y segura, y sin ese delicado deje de disculpa que tanto detestaba.

—Bah.

—No puede usted decir «bah», lo pone en la Biblia. Estaba leyendo el libro de Romanos. —Siguieron oyéndose varios acordes intrincados que llenaban la estancia—. Además, usted misma actúa según su fe y conciencia en lugar de según lo que se espera de usted, aunque no quiera admitirlo.

Se hizo una pausa durante la que no se oía más que la preciosa y cautivadora música del piano.

—Bah —repitió su abuela, aunque en esa ocasión lo dijo con un evidente tono humorístico.

Randall se acercó a la puerta del salón y volvió a quedarse de piedra. No había invitados ante el piano. Solo era la señorita Gooding, que estaba tocando tan bien como los maestros a los que él había oído en los teatros, y lo estaba haciendo mientras mantenía una conversación con una agudeza a la altura del ingenio de su abuela.

Y no le quedó más remedio que admitir que la escena le resultaba salvajemente atractiva.

Carraspeó.

—Pero también debemos tener en cuenta lo que nos dice la Biblia sobre vivir honradamente a los ojos de los hombres. Hay que temer a Dios al mismo tiempo que honramos a nuestros reyes.

Fue una forma muy brusca de anunciar su presencia, y los dedos de la señorita Gooding frenaron la melodía en seco.

Su abuela levantó la vista.

—¡Randall! Perfecto. Eres el hombre que necesito.

—¿Ah, sí? —preguntó.

—¿Ah, sí? —inquirió la señorita Gooding al mismo tiempo.

—Pues claro. —La viuda señaló a su dama de compañía con un dedo tembloroso y encorvado—. A ti te cuesta muchísimo traer buenas ramas del bosque.

La señorita Gooding alzó sus cejas doradas e hizo una mueca con los labios. Sin embargo, en lugar de darle a su rostro un aspecto anguloso y afilado, el gesto le dio una apariencia como de un hada o una ninfa de los bosques sobre la que escribiría Shakespeare. Randall tardó un momento en comprender que aquella percepción solo estaba en sus ojos. La chica estaba observando directamente a la viuda, no mirándose los zapatos ni el suelo. La expresión que brillaba en sus pálidos ojos azules parecía completamente distinta.

—No sabía que hoy iba a salir a pasear por el bosque.

—Y no era así. —Su abuela se ajustó el chal. Él vio el broche de plata que le había visto lucir toda la vida—. Pero ahora que ha venido Randall, ya puedes ir.

La dama de compañía se levantó y se cruzó de brazos.

—¿Y para qué voy a salir al bosque?

La abuela se tapó la boca con el chal y tosió varias veces. Se estremeció al hacerlo. Al poco tragó saliva y siguió hablando como si nada hubiera ocurrido.

—Quiero ramitas de abeto para hacer adornos de Navidad.

Se hizo silencio en el salón.

Randall dio un paso adelante.

—Falta una semana para Navidad, abuela.

Antes de que la anciana pudiera contestar, la señorita Gooding dio un paso adelante con las manos entrelazadas y pegadas al pecho como si fuera una niña emocionada.

—¿Y por qué tenemos que limitarnos a celebrar el nacimiento de Jesús a un solo día, o doce? No hay ninguna norma que diga que no podamos alargar un poco las fiestas.

Randall frunció el ceño.

—Pero la tradición...

—Está para romperla —contestó con firmeza la señorita Gooding.

Randall la miró. Últimamente se sorprendía mucho haciéndolo. La joven ya no se amedrentaba, ya no se escondía. En realidad, parecía más que dispuesta a salir con él a recoger algunas hojas y ramas.

Parecía que fuera a talar un árbol entero.

Capítulo 4

Sarah se puso el abrigo y salió en dirección al bosque que había delante de la casa de la viuda. Intentaba no pensar en lo que era evidente, en el destino que *lady* Densbury sin duda había aceptado, pero cada rama que se planteaba recoger, cada hoja de acebo que arrancaba, se lo recordaba.

El señor Everard se sacó un cuchillo de la bota y cortó una rama de abeto especialmente bonita.

—¿Haría el favor de recordarme otra vez por qué estamos haciendo esto cinco días antes de lo normal?

—¿Se refiere aparte del hecho de que su abuela querría que usted se enamorase de mí?

Sarah se llevó la mano enguantada a la boca y notó que abría los ojos como si fueran dos platos; tanto, que notaba la piel de alrededor tirante.

Pero cuando el señor Everard terminó de cortar la rama y se volvió para mirarla por encima del hombro estaba sonriendo.

—Sí. Aparte de eso.

Por suerte, después de contestar, él volvió a concentrarse en la rama, porque a Sarah no se le habría ocurrido ni una sola respuesta mientras él la estuviera mirando. Aunque tampoco es que se le ocurriera nada decente que decir cuando no la estaba mirando.

La realidad era que *lady* Densbury no estaba bien. Últimamente no comía mucho y se movía menos todavía. Cada vez tardaba más en recorrer el camino que había desde la finca. Cuando Sarah había empezado a trabajar en la casa, ella y la viuda hacían el trayecto cómodamente en veinte minutos. Ahora tenían suerte si lo cruzaban en el doble de tiempo.

Pero no tenía corazón para decirle a aquel hombre que temía que su abuela estuviera muriendo.

—¿Sabe? —dijo el señor Everard, como si en realidad no hubiera esperado en ningún momento a que Sarah contestara—. Si estamos destinados a amarnos o cualquier cursilería por el estilo, debería llamarme Randall.

—Sarah —contestó ella casi automáticamente. No conocía a mucha gente que la llamara por su nombre de pila. La viuda había sido la única que lo había hecho en mucho tiempo, y nunca le había pedido a Sarah que la tuteara a ella también—. Y si no te importa, preferiría no tener que coprotagonizar ninguna historia de amor trágica.

Randall guardó silencio unos segundos; lo único que se oía bajo la serena nevada era el crujido de las ramas. Las oscuras y enceradas hojas de un arbusto de acebo empujaron a Sarah a internarse un poco más en el bosque para recolectar las que se veían más bonitas y cargadas de bayas rojas.

—¿Alguna vez has coprotagonizado alguna historia de amor trágica?

Sarah se enderezó y miró a Randall, que seguía dándole la espalda y parecía concentrado en el árbol.

—¿Por qué me preguntas eso?

La miró muy sonriente.

—Porque mi madre está convencida de que tienes algún pasado oscuro y misterioso que surgirá de la nada para sumir a mi familia en la ruina. Y como soy el único hijo soltero que queda, mi futuro es el más vulnerable y he querido prepararme.

—No. —contestó ella con un hilo de voz; de pronto tenía la garganta seca. Tragó saliva—. No hay ningún amante despechado que esté esperando la oportunidad de condenarme.

De pronto el arbusto de acebo se convirtió en lo más importante del mundo para Sarah, que se concentró en recoger la mayor cantidad de ramitas posible. Era evidente que a ninguna familia respetable le gustaría tener nada que ver con su pasado, pero no pensaba revelarlo. A Sarah la habían abandonado de niña y la habían dejado al cuidado de dos mujeres maravillosas que la habían querido mucho. Aquellas mujeres nunca la delatarían, y los padres que la habían traído al mundo sin estar casados no iban a volver a buscarla a aquellas alturas de la vida.

Randall apareció por detrás de ella con los brazos llenos de ramas.

—¿Crees que querrá algo más aparte de las ramas de abeto y el acebo?

—Probablemente también quiera una bola de muérdago bajo la que poder atraparnos —murmuró Sarah. Volvió a llevarse la mano a la boca y se pinchó con una de las hojas de acebo—. ¡Ay!

Cuando se apartó las manos de la cara y empezó a agitarlas se le cayeron todas las ramitas cargadas de bayas al suelo; como si aleteando de aquella forma fuera a aliviar antes el dolor. Aunque por lo menos el pinchazo acabaría pasando. La vergüenza que sentía no iba a desaparecer. Nunca.

Una carcajada grave y cálida resonó por el bosque.

Sarah fulminó a Randall con la mirada mientras se llevaba los dedos a la cara y se tocaba con delicadeza. La diversión que vio en sus ojos y la gran sonrisa de sus labios hicieron que se le formara un nudo en el estómago a Sarah.

—¿Estoy sangrando?

La carcajada de Randall se apagó un poco.

—Me parece que no. —Se arrodilló para dejar las ramas en el suelo y se acercó a ella—. Ven, déjame ver.

Randall le deslizó los dedos por debajo de la barbilla y le levantó la cara. Sarah parpadeó atrapada en su mirada gris azulada. Le resultaba un poco inquietante ser el centro absoluto de su atención. No estaba segura de que siquiera la viuda se hubiera concentrado nunca tanto en ella.

—Tienes un arañazo o dos, pero nada grave. —Le deslizó un dedo por el pómulo y le quitó una hoja del pelo—. ¿Te sigue doliendo?

Notaba una zona especialmente sensible en una parte del labio, pero no pensaba decírselo. Con un poco de suerte, su absurda escena con el acebo habría servido para que él olvidara el comentario sobre el muérdago, y no pensaba hacer nada para recordárselo.

—Me parece que me he asustado.

Volvía a notarse la boca seca y la voz ronca. Tenía la cara de Randall muy cerca, tanto que podía ver cómo las pestañas del ojo izquierdo se le juntaban hacia el rabillo. Percibía su olor corporal por encima del aroma de las ramas de abeto recién cortadas, una fragancia terrenal con notas de cuero y musgo. Al sumarse al evidente olor a Navidad y nieve, Sarah sintió que la cabeza le daba vueltas hasta que ya no podía pensar en nada y no conseguía ver nada que no fuera él.

Randall bajó las manos y dio un paso atrás. Sarah se sentía un poco mareada; era como si hubiera evitado caer por un precipicio.

Él agarró las ramitas de acebo y las colocó encima de las ramas de abeto. Después lo recogió todo del suelo.

—Con esto bastará para decorar el salón.

—Sí, debería bastar.

Sarah clavó los ojos en el suelo y pasó por delante de él camino de la casa. ¿Qué acababa de pasar?

❈ ❈ ❈

«¿Qué acababa de pasar?» Randall siguió a Sarah con un montón de ramas de abeto en los brazos. Solo estaban manteniendo una conversación inofensiva, y con un solo comentario sobre el muérdago él había estado a punto de actuar como si de verdad estuviera debajo de una rama de aquella planta. Sí, ya sabía que se sentía un poco atraído por Sarah, que sentía curiosidad por lo que había descubierto de ella durante los últimos dos días, ¿pero tanto como para querer besarla?

Y lo peor era que aquel sorprendente momento había hecho que la Sarah divertida y encantadora volviera a esconderse.

Hicieron el camino de vuelta a la casa en silencio; Sarah caminaba tres pasos por delante de él y los esponjosos copos de nieve le caían con suavidad sobre el pelo, brillaban un segundo y se derretían enseguida.

Cuando entró en el salón dejó el montón de ramas sobre la mesa que había junto a los enormes ventanales.

—Huele a Navidad.

La abuela suspiró y se levantó muy despacio del sillón que había cerca de la chimenea. Respiró hondo y le volvió a dar la tos.

Durante la hora siguiente, mientras la nieve caía por detrás de los cristales, los tres se pusieron manos a la obra hasta conseguir representar el bosque en el salón. Sarah colgó ramas de abeto en las ventanas y Randall retorció algunas para formar una guirnalda que colgó de la repisa de la chimenea. La abuela fue entretejiendo ramitas de acebo por los brazos del candelabro que había sobre el piano.

La anciana canturreaba sola mientras trabajaba hasta que Sarah se sumó a ella y empezó a cantar. Era sorprendente lo mal que cantaba teniendo en cuenta el talento que Randall le había visto demostrar al piano cuando había entrado en la casa. No pudo evitar sonreír y sumarse a la diversión.

Sin embargo, poco después, la abuela volvía a estar sentada en el sillón junto al fuego, y Sarah corrió a extender bien el chal para taparle los hombros. Para cuando Sarah ya lo había dispuesto todo tal como a ella le gustaba, la abuela ya estaba roncando con suavidad.

A Randall no le pareció muy festivo seguir decorando mientras su abuela dormía, así que apiló el resto de las ramas y las dejó en un rincón en el suelo.

Una doncella apareció en la puerta con una bandeja con comida.

—¡Vaya! ¿Ya está dormida?

—Sí —contestó Sarah en voz baja antes de asentir en dirección a la mesa que hasta hacía un momento había estado llena de ramitas—. Deja la comida. Yo comeré ahora y ella puede hacerlo cuando despierte.

Randall miró la mesa donde la doncella estaba dejando una bandeja que contenía comida más bien para una sola persona. ¿Su abuela no salía nunca de aquel salón?

—¿Va usted a acompañarlas, señor Everard? —preguntó la doncella.

—No —contestó Sarah.

Randall miró a la dama de compañía con los ojos entornados antes de hablar lenta y deliberadamente.

—Sí. Me parece que sí.

Sarah hinchó las mejillas y luego soltó una bocanada de aire por entre los labios apretados.

La doncella se despidió agachando un poco la cabeza.

—Les traeré más comida enseguida.

Sarah esperó a que la doncella se hubiera marchado antes de tomar una cesta que había junto al sillón de la viuda y se acercó a la mesa que había al lado de la ventana. Después de servirse una pequeña ración de pan, queso y jamón en el plato, se sentó en la silla y sacó una pequeña servilleta de tela de la cesta.

¿De verdad pensaba no prestarle atención? La idea divirtió a Randall y le hizo pensar que la tímida lejanía que la joven siempre demostraba cuando estaba en compañía de su familia quizá no se debiera al miedo, sino a un sutil rechazo. Una especie de desaire. Lo cierto es que no la culpaba si ese era el caso. No era por casualidad que él apareciera tan poco por Helmsfield.

Se oyó un resoplido entrecortado procedente del sillón de la chimenea. El ronquido se transformó en silencio antes de dar paso al siguiente. No sonó bien, pero Randall no tenía experiencia suficiente con los ancianos como para saber si debía preocuparse. Dejó que la matriarca siguiera descansando y se acercó a la silla que aguardaba al otro lado de la mesa, frente a Sarah.

Se metió un trozo de queso en la boca y observó cómo la joven acercaba una aguja a la tela. Tardó un momento en darse cuenta de que estaba descosiendo en lugar de cosiendo.

—¿Qué estás haciendo?

Sarah se ruborizó y guardó silencio un momento.

—Estoy deshaciendo los puntos que tu abuela ha cosido esta mañana.

Randall se quedó de piedra con un trozo de jamón a medio camino de la boca.

—¿Los estás deshaciendo?

—Sí.

Tiró unas cuantas veces de la hebra y soltó otro trozo de hilo.

Cuando miró la tela que ella tenía sobre el regazo, Randall advirtió que ciertamente había unos cuantos puntos que parecían torcidos, flojos y descentrados, pero el resto de la labor parecía pulcra y precisa, sencilla. Su abuela debía de haber tenido un mal día.

De vez en cuando, Sarah paraba y comía un poco. La doncella trajo otra bandeja, pero Sarah seguía trabajando en silencio, y Randall se quedó allí sentado, en silencio también, sin dejar de pensar mientras comía tratando de comprender a la compleja dama de compañía.

Cuando la joven hubo terminado de deshacer todos los puntos que su abuela tanto se había esforzado por coser aquella mañana, Randall ya tenía un buen montón de preguntas que hacerle. Esperó a que ella dejara la labor, pero no lo hizo. Se cambió la aguja de posición y empezó a coser todo lo que acababa de descoser. Lo hacía con pulcritud y ordenando los puntos igual que el resto de la labor.

A Randall se le ocurrieron otro montón de preguntas. Realmente había mucho más en aquella chica de lo que jamás se había planteado.

Carraspeó e intentó hablar en voz baja para no despertar a su abuela.

—¿Siempre has sido dama de compañía?

Sarah dejó de mover la aguja, que se quedó asomando por la tela como si fuera una daga aguardando. Sorprendentemente, la joven levantó la vista haciendo evidentes esfuerzos por reprimir una sonrisa.

—¿Sigue usted intentando descifrar mi oscuro pasado, señor Everard? —Negó con la cabeza y chasqueó la lengua antes de volver a concentrarse en la costura—. No, pero siempre supe que estaba destinada a llevar una vida de servidumbre. Y la ocupación de dama de compañía es un poco mejor de lo que siempre había aspirado a ser.

Ahora le tocaba a él volver a sorprenderse. Sarah hablaba muy bien, era educada, y era evidente que había recibido educación musical de niña. Randall había asumido que procedía de alguna familia de clase media, alguien mal relacionado, como algunas de sus primas.

Como una de las personas en las que él estaba destinado a convertirse.

—¿Por qué?

—¿Por qué? —Sarah lo miró y Randall volvió a atisbar a esa chica apasionada que probablemente su abuela conociera tan bien. Sonrió un poco y en sus ojos refulgió un brillo travieso—. Pues porque nunca me ha parecido que la suciedad y la inanición fueran objetivos a los que aspirar.

Randall notó que se le escapaba una sonrisa.

—¿Y por qué decidiste ser dama de compañía? ¿Tus padres ni siquiera consideraron la posibilidad de casarte con alguien que tuviera una buena posición?

A la joven se le ensombreció el rostro y volvió a clavar los ojos en la labor.

—Yo no tengo padres.

Randall tomó aire.

—¿Murieron?

Sarah guardó silencio durante un buen rato. Demasiado. En realidad calló durante tanto tiempo que Randall empezó a preguntarse si llegaría a contestarle. ¿Estaría planteándose si podía confiar en él?

La joven dobló la muñeca con aspereza y cortó de un golpe seco el hilo con el que estaba cosiendo.

—Lo cierto es que no sé si están muertos o no. No sé quienes son.

No tenía a nadie. La idea hizo que Randall se hundiera en la silla. No sabía qué cara estaría poniendo, pero fuera la que fuese ella lo miró una vez y eso bastó para que decidiera compartir un poco más con él.

—Me crió una mujer maravillosa. Nos escribimos. Y sé que si las cosas se ponen feas podría volver con ella y cuidaría de mí sin dudarlo, pero yo no quiero eso, ni para ella ni para mí. Lleva una buena vida y está ayudando a otros niños que no tienen adónde ir, mientras que yo soy perfectamente capaz de valerme sola.

Randall no dudaba de su convicción, ya no. Sarah había demostrado tener una voluntad de acero cuando convenía. Lo que no conseguía comprender era cómo había conocido a la viuda. Todo el mundo sabía que su abuela era un poco excéntrica, pero...

—¿Dónde trabajabas antes de venir aquí?

Sarah le sonrió.

—Trabajaba como doncella de un profesor de música. Pensé que trabajar para alguien que amase la música sería perfecto. Siempre había soñado que aprendería más solo por estar en el mismo edificio que él. Y lo hice. Un poco. Siempre que conseguía pegar la oreja a la puerta cuando él estaba dando clases.

Sarah esbozó una sonrisa conspiradora, se posó la labor en el regazo y se inclinó un poco sobre la mesa.

—Pero lo que tú quieres saber en realidad es cómo conocí a *lady* Densbury.

Randall no pudo evitar reírse por lo bajo mientras asentía y admitía que ella tenía razón haciendo un gesto afirmativo con la mano.

—La ayudé a salir de debajo de un montón de nieve.

Randall alzó las cejas.

—¿Esa historia es cierta?

—No sé qué historia habrás oído, pero sí, ella estaba patinando sobre hielo, no giró a tiempo y cayó en una montaña de nieve. Yo la ayudé a salir y después le di la mano mientras patinaba. Cuando estábamos dando la segunda vuelta por el estanque se dio cuenta de que había perdido el broche, y yo rebusqué entre la nieve hasta que lo encontré. Cuando se lo devolví me ofreció el trabajo. Allí mismo, en el parque.

—Y despidió a Emily.

Sarah hizo una mueca de dolor y se encogió de hombros.

—Emily no la ayudaba a patinar. Por eso se cayó en la nieve.

—Bueno, es una mujer mayor.

—Eso no es motivo para dejar de vivir la vida.

Y por eso la había contratado su abuela.

La viuda no tenía ningún motivo para molestarse en pedir referencias, no se mezclaba lo suficiente con la alta sociedad como para preocuparse por lo que pudiera pensar la gente o siquiera exponer a su dama de compañía al escrutinio público. Solo quería vivir intensamente los últimos días que le quedaban en lugar de esperar a que se le escapara la vida en silencio.

—Pero soy una persona muy poco interesante —afirmó Sarah mientras le hacía un nudo al hilo y volvía a dejar la labor en el cesto—. ¿Qué hace el hijo de un conde pasando la tarde en casa de la viuda?

—Lo mismo que mi abuela al contratar a una dama de compañía a la que no conoce.

Randall se inclinó hacia delante porque no quería perderse las expresiones que había puesto Sarah. Solo tenía unos segundos para descifrarlas antes de que las escondiera.

—¿Y qué...? —se le quebró la voz y tragó saliva antes de volver a intentarlo—. ¿Qué es eso?

—Vivir.

Y era cierto. No creía que pudiera vivir a la sombra de sus hermanos, en la silenciosa condena de su familia. Allí no había nada para él. Era el tercer hijo. Sus padres no tenían nada que ofrecerle. Nadie lo decía, pero todos lo sabían. Especialmente George. Se había ido distanciando de Randall desde que terminó la escuela. Ahora ya solo hablaban cuando comentaban los negocios de la finca, o cuando él y Randall participaban en la misma conversación durante las cenas familiares.

Pero allí, con Sarah, con su abuela, ese futuro no le parecía una condena. Allí se divertía.

Sarah deslizó el dedo por el borde de la taza de té.

—¿No te ves viviendo en Bluestone? Allí es donde pasas la mayor parte del tiempo, ¿no?

Randall asintió.

—Me gusta trabajar en la granja. Ver los frutos de mi trabajo. Planificar y preocuparme por la tierra para que produzca las mejores cosechas posibles. Es un desafío, y nunca me aburro. Al principio solo era un sitio al que ir para sentirme importante, pero ahora me gusta de verdad.

No era una actividad sin más, aquello le daba una razón de ser. Randall sería feliz si pudiera convencer a su padre para que le ayudase a comprar una pequeña granja en algún lugar, solo un trozo de tierra donde cultivar sus propias cosechas y llevar una vida sencilla. Con eso sería suficiente.

La idea le sorprendió, pero no tanto como el hecho de que Sarah compartiera con él algunas de sus ideas sobre las cosechas y la agricultura. Mientras se tomaban entre los dos una tetera entera, hablaron sobre agricultura, ciclos climáticos y rotaciones de cultivo.

—Cultivo mucho ruibarbo en Bluestone. ¿Alguna vez has comido ruibarbo?

Ella negó con la cabeza.

—Crecí en Wiltshire y después me fui a trabajar a Londres. Mis experiencias gastronómicas no han sido muy variadas.

Antes de que Randall pudiera seguir hablando, Sarah lo miró y agitó la cabeza en dirección a la chimenea.

—Ya está despierta.

—¿Abuela?

Randall se volvió en dirección al sillón.

—Llevo despierta desde la discusión sobre las ventajas de plantar nabos en lugar de patatas —dijo en voz baja.

Randall se volvió hacia Sarah, que no parecía en absoluto preocupada por las excentricidades de su abuela.

—¿Por qué no ha dicho nada?

Sarah se encogió de hombros.

—Supongo que le parece divertido.

Había algo más, algo que Sarah no le estaba contando. Estaba convencido de que su abuela no había hablado en serio la noche anterior cuando sugirió que se casara con ella.

Y, sin embargo, la idea le parecía menos descabellada a cada hora que pasaba.

Capítulo 5

Randall volvió el viernes.

Jugaron al ajedrez mientras la viuda le decía a Sarah todo lo que iba haciendo mal. Por suerte, la anciana se limitó a corregir los movimientos que Sarah hacía sobre el tablero y no se metió con las elecciones que había hecho en la vida. Y si Sarah encadenaba una serie de movimientos absurdos para que la viuda siguiera teniendo algún motivo por el que quejarse, lo único que se resentía eran sus probabilidades de ganar.

Después él se había quedado a cenar, cosa que estresó mucho a la pobre ama de llaves. Nunca habían tenido que preparar platos muy elaborados ni comidas copiosas, por lo que la perspectiva de tener invitados era emocionante. Habían comido igualmente en la mesita del salón y cuando Randall se había marchado para volver a Helmsfield la viuda se sentía cansada pero feliz. Había necesitado la ayuda de una doncella y de Sarah para irse a la cama y se había dormido inmediatamente, con una sonrisa en la cara y haciendo ruidito cada vez que respiraba.

Sarah había sentido la necesidad de estar activa hasta la hora de acostarse y se había sentado en el salón para terminar el último de los pañuelos bordados que *lady* Densbury quería regalar a sus empleados por Navidad. Metió el pañuelo en la última caja de madera y entró en el dormitorio de la viuda para dejar el regalo en la cesta, junto a las demás cajas de Navidad.

La respiración agitada de la anciana seguía resonando en la estancia, pero sonaba un poco mejor que antes.

Cuando Sarah se acostó, se durmió con una sonrisa en los labios.

Seguía sonriendo cuando se vistió a la mañana siguiente y cuando bajó las escaleras. Pero se le borró un poco la sonrisa cuando se dio cuenta de lo tranquila y silenciosa que estaba la casa al llegar al final de las escaleras. Miró por la ventana y se dio cuenta de que durante la noche había estado nevando en serio: el suelo estaba cubierto por un brillante manto de color blanco.

¿Sería ese el motivo de que todo transmitiera una sensación de profunda calma? La nieve lo contagiaba todo. Miró a su alrededor. No, había algo más... Era como si nadie se moviera, como si Sarah estuviera sola en aquellas estancias tan elegantes.

Corrió a las dependencias de *lady* Densbury con el corazón desbocado en el sosiego de la mañana. Se le heló el aliento en los pulmones cuando abrió la puerta y no oyó los mismos ronquidos ni el traqueteo de la respiración que había oído la noche anterior.

La viuda seguía en la cama. Las mantas se movían suavemente arriba y abajo.

Sarah ladeó la cabeza hasta apoyarla en el quicio de la puerta y soltó el aire tan deprisa que le dolió el pecho. Algún día... pero no sería hoy. Y no quería pensar en eso.

Fue al comedor en busca de alguna actividad relajada con la que ocupar el tiempo. Todavía quedaban ramas de abeto sin colocar, así que se puso a trenzarlas y convertirlas en motivos decorativos para la mesa en la que comían. Descubrió un poco de muérdago prendido a una de las ramas y se le escapó una carcajada; se sonrojó.

El muérdago era plebeyo. Común. Un poco escandaloso, incluso. Todas esas cosas que tanto le gustaban a la viuda. Sacó una cinta del cesto de costura y se puso a hacer un ramillete para colgarlo. Tenía pocas bayas blancas de las que obligan al beso, pero como se trataba de evocar más sentimientos que besos, tampoco importaba.

Teniendo en cuenta los últimos comentarios de la viuda sobre la afición de Randall a pasarse por allí, Sarah no pensaba colgar el adorno en la puerta. Lo que hizo fue subirse a la banqueta que utilizaba para tocar el piano y colgar el ramillete de muérdago en la barra de la cortina. Le daría a la casa un aire festivo, pero cualquiera tendría que estar muy decidido para que lo sorprendieran debajo.

Sarah oyó el tintineo de la campanilla procedente del dormitorio de la viuda que indicaba que la mujer se había despertado. Fue a ayudar a su patrona a vestirse y prepararse para el día tratando de convencerse de que las muchas horas que dormía la viuda eran algo bueno. Cuando el doctor había pasado por allí la semana anterior había dicho que le convenía descansar. Sarah esperaba que se refiriese a lo que la anciana dormía.

Porque un día de aquellos no despertaría de su siesta, y Sarah no solo perdería a su amiga, sino también el trabajo y su casa. Se esforzó por sonreír al saludar a la viuda. No tenía sentido que pensara en aquellas cosas ese día. Ya se preocuparía por eso cuando ocurriera.

❀❀❀

Randall se llamó necio por ir a visitar a su abuela por tercer día consecutivo.

En especial porque sabía que, en realidad, no iba a visitar a su abuela. Quería seguir manteniendo esas conversaciones que tanto le estimulaban y le entretenían. Quería seguir disfrutando de las pequeñas cosas. Quería ver a Sarah.

El único problema era que, por primera vez desde que había completado sus estudios y su abuela le había sugerido que empezara a volar solo, se daba cuenta de la complicación que se había creado al seguir ligado a las propiedades de la familia.

No tenía absolutamente nada que ofrecerle a Sarah.

Era hijo de un conde, había recibido una buena educación y quizá gozara de un buen aspecto, pero no podía ofrecerle mejor futuro que el deshollinador del pueblo. Quizás incluso menos.

Fue de todas formas. Porque nunca había sido capaz de escapar de sí mismo.

Pero cuando llamó a la puerta no obtuvo ninguna respuesta. Tampoco oyó música alegre al otro lado. Levantó el pasador y entró en la casa.

Cuando entró en el vestíbulo oyó unas risas. En el salón se encontró a su abuela y a su dama de compañía sentadas junto al piano y al resto del personal repartidos por la estancia. Una de las doncellas estaba plantada en medio de la sala de estar haciendo equilibrios con un cojín en la cabeza aguantando la respiración mientras intentaba evitar que se cayera.

De pronto la estancia se llenó de vítores, la chica echó la cabeza hacia delante y el cojín cayó al suelo.

—Randall. —La voz de la viuda se abrió paso entre las risas de la estancia—. Llegas justo a tiempo para intentarlo.

A su abuela siempre le había encantado aquel juego. Randall no estaba seguro de si se debía a que se jugase con música —una de las cosas que la anciana más amaba en el mundo— o porque le permitía conseguir que todos perdieran la dignidad y se divirtiesen.

Randall no estaba seguro de querer perder la dignidad delante de Sarah, pero era muy probable que ella valorase más el modo en que él tratase a su abuela que lo distinguido que pareciera, así que se quitó el abrigo y lo colgó en el respaldo de la silla antes de extender los brazos a modo de invitación para que su abuela se explayase con él.

La cabeza de rizos grises asintió en dirección a Sarah.

—Empieza a tocar.

La joven alzó las cejas, pero empezó a tocar una canción que Randall recordaba haber cantado en Navidad desde que era niño. Sarah tocaba con suavidad mientras observaba a la viuda en busca de alguna señal que le indicase que debía tocar más fuerte, cosa que indicaría que Randall se estaba acercando a cualquiera que fuese la tarea que su abuela considerase digna del juego.

Randall entró en la estancia mirando fijamente a su abuela. La anciana estaba sentada en un sillón cerca del piano tapada con unas cuantas mantas y una banqueta debajo de los pies. Se la veía pequeña y frágil, pero feliz.

Demasiado feliz.

Randall entornó los ojos. ¿Qué se proponía?

Fue avanzando lentamente por la sala. Sarah empezó a tocar un poco más alto.

Randall dejó de mirar a su abuela y se concentró en Sarah. Se estaba mordiendo el labio inferior y fruncía el ceño preocupada. A medida que él se iba acercando a ella, la joven tocaba más y más alto hasta que la confusión abandonó su rostro y alternó la mirada entre la viuda y el techo.

Randall también levantó la mirada y descubrió un ramillete de muérdago colgado de la barra de la cortina. Sarah no estaba debajo exactamente porque el piano estaba a casi un metro de la ventana, pero Randall sospechó que, para su abuela, ya estaba lo bastante cerca.

Siguió avanzando lenta pero firmemente, se acercó al piano y lo rodeó hasta que Sarah estuvo tocando con tanta fuerza que casi aporreaba las teclas.

Randall miró el muérdago.

—No querrás poner en práctica esa tradición, ¿no, abuela?

La anciana soltó una risotada.

—Nunca me han gustado mucho las tradiciones, hijo mío, excepto cuando me conviene.

Randall sonrió y arrancó una de las bolitas blancas del ramillete. Miró a Sara, que lo estaba observando con los ojos completamente abiertos y tocaba la misma secuencia una y otra vez. Parpadeó. Pero él no conseguía interpretar su expresión. ¿Quería que la besara? ¿Había pensado en él cuando había colgado el muérdago de la barra de la cortina?

Daba igual cuál fuera la respuesta: una habitación en la que estaban todos los empleados de su abuela no era el mejor sitio para darse el primer beso.

Por lo que, en lugar de inclinarse sobre Sarah, que es lo que sabía que su abuela quería, se inclinó sobre la arrugada mejilla de la anciana y le dio un beso a ella.

Sarah dejó de tocar. En la sala se oyó un suspiro colectivo. La abuela pareció debatirse entre la sonrisa y la confusión. Se le quedó mirando un buen rato mientras Randall la miraba a ella. Al fin, la mujer asintió y se volvió hacia sus empleados.

—Elizabeth, te toca.

Una doncella se levantó del sofá y empezó a avanzar por la estancia en busca del desafío que su abuela le hubiera preparado.

Randall se sentó en una silla y vio tocar a Sarah mientras hacía rodar la baya de muérdago entre los dedos.

❋ ❋ ❋

Poco después, las doncellas se cansaron de jugar y la viuda se cansó de estar despierta. Cada vez tenía más tos, así que Sarah hizo parar el juego y sentó a *lady* Densbury en el sofá, junto a la chimenea, y las doncellas volvieron a sus quehaceres. La viuda se quedó dormida enseguida.

Y Sarah se quedó a solas con Randall.

Estaba apoyado en la pared que había entre los enormes ventanales con un tobillo cruzado sobre el otro sin dejar de hacer rodar la baya de muérdago entre los dedos.

Ella se había obsesionado tanto con su forma de juguetear con aquella bolita que apenas había podido seguir tocando durante el resto del juego. Lo único en lo que podía pensar era en lo que habría pasado si él hubiera hecho lo que su abuela quería.

¿Y si la hubiera besado?

¿Y si a ella le hubiera gustado?

Sarah carraspeó.

—No pensaba que fuéramos a verte hoy.

Randall encogió un hombro.

—No hay mucho que hacer en Helmsfield. A no ser que mi padre y George tengan que hablar sobre Bluestone, no necesitan que yo esté por allí.

Sarah nunca se había parado a pensar que pudiera ser una suerte no tener legado alguno que condicionase su futuro. Durante años había sentido envidia de las personas que parecían saber adónde iban, que tenían un camino forjado por las generaciones precedentes. Nunca se había planteado qué ocurría con las personas que debían recorrer un camino que condujera a un callejón sin salida o a quienes no les gustaba el que les había tocado.

—Cuando empecé a trabajar para tu abuela me pasé las dos primeras semanas siguiéndola como un perrito faldero.

Randall dejó de hacer rodar la baya de muérdago y la miró ladeando la cabeza.

Sarah se llevó una mano al estómago; estaba nerviosa. ¿Por qué le estaba contando aquello? ¿De verdad pensaba que podría darle algún consejo o tranquilizarlo? Pero tanto si era así como si no, ya había empezado y tenía que continuar. Respiró hondo y continuó:

—Durante esas dos semanas estuve haciendo todo lo que creía que ella quería que hiciese. Guardaba silencio, solo hablaba cuando ella me hablaba e, incluso entonces, decía lo que creía que ella quería oír. Estaba aterrada por haberme marchado de Londres para ir a un lugar donde no conocía a nadie y pensaba que acabaría abandonada en la nieve.

—Es evidente que algo cambió esa situación —dijo Randall con sequedad.

Sarah asintió.

—*Lady* Densbury me llevó a una cena familiar.

—¿Una de las terribles veladas de Helmsfield?

Sarah volvió a asentir.

—Allí me comporté como en todas partes. Cuando volvíamos, ella se paró en medio del camino y me clavó un dedo en el pecho. Me dijo que le daba igual que yo quisiera esconderme durante esas cenas. A fin de cuentas, todo el mundo tenía su forma de sobrevivir. Pero que tenía que olvidarme de aquella tontería cuando volvíamos a casa, porque en Cloverdale no tenía nada que temer.

Randall dejó escapar una risita antes de formular la siguiente pregunta:

—¿Y dejaste de actuar como un perrito faldero después de aquello?

—No —admitió la joven. Oh, ¿por qué había sentido la necesidad de contarle todo aquello?—. Me esforcé todavía más por ser lo que pensaba que tu abuela quería que fuese hasta el día en que apareció su antigua dama de compañía.

—¿Emily?

Sarah asintió e hizo una mueca de dolor al recordarlo.

—Vino a buscar sus cosas. Estaba enfadada. Ella y la viuda se gritaron, y tu abuela echó a Emily de casa diciéndole que ya le pediría a alguna de sus doncellas que le llevara sus cosas a Helmsfield. Y después de cerrar la puerta parecía... contenta.

»No era que no le gustara Emily —se apresuró a añadir Sarah—. Había disfrutado de la discusión. Así que desde entonces dejé de pensar en cómo mostrarme de acuerdo con ella y empecé a plantearme si de verdad estaba de acuerdo con lo que me decía cada vez que hablábamos. A veces lo estoy y otras no, pero sé que incluso cuando ocurrió aquello tu abuela ya sabía que su cuerpo estaba perdiendo fuelle y quería vivir con alguien que pudiera estimularla mentalmente.

Se hizo el silencio mientras Randall contemplaba la baya que tenía en la mano.

—¿Por qué me estás contando esto?

—No lo sé. —Sarah suspiró—. Supongo que espero que te ayude a encontrar el valor para preguntarte qué es lo que en verdad quieres. Ya sé que te gusta estar en Bluestone, pero no parece que eso te haga feliz.

Sarah se acercó un poco más a él y deslizó los dedos por encima del piano.

—¿Qué quieres hacer con tu vida?

A Randall se le hinchó el pecho mientras cerraba los ojos y dejaba caer la cabeza hacia atrás.

—Desearía que Bluestone fuera mía —contestó en voz baja—. Me gustaría que la granja fuera completamente mía para poder gestionarla y cultivar en ella sin tener que responder ante mi padre.

—No sé mucho sobre propiedades, pero si no tienes la opción de comprar Bluestone, ¿crees que podrías encontrar otra granja?

¿Por qué lo estaba presionando con aquello? ¿De verdad pensaba que él iba a olvidarse de todo para llevársela a una granjita donde vivirían de cultivar ruibarbos y nabos?

No.

No pensaba eso, pero cualquiera que fuera el motivo, Sarah quería pensar que él era feliz, que estaba viviendo la vida que quería vivir.

Randall levantó la cabeza y abrió los ojos.

—¿Cómo es que eres tan lista, Sarah Gooding?

La joven encogió un hombro.

—Debe de ser por vivir con tu abuela.

Randall esbozó esa sonrisa ladeada que ella sabía que se llevaría consigo cuando llegara el momento de partir, y entonces él miró hacia arriba.

—Estás debajo del muérdago.

Sarah abrió los ojos sorprendida y miró por encima del hombro. No estaba mucho más cerca del muérdago que antes.

—Qué va.

Randall se encogió de hombros y la tomó de las manos para evitar que se apartara. Después se acercó un poco más a ella.

—Pero podemos arreglarlo.

Sarah dio un paso atrás y levantó la cabeza para mirarlo.

—¿Qué?

—Me has dicho que tome las decisiones necesarias para vivir mi vida, y ahora mismo me encantaría besarte. —Guardó silencio un segundo—. La cuestión es qué quieres tú.

Sarah tragó saliva.

—Creo que...

¿Sería valiente? ¿Tendría el valor de poner en práctica su propio consejo y vivir la vida como quería vivirla?

Sarah dio un gran paso atrás hasta que tuvo la espalda pegada a la ventana y el ramillete de muérdago suspendido justo encima de la cabeza.

—Creo que a mí también me gustaría.

Capítulo 6

Estaba a punto de besar a Sarah Gooding.

La idea lo emocionaba y aterrorizaba a partes iguales.

Dio otro paso para acercarse más a ella y alargó el brazo para tocarle la mejilla. Entonces agachó la cabeza muy despacio. Cuando sus labios por fin se tocaron, no ocurrió con la pasión que él había imaginado. Fue más bien como sumergirse en el lago de Bluestone en pleno verano. Fue una sensación densa y delicada que lo envolvió como una manta agradable y calentita.

Ella le agarró la muñeca, como si temiese que él pudiera apartarse y quisiera retenerlo un poco más.

Pero Randall tenía una noticia para ella: no pensaba marcharse a ninguna parte.

Echó la cabeza hacia atrás muy despacio para disfrutar de la suavidad de los labios de Sarah durante la mayor cantidad de tiempo posible.

Después se quedó allí un rato más y la estuvo mirando hasta que la viuda se despertó haciendo un ruido particularmente fuerte que le provocó una tos muy desagradable.

Sarah le soltó la muñeca y lo apartó un poco para correr hasta la anciana, a quien le ofreció una taza de té y le frotó la espalda con delicadeza.

Randall esperó hasta que ella volvió a mirarlo, y entonces levantó la mano muy despacio y arrancó otra baya de la ramita de muérdago.

Sarah estaba sonriendo cuando él se marchó.

Y él también.

❀ ❀ ❀

El domingo por la mañana, Randall esperó en la puerta de la iglesia paseando de un lado a otro para entrar en calor. A pesar del abrigo que llevaba, el frío amenazaba con calarlo hasta los huesos. Se preguntaba si sería buena idea que su abuela saliera con aquel tiempo, pero su padre había enviado el carruaje a Cloverdale, y Randall no pensaba entrar en la iglesia hasta que ella llegara.

Encogió los hombros y se quedó mirando la carretera.

Al fin el carruaje apareció al doblar la esquina. Paró delante de la iglesia y Randall no esperó a que el lacayo abriera la puerta. La abrió él mismo y se encontró con su abuela, pálida y débil, envuelta en tantas mantas que parecía una de esas momias que había visto en el museo egipcio.

Sarah se apresuró a desenvolverla de las mantas para que pudiera bajar del carruaje. Randall acompañó a su abuela a la iglesia a toda prisa. Le hubiera gustado quedarse a ayudar a Sarah a bajar del carruaje, pero proteger a su abuela del frío era prioritario.

Sin embargo, en lugar de caminar hasta su sitio en la parte delantera de la iglesia, su abuela se sentó en el banco libre que había al fondo de la nave.

—Aquí estaremos bien —susurró.

Y Randall se sentó con ella sin hacer caso de las miradas de desesperada vergüenza que le lanzaba su madre y la preocupación de su padre. Cuando Sarah entró no dijo nada; se limitó a deslizarse en el banco y a esperar a que el servicio diera comienzo.

Había sido agradable rezar con Sarah a su lado. Todo parecía más agradable cuando estaba con Sarah.

No estaba seguro de estar preparado para intentar comprar su propia granja y dejar atrás el negocio familiar —a fin de cuentas, esas decisiones había que planearlas bien—, pero quizá, solo quizá, cupiese la posibilidad de que pudiera formar una familia en Bluestone mientras él hacía las gestiones necesarias para seguir por su cuenta un poco más adelante.

Volver a meter a su abuela en el carruaje para volver a casa fue incluso más difícil que meterla en la iglesia. Randall tuvo que tomarla en brazos, y no le hizo ni pizca de gracia advertir lo poco que pesaba. Mientras Sarah le colocaba a la viuda una manta encima de otra, Randall se subió al carruaje y se sentó enfrente de ellas.

La joven lo miró con los ojos muy abiertos.

—¿Qué estás haciendo?

—No podrás meterla en casa tú sola —afirmó.

Sarah asintió y se volvió a concentrar en su abuela, que volvía a toser. En realidad era más bien como si tomara bocanadas de aire, como si ni siquiera tuviera fuerzas para toser de verdad.

En Cloverdale no le dio a su abuela ni la oportunidad de protestar. Bajó del carruaje y la tomó en brazos con mantas y todo. Mientras, Sarah corrió a abrirles la puerta, y él le pidió al cochero que fuese a buscar al médico.

Le daba igual que fuese domingo. Su abuela, la mujer a la que había acudido siempre que había necesitado a alguien, era ahora la necesitada, y no pensaba defraudarla.

❀❀❀

Sarah aguardó en la puerta de los aposentos de la viuda mientras el doctor la examinaba. Ya sabía lo que iba a decir: lo mismo que había dicho las últimas cinco veces que había estado en aquella casa.

«La viuda es mayor».

Bueno, esas no habían sido sus palabras exactas, pero transmitían la idea básica. El doctor no sabía qué le pasaba ni si le sucedía algo, siquiera. Sí, estaba frágil y ya casi no comía, pero era normal en las personas de su edad. Y todos acabamos envejeciendo.

Sin embargo, tenía la sensación de que Randall no iba a aceptar esa explicación tan simple.

En ese momento, el nieto de la viuda estaba paseando en círculos por el vestíbulo, asegurándose de que el doctor no encontrara forma de salir de la casa sin hablar antes con él.

Sarah quería ir a ayudarlo y apoyarlo. Él no había estado en Lancashire el último mes y medio y no había presenciado el paulatino declive de *lady* Densbury. Y aunque hubiera sido así, Sarah no estaba segura de que alguien que no viviera en aquella casa lo hubiera notado.

Cuando el doctor salió del dormitorio se limitó a asentir en dirección a Sarah y se encaminó hacia la puerta.

En la habitación, la viuda volvía a dormir. Parecía que respiraba bien, pero rápida y profundamente. Sarah acercó una silla a la cama y se sentó; después deslizó la mano por el cubrecama hasta que encontró los delgados y retorcidos dedos de la anciana. Y rezó.

❀❀❀

Sarah no sabía cuánto tiempo había pasado, pero despertó de pronto al sentir el peso de una enorme y cálida mano sobre su hombro. Levantó la cabeza del cubrecama y se volvió hacia Randall, que aguardaba de pie a su lado. Aunque no la estaba mirando a ella. Estaba mirando a su abuela.

—Estas serán sus últimas Navidades, ¿verdad?

—Yo... sí. Es probable. No creo que le queden fuerzas para ponerse mejor, aunque pudiera lograrlo.

Sarah parpadeó y negó con la cabeza. No estaba segura de haberse expresado bien.

Randall asintió.

—Quería avisarte de que regreso a Helmsfield. Pero volveré mañana.

Sarah asintió y se le quedó mirando mientras salía del dormitorio; después se quitó el vestido y se metió en la cama con su patrona. Si *lady* Densbury necesitaba algo durante la noche, Sarah quería estar segura de que lo recibía.

❀❀❀

Randall estaba completamente convencido de que sus hermanos eran idiotas. Bueno, quizá George no tanto. Su hermano mayor tenía la cabeza bien amueblada respecto a la mayoría de asuntos relacionados con la herencia del condado, pero no tenía ni idea de cuáles eran las necesidades de las propiedades que iba a heredar.

Sin embargo, Cecil era un necio. Se sentaba y discutía sobre política y la gestión de las propiedades con George y el conde como si algún día fuera a tener algo que decir al respecto. Pero en algún momento se toparía con la desagradable realidad, cuando abriera los ojos y se diera cuenta de que lo cierto era que no iba a gozar de una vida mucho mejor que la de Randall.

Desde luego, Randall no se estaba haciendo ningún favor. En ese momento estaba desempeñando el papel de gerente de la propiedad a cambio de alojamiento y algo de dinero para sus gastos. Todo el dinero que se recogía de las cosechas y los alquileres se lo llevaba su padre. ¿Acaso era muy distinto de lo que estaba haciendo Cecil tratando de encontrar una forma de seguir conectado al negocio familiar a pesar de saber que esa relación tendría que terminar algún día?

Quizá los tres hermanos fueran unos necios.

Tal vez lo fuera toda la familia. Allí estaban, hablando de negocios en la víspera de Navidad. Dado el estado en el que había dejado a su abuela en casa el día anterior y la frivolidad de las fiestas, cabría pensar que deberían tener un lugar mejor donde estar que en el estudio del conde hablando sobre cosechas mientras la nieve se arremolinaba al otro lado de las ventanas.

—¿Y qué hay de Bluestone?

Al oír las palabras de George, Randall dejó de mirar por la ventana. Por fin una conversación en la que podría participar con cierta seguridad y autoridad.

—La producción va bien —afirmó el conde mientras deslizaba el dedo por una lista de cifras del libro de contabilidad que estaba abierto sobre el escritorio.

Randall sacó pecho. No podía evitarlo. Era algo que se le daba bien y en lo que su padre se podía fijar.

—Estamos rotando los cultivos de una forma un poco distinta y cosechamos un diez por ciento más.

—Vaya, eso está bien, ¿no? —George se inclinó sobre el hombro de su padre para mirar el libro de contabilidad—. ¿Y qué cultivamos en esas tierras?

Al conde se le escapó la pluma de los dedos cuando se volvió para mirar a su hijo mayor. Randall sonrió con suficiencia, pero guardó silencio. Si contestaba, George estaría enfadado durante todo el día. No le gustaba desconocer cosas que Randall sí sabía.

—¿Cómo es posible que no sepas lo que cultivamos en Bluestone?

Randall podría haber contestado a esa pregunta. El conde siempre había querido tener cerca a sus dos hijos mayores para asegurarse de que sabían todo lo necesario sobre lo que significaba convertirse en conde. Por desgracia, las lecciones nunca habían tenido mucho que ver con el condado que dirigirían.

Por supuesto, teniendo en cuenta la forma en que hablaba su padre, Randall no estaba seguro de que siquiera el conde supiera lo que cultivaban en Bluestone.

George se encogió de hombros y alargó la mano para pasar la hoja del libro de contabilidad.

—Me parece que nunca he estado en Bluestone. No sé mucho sobre agricultura.

—No sabes mucho...

El conde negó con la cabeza y frunció el ceño pensativo.

—El mejor campo para plantar ruibarbo necesitará descansar el año que viene, así que deberás planificar qué vas a cultivar en esa tierra —anunció Randall cuando el silencio se había alargado lo suficiente como para que George no se sintiera amenazado por lo que pudiera decir él.

El conde parpadeó unas cuantas veces, abandonó su actitud pensativa y se concentró en Randall. Asintió muy despacio.

—Bien, bien. Entonces las cosas irán un poco más despacio el año que viene. Será un poco más fácil de gestionar.

Randall asintió y se encogió de hombros al mismo tiempo. Eso formaba parte de la naturaleza de la agricultura. Él no se planteaba que las cosas pudieran ser más fáciles o más difíciles. Las cosas sencillamente eran como eran.

Pero entonces su padre sonrió.

Y era la clase de sonrisa que esbozaba cuando tenía una idea.

La clase de sonrisa que aterrorizaba a Randall, porque siempre significaba que sus hermanos iban a tener una oportunidad que él no tendría.

—¡Es perfecto!

El conde dio una palmada en la mesa, se levantó y empezó a pasear por el despacho.

A Randall se le hizo un nudo en el estómago. Cuando su padre sonreía y se paseaba por el despacho no solo significaba que George iba a conseguir algo bueno, sino que, probablemente, lo iba a lograr a expensas de Randall. Le gustaba pensar que la inquietud que la idea provocaba en el conde se debía a que odiaba incomodar o lastimar a su hijo pequeño, pero Randall nunca había tenido el valor de preguntarlo.

Sin embargo, cuando vio que el conde no continuaba hablando, Randall espetó:

—¿Qué es tan perfecto?

—¡George y Harriet se instalarán en Bluestone! —Su padre dio una palmada—. No sé cómo no se me había ocurrido antes. Tendrán una casa propia para empezar su familia, y nosotros contaremos con una presencia más oficial en la propiedad; siempre es bueno que los arrendatarios vean esas cosas. George podrá adquirir más experiencia y mamá podrá quedarse tranquilamente donde está.

El conde tenía razón. A excepción de un minúsculo detalle.

Bluestone era donde vivía Randall.

Llevaba casi cuatro años instalado allí. Y aunque ya sabía que nunca sería realmente suya, una parte de él había esperado, solo un poco, que quizá lo acabara siendo. A fin de cuentas, era una de las pocas propiedades del condado que no estaba vinculada por ningún mayorazgo, y el conde era libre de legarla a alguien que no fuera George.

Y ahora se la estaban arrebatando mientras su padre todavía seguía con vida.

Randall carraspeó.

—Yo vivo en Bluestone.

El conde asintió.

—Sí, sí, y eso tenía sentido cuando George y Cecil todavía estaban buscando esposa, pero tú estás soltero y eres joven. No hay necesidad de dejarte aislado en aquella propiedad mientras George y Harriet forman una familia—. Se frotó las manos y se meció sobre los dedos de los pies—. No, no, tú volverás aquí. Todavía tienes tu antigua habitación. O también puedes irte a Londres.

—Pero yo no tengo nada que hacer aquí, y mucho menos en Londres —espetó Randall intentando no parecer frustrado y esforzándose por recordar los versos que había estudiado sobre los planes y las elecciones de Dios y sobre cómo Él lo planificaba todo a mejor conveniencia de aquellos que lo amaban.

Y aunque Randall amaba a Dios, no sentía que Dios lo quisiera mucho a él en ese momento, y estaba teniendo que hacer uso de toda su fuerza de voluntad para recordar que debía aferrarse a la realidad de la situación en lugar de basarse en cómo se sentía al respecto. Sin embargo, la desesperación y la rabia que bullían en su interior se convirtieron en una bestia poderosa, en especial porque sabía que lo que estaba ocurriendo era culpa suya, sabía que no debería haber invertido tanta energía en un lugar que nunca sería suyo. Debería haber empezado a vivir por su cuenta al día siguiente de terminar sus estudios en la academia de Manchester.

—¿A qué te refieres? —preguntó el conde—. El sol sale y se pone aquí igual que en Bluestone. Tu día a día no tiene por qué cambiar en absoluto. Incluso le diré a Richard que puedes trastear por el campo, si quieres.

«¿Trastear por el campo?» ¿Eso es lo que pensaba su padre que había estado haciendo en Bluestone? ¿Acaso creía que no había hecho más que descansar allí?

Mientras el conde siguió explicando sus planes, Randall se dio cuenta de que la respuesta era afirmativa. El conde no tenía ni idea de lo que Randall hacía cada día porque no pensaba que tuviera importancia para el condado. Randall podría pelear por conservar su lugar en Bluestone, ¿pero para qué? ¿Para tener la oportunidad de fingir que era alguien importante?

Randall sabía que su padre y su madre no deseaban que él no hubiera nacido, pero cada día que pasaba tenía más claro que la única forma que conocían de gestionar la existencia de Randall una vez ellos ya no estuvieran en este mundo era evitando pensar demasiado en su vida.

Y eso significaba que ya no había ningún motivo para que Randall siguiera asistiendo a aquellas reuniones con su padre. Cecil podía seguir fingiendo todo el tiempo que quisiera.

Pero Randall ya había tenido bastante.

Capítulo 7

Randall se planteó por un momento agarrar sus alforjas y marcharse en ese mismo instante, pero no podía hacerlo. Para empezar, estaba nevando. Solo un idiota partiría de viaje cuando estaba nevando habiendo alternativa. Y dado que había decidido que él no era ningún idiota hacía solo unos minutos, dejó sus alforjas donde estaban.

De todas formas, no podía quedarse en aquella casa, no podía fingir que estaba bien.

Ni siquiera quería esperar a que alguien le trajera el caballo.

Lo único que tenía que hacer era cruzar la casa por la cocina y enseguida llegaría a los establos, donde podría ensillar su propio caballo como hacía cuando estaba en Bluestone.

En la cocina, que por suerte estaba prácticamente desierta, no se tropezó con sirvientes que se sorprendieran al verlo allí. Vio un pastel. Era dorado y redondo y esperaba para hacer su gran aparición en la mesa de la familia cuando terminara la cena. Randall no sabía si lo habrían preparado para la cena de aquella noche o para la comida de Navidad del día siguiente, pero no iba a llegar a ninguna de las dos celebraciones.

Se lo iba a llevar a Cloverdale. Mientras el conde había estado moviendo a sus hijos como si fueran piezas de ajedrez, Sarah había estado cuidando de la madre enferma del conde. Se merecía aquel pastel más que nadie.

En cuestión de segundos había conseguido que una sorprendida doncella le trajera una cesta. Después envolvió el pastel, lo protegió con trapos para evitar que se moviera en exceso y se dirigió al establo. Cabalgar por la nieve con aquella cesta era difícil, pero lo prefería a ir andando.

Nero avanzaba por el camino levantando nubes de polvo blanco con las pezuñas.

Cuanto más se acercaba a Cloverdale, más conflictivas eran las emociones que lo embargaban. Se sentía preocupado, sin duda, y también sentía temor por el estado en que pudiera encontrar a su abuela, pero además estaba nervioso. ¿A Sarah le gustaría el pastel? ¿Volvería a tocar para él? Quizás incluso le permitiera volver a sorprenderla bajo el muérdago.

Fuera lo que fuese lo que le guardase el futuro, tenía que ser mejor que lo que estaba dejando atrás, porque sería real. Podría sentir y hablar sin tener que actuar, sin tener que fingir que no tenía problemas.

Cuando salió del bosque, la casa estaba serena y oscura. Se ocupó de dejar bien instalado a *Nero*, pues no sabía cuánto tiempo se quedaría allí.

Oyó música cuando se acercó a la puerta principal. Era un sonido ligero y alegre que lo relajó incluso antes de que posara la mano en el pomo de la puerta. Hasta ese momento no se dio cuenta de lo mucho que había temido llegar y descubrir que su abuela había fallecido.

Y en cuanto desapareció esa preocupación, lo único en lo que pudo pensar fue en lo mucho que sonreiría Sarah cuando viese lo que llevaba en el cesto.

✱✱✱

El día anterior, Sarah había estado convencida de que la viuda estaba de camino a la otra vida. Había rezado toda la noche para que Dios le diera la fuerza suficiente para poder despedirse, para tener la oportunidad de hacerlo. La viuda no había descansado bien, había respirado de forma irregular incluso con Sarah a su lado, por lo que la joven había acercado una silla a la cama y había pasado la noche acurrucada en ella.

Pero cuando los primeros rayos de sol habían entrado por la ventana, la anciana se había despertado con una sonrisa. Había desayunado unos bocados de jamón y se había tomado una taza de té entera. Era evidente que estaba muy frágil. Sarah había tenido que acompañarla al salón comedor para ayudarla a sentarse en su sillón preferido. Pero aquella mañana había estado más animada.

Había actuado todo el día como si fuera la mañana de Navidad y nadie se atrevía a contradecirla. Sarah la había convencido de que la visita a la iglesia del día anterior había ocurrido aquel mismo día. Y después la había distraído tocando todos los villancicos que se le habían ocurrido.

—Tengo una cosa para ti —anunció la viuda mientras ella tocaba las últimas notas de *Bring a Torch, Jeanette Isabella*—. La escondí debajo de tu montón de partituras.

Sarah se levantó de la banqueta y se acercó al estante donde guardaba las partituras. Al final de una de las pilas encontró la partitura de una canción nueva.

—¿*God Rest You Merry, Gentlemen*? —Miró a la sonriente viuda—. Nunca había oído hablar de esta.

—Entonces tocarla será un desafío. Ya iba siendo hora de que te encontraras con alguno.

Sarah esbozó una sonrisa emocionada mientras se sentaba ante el piano dispuesta a descifrar la nueva melodía. Tener música nueva era una noticia casi tan buena como el alegre estado de ánimo de la viuda.

Ya la había tocado una vez y la estaba interpretando de nuevo con algunos adornos cuando Randall entró en el salón con el pelo salpicado de nieve y un cesto en la mano.

—Feliz Navidad —anunció la viuda.

Randall le lanzó una mirada confusa a Sarah y la joven se limitó a encogerse de hombros. ¿Acaso importaba si aquel año la Navidad llegaba un día antes?

—¿Cómo estás, abuela?

La anciana suspiró de felicidad.

—No creo que pueda ir a cenar a Helmsfield esta noche.

Randall alzó el cesto.

—En ese caso supongo que es mucho mejor que yo haya decidido sacar a hurtadillas algo especial de la casa para ti. Aunque no estoy seguro de que deba dártelo ahora. Puede que Sarah se lo coma todo antes de que puedas hincarle el diente.

La joven despegó los ojos del piano. No podía referirse a... Olisqueó el aire del salón, pero las ramas de abeto disfrazaban el sutil olor a limón que parecía emanar del cesto. ¿De verdad había traído lo que ella pensaba?

—Yo nunca le robaría el pastel a una anciana —bromeó la joven.

Randall le sonrió por encima del hombro.

—¿Y qué me dices de un hombre de veintisiete años?

—No puedo prometer nada.

—Bueno, me lo he traído entero, así que imagino que hay de sobra para todos.

Sarah volvió a sonreírle mientras se ponía a tocar por tercera vez la nueva canción utilizando los acordes y adornos que más le gustaban.

Y así fue como pasó el día. Sarah dejó a Randall —y el pastel— en el salón con la viuda mientras se disponía a organizar lo más parecido posible a una comida de Navidad. Como era natural, los sirvientes habían dado por supuesto que Sarah y la viuda comerían con el resto de la familia. Pero dado que *lady* Densbury tampoco iba a comer mucha cantidad de lo que fuera que preparasen, era más importante que consiguieran crear un ambiente festivo y elegante.

Cuando volvió al salón, Randall volvía a estar cubierto de nieve y tenía una expresión ceñuda en el rostro, pero la viuda parecía incluso más alegre y serena que antes.

Mientras los sirvientes se afanaban en el salón y traían muebles y decoraciones de todos los rincones de la casa y empezaban a servir comida para que pareciera una gran fiesta, Sarah se llevó a Randall a un rincón del salón.

—¿Qué ha ocurrido mientras yo no estaba?

Randall se miró las puntas de los zapatos y Sarah por fin comprendió por qué aquella costumbre suya irritaba tanto a la viuda.

—¿Randall?

—Mi abuela me ha encomendado una tarea, eso es todo. —Levantó la vista y la joven advirtió que tenía una mirada más lúgubre que un cielo de nieve—. Una última petición.

❋ ❋ ❋

Randall vio que Sarah meditaba sobre lo que él había dicho, vio la tristeza que le hundió los hombros. Los dos miraron a la viuda al mismo tiempo y sonrieron con alegría mientras la Navidad estallaba a su alrededor.

—Hoy se encuentra mejor —susurró Sarah.

Randall asintió.

—¿Pero durante cuánto tiempo? Tenemos que aceptar el hecho de que no puede seguir así toda la vida.

Pero no era solo la muerte inminente de su abuela lo que debía aceptar. Él tampoco podía seguir así toda la vida. Su abuela había tenido razón desde el principio. Había llegado la hora de que buscara un lugar propio. Había llegado la hora de que agarrara el poco dinero que tuviese y se marchara de Bluestone.

Cosa que resultaba muy conveniente, pues lo iban a expulsar de la propiedad de todas formas. Quizá de esa forma lograra sentir que se marchaba por voluntad propia.

—No, no puede seguir así. —Sarah lo miró con dureza—. Pero que se esté muriendo no significa que esté muerta. Así que ya puedes sonreír y venir a aprenderte este villancico nuevo. La mujer se ha molestado en conseguir que me trajeran la partitura y estoy decidida a tocarla hasta que esté canturreando la canción mientras duerme.

A Randall le asomó una sonrisa a los labios antes de que se diera cuenta. La siguió hasta el piano sin protestar, pero una parte de él también lamentaba aquel momento. Porque si se marchaba de Bluestone no tendría nada que ofrecerle. Y si ella abandonaba pronto Cloverdale, él ya no tendría forma de seguir teniéndola en su vida mientras cambiaba de situación.

❉ ❉ ❉

Habían engullido más de la mitad del pastel. Sarah ni siquiera quería pensar en cuántas raciones se habría comido, pero cada vez que había dejado de tocar el piano o había terminado alguno de los juegos que habían organizado con los sirvientes para entretener a *lady* Densbury, Randall se había acercado a ella con un plato con una ración de pastel y una ramita de abeto.

Sarah tenía los dedos algo doloridos de lo mucho que había tocado el piano aquel día, y también le dolía el costado de lo mucho que se había reído.

Después de todo, había sido un día estupendo.

—Ven aquí, cariño —le dijo *lady* Densbury mientras los sirvientes se llevaban los restos de comida y los platos del comedor—. Quiero ver la nieve.

Randall ayudó a su abuela a levantarse con mucho cuidado y Sarah se acercó a colaborar, aunque no había mucho más que pudiera hacer. La viuda había perdido tanto peso aquellos últimos meses que hasta un niño podría haberla levantado de la silla.

A la anciana se le resbaló el chal de los hombros y Sarah se apresuró a ponérselo bien. ¿Dónde estaba el broche con el que siempre se lo sujetaba?

Sarah frunció el ceño mientras Randall acompañaba a *lady* Densbury hasta la ventana. Al pensarlo se dio cuenta de que hacía un par de días que no veía el broche. Rebuscó por entre las mantas que había en el sillón, palpó los contornos del asiento, incluso se puso a cuatro patas en el suelo para buscar por debajo de los muebles. Pero no lo vio por ningún lado.

—Ven a ver la nieve, Sarah —la llamó la viuda.

La joven dejó de buscar y se acercó a *lady* Densbury. Randall le sonrió por encima de los rizos grises de la anciana.

—Es preciosa —opinó Sarah.

Lady Densbury asintió.

—Siempre me ha encantado la nieve. Oculta todas las cosas desagradables. Hace que el mundo parezca limpio. Eso me gusta. Me gusta pensar que así es como me ve Dios, cubierta por un manto de nieve igual que el de ahí fuera. Sin imperfecciones.

A Sarah se le saltaron las lágrimas. La habían criado personas que amaban a Dios, que le enseñaron a amar la Biblia y sus enseñanzas. Y nunca había imaginado que volvería a sentirse rodeada de aquellos mensajes después de abandonar su casa para buscarse la vida. Y vivir durante casi un año con la implacable fe de *lady* Densbury había sido una bendición.

—Me gusta —susurró Sarah—. Me parece que ya nunca volveré a ver la nieve de la misma forma.

Se quedaron allí observando cómo el sol se ponía sobre la nieve inmaculada hasta que la viuda empezó a temblar.

—Me parece que voy a volver a mi sillón —murmuró.

Randall no dijo nada. Se limitó a tomarla en brazos y llevarla al butacón; después le colocó el chal sobre los hombros mientras ella se acomodaba entre los cojines.

—Me voy a ir a casa —anunció Randall—. Pero volveré mañana.

La anciana asintió y le posó una mano temblorosa en la mejilla.

—Recuerda tu promesa.

Randall cerró los ojos y tragó saliva con fuerza.

—Lo haré.

Sarah acompañó a Randall hasta la puerta.

—Feliz Navidad —le dijo con una risita suave.

Él negó con la cabeza.

—Cuando era niño siempre quería más Navidad. Más dulces, más juegos, más canciones. Y ahora que ya lo tengo, no es lo que esperaba.

—Ya imagino. —Sarah esbozó una sonrisa triste—. Pero hemos pasado un buen día.

—Sí. —Randall guardó silencio y se quedó mirando los zapatos otra vez antes de volver a mirarla a los ojos—. Sarah, yo... —Suspiró—. Nos vemos mañana.

Y se marchó. Sarah repasó los surcos de la puerta cerrada con la mano mientras se esforzaba por no albergar esperanzas, pero no lo consiguió. Entre las fiestas y la forma en que se le disparaba el corazón cada vez que él aparecía por la puerta de la sala de estar, era imposible resistirse a la esperanza de que lo que había sido una atracción y un capricho remoto que llenaba un vacío en su vida se hubiera convertido en algo real y mutuo.

Quizás él se quedara unos días. Hasta Año Nuevo. Tal vez incluso más. Era invierno, ¿no? ¿Había mucho que hacer en una granja en pleno invierno?

Esa esperanza le alegró el paso cuando volvió a la sala de estar para hacer compañía a la viuda. *Lady* Densbury tenía una apacible sonrisa en los labios, pero había cerrado los ojos, y sus venas, de ese tono azul pálido, resaltaban sobre su piel, blanca como el papel.

—¿La ayudo a meterse en la cama, *milady*?

La anciana abrió los ojos y suspiró.

—Preferiría quedarme aquí, si no te importa. ¿Crees que podrías tocar algo? Debería sonar música cuando una mujer consigue, al fin, conocer a Jesús.

—Yo... yo... —Sarah apretó los labios; le temblaba la barbilla y se le llenaron los ojos de lágrimas. Ya no podía ver claramente a la viuda. Respiró hondo por la nariz hasta que consiguió tranquilizarse lo suficiente para hablar con la voz temblorosa y apelmazada—. Claro que tocaré.

Se sentó ante el piano y empezó a tocar. Las lágrimas le resbalaban por las mejillas sin parar hasta que pronto le empaparon el cuello del vestido. Pero tocó de todas formas. Tocó todas las piezas que conocía y algunas que se inventó sobre la marcha. Tocó hasta que se le secó la piel de los dedos y se le empezó a agrietar. Tocó hasta que la respiración ronca que tanto había oído durante los últimos meses dejó paso a un silencio que le resultó más pesado que una mortaja.

Después se hizo un ovillo en el suelo, debajo del piano, y lloró.

Capítulo 8

Randall estaba en medio del vestíbulo de Helmsfield la mañana de Navidad y observaba con la boca abierta el caos que le rodeaba. Los sirvientes corrían por todas partes cargados con ramas de abeto y acebo que llevaban al carro que esperaba delante de la casa. Otro grupo de sirvientes se ocupaba de llenar el carro de comida, y otro colocaba ladrillos calientes en el carruaje que había frente al carro.

Su padre estaba plantado entre los vehículos indicando a todo el mundo lo que tenía que hacer.

Randall dejó pasar a un lacayo que iba a toda prisa y se dirigió adonde estaba su padre.

—¿Qué estamos haciendo?

—Estamos llevando la Navidad a Cloverdale. Después de cómo la vi el domingo no creo que la abuela esté en condiciones de venir aquí. También le he pedido al vicario que venga a comer con nosotros cuando termine el servicio en la iglesia.

Randall recordó la sencilla celebración que habían disfrutado en Cloverdale el día anterior y después observó los intrincados adornos que había reunido su padre. El genuino ambiente relajado de las precoces Navidades improvisadas era la clase de celebración que más le gustaba a su abuela, pero el hecho de que su padre reuniera a toda la familia, a los sirvientes y un carro lleno de comida, bueno, demostraba tener más consideración de la que Randall le había atribuido.

Su madre bajó la escalinata y se fue directa al carruaje con los ladrillos calientes.

—Recoge tu abrigo, Randall. Los hombres tienen que sentarse fuera.

Randall meneó la cabeza, esbozó una sonrisa de medio lado y volvió a entrar en la casa para recoger su abrigo y el sombrero que le trajo uno de los sirvientes. Mientras se balanceaba en lo alto del carruaje, junto al cochero, sonrió con más ganas. Por fin su familia iba a conocer a Sarah en un entorno donde se sentía más cómoda siendo ella misma. Estaba impaciente por que conocieran a la mujer que él había descubierto.

Cloverdale estaba serena y oscura, igual que las ultimas veces que había ido a visitarla. Toda la vida de aquella casa ocurría entre la sala de estar y las cocinas, por lo que no era muy sorprendente que pareciera casi abandonada cuando se la observaba a primera vista.

Se bajó del carruaje de un salto mientras el vehículo todavía estaba meciéndose. La puerta principal se abrió antes de que pudiera subir los escalones de la entrada.

Le bastó con ver la cara del ama de llaves. Randall se quedó de piedra.

—No —susurró.

La mujer abrió los ojos sorprendida cuando vio los carros, el carruaje y a la elegante familia esperando en la nieve. Parecía aterrorizada y los miraba con los ojos muy abiertos por encima de unas sombras de color malva.

—Lo siento, *milord* —dijo—. Lo siento mucho.

Randall corrió hacia la casa y llegó a la escalera al mismo tiempo que su padre.

—¿Cuándo? —espetó.

—¿Cuándo? —repitió el conde—. ¿Cuándo qué?

El ama de llaves sorbió por la nariz.

—Un poco después de las dos de la mañana, creo. Todos nos quedamos despiertos y aguardamos en la puerta de la sala de estar mientras la señorita Gooding tocaba el piano. Fue el momento más apacible que he visto en mi vida, *milord*, si le sirve de consuelo.

El ama de llaves gesticuló a su espalda para señalar a un sirviente que estaba parcialmente cubierto por un abrigo sin abrochar, se había puesto el sombrero y llevaba la bufanda en la mano.

—Estábamos a punto de enviarle a Helmsfield para avisarles, *milord*.

Al conde se le cayó el sombrero que llevaba en la mano.

—¿Ha muerto?

—¿Dónde está Sarah? —Randall encontró las fuerzas suficientes para mover los pies mientras se preguntaba cómo se estaría sintiendo la joven en aquel momento. Se abrió paso hasta el vestíbulo—. ¿Dónde está?

—En la sala de estar, señor. No hemos tenido el valor de despertarla.

Randall entró hasta el vestíbulo, pero se quedó de piedra cuando se encontró con la puerta de los aposentos de su abuela abierta. Podía ver la cama desde donde estaba; se dio cuenta de que los sirvientes habían hecho lo que habían podido para prepararla. Si no supiera nada, creería que estaba dormida.

Pero no lo estaba. Y no creía que fuera capaz de poder enfrentarse a la prueba definitiva por sí mismo. Su familia esperaba detrás de él, todos conmocionados, pero ninguno de ellos había conocido a la abuela como él. Como la había conocido Sarah.

Tenía que encontrar a Sarah.

Tuvo que mirar dos veces por la sala de estar hasta que la encontró, hecha un ovillo, dormida en el sillón de su abuela.

Cruzó el salón en cuatro zancadas y se arrodilló delante del butacón para abrazarla.

Sarah parpadeó muy despacio y lo miró; las lágrimas ya brillaban en sus pestañas.

—Toqué —susurró—. Toqué mientras ella buscaba el camino a casa.

Randall le deslizó los dedos por el brazo para quitarle la mano del regazo. Tenía la manos rígidas y la piel seca. Flexionó los dedos muy despacio e hizo una mueca de dolor.

Oyeron un sonido agónico procedente del vestíbulo que resonó en la sala de estar. Sarah se levantó y Randall le pasó el brazo por encima del hombro mientras cruzaban el vestíbulo para enfrentarse a la realidad.

Su padre ya estaba junto a la cama con una expresión de conmoción y desesperación en el rostro. El resto de la familia aguardaba tras él, todos tristes. George posó una mano en el hombro del conde y se alejó de la cama. Dejó el abrigo sobre una silla y empezó a dar instrucciones a los sirvientes. Dio las instrucciones tan rápido que Randall apenas consiguió entenderlas todas, pero enseguida había un montón de personas afanándose en preparar el funeral. A algunos les pidió que fueran a recoger nieve que dispondrían alrededor del cuerpo mientras la preparaban para el entierro, otros se ocuparon de preparar la comida en la sala de estar con la idea de que todo el mundo tuviera el sustento necesario para conservar la energía que necesitaban para afrontar el día. Incluso mandaron un lacayo a la iglesia, donde todos los vecinos estarían reunidos para el servicio de Navidad. En la casa se desató un torbellino de actividad que Randall apenas conseguía comprender.

Quizá George no supiera que en Bluestone cultivaban ruibarbos, pero era evidente que tenía dotes de buen conde.

Como no sabía qué más hacer, Randall se acercó a la cama observando a su abuela, que parecía tan serena como lo había estado mientras contemplaba la nieve la noche anterior. Quizás incluso más, porque ya no tenía que esforzarse por respirar. Y se quedó allí, con su padre a un lado y Sarah al otro, y lloraron todos juntos.

❀ ❀ ❀

Sarah estaba tendida en la cama y parpadeaba mirando el techo. ¿Y ahora qué iba a hacer con su vida?

El día anterior había sido muy ajetreado mientras todo el mundo preparaba el funeral en lugar de celebrar la Navidad. Ella había ayudado a la condesa y a las demás damas a preparar el cuerpo. Después habían tenido mucho trabajo en la cocina para dar de comer a toda la gente que vino a presentar sus respetos a la casa.

Pero de pronto ya no tenía mucho más que hacer.

El funeral se celebraría dos días después. Cabía la posibilidad de que la familia conservara los servicios de Sarah durante un tiempo para que se ocupara de organizar las pertenencias de la viuda, pero la verdad es que ella ya no tenía nada que hacer allí.

A menos que pensara en Randall. Después de haber llorado juntos, él se había sentido tan perdido en el frenesí del día como ella y no habían podido estar a solas desde entonces.

Incluso se había marchado con su familia sin despedirse de ella.

Suspiró, se levantó de la cama y se vistió. Le habían traído una bandeja con el desayuno, y no hacía mucho tiempo, a juzgar por la temperatura del té. La rutina del día a día seguía siendo la habitual. Tanto, que Sarah casi podía convencerse de que los dos últimos días no habían existido.

Bajó las escaleras y se volvió hacia los aposentos de la viuda como hacía siempre, pero el dormitorio estaba silencioso y oscuro, las cortinas seguían cerradas y no dejaban pasar la luz del sol de la mañana.

Haciendo todo el ruido que pudo, Sarah cruzó la estancia y abrió las cortinas. Cuando vio la cama perfectamente hecha y todo en su sitio la realidad se impuso.

Lady Densbury ya no estaba.

Se había marchado de la misma forma que había vivido, a su manera. Extrañamente, lo único que lamentaba Sarah era que la anciana no había tenido la oportunidad de entregar las cajas de Navidad que había preparado con tanto esmero para sus empleados.

Como quería asegurarse de hacer aquello último para la viuda, Sarah fue a la sala de estar a por el cesto lleno de cajas. Pero ya no estaba. Aquel cesto llevaba varios meses en un rincón del salón, y lo habían ido llenando de cajas poco a poco. Pero ahora solo había un papelito.

Sarah se agachó y leyó.

«No te preocupes».

Le dio la vuelta al papel buscando alguna firma o algo que le indicase quién había escrito la nota, pero no encontró nada. La letra parecía masculina, pero el día anterior habían pasado por la casa un montón de hombres. ¿Se habría llevado el cesto alguno de ellos? ¿Pero por qué?

Oyó ruidos en la entrada y salió de la sala de estar con la nota todavía en la mano.

En el vestíbulo vio a la mitad del personal junto a Randall, que tenía en los brazos el cesto lleno de cajas de Navidad. Carraspeó y sonrió.

—He venido a cumplir con la última voluntad de mi abuela.

❀ ❀ ❀

Randall se apoyó el cesto en la cadera e intentó adivinar qué estaría pensando Sarah. Parecía descansada, y eso estaba bien. Se alegraba de que la chica hubiera conseguido dormir.

Él no había podido.

Había pasado toda la noche pensando en su abuela, en cómo había salido todo, en la expresión de su padre. Y había llegado a una conclusión.

No quería seguir perdiéndose cosas por culpa de un exceso de planificación y de esperar demasiado.

No, el momento no era ideal y no gozaba de las mejores oportunidades, pero si Sarah estaba dispuesta, cuando terminaran de hacer todo lo que había que hacer allí, Randall quería empezar de nuevo con ella.

Pero primero tenía que entregar aquellas cajas de Navidad.

Las cajitas estaban grabadas con el nombre de cada uno de los empleados, y Randall las fue entregando como si fuera un deber sagrado. Y, en cierto modo, lo era. Era lo último que le había pedido su abuela. Bueno, le había puesto una excusa y le dijo que quería que fuera Randall quien se encargara de repartir las cajas porque quería que Sarah participara de la fiesta en lugar de dirigirla, pero una parte de Randall había sabido que ella no esperaba estar allí aquella mañana para hacerlo por sí misma.

Las doncellas exclamaban encantadas cuando encontraban sus pañuelos bordados con el sueldo de un año en su interior.

Su abuela sabía cómo dejar huella.

Los empleados fueron desapareciendo uno a uno con sus cajitas en la mano. Ya fuera a celebrarlo con sus familias o a tomarse el día libre para intentar relajarse después de toda la tensión acumulada.

Al final solo quedaron él y Sarah en el vestíbulo. Le entregó la caja con su nombre grabado en la tapa.

La joven la abrió con una sonrisa en los labios, pero enseguida desapareció detrás de las lágrimas y se llevó una mano a la boca. Le temblaba tanto la mano con la que sostenía la caja que Randall temía que se le cayera y la agarró para estabilizarla.

El brillo que brotaba del interior de la caja llamó la atención de Randall. Sobre el revestimiento de terciopelo yacía el broche de plata y amatistas de su abuela. Su posesión más preciada. Debajo había una nota que Randall sentía mucha curiosidad por leer, pero no sabía si Sarah querría compartir el contenido con él.

Sacó el broche de la caja y le colocó la joya en el vestido a Sarah, justo en el hombro.

—Te queda bien.

—¿Por qué haría una cosa así? —susurró Sarah.

Randall asintió en dirección a la caja.

—Probablemente lo explique en la nota.

Sarah dejó la cajita encima de la mesa y desdobló el papel para encontrar una nota escrita en una caligrafía temblorosa y salpicada de motas de tinta.

—Mi querida Sarah —murmuró leyendo la nota en voz alta—. Mi marido me regaló este broche como símbolo de nuestro amor, que era más fuerte que cualquier cosa de las que nos deparó la vida. Siempre que lo veía yo sabía que no debía preocuparme que los demás pensaran que yo no era lo bastante buena para él. Él pensaba que sí y eso era lo único que importaba.

Sarah levantó la mano y acarició la piedra púrpura del broche de una forma dolorosamente parecida a como lo habría hecho su abuela. La joven sorbió por la nariz y siguió leyendo.

—Te la doy a ti para que recuerdes lo mismo. Ran...

Dejó de leer jadeando y cerró el papel.

—¿Qué? —Randall la tomó de las manos y la nota crujió entre ellos mientras le acariciaba la muñeca con el pulgar y notaba el pálpito de su pulso—. ¿Qué pone?

—Yo... mmm...

Randall sonrió con la sospecha de que su astuta abuela se había dado cuenta de todo mucho antes que él.

—¿Hablaba de mí?

A Sarah se le sonrojaron las mejillas.

Randall sonrió de oreja a oreja.

—¿Pone que te quiero y que quiero vivir contigo sin importar lo que mi familia pueda pensar de tu misterioso pasado?

Sarah se mordió el labio y parpadeó tratando de reprimir las lágrimas.

—No. —Le dio un poco de hipo—. Pone que Randall es un idiota si no se da cuenta de lo mucho que lo quieres y que debería decirle a su familia que... que... bueno, dejémoslo en que no piensa que debas ser muy agradable poniéndolos en su sitio.

A Sarah se le había soltado un rizo del pelo y Randall levantó la mano para acariciar el mechón dorado con los dedos.

—Pues resulta que estoy de acuerdo con ella.

La sonrisa que esbozó Sarah fue llorosa porque las lágrimas ya habían empezado a resbalarle por las mejillas, pero eso la hacía todavía más hermosa. Randall agachó la cabeza y presionó su sonrisa contra la de Sarah en un beso que fue tan raro como alegre.

—De ahora en adelante —anunció—, viviremos la vida igual que hizo mi abuela. Amamos a Jesús. Nos queremos. Y los demás pueden compartir esa dicha con nosotros o apartarse de nuestro camino.

—Eso me gusta. —Sarah se puso de puntillas y le dio un delicado beso en la mejilla—. Feliz Navidad.

Randall sonrió.

—Eso fue ayer.

Sarah se encogió de hombros.

—No veo por qué tenemos que poner límites a las celebraciones.

Mientras Randall se reía, Sarah miró dentro del cesto.

—Espera. Todavía queda una caja.

Randall miró hacia abajo y se dio cuenta de que era cierto, todavía quedaba una caja escondida entre la tela que habían utilizado para forrar el cesto.

La sacó y se sorprendió al ver su nombre grabado en la tapa.

En aquella caja también había una carta, aunque estaba colocada encima de otras cosas. Dejó la caja en la mesa y abrió la carta, que leyó rápidamente, pues estaba escrita en una caligrafía mucho más clara que la de Sarah. Fuera lo que fuese lo que había planificado su abuela, ya llevaba un tiempo con ello.

—¿Qué pone? —preguntó Sarah.

Randall se acercó a tientas a la pared y se apoyó en ella antes de levantar la vista para mirar al amor de su vida.

—Me ha comprado una granja. —Tragó saliva—. En Virginia.

Sarah frunció el ceño.

—Eso está en América.

Randall asintió notando ya cómo se le aceleraba el corazón ante la emoción de la aventura que le esperaba. Aquello sí que era volver a empezar, un comienzo de verdad, la clase de oportunidad que raramente se le presentaba a nadie.

Y estaba impaciente por lanzarse.

—Charles Thomas, el hijo de una amiga de mi abuela, es el propietario de la granja que hay justo al lado y se ha estado ocupando de la tierra, pero está esperando a que yo tome posesión de la propiedad en cuanto llegue.

Randall contuvo la respiración y esperó a ver la reacción de Sarah. Era muy posible que marcharse a América significara no volver a pisar Inglaterra, por lo menos en mucho tiempo. Pero él quería ir de todas formas. Le apetecía mucho, pero solo si Sarah se marchaba con él.

Algunos momentos después, durante los que Randall acabó preocupándose en serio por su corazón, ella dijo:

—Yo nunca he subido en barco. —Tragó saliva y sonrió—. Es increíble que la primera vez que lo haga vaya a ser para cruzar el océano.

Randall se rio, la tomó en brazos y empezó a dar vueltas por el vestíbulo. Después la dejó en el suelo.

Sarah se quedó sin aliento y se apartó el pelo revuelto de la cara.

—¿Había algo más en la caja?

Randall levantó la tapa y miró dentro. Se sorprendió tanto que la volvió a cerrar de golpe. Dentro había dinero. Más que suficiente para que pudieran empezar su vida cómodamente y establecerse en la granja. ¿Cuánto tiempo habría estado ahorrando su abuela y metiendo el dinero en aquella cajita para que Randall no pudiera hacer otra cosa que empezar a vivir su vida?

Volvió a abrazar a Sarah y enterró la cara en su pelo dejándose llevar por todas las emociones de la semana anterior. Nunca habría querido que muriese su abuela, jamás habría imaginado que se sentiría preparado para dejar a su familia y aventurarse por su cuenta, nunca habría imaginado que encontraría a la mujer que le haría sentirse lo suficientemente fuerte para luchar contra el mundo escondida detrás de un piano.

Y, sin embargo, allí estaba. Con todo lo que jamás se había atrevido a soñar y más. No, nunca había imaginado que lo conseguiría de esa forma, pero de una cosa estaba seguro: la familia que formara con la nueva vida y la oportunidad que le habían dado sabría lo que significaba amar completa y verdaderamente. Era el legado de su abuela.

Y de la misma forma que el broche, como la granja, como el amor que su futura esposa sentía por los pasteles de limón, estaba decidido a transmitirlo a las siguientes generaciones.

Epílogo

Virginia, Estados Unidos de América, 1840

—¡Es una niña! —anunció con alegría la matrona mientras el llanto del bebé resonaba por el dormitorio.

Sarah respiró con dificultad y una sonrisa exhausta en los labios. Una niña. Por fin. Tener cinco hijos varones era una buena noticia cuando el negocio familiar era una granja, pero le hacía mucha ilusión criar a una niña.

Las doncellas se afanaron en limpiar al bebé y devolvérsela a su madre. Randall estaba a su lado y acariciaba con ternura la cabeza de la niña.

—Es preciosa —susurró asombrado—. Igual que su madre.

Era un momento maravilloso y apacible, y Sarah apoyó la cabeza en la almohada y cerró los ojos para disfrutar de esa excepcional serenidad.

Abrió los ojos de golpe y miró a Randall. En su casa nunca había tranquilidad.

—¿Dónde están los niños?

Randall sonrió.

—Le están enseñando a su tío Cecil a cavar una zanja en condiciones en el campo. Nuestro hijo pequeño tiene unas teorías muy interesantes sobre la mejor forma de agarrar la pala.

Poco después de que Sarah y Randall se hubieran trasladado a América, Cecil había empezado a escribir cartas a su hermano pequeño en las que le hacía toda clase de preguntas y le pedía detalles sobre la gestión de una parcela de tierra. La viuda le había dejado en herencia una pequeña propiedad en Cambridgeshire, una hacienda que todo el mundo había asumido que formaba parte del condado, pero en realidad pertenecía a *lady* Densbury, según constaba en los documentos que habían revisado los abogados. Su padre, que había sido profesor en Cambridge, no había sido tan pobre como muchos habían asumido.

Era una bendición que Cecil hubiera venido de visita acompañado de su familia justo cuando Sarah había tenido que estar haciendo reposo durante el último mes. Pero ahora su pequeña ya había llegado, y había valido la pena.

La niña manoteaba por el pecho de su madre y golpeó con el puño el broche de amatista que Sarah llevaba prendido en el hombro. Sarah no se lo ponía muy a menudo. No era la clase de complemento que resultara práctico para la esposa de un granjero. Pero cuando se sentía especialmente nerviosa, el broche era un maravilloso recordatorio del amor y el apoyo que la rodeaban.

—¿Qué nombre deberíamos ponerle? —preguntó Randall.

Sarah se había negado a hablar sobre nombres de niña porque había tenido miedo de hacerse ilusiones de que esa vez fuera a dar a luz a una niña. Además, ya tenía el nombre perfecto.

—Rosemary.

Randall alzó las cejas.

—¿Rosemary? Ya sabes que aquí no cultivamos romero, ¿no?[1]

La granja iba increíblemente bien. Habían pasado uno o dos años duros, pero había resultado ser el sitio perfecto para que una pareja empezara una nueva vida. Se habían casado poco después de la muerte de *lady* Densbury e hicieron las maletas para venirse a América inmediatamente con la esperanza de poder poner la casa a punto antes de que llegara el momento de plantar en primavera. Pero no habían tenido de qué preocuparse. *Lady* Densbury ya les había preparado la casa. Incluso había un piano en el vestíbulo.

La anciana había sido meticulosa y considerada, se había asegurado de que cuidaban de su familia, de que se les quería. Y lo había hecho porque era lo correcto. No había ganado nada al hacerlo. En cualquier caso, nada material.

---

1   N. de la T.: *Rosemary* significa 'romero' en inglés.

Y era un legado maravilloso que transmitir a las siguientes generaciones.

—Rosemary era el nombre de tu abuela —anunció Sarah.

Randall esbozó una expresión bastante cómica.

—¿Ah, sí?

Sarah asintió y deslizó el dedo por la mejilla de su pequeña, que se había quedado dormida.

—Hola, pequeña Rosemary. Estoy impaciente por hablarte de tu bisabuela. Espero que seas tan buena y decidida como ella. Y algún día te daré su broche para que vayas adonde vayas sepas que el amor es lo más importante. Amar a Dios. Amar a la familia. Amar la vida.

Después le dio un besito en la cabeza y se echó a un lado para que Randall pudiera tenderse en la cama y abrazarlas a las dos. A continuación se durmieron juntos y soñaron con un futuro rodeados de los seguros brazos del amor.

En busca de refugio

Capítulo 1

Marlborough, Inglaterra, 1804

Margaretta había usado la palabra «desesperada» muchas veces en su vida, pero nunca había conocido su verdadero significado hasta que se halló apostada frente a la puerta abierta de una diligencia postal con una carta de hacía ocho meses y rezando para que alguien en ese minúsculo mercado supiese adónde había ido la autora de dicha misiva cuando se marchó.

Y para que Margaretta pudiera encontrarla antes de que Samuel Albany la encontrase a ella.

Porque aquella persona era su última esperanza. Y esperanza era algo que Margaretta necesitaba desesperadamente. En el más puro sentido de la palabra.

—¿Se detiene aquí, señorita?

Margaretta se obligó a apartar la vista de la amplia calle adoquinada y flanqueada por edificios de ladrillo rojo y escaparates porticados. El hombre que sujetaba la puerta, y que se mostraba razonablemente impaciente, llevaba el abrigo rojo del servicio postal inglés y una gruesa capa de polvo del viaje. A sus ojos, Margaretta tal vez pareciera una mujer sin preocupaciones en comparación con su actual incomodidad.

Si supiera que estaba huyendo para salvar la vida, ¿seguiría pensando tal cosa?

No es que importase. Su opinión no podía importar. La de nadie. Margaretta conocía la verdad, las decisiones con las que estaría dispuesta a vivir, y eso era todo lo que había de importar.

—Sí, me bajo. —Guardó la carta en el bolsillo de su capa de color amarillo intenso y cerró los dedos en torno a la desgastada asa de cuero de su maleta. La pesada valija chocó contra su rodilla al bajar y amenazó con derribarla sobre el trabajador postal y aplanarle la nariz aún más. En cambio, dio un salto y agitó las rodillas cuando sus botas tocaron el suelo. La bajada del vehículo había sido, cuanto menos, impropia de una dama, pero mucho mejor que caer de nalgas en el suelo.

Margaretta exhaló una bocanada de aire entre sus labios fruncidos y se echó a un lado antes de depositar la maleta a sus pies. Se enderezó la capucha de la capa para que ocultara su rostro. Sí, aquello dificultaba la visión a su alrededor, pero también evitaba que la gente la viese. Prefería que la gente recordase una gran capucha de un ridículo tono amarillo chillón antes que su rostro. La gente se fijaría en ella por ser una mujer que viajaba sola en diligencia. Bien se dejaba ver con algo memorable y que llamara la atención, o se cubría con los sombríos colores del luto, lo cual no estaba dispuesta a hacer. Aquello sería admitir la derrota antes de empezar siquiera.

Levantó la maleta y volvió el rostro para inspeccionar el pueblo con ojo crítico. Era encantador, y se veía amplitud por todas partes, algo de lo que Londres carecía; sin embargo, no podía permitirse el lujo de permanecer quieta y pensar en los beneficios de la amplitud y el aire fresco. Tenía poco tiempo y menos fondos. Debería ser inteligente para resolver sus problemas antes de que ambos se agotasen. Y, a pesar de haber intentado siempre ser prudente y práctica, nadie le había pedido nunca que fuera lista.

Introdujo una mano en el bolsillo y la envolvió alrededor del papel ya arrugado. Su amiga Katherine, por otro lado, siempre había sido lista, y Margaretta contaba con poder seguir sus inteligentes pasos para asegurarse de que todo transcurriera como debía y todos permaneciesen a salvo al menos durante los próximos meses.

Con suerte, Katherine no había sido tan inteligente como para que el esfuerzo de Margaretta resultase en vano. Esta carta era la última conexión que Margaretta tenía con su amiga, y, por desgracia, apenas contenía información.

El cansancio hizo mella en su mente. Llevaba viajando tres días seguidos en diligencias postales a lo largo de una amplia ruta alrededor de Londres para evitar a cualquiera que la pudiese estar buscando. Mientras todos pensasen que se encontraba en Margate, bañándose en el mar con la señora Hollybroke y sus hijas, tendría tiempo. Tiempo para esconderse, para idear un plan, para lograr la imposible tarea de encontrar a Katherine. Dado que desaparecer por completo parecía ser parte de la solución de esta, Margaretta esperaba que su carta fuera el inicio de un rastro escaso.

Así pues, la pregunta era: si Margaretta quería encontrar a alguien que no deseaba ser encontrado, ¿por dónde empezaría?

El estómago se le contrajo y gruñó, recordándole que había pasado mucho tiempo desde que había desayunado el pastel de carne en una fonda de carretera.

No ayudaría a nadie, mucho menos a sí misma, que se desmayara por el hambre y el cansancio en mitad de la calle. Entonces, lo primero sería la comida y el alojamiento. Mañana comenzaría su búsqueda.

El enorme hostal con tres gabletes que aparecía a su derecha parecía prometedor y cómodo. Al igual que caro, un lugar que proporcionaba servicio a aquellos que viajaban desde Londres en carruaje. De quedarse allí, su monedero mermaría más rápido de lo que le gustaría y también la pondría en peligro de encontrarse a alguien que pudiera reconocerla. No podía dejar que nadie regresara a Londres con noticias de que Margaretta se encontraba en Marlborough.

Así las cosas, empezó a caminar. Se alejó del hostal y de los deliciosos aromas que de él provenían, del carruaje y de la gente con la que había pasado varias de las pasadas horas compartiendo un pequeño espacio.

De todo lo que le resultaba familiar.

Viajar era algo que había hecho durante gran parte de su vida. Al tener un padre que se dedicaba al negocio de los arneses y las monturas, hubiera sido raro no tener la oportunidad de probarlas. Sin embargo, nunca había salido sola, lejos de las zonas frecuentadas por viajeros como ella.

Una respiración profunda se abrió paso entre sus pulmones contraídos. Podría hacerlo. Un pie delante del otro. Inhalar durante dos pasos y exhalar durante otros dos. Absorber la idílica calma de la amplia calle que se tornaba más silenciosa cuanto más se alejaba del establo. Encontrar algo en lo que centrarse y seguir caminando hasta que se le presentase una solución. Era una perspectiva alarmante que hacía que su yo pragmático se estremeciese, pero durante el pasado mes y medio le había servido bien. Elegir un punto y moverse hacia él.

Más adelante en la calle, una mujer barría el suelo frente a una tienda. En el cartel solo podía leerse Lancaster's, pero por la cantidad de manojos de hierbas que colgaban del escaparate y por los barriles de comida que había debajo todo indicaba que se trataba de una tienda de comestibles. El estómago le volvió a sonar. No sería un plato de alta cocina, pero si podía llevarse a la boca un poco de fruta y queso, y quizá alguna otra cosa que no requiriera mucha preparación, aliviar el hambre le costaría la mitad de lo que habría tenido que pagar en el comedor de un hostal.

Era una opción tan buena como cualquier otra en ese momento. Frunció los labios en señal de determinación al tiempo que hacía acopio de fuerzas y se dirigía a la tienda de comestibles tratando de no hacer caso al miedo que la instaba a mirar por encima del hombro para ver si alguien la seguía.

❀ ❀ ❀

Nash Banfield se alejó de la puerta de su despacho y siguió a la mujer por la calle.

Dada la localización de su despacho, justo a las afueras de la calle principal de Marlborough, había visto a una multitud de personas desembarcar de una serie de carruajes. Normalmente apenas les prestaba atención, pero le había resultado imposible no percatarse del color amarillo intenso de la capa que vestía aquella mujer, un rayo de sol enmarcado por pintura descolorida y polvorienta y las endebles nubes grises que cubrían el cielo.

Nubes que hacían que resultara extraño que se hubiese tomado el tiempo de cubrirse la cabeza para esconder aquel cabello oscuro y aquella piel pálida.

Nadie la acompañaba y no había reclamado ninguna de las maletas o baúles de la zona superior del carruaje. En cambio, había tomado su única maleta de cuero y se había dispuesto a alejarse del vehículo, el hostal y la gente con paso firme.

Nash había sido abogado durante muchos años y rara vez había sido testigo de nada bueno de alguien que viajaba solo, sin equipaje y ocultando el rostro.

Había atisbado su semblante durante unos instantes antes de que la capucha le ensombreciese unas cejas marcadas y una boca generosa. Desde la distancia, no podía descifrar su expresión, pero apenas cabía duda de que la viajera desbordaba determinación. Era evidente por los hombros rectos, los labios fruncidos y los pasos decididos.

Según la experiencia de Nash, las emociones vehementes de cualquier tipo tenían potencial para convertirse en algo peligroso.

El señor Tucker, un hombre bien vestido y propietario de una de las queserías locales, pasó por su lado e inclinó el sombrero al hacerlo.

La mujer no le respondió y en lugar de ello se dispuso a cruzar la calle. Los pliegues de su capa amarilla se arremolinaban a su alrededor y dejaban entrever un vestido azul oscuro por debajo.

Nash apretó los labios mientras unía las manos a su espalda y aguardaba para ver adónde se dirigía. Los desconocidos en el pueblo no eran nada nuevo. Mucha gente vestida igual de elegante que ella, y más incluso, visitaban el pueblo y lo consideraban una humilde y rústica zona de descanso entre Londres y Bath.

Sin embargo, la mayoría de los visitantes no viajaba en diligencias.

En pocos días, el pueblo estaría a rebosar de gente, tanto de desconocidos como de sus propios habitantes. Cuando el mercado semanal llegase al pueblo, Marlborough estaría repleto de gente. Las amplias calles adoquinadas se llenarían de personas y el ruido haría eco desde los altos tejados y las callejuelas estrechas. Pero ahora mismo, el pueblo se hallaba tranquilo.

Era una comunidad pequeña; solo dos parroquias dividían el pueblo, y la gente que rondaba las calles y trabajaba se llevaba bien. Habían estado a su lado tras el fallecimiento de su hermana y lo habían ayudado a sanar de la pérdida de la última persona a la que quería, al igual que habían evitado que cayera en una oscura e incontenible melancolía que temía que lo fuese a consumir.

Se habían convertido en su familia.

Nash dejó caer las manos a los costados y su naturaleza curiosa se transformó en inquietud cuando resultó evidente que la mujer se dirigía hacia la tienda de la señora Lancaster. La anciana había mantenido abierto el negocio tras la muerte de su marido y continuó proveyendo a los residentes de Marlborough de un lugar donde comprar alimentos, especias y una gran variedad de otros elementos a lo largo de la semana sin tener que esperar al mercado de los sábados. Pero la mujer era demasiado generosa, sobre todo con las mujeres jóvenes. Se había hecho amiga de mujeres que trabajaban en los hospicios del pueblo y había sustituido más de un juguete para niñas sin pedir un solo penique a cambio.

Cuando el señor Lancaster enfermó, este le pidió a Nash que le prometiera que cuidaría de su esposa. Aquello había sido hacía casi cinco años, pero a Nash no le había llevado mucho tiempo entender que vigilar a la señora Lancaster no era tarea fácil, teniendo en cuenta el hecho de que la mujer no hacía nada de manera ni remotamente normal. Nash temía el día que alguien se aprovechase de la amabilidad de la anciana viuda.

Alguien como aquella mujer que se había bajado de la diligencia y se dirigía directamente a su tienda de comestibles. Quizá sabía que podría intercambiar una triste historia por algo mejor.

Se separó de la pared y caminó por la calle. La gente de Marlborough lo había salvado hacía ocho años. Este pueblo era la única familia que le quedaba. Estaba listo para protegerla de ser necesario.

❀❀❀

Los ojos de Margaretta se abrieron de par en par al observar las estanterías y los barriles repletos de alimentos, hierbas y un sinfín de otras cosas que jamás pensó encontrar en una tienda de comestibles. ¿Tenían tiendas así en Londres? No había ido mucho de compras allí, al menos no en busca de comida. Los lazos, sombreros y guantes eran interesantes, pero no tenían el mismo olor y textura que desprendía una tienda de ultramarinos.

A cada sitio que miraba, veía algo diferente; algo que quería recordar la próxima vez que se sentase con el ama de llaves para conversar sobre el menú mientras hacía ligeras modificaciones en los platos previstos y anticipaba lo entusiasmado que se mostraría su padre al tener algo nuevo sobre la mesa esa tarde.

Por supuesto, pasaría algún tiempo hasta que regresase a su casa en Londres y perdiera la mañana reflexionando sobre el menú. Ahora mismo le interesaban más las cestas de nectarinas y manzanas de finales de temporada mientras consideraba seriamente comerlas en una callejuela a pesar de estar crudas. Se sentía demasiado famélica y, además, no tenía forma de cocinarlas.

Pasó junto a la mujer que tarareaba y que siguió a Margaretta al interior antes de guardar la escoba en un rincón cerca de la puerta. La melodía le resultaba vagamente familiar. Quizá fuese una que había oído en la iglesia. No era un ritmo que propiciase bailar, por lo que no provenía de ninguna danza.

A Margaretta se le hizo la boca agua y sus sentidos se adaptaron al silencio de la tienda después del molesto traqueteo de la diligencia. Podía oler el queso y el pan además de las variadas hierbas y especias que llenaban los estantes. En comparación con los caballos y los cuerpos faltos de higiene de los viajeros, era un cambio que agradecía. El espacio se hallaba en penumbra, lo cual la obligó a echarse la capucha hacia atrás. Por esa razón se mantuvo de espaldas a la puerta cuando la mujer se acercó a ella.

—No suelen venir muchos clientes directos de las diligencias. ¿Qué desea? —La mujer rodeó el mostrador. Era vivaz, a pesar de la ligera cojera que sufría en el pie derecho. La edad era evidente en su semblante redondo, enmarcado por varios rizos castaños con retazos grises que se escapaban del gorro que le cubría la cabeza.

—Dos de cada, por favor. —Magaretta señaló las cestas de fruta a la vez que apoyaba la maleta en el suelo frente a sus pies y se aseguraba de cubrirla con el extremo de la capa—. Quizá también un poco de queso y una pequeña hogaza de ese pan.

La mujer asintió y comenzó a envolver los pedidos de Margaretta en un trozo de papel marrón mientras hablaba.

—Este es el mejor pan del condado, pero no se lo diga al señor Abbot de la panadería calle abajo. Todavía le molesta que venda las hogazas de Cecily White en mi tienda, pero no hay nada que yo pueda hacer. Tiene suerte de que haya venido tarde hoy. Normalmente se venden antes del mediodía.

Margaretta contó cuidadosamente las monedas de su ridículo. No pudo evitar sonreír mientras la mujer charlaba, pero su sonrisa se transformó en vergüenza cuando empezó a sonarle el estómago y de qué manera ante la falta de comida.

Sin dejar de hablar, la mujer pellizcó un trozo de pan y se lo entregó a Margaretta antes de envolver el resto en el paquete.

—Pero si son bollos lo que quiere, entonces la enviaré al señor Abbot. Vende los mejores, aunque es su hija quien los hace. Pero todos fingimos que es su mujer quien hace la tarea, a pesar de que le cuesta hasta elaborar masa para tartas. No logro entender qué llevó a esa mujer a casarse con un panadero.

La mujer alzó la mirada y guiñó el ojo.

—Oh, hola, señor Banfield. ¿Qué le trae hoy por aquí?

Sus ojos viajaron hasta Margaretta mientras hablaba, como si la mujer creyese que su cliente había sido la razón de la visita del caballero, en lugar del amplio surtido de alimentos.

Margaretta trató de mirar al recién llegado por el rabillo del ojo. Todo lo que pudo otear al quitarse este su sombrero de copa fue una mata de pelo oscuro y un gran abrigo sencillo en tonos marrones.

—Buenas tardes, señora Lancaster. Me temo que se me han agotado los caramelos de menta. —Se detuvo al lado de Margaretta en el mostrador.

La señora Lancaster emitió una breve risa.

—Bueno, pase por aquí y tómelos. Sabe dónde están, ya que compró una cajita hace dos días.

El hombre pasó tras el mostrador y por detrás de la anciana vendedora. Sus ojos azul claro se clavaron en Margaretta y ella intentó no devolverle la mirada, pero fue capaz de descubrir una nariz recta y fina y un fuerte mentón.

—¿Ha conocido ya a esta joven y encantadora dama? —inquirió la señora Lancaster tras recibir el dinero de Margaretta.

El señor Banfield se volvió con una pequeña cajita en la mano y una media sonrisa.

—No, me temo que no he tenido el placer.

—Yo tampoco. —La mujer le sonrió y al hacerlo el rostro se le arrugó con el gesto, muestra de que las arrugas no se debían solo a la edad—. Podemos hacerlo juntos ahora, ¿cierto?

Margaretta tragó con vehemencia dos bocaditos de pan a la vez que la sonrisa de la mujer se ensanchaba en su dirección. Quería recibir su comida y marcharse, mantener su privacidad y anonimato, pero tendría que hablar con la gente si quería encontrar a Katherine y resultaría menos sospechoso si se relacionaba con todos. Así que se esforzó por corresponder la sonrisa.

—Soy la señora Lancaster, querida. Y este señor de aquí es uno de nuestros abogados, el señor Banfield. Como es nueva en el pueblo, quizá nosotros seamos las dos mejores personas que pudiese conocer. Sé cuáles son los mejores sitios en los que meterse en problemas y él sabe cómo sacarla de ellos.

Sus carcajadas la hacían parecer más joven de lo que aparentaba, con una cadencia que suavizaba cualquier afirmación ofensiva.

Margaretta no sabía qué responder y la incomodidad causó que sus mejillas adquirieran un tono rosado.

El señor Banfield dio un paso al frente y su atención por fin se desvió de Margaretta hacia la anciana. Su sonrisa era benévola y era evidente que le guardaba un gran cariño a la mujer.

—Señora Lancaster, las únicas veces que se mete en problemas es cuando intenta ayudar a otros a salir de ellos.

Su mirada viajó de la señora Lancaster hasta Margaretta y perdió ese aire de benevolencia de antes. La sonrisa del señor Banfield se desvaneció y este se preparó para enfrentarla.

Margaretta cuadró los hombros y alzó la nariz sin importarle que aquello hiciera que pareciese arrogante. No había hecho nada para recibir la burla de ese hombre y mantuvo el contacto visual con él mientras le respondía a la propietaria para demostrárselo.

—Es un placer conocerla, señora Lancaster. Mi nombre es señori... —Tosió para ocultar su vacilación. ¿Quién podría decir que era? Seguramente Samuel estuviese buscando a la señora Albany, por lo que no podía darles su verdadero nombre.

Ser una «señorita» sería la mejor forma de evitar a Samuel en caso de que este viniera a buscarla, pero aquello le ocasionaría a Margaretta otro aluvión de problemas si seguía en el pueblo dentro de un mes o dos. Volvió a toser para ganar algo de tiempo y alzó el trozo de pan con una sonrisa de disculpa.

—Soy la señora... —«¡Un nombre! ¡Un nombre! ¡Necesitaba un nombre!»—. Fortescue.

Casi gimió. Usar su nombre de soltera era casi tan mala idea como admitir que su nombre de casada era Albany. Si Samuel venía a Marlborough, seguro que la encontraba.

Capítulo 2

Nash se metió los caramelos de menta en el bolsillo del abrigo y metió la mano bajo el mostrador para sacar el libro de registros de la señora Lancaster. Anotó el precio de los caramelos en su página del libro mayor y luego esperó a que se secara. Si se tomó el doble del tiempo necesario antes de cerrarlo, nadie lo sabría excepto él.

Que la mujer estuviese casada le sorprendió, sobre todo ahora que podía ver su rostro de cerca. ¿Qué clase de hombre permitía que una mujer tan hermosa vagara por el campo ella sola en una diligencia postal? Estuviera donde estuviese el señor Fortescue, no estaba haciendo muy buen trabajo.

Eso, o que la señora Fortescue era lo bastante problemática como para garantizar más atención que la simple curiosidad y el interés de Nash.

La señora Lancaster, como era de esperar, no parecía cargar con ninguna preocupación similar con esa predisposición que tenía a hablar con todo el mundo, ya fuese amigo o extraño.

—¿Y qué la trae por Marlborough, señora Fortescue? ¿Ha venido para el mercado de este fin de semana? Tiene suerte. He oído que el señor y la señora Blankenship montarán un puesto. Tienen los artículos más elegantes y de mayor calidad que haya visto nunca. El señor Lancaster ahorró durante meses y me compró un broche que es un pavo real. Es una de mis posesiones más preciadas.

Nash no pudo evitar contener la media sonrisa que le curvó los labios. La señora Lancaster siempre parecía conocer la información necesaria para atraer a los demás. Estaba bastante seguro de que conocía los asuntos de todo el pueblo, lo cual hacía que él agradeciera no tener ninguno en realidad. Él se ocupaba de los contratos, las ventas y los arrendamientos de los habitantes de la zona que lo necesitasen, e intentaba ayudar siempre que podía; quería ser una parte amable y solícita del pueblo. Pero al caer la noche siempre volvía solo a su casa. Ni siquiera tenía ya ayuda de cámara, prefería que una de las lavanderas del pueblo se ocupara de lavar y remendar su ropa.

Aunque si tenía que hacer una suposición, diría que la señora Fortescue tenía asuntos ocultos más que de sobra para compensar por todos de los que Nash carecía.

La morena aferró su paquete envuelto con un poco más de ahínco y ladeó los labios en lo que probablemente debiera ser una sonrisa, aunque sus ojos oscuros permanecieron cautos y categóricos.

—Suena fascinante, pero no sé si estaré aún en el pueblo el sábado.

Nash volvió a colocar el libro de contabilidad bajo el mostrador con un suspiro de alivio. Si solo pasaba por aquí, entonces sus instintos clamaban sin razón. Docenas de personas problemáticas pasaban por Marlborough cada día sin causar ningún problema. Ni tampoco podía ayudar la señora Lancaster a nadie que no estuviese allí.

—Por supuesto que sí. No hay pueblo más refinado en Inglaterra que Marlborough. Y ahora que está aquí, no querrá marcharse en un tiempo. —La señora Lancaster asintió y la señaló con un dedo como si su palabra fuese ley y esperase que todos la obedeciesen.

En su mayor parte, lo hacían. Pero en este caso, Nash sentía que todos estarían muchísimo mejor si no decidía engatusar a esta alma perdida. ¿Era la postura que tenía la señora Fortescue, guardando su maleta y ocultándose del mundo? ¿El hambre que evidentemente sentía, pero sin ser capaz de sostenerle la mirada a alguien que sabía mucho de vivir en esas circunstancias? No le cabía duda que la forastera estaba huyendo, o al menos, escondiéndose. No era algo en lo que quisiera inmiscuirse de manera voluntaria, pero se la había visto muy decidida a trasladar su apuro a la tienda de la señora Lancaster.

Dobló el cuello y volvió a sonreírle a la señora Lancaster.

—Hay un mundo mucho más allá de Marlborough, ¿sabe? Y hay gente en él con obligaciones.

—Supongo que sí. —La mujer, ya de por sí bajita, pareció encogerse un poco más y su cuerpo adoptó la forma redondeada de su rostro—. Si todos viviesen en Marlborough, estaríamos un poco apretados.

Un soplo de risa provino de la señora Fortescue, y por un brevísimo instante, su sonrisa pareció un poco menos forzada. Ese instante desapareció enseguida, y volvió a sumirse en un tenso silencio.

El deseo por recuperar ese breve momento de desenfado, por alargarlo hasta que fuera capaz de oír su risa y ver una sonrisa sincera en su rostro, lo golpeó en el pecho. Quizá se le hubiese pegado algo de la inclinación de la señora Lancaster por salvar a almas perdidas con el paso de los años. Intentó desechar tales ambiciones frunciendo el ceño. Sus obras de caridad ya estaban cubiertas con los habitantes del pueblo, sobre todo aquellos de los que se habían aprovechado y requerían de sus servicios en algún momento u otro.

No obstante, la señora Lancaster nunca había aceptado sus intentos de protegerla y ayudarla, y aquel momento no parecía ser excepción.

—¿Adónde va, pues?

—Eh... —La joven pasó un dedo a lo largo de la unión del papel que envolvía su paquete y dejó a la vista unos guantes de color marrón claro raídos, arañados y cubiertos de polvo del viaje. Estaban demasiado sucios y dañados como para llevar viajando un solo día desde Londres.

Carraspeó.

—No estoy muy segura.

¿De verdad no sabía adónde se dirigía, o es que ya había llegado a su destino? Aunque se pusiese en el mejor de los casos, que su decidida caminata hasta la señora Lancaster había sido fortuita, no podía dejar a la señora Lancaster desprotegida. Era evidente que la muchacha estaba huyendo. ¿Qué había hecho?

La señora Lancaster golpeó el mostrador con ambas manos.

—Entonces no hay razón por la que deba marcharse. Puede quedarse aquí y ver el mercado.

Nash se aclaró la garganta.

—Este resulta un lugar extraño para venir a curiosear. No creo que pudiera vender muchos diarios de viaje sobre las maravillas salvajes del condado de Wiltshire.

La señora Fortescue respiró hondo y volvió a intentar sonreír, en vano. No engañaba a nadie. Al menos, no a Nash.

—Estoy buscando... eh... encontrarme con alguien.

La señora Lancaster se llevó las manos al pecho y su rostro arrugado y redondo se transformó en una amplia sonrisa.

—Oh, las personas son siempre mucho más interesantes que las joyas. ¿A quién está buscando?

La señora Fortescue dedicó una mirada a Nash antes de volver a fijar sus oscuros ojos en la señora Lancaster.

Nash frunció el ceño. ¿Recelaba de él igual que él lo hacía de ella? ¿Había esperado encontrar a la señora Lancaster sola y vulnerable? ¿O realmente se trataba de una mujer asustadiza en apuros? Sintió ligera punzada en la base del cuello.

La mujer tragó saliva y cuadró los hombros una vez más, lo cual provocó que su voluminosa capa amarilla se abriese y dejara a la vista un vestido azul oscuro sencillo. Ya había atisbado la falda cuando cruzó la calle antes, pero no había esperado que el resto del vestido fuese tan simple. El escote era ligeramente redondeado y ni siquiera requería de un cuello falso para que fuese modesto. ¿Por qué la propietaria de tal vestido elegiría una capa tan llamativa?

—Tan solo a una vieja amiga.

—¿Puedo acompañarla hasta el lugar donde ha de encontrarse con su amiga? —Nash salió de detrás del mostrador y agachó la cabeza en dirección a la señora Fortescue. Era el deber de un caballero ofrecerse a escoltar a una mujer sola, pero también le permitiría saber con quién estaba conectada en este pequeño pueblo.

El color que había empezado a desvanecerse de sus mejillas regresó de golpe, tal vez incluso con más intensidad que antes. Cerró la boca antes de humedecerse los labios y de dedicarle una sonrisa nerviosa.

—Oh, no, eso no será necesario. Iré a buscar un lugar donde pasar la noche y ya mañana investigaré... me reuniré con ella.

La desconfianza de Nash se redujo, y la reemplazaron la curiosidad y la preocupación, por ambas mujeres en aquel reducido espacio. Quien fuera que fuese esta muchacha, el subterfugio no era su punto fuerte. Los errores en su discurso eran demasiado prevalentes. Supuso que podrían ser intencionados, pero cualquiera con la habilidad de ruborizarse y tartamudear a placer habría optado por un objetivo mucho más elevado y no por una tendera. De hecho, estaba empezando a preguntarse si la emoción desconocida que había vislumbrado antes no se había tratado de simple miedo.

—Hay una alcoba sobre la tienda. —La señora Lancaster bordeó el mostrador—. El señor Banfield puede llevar su maleta arriba, si lo desea.

Nash se volvió para mirar a la señora Lancaster.

—No puede acoger a una forastera sin saber absolutamente nada de ella —dijo a la vez que la señora Fortescue añadía:

—Oh, no me gustaría molestarla.

Aquellos ojos de color chocolate se entrecerraron a la vez que la mujer fruncía el ceño en dirección a Nash.

—¿Qué está insinuando, señor?

Nash le devolvió la mirada entornada a la cautivadora mujer que cada vez estaba más convencido de que traería caos a su vida impecablemente ordenada. Tan solo porque la había absuelto de albergar intenciones nefarias no significaba que estuviera dispuesto a confiar en ella.

—Insinúo que no sabe nada de usted, y por lo tanto no debería darle tan fácil acceso a deambular por su propiedad.

La señora Lancaster se interpuso entre ellos.

—No es la primera joven a la que ayudo, señor Banfield. ¿Por qué cree que siempre barro las escaleras cuando la diligencia cruza las puertas del pueblo? Quiero ver a quién me ha traído el Señor para que lo bendiga.

Nash suspiró.

—Es muy noble de su parte, señora Lancaster.

—Por supuesto. Al fin y al cabo, eso es lo que la Biblia dice que hay que hacer, ¿no es cierto? —La señora Lancaster se volvió hacia la señora Fortescue—. ¿Por qué no me habla de su amiga? Puede que también la ayudase.

La señora Fortescue sonrió a la anciana. Fue un gesto genuino, aunque el resto de su expresión permaneció un poco triste.

—Me temo que Katherine habría llegado aquí hace unos cuantos meses.

—¿Viajaba sola, como usted? —inquirió Nash, y se ganó que volviese a fruncirle el ceño. Cerró la mandíbula de golpe con un chasquido y desvió la atención para observar lo que fuera que adornara el mostrador más cercano. Probablemente se enterase de mucho más si permitía que la señora Lancaster se ocupara de hablar. Siempre que se mantuviese cerca, podría evitar que la anciana hiciera nada posiblemente perjudicial para ella. Pero no pudo evitar preguntar—: ¿Dónde está su marido?

Ella arqueó las cejas.

—Descansando en paz en un campo a las afueras de Londres. Solo espero que haya podido encontrar el camino hasta el cielo.

❀ ❀ ❀

Margaretta alzó el mentón e hizo acopio de toda la energía que le quedaba para no bajar la mirada. Se recordaba una y otra vez que no tenía nada de lo que avergonzarse. No había hecho nada malo, y no había nada que este hombre pudiera hacerle.

A menos que conociese a su cuñado. ¿Era posible que Samuel hubiese contratado los servicios de profesionales para que la buscasen por todo el país? Parecía demasiado organizado y meticuloso para él, pero Margaretta no iba a presuponer nada. Igual de malo sería que conociese a su padre, pero el señor Banfield no había reaccionado en absoluto al apellido Fortescue.

El siguiente soplo de aire le entró en los pulmones con un poco de más facilidad que el anterior. Por ahora, al menos, todo parecía ir como debiera.

Le dedicó a la anciana su mejor sonrisa con la esperanza de que el miedo no se le notara en el semblante. Tenía escasas posibilidades de poder pagar una alcoba cuando apenas podía permitirse hacer noche en un hostal, pero este era mucho mejor lugar para esconderse de poder hacerlo.

—¿Cuánto pide por poder usar la alcoba de arriba?

La señora Lancaster señaló a su alrededor con el brazo.

—Barra y quítele el polvo a la tienda, y consideraré saldada la deuda. No hoy, por supuesto. Puede empezar mañana.

—Señora Lancaster —casi gruñó entre dientes el hombre.

La tendera frunció el ceño.

—Acaba de bajar de una diligencia, señor Banfield. Solo una arpía sin corazón la pondría a trabajar ahora mismo, y ya hemos dejado claro que tengo más corazón de lo que a usted le gustaría.

Otra pequeña oleada de júbilo se abrió paso a través de la tensión de Margaretta y esta elevó una mano para ocultar la risilla que amenazaba con escapar de su garganta. Pero el mal olor del viaje adherido a su guante le recordó exactamente en qué situación se encontraba y apagó todo vestigio de humor. Fue como un jarro de agua fría.

Nadie, ni su padre, ni Samuel, ni nadie que hubiese conocido en toda su vida, esperaría encontrarla barriendo suelos en una sencilla tienda con aposentos humildes en la planta superior. Mayormente porque nunca habría soñado con encontrarse en tal situación, pero ahora mismo resultaba ideal. El dinero le duraría más, y quizá tendría oportunidad de hablar con la señora Lancaster a solas. Si alguien recordaba a Katherine, probablemente fuese aquella entrometida, pero adorable anciana.

Ahora mismo aquella amable señora estaba dándole un codazo al señor Banfield en el costado.

—Llévele la maleta arriba y deje que se acomode. Tengo clientes a los que atender.

El señor Banfield se pasó una mano por la nuca y hundió los dedos en el pelo que la cubría. Era evidente que no había sido la primera vez que había hecho tal cosa hoy. Fuera cual fuese el peinado con el que había salido, había desaparecido dadas las tantísimas veces que había tenido que hacer uso de gestos de frustración similares.

Aquel hombre tenía que aprender a relajarse.

No es que Margaretta tuviese ningún derecho de adjudicarse tal capacidad en esos momentos, pero él no podía decir que su tensión se debiese a que se encontrase en serios aprietos.

No obstante, lo último que quería era que aquel hombre tenso y que sospechaba de ella le llevase la maleta. Su padre, guarnicionero, la había diseñado especialmente para ella; no había otra igual en ningún sitio. Su padre era conocido por hacer las monturas más exquisitas de Inglaterra, pero la maleta había sido algo que había hecho en especial para su hija. No podía dejar que el señor Banfield se acercara lo suficiente como para atisbar el emblema de la Guarnicionería Fortescue en el cierre.

Margaretta carraspeó a la vez que tomaba su maleta con una mano y se aferraba al lote de comida con la otra.

—Por favor, no se moleste. El edificio no es muy grande, y no hay muchos lugares donde puedan estar las escaleras. No tendré problema en llegar arriba.

Él arqueó las cejas y ladeó la cabeza ligeramente.

—No dudo que así sea. No obstante, no quisiera decepcionar a la señora Lancaster. ¿Me permite su maleta?

Asió el equipaje con más fuerza de forma instintiva. Tragó saliva. Si iba a lograr que dejase de mostrar tanta curiosidad sobre su persona, tendría que sorprenderlo. Hasta ahora, él había sido quien sospechaba de ella. ¿Qué pensaría si le pagaba con la misma moneda?

Con más bravuconería que verdadera indignación elevó el mentón.

—No, gracias. No se ha molestado en ocultar que mi presencia aquí le resulta inquietante. No voy a dejar que salga huyendo con mis pertenencias para así hacer que me marche.

Volvió a llevarse la mano a la nuca, pero esta vez no clavó los dedos en su cabellera desaliñada, sino que bajó la mirada hasta el suelo y combó los hombros. Respiró hondo una vez antes de bajar la mano y de volver a enderezarse, ahora con una expresión mucho más suave en el rostro.

—Mis disculpas. Le aseguro que mantendré mis esfuerzos por proteger a la señora Lancaster tan discretamente como me sea posible. Nunca recurriría a nada tan engañoso.

No era la disculpa que había estado esperando, pero le servía.

—Aun así, no tengo intención de separarme de mis pertenencias, pues no tengo a nadie más para protegerme, excepto a mí misma.

Nunca había pronunciado una frase más dolorosamente cierta.

Él ladeó la cabeza y la observó durante un momento antes de hacerle un gesto hasta la parte de atrás de la tienda.

—Las escaleras están por aquí.

Mientras se adentraban más en la tienda, Margaretta se maravillaba con la gran variedad de artículos que veía a su alrededor. ¿Desde cuándo necesitaba una tendera una estantería con tacitas de porcelana y ridículos bordados?

—Una muestra de la mercancía de algunas personas que tendrán un puesto en el mercado del sábado —explicó el señor Banfield al percatarse de su mirada—. Muchos de los habitantes de este pueblo se pasan todo el día vendiendo y no tienen tiempo de visitar los demás puestos. La señora Lancaster guarda unos cuantos artículos selectos para venderlos durante la semana. —Se aclaró la garganta a la vez que abría una puerta al fondo de la tienda y que daba a un pasillo estrecho—. Me temo que las tareas de limpieza que ha accedido a desempeñar van a resultarle más trabajosas de lo que pensaba.

Sobre todo, porque nunca había barrido ni quitado el polvo a nada en su vida, a menos que contase como quitar el polvo a recoger una mano de cartas de una mesa. Parpadeó unas cuantas veces con la esperanza de apartar la preocupación y el horrible cansancio de su mente y para poder decir algo que lo convenciera de que realmente sabía lo que se hacía.

—No esperaría menos que un poco de trabajo duro a cambio de poder usar una alcoba.

El señor Banfield carraspeó y miró por las escaleras.

—Su amiga. Me gustaría ayudarla a que la encontrase.

—¿Tantas ganas tiene de deshacerse de mí?

Esperaba que frunciese el ceño, pero no lo hizo. Simplemente se la quedó mirando.

—Quizá, a mi modo, yo también deseo ayudar a aquellos que se encuentran perdidos tanto como la señora Lancaster. Es solo que no me gusta que se aprovechen de nadie cuando les ofrecen esa ayuda.

¿Podía confiar en él? ¿Debería confiar en él? ¿Tenía elección? Había decidido comenzar aquella búsqueda imposible porque había estado lo bastante desesperada como para aferrarse a un rumor y a la esperanza, pero no tenía la más mínima idea de qué hacer ahora que se encontraba aquí.

—Me temo que lo único que poseo es una carta enviada desde aquí hace varios meses.

—No parece ser una amiga muy íntima —murmuró el señor Banfield.

—Su opinión no parece ser muy útil —replicó Margaretta.

—Señora Fortes...

—Señor Banfield, tal y como la señora Lancaster ha advertido tan amablemente, me siento agotada tras el viaje. ¿Quizá podría esperar a diseccionar y vilipendiar mi vida hasta mañana? Podrá seguir mirándome como si fuera sospechosa de algo mientras limpio el polvo de las estanterías y asegurarse de que no tengo intención alguna de fugarme con nada de esta tienda.

El señor Banfield abrió los ojos como platos, y luego tosió, posiblemente para ocultar una risa, pero ya francamente no le importaba. En la cima de las escaleras había una silla estable en la que podría sentarse mientras comía y una cama en la que acurrucarse inmediatamente después. En aquel momento, aquellas dos cosas le sonaban a gloria.

Y si se imaginaba lo guapo que le habría parecido el señor Banfield de haber sido igual de amable que la anciana tendera... Bueno, eso no sería incumbencia de nadie salvo suya.

Capítulo 3

Nash se hallaba sentado en el despacho intentando volver al trabajo que estaba desempeñando antes de que la señora Fortescue hubiera irrumpido en el pueblo. Por la enorme ventana que había al lado de su escritorio observó el cruce de la calle principal con el ahora silencioso hostal donde la diligencia había descargado hacía varias horas.

La tinta del extremo de la pluma ya se había secado, por lo que cejó en fingir y la posó sobre la superficie del escritorio.

Tres niños corrían por la calle persiguiendo a un perro y evocando un ramalazo doloroso en su pecho. De haber vivido el bebé de su hermana, este hubiera sido de la edad de aquellos niños. Pero no había sido así, al igual que tampoco había sobrevivido Mary. Y durante varios años la pregunta formulada había sido si el marido que había dejado atrás sobreviviría a la pérdida o no. Nash se había preparado para que su buen amigo se apagara como su padre tras el fallecimiento de su madre, viviendo solo en el sentido más literal de la palabra.

Fue un cruel giro del destino que el bebé por el que su madre había fallecido al traerlo al mundo sufriese su misma suerte.

Los niños gritaron mientras el perro se volvía de repente y comenzaba a perseguirlos, ladrando felizmente mientras ellos se dirigían a una calle lateral.

Nash sonrió ante sus travesuras incluso al repetirse su promesa de permanecer libre de aquel tipo de enredos que robaban la vida de los hombres mientras estos seguían vivos. Este pueblo era su familia. Le proporcionaba un propósito y compañía. Cuando el Señor lo llamase a su casa, habría gente que lo lloraría. Aquello era suficiente.

Seguía observando la tranquila calle cuando la señora Lancaster pasó por delante. Asintió en su dirección cuando ella lo vio y le devolvió la sonrisa. Con el tiempo, el camino de vuelta a la casita en la que había vivido con su marido resultaría demasiado fatigoso para ella y tendría que mudarse a la alcoba sobre la tienda, pero por ahora parecía feliz de subir y bajar la colina cada día, a pesar de que debía de venir muy temprano todos los días ya que Nash no la veía hasta que barría las piedras frente a su puerta.

Su camino de regreso a casa, sin embargo, significaba que ahora la señora Fortescue se encontraba sola. Que tuviera libre acceso a la propiedad que la señora Lancaster tenía en la estancia superior suponía, como mínimo, una preocupación, pero tuvo que luchar contra la necesidad de caminar en esa dirección. Ya fuera para asegurarse de que las puertas inferiores estuvieran cerradas con llave o que la mujer a la fuga estuviese segura ella misma; no se decidía, y aquello fue suficiente como para alejarlo de la puerta y llevarlo de nuevo a su despacho.

La cajita de caramelos de menta que llevaba en la casaca tintineó cuando se acomodó en el asiento. Se removió para sacarla y frunció el ceño antes de depositarla en un cajón. El metal resonó al entrar en contacto con la cajita de caramelos de menta que había comprado unos días antes.

Tendría que pensar una razón mejor para pasar por la tienda de la señora Lancaster al día siguiente. De comprar más caramelos, a la señora Lancaster le daría tal risa que acabaría por dolerle. Apenas había contenido la risa esa tarde, y a él le había supuesto un leve placer conseguir que la anciana sonriese, a pesar de no resultar una tarea complicada.

Por su mente pasó la señora Fortescue conteniendo la risa. ¿Cuánta satisfacción sentiría de ser aquel que lograse hacerla reír y sonreír «a ella»?

Nash sacudió la cabeza. ¿Por qué le resultaba cómodo ser algo positivo en el día de la señora Lancaster, pero incómodo considerar serlo para la señora Fortescue? Su compromiso para consigo mismo era lo suficientemente fuerte como para resistir ser la fuente de una verdadera sonrisa en una mujer joven y bella.

¿Verdad?

✿ ✿ ✿

Lo primero que detectó el cerebro adormilado de Margaretta la mañana siguiente fueron los ruidos de la calle, aunque mantuvo los ojos cerrados hasta que fue capaz de superar la nebulosa en su mente. Estaba en una cama, de eso era consciente, pero el lugar donde se encontraba esta todavía permanecía atrapado entre los velos de la somnolencia que amenazaban con finiquitar su lado consciente.

Las sábanas estaban limpias y olían a aire fresco y lavanda, una combinación nada familiar, pero para nada desagradable.

Volvió a concentrarse en los ruidos que la habían despertado. Definitivamente no estaba en Londres. Voces elevadas, caballos y carretas se distinguían unos de otros en lugar de conformar un gran estruendo. Un pequeño pueblo, entonces, o una calle lateral no tan concurrida de uno más grande.

Frunció el ceño y aquello resquebrajó los últimos vestigios del sueño. ¿Por qué no se encontraba en Londres? Recordaba haber viajado a Margate, pero los sonidos que escuchaba tampoco eran aquellos del hostal costero del pueblo.

Cuidadosamente, abrió un ojo y observó las sencillas paredes blancas y el techo de madera oscura. El análisis visual de los alrededores le recordó todo lo acontecido durante los últimos tres días. La completa recuperación de la consciencia también supuso que algo más se revolviese, por lo que volvió a cerrar los ojos mientras tomaba aire y rezaba por que cesase el nudo que sentía en el vientre.

En cuanto tuvo el cuerpo más o menos bajo control, volvió a abrir los ojos para inspeccionar la habitación que solo había mirado por encima la tarde anterior. No sabía dónde se encontraban las velas y la fuerza para buscarlas se había disipado. Tras comerse la mayoría del pan y la mitad de la fruta que había comprado abajo, se había desvestido y se había tumbado en la cama.

Por lo visto, había dormido durante la noche y parte de la mañana.

Sin embargo, no había sido hasta muy tarde, según comprobó por la palidez de la luz que atravesaba la ventana descubierta.

Un pequeño gemido retumbó en su pecho al estirarse y sentarse en el extremo de la cama.

—Buenos días.

Margaretta chilló y cayó sobre el colchón, alzando las mantas como si aquello crease un escudo. Tras respirar entrecortadamente dos veces, descubrió su rostro dejando la manta a un lado y miró hacia la puerta. También tuvo que mirarse los pies y mirar las mantas, pues ahora las piernas le sobresalían de la cama en un ángulo algo extraño.

Los latidos de su corazón hacían eco en sus oídos y silenciaron el saludo que le dispensaba la señora Lancaster mientras esta le brindaba un plato con tostadas y manzanas asadas junto con una buena taza de algo que humeaba.

Tragó saliva con fuerza y tomó aire para calmar su agitado corazón. Margaretta rezó rápidamente por que fuera una taza de té. Anhelaba muchísimo poder tomarse una buena taza de té. Los hostales entre diligencias postales le habían servido algo que llamaban té, pero se podría denominar más apropiadamente agua sucia. Era otra cosa que había dado por sentado en su antigua vida.

Posó una mano sobre su vientre. Qué rápido podían cambiar las cosas. Ojalá un día pudiera regresar a tal vida, aunque no sería igual tras esta experiencia.

Margaretta acercó las piernas y se impulsó para sentarse contra el cabecero de madera.

—Buenos días. —Se aclaró la garganta para relajar la voz ronca—. ¿Qué hace aquí?

La señora Lancaster se rio por lo bajo mientras colocaba la bandeja y se sentaba en el extremo de la cama.

—Vivo aquí, querida. Tengo una casita en la colina, pero a mis viejos huesos no les gusta caminar tan temprano, por lo que regreso a dormir cada noche. Temía despertarte anoche al irme a la cama, pero ni siquiera moviste un dedo.

Margaretta alzó la taza e inhaló el vapor, lo que calmó sus sentidos. Miró a su alrededor y se fijó en el armario tallado en madera en la pared más alejada y en otra pequeña cama al otro lado de la ventana. Quedarse en una habitación propiedad de la anciana era una cosa, pero vivir con ella... ¿querría hacerlo? ¿Cuánto tiempo podría mantener su secreto si vivía tan cerca de la señora Lancaster?

De todas formas, solo restaban un mes o dos de secreto, aunque esperaba que para entonces tuviera un mejor plan que esperar y ver si era niña. Ojalá no llevase tanto tener un bebé. La solución a su problema sería mucho más fácil si simplemente pudiera esconderse durante un mes o dos y que todo finalizara antes de que nadie descubriera que no se encontraba en Margate.

Claro que tener el bebé solo era el comienzo de sus problemas. La pregunta era qué haría con él después, sobre todo si se trataba de un niño.

Samuel no aceptaría de ninguna manera que hubiera alguien más entre él y el título de su padre.

Mientras mordisqueaba una manzana y esperaba que el desayuno se asentase, miró a su alrededor una vez más.

—No he utilizado su cama, ¿verdad?

La señora Lancaster hizo un gesto con la mano.

—Una cama es tan buena como la otra. Nunca sé en cuál dormiré hasta que vengo cada noche. Al menos contigo aquí tendré algo predecible durante el día.

Mientras Margaretta comía, la señora Lancaster le contaba anécdotas divertidas de los muchos años que había vivido en el pueblo, mencionando una o dos veces conexiones con gente más influyente del pueblo, a la que afortunadamente Margaretta no conocía. Había historias de varios mercados, aunque de ser todas estrictamente ciertas, Margaretta se comería el plato en el que le habían traído las tostadas.

Tras un biombo en la esquina, se aseó lo mejor que pudo y se vistió con cuidado de que su ropa no dejase ver a nadie que el vientre le estaba aumentando ligeramente. Tras llevar el mismo vestido durante tres días seguidos, sentir ropa limpia contra su piel resultaba un alivio.

Ya que la señora Lancaster era incapaz de verle la cara, Margaretta trató de reconducir la conversación hacia las mujeres a las que la señora Lancaster había ayudado a lo largo de los años.

—Lo cierto es que no ha habido tantas. Cuidamos de los nuestros aquí en Marlborough, y que las mujeres viajen solas no es algo muy habitual.

El crujir de un tejido indicó que la señora Lancaster estaba adecentando la habitación.

—La chica de la señora Wingraves viene a limpiar cada día, pero no tocará sus cosas.

Lo único identificativo y valioso que tenía Margaretta era la maleta, y no le preocupaba demasiado que una chica de pueblo la viese. La probabilidad de que reconociese el emblema sellado en el metal o la artesanía personalizada era escasa. Pero quería conversar más sobre las chicas de la señora Lancaster.

—¿Recuerda conocer a Katherine?

—No intercambio nombres de pila a menudo. —La señora Lancaster soltó una risita—. ¿Apostamos qué es lo que planea comprar el señor Banfield hoy?

Margaretta salió del otro lado del biombo y vio que la viuda le sonreía. La anciana le guiñó un ojo antes de dirigirse a otra habitación.

Resultaba obvio que Katherine y las demás chicas no serían tema de discusión aquella mañana. Por un lado, aquello le proporcionaba alivio. Ella tampoco querría que la señora Lancaster hablase como si nada de su presencia. Sin embargo, a la anciana no le importaba hablar del abogado, y Margaretta necesitaba saber si él llegaría a ser un problema.

—¿Viene cada día?

—Apenas lo hace. —Una risa hizo temblar los hombros de la mujer—. Pero mientras estés aquí lo hará todos los días.

Margaretta no pudo evitar preguntarse cómo sería que alguien llegase a tales extremos por cuidar de ella.

—Debe de apreciarla mucho.

—Probablemente más de lo que es capaz de admitir. Me rompe el corazón ver cómo trata de endurecer su corazón. La Biblia está llena de gente de corazón duro y no querría ser ninguno de ellos.

Margaretta no sabía qué pensar de la forma en que la anciana incluía al Señor y la Biblia en sus conversaciones con tanta normalidad como un londinense hablaba del tráfico o la niebla. A pesar de haber asistido a misa durante toda su vida, Margaretta jamás había considerado usar al Señor como algo tan versátil. Lo había dejado en la iglesia, el lugar al que pertenecía, pero la señora Lancaster debía de pensar que estaba en todas partes.

Margaretta escuchó más historias mientras las mujeres bajaban las escaleras hacia la parte trasera de la tienda.

—Hay una escoba y artículos para la limpieza del polvo en este armario. La escoba de delante es solo para el porche. Lo barro a menudo. Eso hace que haya que barrer menos dentro y me permite saber lo que todos hacen en el pueblo.

La señora Lancaster rio para sí y se dirigió a la entrada de la tienda. Margaretta jamás había conocido a alguien que estuviese continuamente tan… feliz. A pesar de todo lo que sucedía en su vida y la incertidumbre sobre su futuro, no pudo evitar sonreír. Sus pisadas le resultaron más ligeras al abrir el armario y tratar de adivinar qué se usaba para limpiar según qué cosas.

❀ ❀ ❀

El cristal ondulado que abarcaba la entrada de la tienda de la señora Lancaster impedía que Nash apreciase detalles en particular, pero resultaba obvio que al menos seis mujeres merodeaban cerca de la entrada de la tienda y esperaban que la señora Lancaster las ayudase. También era obvio que ninguna era la señora Fortescue. Aunque no había tenido apenas tiempo de observarla, ninguna de ellas se movía como ella o tenía una postura como él recordaba.

Además, se suponía que debía estar limpiando. No comprando.

Pasó por la puerta en silencio y la cerró tras él para no llamar la atención de los clientes que esperaban.

¿Acaso era posible que la señora Fortescue hubiera decidido marcharse ya? La voz de la señora Lancaster se oía tan animada y servicial como siempre, por lo que si la joven mujer se había ido debía de haber sido de forma amistosa. De lo contrario, la anciana comerciante hubiera estado espetando refranes a todo el mundo mientras recitaba los totales de sus compras.

No, de seguir aquí probablemente se había situado en la parte de atrás con el menaje y otros elementos no comestibles. Alguien que huía no querría estar al frente con tanta gente en la tienda. Nash saludó con un asentimiento a una de las mujeres y caminó alrededor de un conjunto de estantes para dirigirse a la zona trasera de la tienda.

La señora Fortescue se encontraba en el extremo más alejado tratando de hacer malabarismos con un barómetro de latón mientras pasaba un trapo por el espacio que este había ocupado. Temiendo que su repentina presencia causase que lo dejase caer, Nash se acercó sigilosamente y se lo arrebató de las manos. Ella sí que se mostró sorprendida, pero al menos el barómetro no se rompió porque así fuera.

Sin embargo, los demás artículos de la estantería casi sufrieron esa suerte cuando chilló y se volvió antes de pegarse contra los tablones con una mano sobre el pecho y la respiración agitada.

—Señor Banfield —jadeó—. Me ha asustado.

—Ya lo veo. —Nash asintió hacia la estantería ahora limpia y alzó el barómetro—. ¿Le importa?

—Oh. —Ella se alejó de la estantería—. Por supuesto.

—¿Por qué no usa las plumas de ganso?

La señora Fortescue parpadeó mientras sujetaba el trapo lleno del polvo que acababa de limpiar de la esquina trasera de la estantería. Ambos observaron la mano de ella al tiempo que una enorme bola esponjosa y gris caía del trapo al suelo. Ella suspiró.

—Ahora tendré que volver a barrer.

Nash alzó las cejas.

—¿Ya ha barrido? ¿Antes de limpiar el polvo?

Sus mejillas se tiñeron de rosa.

—No, por supuesto que no. —Ella cuadró los hombros y enderezó su postura, pero a continuación se desplomó de inmediato y se inclinó antes de volverse hacia la estantería. Tras sacudir el polvo del paño, comenzó con la siguiente sección—. ¿Qué necesita, señor Banfield? Me temo que no puedo ayudarle con ningún artículo. Tendrá que esperar su turno como los demás.

—¿Y si a por lo que he venido es información?

Ella lo miró a hurtadillas.

—Me temo que tampoco puedo ayudarle con eso.

Él apoyó el hombro contra la pared y reprimió una sonrisa. Era casi divertido. ¿Dónde habían quedado la sospecha y la preocupación de ayer?

¿Era suficiente el considerable pero equivocado esfuerzo que dedicaba a limpiar las estanterías para convencerlo de no querer hacerle nada malo a la tendera? Debió de serlo, porque lo único que sintió al observarla fue un creciente impulso de curiosidad. Quería saber a quién buscaba, de qué huía y por qué Marlborough había sido la conexión entre ambas cosas. Fue suficiente para convencerlo de que tenerla cerca era muy buena idea.

—¿Y si no preguntara por qué está aquí?

La señora Fortescue se rio, pero fue una risa amarga y chillona. Dejó de remover el polvo y cruzó los brazos sobre el pecho.

—¿Qué otra cosa podría preguntarme?

¿Qué podría preguntarle? Su interés por conocerla parecía vago e impreciso.

—Resulta obvio que limpiar no es algo que se le dé especialmente bien.

Ella parecía querer sonreír, pero logró contenerse.

—Imagino que usted es la perfección en persona con respecto a todo lo que intenta.

—Ni hablar. —Sonrió él. No pudo evitarlo. La mujer se le antojaba muy atrayente cuando sonreía con suficiencia, cuando ofrecía una sonrisa normal o con cualquier otra cosa que alejase ese aire desesperado que la había rodeado cuando se bajó de la diligencia. ¿Había sido ayer? Él se inclinó como si fuera a contarle un secreto—. Soy un desastre disparando.

Ella continuó limpiando el polvo, pero estaba claro que no lo hacía poniendo mucha atención.

—Eso debe de poner nerviosos a los participantes de las partidas de caza.

Él se encogió de hombros y caminó hasta la pared, manteniéndose cerca de ella mientras la señora Fortescue limpiaba. La alforja con borla en la estantería que había frente a él estaba torcida, por lo que se dispuso a enderezarla.

—Sin embargo, soy bastante bueno montando, por lo que me permiten acompañarlos y perseguir a los sabuesos. Y ahora es su turno de mostrar humildad y confesar las habilidades que oculta.

¿Qué estaba haciendo? ¿Acaso estaba flirteando con ella? Llevaba años sin pensar siquiera en coquetear. Y ahora lo hacía con una mujer que apenas conocía, una a la que quería ahuyentar del pueblo. No tenía sentido, pero se dio cuenta de que, por primera vez en mucho tiempo, se estaba divirtiendo.

—Cocino.

De todas las cosas que podría haber adivinado, cocinar era la que menos había esperado.

—¿Cocina?

Ella asintió.

—Bueno, quizá pueda conseguir que me traiga un aperitivo algún día.

Ella se sonrojó, pero no respondió. Él no esperaba que lo hiciera. La idea se había plantado en ambas mentes, se había pronunciado sin un propósito real, pero ahora la imagen de una bella y joven mujer visitando el despacho para alegrarle el día y compartir una comida ligera con él le resultaba demasiado tentadora.

Tenía que irse de allí y pensar en lo que estaba haciendo.

—Volveré mañana, señora Fortescue. Y le advierto que tengo la intención de descubrir cuál es su tipo de tarta favorita. —Se colocó el sombrero en la cabeza e inclinó el ala. Después se volvió y salió de la tienda antes de que ella pudiera decir nada más.

Capítulo 4

Margaretta pasó el plumero de plumas de ganso alrededor de los tarros de especias con un practicado frufrú. No era ninguna experta, pero durante la pasada semana y media había aprendido un par de cosas sobre cómo quitar el polvo con eficacia.

También había aprendido lo tercas que podían llegar a ser las ancianas encantadoras. Por mucho que se lo preguntase, la señora Lancaster no le contó nada sobre si había conocido a Katherine o no. Margaretta tampoco había llegado muy lejos por sí sola. El actual director de la oficina de correos del pueblo había llegado para ocupar su puesto hacía solo seis meses. Aunque tuviese la memoria de un elefante, no recordaría a una chica que mandase una carta antes de haber tomado el puesto siquiera. Tampoco podía arriesgarse a deambular a través de zonas demasiado públicas, porque mientras Margaretta estaba buscando a Katherine, a su vez alguien la estaba buscando a ella.

Más rumores con el plumero acompañaron a un suspiro de autocompasión y una mirada de soslayo hacia la parte frontal de la tienda.

Llegaba tarde.

Pese a la práctica que había adquirido quitando el polvo, nunca sería una tarea que le gustara particularmente. No obstante, parecía hacérsele mucho más amena cuando el señor Banfield se pasaba para charlar, costumbre que había tenido a bien desempeñar cada día, justo cuando el frenesí de la clientela se aquietaba. Era la razón por la que alteraba su rutina de limpieza para dejar así las estanterías traseras para su llegada.

Pero hoy no había venido, y el sol ya había pasado su cénit en el cielo.

—Margaretta, querida —la llamó la señora Lancaster desde la parte delantera de la tienda, ahora vacía—. Necesito tu ayuda con algo.

La joven guardó el plumero de nuevo en el armario antes de dirigirse al mostrador de la tienda. Necesitara lo que necesitase la anciana, le encantaría ayudar, o al menos intentarlo. La mujer había resultado ser toda una bendición del Señor.

De entre los labios se le escapó una pequeña sonrisa a la vez que sacudía la cabeza. Hasta estaba empezando a sonar como la anciana, pensando en el Señor para diversas cosas entre semana. Mas lo cierto era que no sabía lo que haría sin la mujer y sin todo lo que esta había hecho por ella. Si aquella no era la definición de bendición, no sabía qué lo era.

—Ah, ahí estás. Necesito que hagas una entrega. —La señora Lancaster colocó sobre el mostrador una pequeña cesta, llena hasta arriba y cubierta con una tela blanca de muselina.

Margaretta tomó el asa con cierta inquietud, pero halló que, aunque pesaba bastante, era manejable.

—Me temo que no sé guiarme por el pueblo muy bien. Ni siquiera me he aventurado todavía a ir más allá de la tienda y de la iglesia.

La iglesia había sido otro de los lugares donde había tenido la esperanza de ver a Katherine. Se había pasado más tiempo inspeccionando las filas de gente que escuchando al párroco los dos últimos domingos. Ninguna rubia fugitiva que le resultase familiar había asistido al servicio.

La señora Lancaster sacudió una mano en el aire.

—No está lejos. Se encuentra en la calle principal.

—Necesitaré mejores indicaciones que esas. —Margaretta sonrió. Respiró hondo y se lanzó, con la esperanza de tomar a la señora Lancaster desprevenida y de poder obtener más información que la ayudara en su búsqueda. Estaba convencida de que la anciana sabía algo, si no le habría dicho simplemente que no conocía a Katherine FitzGilbert—. ¿Quizá necesita que vaya adonde sea que se quedara Katherine cuando vino al pueblo?

Sacudió una de las manos, regordetas y arrugadas, en el aire.

—Tenemos tiempo de sobra para hablar más tarde de la búsqueda que tienes entre manos. Ahora mismo está la tienda tranquila, así que es el momento idóneo para realizar una entrega. Tan solo gira a mano derecha y baja por la calle principal. La oficina del señor Banfield es inconfundible. Tiene un ventanal enorme con vistas a la calle.

—¿El señor Banfield? —inquirió Margaretta con voz ahogada. ¿Qué necesitaría que le entregase? Había venido a la tienda todos los días durante los últimos diez. A excepción, por supuesto, de los domingos, pero aun así lo había visto en la iglesia.

—Correcto. Se supone que iba a venir esta mañana, pero algo debe de estar reteniéndolo. No me importa desvivirme por uno de mis mejores clientes.

O mandarle a ella que lo hiciese, como era el caso.

—Sé lo que está haciendo.

La sonrisa de la señora Lancaster era contagiosa.

—Bien. Entonces no lo estropearás. Hala, fuera.

Margaretta se rio a la vez que se enfundaba la pelliza y se colocaba la cesta contra la cadera antes de salir. ¿Quién necesitaba sutilidad cuando contaba con el encanto de la señora Lancaster?

La oficina fue fácil de encontrar, y Margaretta disfrutó del corto paseo a través del pueblo. Ya había visto el mercado en dos ocasiones desde la ventana sobre la tienda de la señora Lancaster y ambas veces había resultado ser un ataque para todos sus sentidos. La tranquilidad del resto de la semana la atraía más. Era una extraña mezcla de sensaciones, como si estuviera en la ciudad y en el campo al mismo tiempo.

Volvió a tomar una profunda bocanada de aire fresco antes de adentrarse en la oficina del señor Banfield.

El hombre se hallaba doblado sobre su escritorio, y la pluma volaba sobre el papel con una caligrafía impecable y apretada. Esperó para aclararse la garganta a que él hiciese una pausa y llamar así su atención.

La expresión de sorpresa en su semblante fue encantadora. Desvió la mirada de ella hasta la ventana, y luego hasta el reloj que guardaba en su capa.

—¡Oh! Voy tarde. —El rubor le cubrió las mejillas—. Bueno, en realidad no, porque no tenía una cita, pero...

—La señora Lancaster le envía esto. —Margaretta le ofreció la cesta.

Él la aceptó con aprensión, pero después esbozó una amplia sonrisa al apartar la tela de muselina.

—¿Tiene hambre?

—¿Qué? —Margaretta frunció el ceño hasta que echó un vistazo al interior de la cesta y vio una variedad de alimentos frescos, incluyendo una hogaza del pan de manzana que había horneado la noche anterior y un pastel de frutas que había sobrado de esa misma mañana—. Bueno, podría comer.

Fue casi un comentario en broma. Estos días podría pasárselos enteros comiendo.

Aun así, fue agradable sentarse a la mesita adonde Nash la llevó y hurgar en la cesta junto a tan bien parecida compañía.

Aunque no es que ella lo creyese bien parecido. Oh, está bien, sí que creía que lo era. ¿Quién no lo haría con ese cabello oscuro que no parecía quedarse en su sitio, y aquellos ojos azules que enmarcaban una nariz recta y prominente? Por supuesto que lo encontraba bien parecido, pero no creía que aquello significase nada.

—¿Y qué lo ha tenido trabajando tan diligentemente esta mañana, señor Banfield?

Él alzó un trozo de pan de manzana.

—¿Ha hecho usted esto? Es increíble. —Se llevó otro bocado a la boca—. Si va a traerme pasteles y pan recién hechos, bien podría llamarme Nash.

Ella miró alrededor de la oficina para evitar tener que mirarlo a él directamente. El rubor ya amenazaba con teñir su tez si seguía mirándolo a los ojos. La pared entera estaba cubierta por estanterías y el resto de superficies disponibles estaban llenas de revistas y periódicos. Era evidente que se mantenía al corriente de las noticias más allá de los límites de Marlborough.

—Nunca había estado en la oficina de un abogado.

—Eso pensaba. No son los dominios más habituales para señoritas bien educadas.

Ya estaba intentando sonsacarle información otra vez, pero lo dejó pasar. En realidad, no podía culparlo. Desde que llegara al pueblo, no le pareció que tras aquella curiosidad se ocultara malicia alguna. Mas aquello no significaba que fuese a responder, claro. Aunque lo estuviera deseando.

—Es un vistazo interesante a su vida.

Nash también miró a su alrededor.

—¿A qué se refiere? En su mayoría solo hay libros y papeles.

Margaretta se volvió de nuevo hacia él preguntándose si su sonrisa parecía juguetona. Una parte de ella se sentía como una granuja, pero otra sentía verdadera curiosidad por conocer qué había bajo aquellos serios ojos azules y aquel despeinado cabello oscuro.

—Tiene otro escritorio, pero ningún compañero. Se me antoja un detalle un tanto relevante.

Él dejó escapar una risa y se tocó suavemente la boca con una servilleta.

—Le aseguro que no. Es simple practicidad. El segundo escritorio alberga más cajones.

Pronunció aquellas palabras con ligereza, pero se removió sobre su asiento y hundió los hombros como si, de repente, la casaca fuese un peso incómodo. ¿Había dado justo en el clavo? ¿Se hallaba solo en este mundo por otra razón mayor y no por voluntad propia? Una sensación de pavor se instaló en su estómago antes de poder terminar de preguntárselo. ¿Había tenido una mujer en su vida que lo había dejado con el corazón roto?

No es que Margaretta se hallase en condiciones de arreglar la situación, si ese era el caso, pero, aun así. No le gustaba nada pensar que Nash sufría.

—No va a responder si le pregunto sobre su amiga.

Era una afirmación, no una pregunta, pero Margaretta asintió igualmente. Katherine había desaparecido en pleno escándalo y entre rumores devastadores, de los que arruinaban el futuro de una mujer. La carta que había recibido de ella era, en esencia, una despedida. Una garantía de que se había marchado por su propia voluntad y de que estaba a salvo, pero que no regresaría.

Margaretta esperaba que aquello significara que Katherine había dado con la forma de tener a su bebé y de protegerse ambos mientras alumbraba. También se las había arreglado para mantenerse oculta durante ocho meses. Margaretta necesitaba saber cómo había llevado a cabo ambas cosas.

Nash partió otro trozo de pan de manzana.

—¿Y qué hay de su marido?

Margaretta abrió los ojos como platos.

—¿Qué quiere saber?

Hubo silencio durante unos instantes en los que Nash no la miró a los ojos.

—¿Lo amaba?

Se estaban acercando demasiado. Ella solo se hallaba en este pueblo de forma temporal, y durante el tiempo que pasara aquí, lo que tenía que hacer, básicamente, era esconderse. Cualquier tipo de relación que desarrollara con este hombre, hasta una simple amistad, era una imprudencia.

Murmuró algo sobre volver junto a la señora Lancaster y se levantó de la mesa; que hiciese lo que gustara con la comida restante.

Aun así, se detuvo en el umbral de la puerta y volvió a dirigirle una mirada.

Él la observaba con ojos indulgentes. Aceptaba lo que ella estuviera dispuesta a darle sin presionarla para que le diese más. ¿Cómo habían avanzado tanto tan rápido? ¿Media hora de conversación aquí y allá era suficiente para que dos personas intimaran tanto en tan poco tiempo?

Lo era. Margaretta lo sabía porque había sucedido. Estaba sucediendo. Y como no estaba dispuesta a confesarle nada más, le otorgó la única cosa que sí podía.

—Nash —tragó saliva y se humedeció los labios—, puede llamarme Margaretta. Y no, no lo amaba.

Y entonces se marchó de allí.

❀ ❀ ❀

Sin saber qué más hacer, Margaretta se tomó las dos semanas posteriores para intentar aventurarse en las zonas más públicas de Marlborough. Se escabulló por los límites del mercado para contemplar a comerciantes y compradores con la expectación en su corazón de encontrar a alguien que conociese, pero no encontró a nadie. La inquietud que esperaba sentir tras su continua falta de éxito nunca la abordó. Se le antojaba fácil de olvidar, en su acogedora alcoba y en aquel pueblito pintoresco, que la situación requería de la máxima urgencia.

El hecho de que el señor Banfield no faltara ni una sola vez a su cita en la tienda durante aquellas dos semanas no le vino nada mal. Nash. Margaretta seguía esperando que él abriese más aún la puerta que ella había entornado para él y le preguntara sobre su marido o su familia, pero nunca lo hizo. En cambio, sus discusiones se habían tornado más juguetonas y personales; la ilusión de privacidad que creaban las estanterías de atrás les otorgaba más posibilidad de mantener conversaciones más largas y sin interrupciones.

Intercambiaron historias de la infancia, aunque tuvo cuidado de no mencionar nunca la guarnicionería ni los caballos. Hablaron de la misa de los domingos. Hasta se embarcaron en un debate acalorado y afable sobre si la nueva tendencia de los hombres de vestir con pantalones más largos y anchos se convertiría en un atuendo formal aceptable para las veladas.

Y él la miraba. Margaretta lo sabía porque ella tampoco podía dejar de mirarlo a él. Para una mujer que había aceptado cómodamente la idea de que su padre le concertara un matrimonio, el atolondramiento que la embargaba cuando oía a Nash saludar a la señora Lancaster resultaba tan extraño como excitante.

Pero conforme el tiempo avanzaba y su estancia en la alcoba de la señora Lancaster se prolongaba hasta su segundo mes, más inquieta se sentía. Habían sido buenas semanas, si no extrañas, y sus días habían comenzado a caer en una rutina.

Se levantaban temprano y desayunaban antes de bajar a la tienda. A la señora Lancaster nunca pareció importarle que bajara después de ella, ya que elegía esperar y vestirse una vez que la anciana hubiese abandonado la habitación. Por las mañanas ya no se sentía tan mareada, pero sus vestidos requerían de ingeniosos arreglos y modificaciones para mantener su vientre oculto.

Después, se pasaba el día limpiando y evitando a los clientes hasta que Nash venía de visita. Y seguidamente ordenaba las estanterías y subía a sus aposentos para preparar la cena.

Cuando la señora Lancaster cerraba la tienda, también subía y comía, y luego salía a dar un paseo ella sola. Margaretta había ofrecido hacerle compañía unas cuantas veces, pero la señora Lancaster siempre rechazaba su oferta diciendo que un paseo en soledad ayudaba a hacer la digestión y a pensar.

Margaretta se pasaba las noches leyendo o probando alguna receta nueva para hacer pan o algún que otro pastel. Había tomado la costumbre de llenar cestas para Nash para que este las recogiera siempre que venía a la tienda.

Luego caía rendida en la cama y no se despertaba hasta que el sol la golpeaba en los ojos a la mañana siguiente.

Al menos, ese había sido el patrón hasta hacía tres días.

El sueño se había convertido en un amigo bastante escurridizo; era casi tan difícil de encontrar como Katherine, y su cuerpo estaba empezando a sentir la pérdida.

Margaretta yacía en la cama y escuchaba la profunda respiración procedente de la cama junto a la suya. Los escasos y breves momentos de inconsciencia que lograba conciliar por la noche no alcanzaban las dos horas todos juntos. El nivel de cansancio que sentía cada día debía servir para poder descansar plácidamente por las noches, pero la quietud de la noche y el modo en que el pueblo se silenciaba con la puesta de sol solo le concedía más tiempo para pensar en todas las cosas que había apartado de su mente con el ajetreo del día.

Llevaba más de un mes en Marlborough y no se hallaba más cerca de encontrar a Katherine de lo que había estado el primer día. Pero no tenía ni idea de qué hacer a continuación. La señora Lancaster hablaba de absolutamente todo menos de Katherine. Siempre que sacaba el tema, la viuda lo descartaba al igual que el polvo y la suciedad que ya había aprendido a limpiar con maestría.

¿Pero a quién más podría preguntar? Aparte de Nash, no conocía a nadie más en el pueblo, y había evitado de forma deliberada ir más allá de un saludo cortés con todos los demás. Preguntarle a Nash implicaría tener que responder todas las preguntas que lo habían estado rondando. Por muy íntimos que fuesen ahora, no podía pedirle ayuda sin esperar darle algunas respuestas a cambio.

¿Y dónde la dejaba eso? Se le estaba agotando el tiempo.

Margaretta se destapó hasta las caderas y se remangó el camisón hasta la cintura. El falso sentido de seguridad y confort que le producía ocultarse de la señora Lancaster estaba desapareciendo, al tiempo que su vientre había empezado a abultarse. Todavía no mucho, desde luego nada que un arreglo en los vestidos no disimulase, pero ya era difícil, si no imposible, continuar haciendo como si nada. ¿Cuánto tiempo tenía antes de que tuviese que buscar el modo de procurarse vestidos nuevos? ¿Cuántos días más podría permanecer aquí antes de tener que encontrar un lugar más permanente donde esconderse? Si Samuel la encontraba, no habría forma de ocultarle su actual estado.

La preocupación la asoló hasta lograr marearla. Sabía lo que diría la señora Lancaster, porque llevaba semanas oyéndola parlotear. La tendera diría que las preocupaciones solo eran cosa del Señor, pues, de todas formas, Él nunca descansaba por las noches.

Margaretta desvió la mirada hacia la otra cama y hacia la mujer cuya forma apenas podía vislumbrar bajo la luz de la luna. La señora Lancaster siempre dejaba las cortinas abiertas afirmando que era mucho mejor despertarse con el sol que con los golpes en la ventana que daba la señora Berta Wheelhouse con aquel largo bastón suyo.

Personas como la señora Wheelhouse probablemente existiesen también en Londres. Estas irían de un lado a otro despertando a la gente a ciertas horas designadas por una pequeña cantidad de dinero. Margaretta nunca se había tenido que preocupar por esos menesteres, ya que había podido dormir hasta tan tarde como quisiera la mayor parte de su vida. Si tenía necesidad de levantarse a cierta hora, una de las sirvientas se ocupaba de despertarla. Nunca había pensado en cómo los criados se despertaban a la hora adecuada.

Pero ahora mismo la habitación se hallaba a oscuras, incluso con las cortinas recogidas, así que la luna debió de haberse ocultado y pronto el sol comenzaría a asomarse por el horizonte. Entonces tendría que encontrar la forma de salir de la cama una vez más y ponerse a limpiar la tienda. Otra vez. La tarea era considerablemente más difícil de lo que había esperado en un principio. Sobre todo, cuando luchaba contra el deseo de acurrucarse en un rincón y de dejar que el resto del mundo prosiguiera sin ella mientras se echaba una siesta.

Cuando el sueño por fin comenzó a ahogar el constante remolino de preocupaciones que la asolaba, Margaretta tuvo un último y efímero deseo de poder regresar a aquellas mañanas despreocupadas y de poder descansar durante horas.

Capítulo 5

Los brillantes rayos de sol hicieron que Margaretta se encogiera al intentar abrir los ojos. Sorprendida, se incorporó deprisa y se arrepintió al instante, ya que el repentino movimiento causó que tuviera que dirigirse hacia el orinal por primera vez en más de una semana. En cuanto pudo moverse cómodamente de nuevo, miró a su alrededor.

Un trozo de un rayo de sol bordeaba la cortina verde oscuro desplegada sobre la pequeña ventana de la habitación y caía contra la pared y sobre la almohada de Margaretta.

Requirió de varios parpadeos para que la humedad que se formó en sus ojos no se convirtiera en llanto. Últimamente, había tenido muchos problemas con aquello e incluso había tenido que afirmar que se le había metido polvo en los ojos una vez o dos cuando le sobrevenían ganas de llorar abajo en la tienda. Pero este gesto de afecto por parte de la señora Lancaster cuando se sentía tan sola y abandonada le resultó demasiado, y varias gotas se le escaparon de los ojos antes de que pudiera contenerse.

Una pequeña sonrisa le curvó los labios y formó un camino para las lágrimas saladas. Ella se las limpió con la muñeca distraídamente mientras echaba la cortina a un lado y observaba el pueblo que empezaba a conocer.

La señora Cotter caminaba por la calle con la boca apretada en una fina línea de determinación que siempre mostraba cuando planeaba regatear al señor Abbott para pagar menos por el pan. Siempre visitaba al panadero justo después del mediodía con la esperanza de que a este le preocupara venderlo todo aquel día. Nunca funcionaba, pero ella seguía intentándolo.

Margaretta parpadeó. ¿Acaso era mediodía ya? ¿Tanto había dormido? De ser así, por primera vez se habría perdido la charla con Nash. ¿Qué habría pensado él? ¿Qué excusa le habría dado la señora Lancaster? A Margaretta le entristecía que Nash pudiera pensar que era el tipo de persona perezosa que se pasaba el día sin hacer nada porque así le apeteciese. A esas alturas ya la conocía, ¿no?

Un grito desvió su atención hacia la derecha, hacia el enorme hostal con una cubierta a seis aguas que procuraba evitar. Su localización en mitad de la calle principal significaba que la gente de Londres iba y venía asiduamente desde el centro de la ciudad o durante la ida o vuelta de la popular ciudad de Bath.

La diligencia que se acababa de detener frente al hostal en ese momento era mejor que en la que había viajado Margaretta, aunque seguía transportando a tanta gente como podía. No era una diligencia postal, por lo que había más sitio para personas y maletas. Los pasajeros se bajaron de cada rincón del techo y los laterales. Por último, un lacayo se acercó para abrir la puerta y permitir que los pasajeros del interior se apearan.

Un hombre de abundante pelo entrecano se bajó antes de colocarse un sombrero alto sobre la cabeza. Incluso desde la distancia, pudo discernir la nariz aguileña y el reflejo del sol en el bordado plateado del chaleco.

El jadeo que emitió pareció llevarse el aire de la habitación al igual que el de su pecho. Pensó que tendría más tiempo, que su historia valdría para varias semanas más, pero no cabía duda de que su padre se hallaba en Marlborough. No había querido preocuparlo, no había querido que se culpara a sí mismo por el hecho de que el hombre con el que la había casado tuviera un hermano desquiciado que haría cualquier cosa por pasar del tercer al primer puesto en la línea sucesoria del título de vizconde de Stildon.

Si Samuel Albany se enteraba de que esperaba un hijo de su hermano mayor, la golpearía hasta que lo perdiese o hallaría la manera de que sufriese una pronta defunción al nacer. Prácticamente se lo había dejado claro cuando le dio el pésame tras la muerte de su hermano, John.

De no haber tantos testigos del accidente de John en la rampa de desembarco del *HMS Malabar,* Margaretta se habría preguntado si Samuel había tenido algo que ver en él. Pero no, se había tratado de un desafortunado accidente, aunque la mejora de posición en la línea sucesoria solo pareció aumentar el ansia de Samuel por el título.

Si su padre se encontraba allí, ¿significaba eso que Samuel sabía que ya no se hallaba en Margate? ¿Que se había quedado tres días antes de que el criado de su cuñado la hubiera hecho viajar por el país a través de una ruta enrevesada y a bordo de diferentes diligencias postales?

Los síes condicionales se amontonaron en su cabeza hasta que volvió a revolvérsele el estómago, pero después se le cayó el alma a los pies cuando otro hombre salió de la diligencia. Uno más bajo y con un sombrero redondo ya colocado en la cabeza. Este se echó a un lado y se quitó los anteojos antes de sacar un pañuelo del bolsillo y limpiar el polvo del camino de los cristales.

Margaretta trató de tragar saliva, pero tenía la boca seca.

Samuel estaba aquí. Y su padre estaba con él.

❈ ❈ ❈

Nash estaba trabajando e intentaba no preocuparse por Margaretta, que no se encontraba bien, según lo que había dicho la señora Lancaster. ¿Estaba muy enferma? ¿Necesitaba un doctor? ¿Estaría dispuesta acaso a ver a uno? Hasta entonces, se había mostrado muy exigente sobre los lugares a los que iba además de la tienda de la señora Lancaster. De no estar tratando de encontrar a su amiga, Nash dudaba que hubiera frecuentado otros sitios que no fueran la iglesia, y aquello porque la señora Lancaster casi la arrastraba hasta allí.

La apertura de la puerta de su oficina fue una distracción que agradeció, sobre todo porque no conocía a los caballeros que habían entrado. Los desconocidos acaparaban toda su atención y lo obligaban a dejar de pensar en cierta fugitiva de ojos y cabello oscuros.

Nash se aclaró la garganta y dejó la pluma a un lado, sobre una pila de periódicos de la semana anterior, antes de ponerse en pie.

—¿En qué puedo ayudarles, caballeros?

Ambos observaron el despacho desordenado de Nash. Casi la mitad de sus clientes se comunicaban con él por mensajero, y la mayoría del resto eran lugareños que visitaban su oficina tanto como tomaban el té con él en sus propias casas. Con el paso del tiempo, había consentido que la oficina estuviese un poco desordenada, mas él la seguía considerando bastante profesional. ¿Así la verían también estos dos hombres clarísimamente adinerados de Londres?

Ya hubiesen decidido que era profesional o no, debió de tener un pase, pues el más joven asintió seriamente y ambos caminaron hasta situarse frente al escritorio de Nash.

El mayor de los dos hombres se aclaró la garganta y miró a su compañero por el rabillo del ojo. Su mirada reflejaba tensión y Nash no pudo evitar recordar a la última persona misteriosa que había entrado en su vida de improvisto.

Había sido mucho pedir que lo distrajeran para evitar pensar en Margaretta.

—Como hombre versado en derecho, imagino que es usted una persona discreta.

Nash enarcó las cejas. ¿Cuánto tiempo había pasado desde que alguien lo cuestionase de ese modo? Cuando todos en un pueblo se conocían, la reputación tendía a precederte.

—Por supuesto —afirmó Nash. ¿Habría otra respuesta admisible?—. Tomen asiento, caballeros.

Se acomodaron en las sillas de Nash, a pesar de que los ojos del más joven parecían no detenerse en nada durante mucho tiempo.

El hombre de mayor edad asintió y tragó saliva antes de volver a aclararse la garganta.

—Necesitamos que nos facilite una reunión con los proveedores de transporte locales. Es necesario inquirir sobre el desplazamiento alrededor del país con un poco de, bueno, discreción.

Nash jamás había oído una petición tan vaga y ridícula. Resultaba obvio que algo sucedía. Tendría que seguirles la corriente con esas peticiones tan extrañas hasta descubrir qué.

—Por supuesto. Mi nombre es señor Banfield.

—Lo suponíamos, señor Banfield —espetó con desdén el hombre más joven—. Al fin y al cabo, su nombre está en el cartel.

—Sí —dijo Nash despacio—. Pero, ya que no han venido con el mismo tipo de cartel, suponía que querrían presentarse como caballeros.

—Sí, sí, por supuesto —exclamó el hombre mayor con rapidez—. Él es el señor Samuel Albany, tercer hijo...

—¡Segundo! —rugió el hombre joven.

Los ojos del anciano se endurecieron a la vez que cuadraba los hombros.

—Tercer hijo —repitió claramente— del vizconde de Stildon. Sin embargo, su hermano mayor, John, falleció recientemente.

La mueca del señor Albany se hizo más pronunciada cuando clavó la mirada en el anciano. A pesar de todo, no mantuvieron contacto visual durante mucho tiempo y poco después el señor Albany continuó observando las estanterías.

El hombre mayor asintió levemente y volvió a centrar su atención en Nash.

—Yo soy el señor Curtis Fortescue de la Guarnicionería Fortescue.

Los pensamientos de Nash lo asolaron como balas en un cubo de metal. Claro que había oído hablar de la Guarnicionería Fortescue, como todo el mundo. Era conocida por confeccionar hermosas y robustas monturas al igual que arneses y bridas de gran calidad. Su marroquinería era excelente... lo cual le recordó a la singular maleta de Margaretta. Solo le había echado un vistazo el primer día, pero su apellido y su sobreprotección con respecto a la maleta de cuero se mezclaron con la presencia de los hombres en su despacho. Nash tenía la sensación de que estaba un paso más cerca de descubrir de qué huía.

Y con qué ímpetu.

Las monturas eran de uso exclusivo de las familias más nobles y adineradas de Inglaterra. Cualquiera asociado con ese negocio no tendría la necesidad de trabajar en una tienda. Pero ¿qué vínculo tenían? ¿Acaso era este hombre su suegro? Nash tragó saliva para intentar apagar la quemazón que sentía en la garganta. ¿O era posible que no fuese viuda?

El señor Albany volvió la cabeza hacia Nash.

—La Guarnicionería Fortescue se ha asociado con mi familia para aumentar su línea de monturas. Tenemos la intención de conquistar el mundo de las carreras y deseamos viajar en el anonimato hasta que consideremos revelar ese hecho.

—Por ello requieren de un transporte discreto —aclaró Nash. Ahora sabía con certeza que ambos jugaban a algún tipo de juego. Marlborough era el último lugar al que alguien con contactos en el mundo de las carreras de caballos iría. De hecho, Wiltshire, como condado, no resultaba ser la primera opción de nadie. Solo había un hipódromo notable en todo el condado y se encontraba bastante más al sur de Marlborough.

Sin embargo, si buscaban a una persona, alguien que quisiera ir a cualquier lado con el mayor número de opciones de viaje posibles, no se podía encontrar mejor sitio que el pequeño pueblo de Nash.

—Sí. —El señor Fortescue se volvió hacia Nash, pero fijaba constantemente su mirada en el señor Albany—. Estamos investigando distintas formas de viajar a través de la mitad sur de Inglaterra sin que nadie sepa que estamos ahí.

—¿Y desean hablar con personas que pudiesen ayudarles en esa empresa? —inquirió Nash.

Los hombres intercambiaron una mirada; ambos fruncían el ceño e intentaban que el otro sucumbiera a la mirada lanzada. El señor Albany fue el que rompió el contacto visual y respondió:

—Así es.

Nash fue incapaz de discernir cuál de ellos lideraba, y aquello hacía su trabajo más difícil. Por supuesto, sería aún más fácil de saber en qué consistía su trabajo en este caso, porque empezaba a creer que su papel en este pequeño cuadro era proteger a Margaretta. No cabía duda de que era ella a quien verdaderamente buscaban estos hombres, pero no sabía qué querrían hacer cuando la encontraran.

La tensión ascendió por su cuello hasta que tuvo que girar la cabeza para aliviarla. Trató de encubrir el movimiento estirándose para tomar una pluma y un trozo de papel a pesar de desconocer qué iba a escribir.

—Puedo organizar una reunión con varias personas que estén dispuestas a cumplir sus necesidades de viaje. —No resultaría difícil mantenerlos alejados de cualquiera que supiera algo de Margaretta. Su trato con la gente se había limitado, en su mayoría, a las mujeres que frecuentaban la tienda de la señora Lancaster.

—Todas —espetó el señor Fortescue—. Deseamos hablar con todas ellas.

Los ojos de Nash se abrieron de par en par.

—En Marlborough contamos con más de una docena de hostales con paradas de diligencias. Al incluir pueblos vecinos y ciudades, el número se incrementa de forma considerable. Además, están los herreros y establos que alquilan caballos y diligencias y...

—Esto es ridículo —el señor Albany se levantó de su silla y deambuló hasta una de las estanterías a rebosar de Nash—. Su discreción nos está costando un tiempo valioso, Fortescue.

El aludido entrecerró los ojos.

—¿Y qué alternativa sugiere?

Nash esperó sin atreverse siquiera a respirar, pero ambos hombres volvieron a sumirse en un silencio tenso a la vez que se atravesaban con la mirada. Finalmente, Nash se aclaró la garganta para romper la tensión.

—Si me facilitan sus nombres y dónde se hospedan, podré arreglar varios encuentros durante el próximo día o dos. —La mirada de Nash viajó del señor Albany al señor Fortescue. Era un anciano que se comportaba bien. Podría tratarse del padre o del marido de Margaretta, incluso de su suegro, quizá. Nash necesitaba saberlo con certeza desesperadamente—. ¿Viajan con sus esposas, caballeros? Podría sugerirles varias formas de entretenimiento para ellas mientras se encuentran en la zona.

—Las mujeres son un estorbo —murmuró el señor Albany al tiempo que el señor Fortescue observaba a Nash con unos ojos marrones que lo convencieron bastante de que miraba al padre y no al esposo. La forma y el color le resultaron demasiado familiares como para que compartiesen otro parentesco. Entonces, ¿por qué usar Fortescue? A Nash se le pasó por la cabeza que quizá no se hubiera casado, pero la desechó. No había razón para creer que le hubiese mentido sin contar el primer día. Y lo de entonces había sido comprensible.

—La única mujer en mi vida —comenzó el señor Fortescue despacio— ha estado tomando las aguas durante los pasados dos meses para encargarse de su salud.

El señor Albany demostró incredulidad.

—Debería haberla enviado a mi finca en Shropshire. Habría estado más segura allí.

—¿Tiene razones para creer que su salud está en peligro donde se encuentra actualmente? —inquirió el señor Fortescue intencionadamente.

Los hombres volvieron a enzarzarse en un duelo de miradas, luchando por el poder. ¿Qué ocurriría cuando alguno resultase victorioso? Si Margaretta se encontraba entre la espada y la pared con estos caballeros, Nash entendía por qué se había escapado.

—Yo no lo sabría —respondió en voz baja el señor Albany por fin—. Pero, usted tampoco.

Tras otro momento tenso, el señor Albany se alisó la casaca y se dirigió a la puerta.

—Nos alojamos en The Castle Inn. Mi lacayo nos ha conseguido alcobas allí.

La piel del señor Fortescue se tornó de un gris pálido que hizo juego con su pelo.

—¿Tu lacayo se encuentra en el pueblo?

—¿Supone eso un problema? —El señor Albany enarcó las cejas y las comisuras de los labios. La sonrisa era burlona e hizo que Nash se estremeciera—. Le dije que se adelantara para investigar las posibilidades del negocio. Parece creer que este pueblo es prometedor.

—Esta noche —espetó el señor Fortescue a Nash, enfadado—. Quiero que las primeras reuniones sean esta noche. No pasaremos en este pueblo más tiempo del necesario. Puede unirse a nosotros durante la cena con los detalles pertinentes.

—De acuerdo —convino Nash despacio, a pesar de no estar muy seguro de a lo que accedía. Lo que sabía era que hasta hacía un momento estos hombres eran la amenaza de la que huía Margaretta, pero ahora había descubierto que había un tercer hombre. Uno que podría haber llevado en el pueblo algún tiempo.

Menuda situación más desalentadora.

✿✿✿

Se acercaba el anochecer cuando Nash logró acudir a la tienda de la señora Lancaster. Para entonces casi temblaba por la preocupación. Quería haberse dirigido allí después de que los hombres se marcharan de su despacho y asegurarse de que Margaretta se encontraba a salvo en las habitaciones sobre la tienda, pero saber que había un tercer hombre, uno desconocido y que Nash sería incapaz de reconocer, lo obligaba a ser cauto. En caso de que lo siguieran, Nash visitó establos y habló con posaderos para tratar el asunto de las diligencias y los carruajes postales.

Cada vez que pensaba en dirigirse a la tienda, veía a un desconocido o cruzaba miradas con un habitante del pueblo que no conocía bien, y la prudencia se sobreponía al pánico a la hora de tratar de aparentar la máxima normalidad posible. Pero ahora ya había pasado un tiempo prudencial y no podía soportar más la espera. Tenía que verla.

Había tenido un mes, más de un mes, para decidir si podía confiar en él y contarle sus problemas. Ahora que él se había visto envuelto en ellos sin siquiera albergar una pista, ella tendría que proporcionarle las respuestas.

Suponiendo, por supuesto, que aún se encontrase a salvo encima de la tienda.

La frustración y la preocupación lo carcomieron hasta que su compostura y paciencia se resquebrajaron y dieron paso a su lado vulnerable y enfadado. Casi temblaba por las emociones que sentía mientras recorría la calle principal con el viento meciendo su casaca. Seguramente lloviese. Parecía ser el tipo de día propicio para que así fuera.

Afortunadamente, la tienda se encontraba vacía cuando entró. De hecho, la única persona que vio fue a la señora Lancaster.

—¿Dónde está? —Sabía que la pregunta directa le daría ciertas ideas a la entrometida mujer, pero ya lidiaría con eso más tarde. Ella ya suponía lo que quería. Ahora mismo, necesitaba respuestas y le urgía saber desesperadamente si Margaretta estaba a salvo.

—Arriba. —La señora Lancaster se dirigió a la puerta y dio la vuelta al cartel para que quedara a la vista «cerrado».

—¿Está segura? ¿La ha visto en el día de hoy? —Nash se obligó a respirar más pausadamente. ¿Y si pensaban que estaba arriba, pero en realidad la había descubierto el lacayo del señor Albany o había vuelto a escapar para que no la atraparan?

Nash no podía esperar a que la señora Lancaster exclamara cualquier tipo de frase que le apeteciese decir hoy. Tenía que ver a Margaretta y tenía que saber si lo peor que había pasado era que hubiese agarrado un catarro. Cruzó la tienda y pasó por la puerta trasera. Se hallaba a dos escalones de la cima cuando se dio cuenta de lo que estaba haciendo. ¿Planeaba irrumpir en lo que era, en esencia, su casa? Un caballero no hacía tal cosa.

El mal presentimiento que había tenido cuando el señor Fortescue palideció le atenazó el corazón. Caballero o no, tenía que ver a Margaretta.

Su pausa le había dado tiempo a la señora Lancaster de llegar hasta él, aunque respiraba más agitadamente de a lo que Nash le gustaría.

—No puedo dejar que suba sin carabina —bufó antes de pasar por el lado de Nash y abrir la puerta—. ¡Tenemos un invitado, querida!

De las profundidades de la habitación surgió un gemido y aquello le asustó. ¿Acaso ya había estado ahí el lacayo del señor Albany? Casi empujó a la señora Lancaster hacia el cuarto de estar que hacía las veces de entrada y de cocina. Había una mesa de trabajo apostada contra la pared cerca de la chimenea y los ganchos de cocina se encontraban vacíos a un extremo de esta. Un estante de metal se interponía en mitad de la apertura de la chimenea. Tres sillas rodeaban una mesa de comedor y tres más creaban una zona de estar cerca de la ventana. Frente a la chimenea, una puerta permanecía abierta y de ahí apareció Margaretta, tan pálida que sus espesas cejas oscuras y labios rojos contrastaban de forma sorprendente.

—¿Nash, es decir, señor Banfield? —Su mirada oscura viajó del hombre a la señora Lancaster y de vuelta al primero—. ¿Qué sucede?

Las piernas de Nash se quedaron sin fuerzas debido al alivio y tuvo que apoyar un brazo contra la pared y obligarse a respirar hondo. Ella estaba bien. Todo iría bien. Tras el alivio vino la decisión. Sucediera lo que sucediese, la podría mantener a salvo siempre que ella le proporcionara las respuestas que buscaba. Pero ¿cómo la convencía de aquello? Le había preguntado sobre su vida más de una vez, sobre su pasado, y ella se había mantenido callada al respecto, por lo que mostrar delicadeza con el asunto era algo para lo que no tenía tiempo, ni ganas. Así que decidió lanzarse a la piscina y ver las consecuencias que aquello provocaba.

—Creo que ha llegado la hora de que nos hables de tu marido.

Capítulo 6

A Margaretta se le cayó el alma a los pies otra vez mientras una docena de posibilidades cruzaban su mente a trompicones.

¿Por qué la presionaba Nash ahora para que le diese información? Había sido muy paciente. No podía ser una coincidencia que su apremio llegase el mismo día que Samuel y su padre llegaran al pueblo. Uno o ambos debieron de haberse encontrado con Nash.

Pero ¿cómo? ¿Por qué?

No se podía creer que su padre consintiera cualquiera de las maquinaciones de Samuel. Le había dicho que la creía cuando le contó que tenía miedo de Samuel. Por eso, para empezar, habían accedido a mandarla a Margate.

Pero ahora que los dos estaban aquí, juntos, no sabía qué pensar.

—Mi marido está muerto. —Pronunció las palabras con voz ahogada debido al nudo que se le había formado en la garganta en cuanto hubo visto a Samuel apearse del carruaje.

Nash se pasó los dedos por el cabello antes de cruzarse de brazos para hacer énfasis en la amplitud y la fuerza de su figura. Era algo que Margaretta había admirado en silencio: su habilidad y disposición a hacer por sus clientes más que quedarse sentado tras un escritorio y redactar papeleo. Se recorría el pueblo y se involucraba en los aspectos más físicos del negocio inmobiliario. Pero ¿qué pretendía hacer con ella?

—¿Y tu relación con la Guarnicionería Fortescue?

Un escalofrío recorrió el cuerpo de Margaretta pese al hecho de que podía oír a la señora Lancaster azuzar el fuego en la chimenea, insuflándole vida hasta que volvió a crepitar. ¿Qué podía decir? Nash se había convertido en un amigo —no se permitiría considerarlo nada más que eso— y no resultaba sencillo mentirle como había sido el caso cuando llegó por primera vez al pueblo. Pero mantener los intereses comerciales de su padre intactos era la razón principal por la que había desaparecido en vez de pedirle que la ayudase. Si cancelaba el acuerdo de negocios que tenía con la familia Albany y sus caballos de carreras, podría arruinar su reputación y su negocio.

Margaretta se humedeció los labios.

—Yo...

Nash se la quedó mirando con gesto serio, pero desprovisto de cualquier expresión discernible. Margaretta tragó saliva, y se preguntó si, una vez supiese la verdad, su sentido del honor lo obligaría a revelarle a su padre que se encontraba aquí. ¿Qué haría su padre? Le había parecido muy seguro de que todo saldría bien la última vez que lo había visto, pero ahora se hallaba aquí con Samuel Albany de entre todas las personas. ¿Qué significaba eso?

—Por favor, no me mientas —susurró Nash con voz ronca. Su semblante inexpresivo revelaba atisbos de la agonía que oía en aquellas palabras—. Porque estoy bastante seguro de que hay una maleta en esa alcoba a tu espalda que lo demuestra.

Ella, firme, le devolvió la mirada e intentó decidir qué podía decir mientras esperaba con desesperación que pudiese leer entre líneas todas las cosas que no podía expresar con palabras.

El siseo y el estallido que producía el agua al hervir seguidos del traqueteo de la vajilla sobresaltó a Margaretta, y permitieron que por fin pudiese mirar a otro lugar que no fuesen los ojos azules de Nash, que brillaban con emoción indeterminada. Se dio la vuelta y vio a la señora Lancaster preparar té una vez más. Era lo único que Margaretta había podido digerir en todo el día, así que la señora Lancaster se había estado escapando al piso superior cada hora y media o así para prepararlo.

—Margaretta. —La voz queda de Nash había perdido el tono de súplica, y ahora denotaba una suave determinación.

Ella se desplomó sobre el marco de la puerta; se sentía agotada y débil pese al tiempo que había pasado hoy en cama. El mismo que había pasado junto a la ventana, observando, esperando y deseando que su padre y Samuel simplemente estuviesen de paso y fuesen a tomar otra diligencia para salir del pueblo.

No había sido el caso.

—Sí —susurró cerrando los ojos y apoyando la cabeza contra la pared—. Estoy relacionada con la Guarnicionería Fortescue.

—¿Y el señor Fortescue que he conocido hoy? ¿Con el que se supone que he de reunirme para cenar en una hora?

Margaretta tragó saliva; sabía que sus mentiras estaban a punto de descubrirla por completo.

—Es mi padre.

Nash abrió los ojos como platos.

—¿Por qué nos diste tu apellido de soltera?

La señora Lancaster entró como una exhalación y rodeó los hombros de Margaretta con un brazo.

—¿Y eso qué importa ahora? ¿No ves que la pobre muchacha está muerta del cansancio?

En cuanto Margaretta se encontró cerca de una de las sillas, se desplomó sobre ella; se mostraba renuente a mirar a cualquiera de los otros ocupantes de la estancia. Ahora mismo, ellos eran los dos únicos amigos que tenía en el mundo, y no podría soportar ver desagrado o desconfianza en sus rostros.

Una taza de té le llegó a las manos, y ella, agradecida, tomó un sorbo para dejar que el líquido caliente le aliviara el nudo de la garganta y asentara su alterado estómago. Tras beberse media taza, casi se sintió normal otra vez. Quizá la tensión de esperar que la descubrieran la había puesto más enferma que el bebé o cualquier otra enfermedad.

—No me extraña que no se encuentre bien —canturreó la señora Lancaster acariciándole el pelo—. No ha pegado ojo en tres días, por lo menos.

—¿Y cómo lo sabe? —preguntó Nash.

Aquello desvió la atención de Margaretta de la taza. ¿No sabía que había estado viviendo aquí con la señora Lancaster?

La anciana se rio entre dientes.

—Es difícil no darse cuenta cuando mi cama está a apenas metro y medio de la suya.

Nash movió la cabeza con brusquedad hacia la puerta de la pequeña alcoba. En dos pasos se halló en la entrada, con las manos apoyadas sobre el marco y asomado para inspeccionar todo el contenido del interior. ¿Qué vio? Margaretta y la señora Lancaster eran bastante limpias y ordenadas; la joven más, porque no tenía suficientes pertenencias como para crear desorden, pero la estancia estaba habitada.

Su expresión fue de total incredulidad cuando miró por encima de su hombro, todavía apostado en la entrada.

—Está viviendo aquí.

—Por supuesto que sí. —La señora Lancaster comenzó a recoger el té, y mantuvo la vista apartada tanto de Margaretta como de Nash. La falta de contacto visual fue inusual e inquietante.

—Pero la veo caminar hacia su casa todas las tardes. Hasta me saluda por la ventana. —El tono de voz de Nash sonó lo bastante frío como para atraer la atención de Margaretta una vez más. ¿Cómo había pasado la confrontación a ser sobre la señora Lancaster en vez de sobre ella?—. ¿Por qué no está viviendo en su casa?

No era difícil adivinar por qué se mostraba enfadado. Los paseos solitarios de la señora Lancaster probablemente incluyesen pasar de forma deliberada frente a la oficina de Nash. Como hombre al que le gustaba tenerlo todo controlado, no le haría mucha gracia que una anciana tendera le tomase el pelo. Pese a la tensión, Margaretta tuvo que ocultar una pequeña sonrisa tras su taza de té. La señora Lancaster sin duda era muy astuta.

La taimada mujer, que en ese momento se encontraba bajo el escrutinio de Nash, dejó la tetera y se volvió para encararlo con las manos en jarras, provocando así que las flores de su vestido de muselina se agrupasen.

—Porque la he arrendado.

El silencio inundó la estancia con tanta crueldad que Margaretta ni siquiera se atrevió a tomar un sorbo de té. Hasta el fuego se negaba a crepitar.

Nash cerró la boca en una fina línea.

—¿Ha arrendado la casa?

—Eso es lo que acabo de decir, ¿no es cierto? —La señora Lancaster se acercó afanosamente al escritorio arrastrando un poco el pie derecho con cada paso, pero con el aspecto vivaz que alguien con la mitad de su edad lo haría. Se hizo con una hogaza de pan y comenzó a hacerla rebanadas—. Se la he arrendado a una joven viuda y a su acompañante. —Asintió en dirección a Margaretta—. Amiga suya, si me permite la suposición.

¡Así que la señora Lancaster sí sabía algo sobre Katherine! La esperanza surgió de golpe en Margaretta, para desaparecer en cuanto la afirmación de la señora Lancaster y lo que esta implicaba penetraron en el cerebro agotado de la joven.

—Me temo que se equivoca. Mi amiga no es viuda.

—Tonterías. —La señora Lancaster colocó las rebanadas de pan en la rejilla sobre el fuego tenue—. Hay más de una clase de viuda, ¿sabe?

Margaretta miró a Nash y vio cómo este elevaba las cejas hasta casi donde le nacía el cabello.

—¿Sí?

—Por supuesto. Está la mujer que contrae nupcias, y luego se ve sin un marido. —La señora Lancaster giró la cabeza hacia Margaretta—. Y luego está la que simplemente no quiere que nadie haga demasiadas preguntas.

—¿Entonces su arrendataria miente? —inquirió Nash con el cejo fruncido.

Margaretta se mordió el labio. Sabiendo lo riguroso que era Nash con respecto a los contratos y acuerdos de arrendamiento de sus clientes, pensar en la señora Lancaster, de quien se sentía responsable de un modo muy personal, llevando a cabo tal transacción sin él y con alguien posiblemente inmoral, debía de ser una tortura para él.

La señora Lancaster se encogió de hombros.

—Si es estrecho de miras en lo referente a la definición que tiene de viuda.

Margaretta parpadeó. ¿Cómo podía malinterpretarse la definición de viuda?

Nash resopló con desdén, claramente de acuerdo con la reacción de Margaretta.

—Es una mujer cuyo marido ha muerto. Estoy bastante seguro de que el *Diccionario de la Lengua* de Johnson apoyará mi afirmación.

—¿Y por qué puede decidir él? —Las manos arrugadas de la anciana volvieron a posarse sobre las caderas de esta y puso una mueca, la cual logró que el rostro redondeado, normalmente angelical, de la mujer se viese deformado—. Además, ¿cómo sabe que no es viuda? No hay límite de edad para serlo. Una mujer puede convertirse en viuda en cuestión de un mes si su marido fallece de repente.

—Y en menos —murmuró Margaretta. No sabía si alguno de los dos pudo oírla, pero el hecho de que hubiese estado casada menos de dos semanas, unos meros once días, debía de ser un logro único. Y dado que siete de aquellos once los habían pasado separados mientras él se preparaba para abandonar el país, apenas si había estado casada siquiera.

Nash la miró, y por un instante, Margaretta pensó que se aferraría a aquella afirmación y le exigiría más respuestas. En cambio, suspiró, se pasó una mano por el rostro y volvió a mirar a la señora Lancaster. Debió de haber decidido que sus nuevas eran las más urgentes. Al fin y al cabo, Margaretta era alguien de quien bien podría librarse con una mera visita al hostal donde se alojaba su padre.

Tragó saliva. ¿Lo haría? ¿Quería librarse de ella? ¿Le importaba siquiera oír el resto de la historia? Un intenso deseo de regresar y cambiar las últimas cinco semanas la embargó. Si hubiera podido, habría confiado en Nash antes, rompería su silencio y se lo contaría todo. Pero no podía volver atrás, y su tiempo bien podría haberse agotado mientras aguardaba.

—Señora Lancaster, acaba de decirme que su arrendataria estaba mintiendo.

Margaretta desvió la mirada de la expresión frustrada de Nash y la fijó en la de determinación de la señora Lancaster. Esta discusión no llegaría a ninguna parte, pero al menos demostraba ser una buena distracción para todos los presentes en la estancia.

—Bueno, ¿y yo qué voy a saber? Soy una anciana. —La señora Lancaster se apresuró a llegar a la chimenea y recogió una vara de hierro del fogón para azuzar las llamas casi extintas.

Nash carraspeó y se pasó una mano por la nuca.

—Razón por la cual accedimos a que dejaría que fuese yo el que se ocupara de sus documentos legales. No he visto los papeles de ese arrendamiento que menciona.

—Por supuesto que no. —Usó un tenedor largo para dar la vuelta a las rebanadas de pan sobre la reja—. Porque no los hay.

Margaretta se rio antes de poder contenerse, y aunque acalló la risa de inmediato con ambas manos, fue suficiente para desviar la atención de Nash hacia ella una vez más.

Una sonrisa empezó a curvarle los labios y la piel donde se unían los párpados se arrugó antes de negar con la cabeza y mirar al suelo. Respiró hondo y Margaretta pudo ver cómo el pecho de él se expandía bajo la opresión de las costuras de la casaca. Cuando volvió a alzar la mirada, el semblante de Nash se mostraba serio, pero ya no parecía enfadado.

—No puede hacer eso, señora Lancaster.

—¿Por qué no? Es mi casa.

Nash suspiró.

—¿Le están pagando siquiera?

La señora Lancaster se encogió de hombros.

—Tenemos un acuerdo. Ellas cumplen su parte, y yo la mía. —Contempló a Margaretta—. Bueno, como norma general, lo hago. Acabo de hablarle a la señora Fortescue, aquí presente, sobre la presencia de su amiga, pero lleva aquí lo suficiente como para confiar en que no alberga malas intenciones para con ella.

—Por supuesto que no —susurró Margaretta. ¿Todo este tiempo que la señora Lancaster la había estado ayudando, había estado intentando dilucidar si Margaretta era noble? ¿Si era seguro llevarla a ver a Katherine? La mano de Margaretta viajó hasta el vientre, gesto que cada día sentía más ganas de ejecutar, pero del que intentaba con todas sus fuerzas zafarse. ¿Conocía la señora Lancaster el secreto de Margaretta?

Desvió los ojos hasta Nash. ¿Lo conocía él? La viuda acababa de revelar que Katherine no quería que nadie supiese que se encontraba aquí, y aun así no solo se lo había desvelado a una persona, sino a dos.

—¿Y qué pasa con Nash?

—Oh, ¿él? —La señora Lancaster le guiñó un ojo al hombre y sacudió la mano como si restara importancia a su presencia—. No puede evitar ayudar a los inocentes y desamparados. Mantener a su amiga en secreto ha sido más casi por protegerlo a él que a ella. Lo último que necesita es otro asunto más. —Sus ojos se posaron sobre Margaretta—. A menos que sea el adecuado.

Nash frunció el ceño.

—Voy a ir a la casa.

Antes de que Margaretta pudiese parpadear, Nash cruzó la estancia hasta llegar a la puerta; las botas que vestía apenas hicieron ruido contra el suelo.

—¡Espere! —Margaretta no supo de dónde provino aquel estallido de energía repentino, pero se levantó de la silla de golpe y apoyó una mano sobre el hombro de Nash—. ¿Y qué hay de la cena con mi padre?

Sí, la casa y Katherine y todo de lo que acababa de enterarse era importante, pero Margaretta también necesitaba que su padre y Samuel se marcharan del pueblo. Y cuanto antes hiciese Samuel lo que sea que hubiese venido a hacer aquí, mejor.

Nash desvió brevemente la mirada hacia donde la señora Lancaster estaba recogiendo las rebanadas de pan apenas tibias de la reja y arrojaba un puñado de tierra al fuego. Aunque no tardó mucho en volver a fijar la atención en Margaretta.

—Le diré que me han surgido asuntos urgentes con otro cliente. Igualmente, nadie se encontraba disponible para hablar con él y su socio hasta mañana por la mañana, así que tendrá que aceptar la lista entonces.

—¿Socio? —inquirió Margaretta con voz ahogada. Su padre no podía haber aceptado a Samuel como socio.

Nash arrugó el ceño y la preocupación que le había nublado el rostro cuando hubo entrado en la estancia regresó.

—¿Compañero? No sé. Algo pasaba entre ellos que no logré llegar a entender. Y no sé qué tiene esto —hizo un gesto señalándose a él mismo y a la señora Lancaster— que ver con todo aquello. —Su mano se movió hacia la ventana con vistas a la calle principal—. Pero sé que al menos podré obtener algunas respuestas esta noche en esa casa.

La señora Lancaster dejó dos rebanadas de pan en las manos de Margaretta de camino hacia la puerta.

—No irá a ninguna parte sin mí. Al fin y al cabo, es mi casa.

—Y usted es mi responsabilidad —respondió Nash—. Se lo prometí a su marido.

Ella sacudió una mano en el aire.

—El pobre hombre está muerto. Lo que no sepa, no le hará daño.

Nash abrió la boca para responder, pero la volvió a cerrar con un suspiro.

Margaretta le dio un mordisco a la tostada; lo primero que realmente le había apetecido comerse en todo el día. A la vez que sus dos amigos salían por la puerta abierta, un cosquilleo la recorrió de pies a cabeza. ¿Podía ser Katherine de verdad la mujer que vivía en la casa? ¿Podía Margaretta permitirse el lujo de esperar para averiguarlo? Su padre y Samuel se encontrarían ahora mismo en el hostal donde se hospedaban preparándose para la cena. ¿Corría mucho riesgo si salía de la tienda?

Agarró las rebanadas de pan con una mano, descolgó la capa del perchero con la otra y salió corriendo por la puerta abierta justo antes de que Nash pudiese cerrarla tras ellos. Respiró hondo y vio al joven fruncir el ceño, y a la señora Lancaster sonreír.

—Yo también voy.

Nash y la señora Lancaster la contemplaron con expresiones de lo más dispares. La preocupación en el rostro de Nash le llegó al corazón y asentó su estómago aún más.

—No sé —suspiró él—. El señor Albany dijo que su lacayo se encontraba en el pueblo. No... no me gusta esta situación y preferiría que te quedases aquí hasta que recabe más información.

La señora Lancaster pasó junto a Nash en aquel pequeño rellano.

—Por supuesto que vienes, querida. —Le colocó la gran capa amarilla sobre los hombros y ocultó los oscuros rizos bajo la capucha—. Al fin y al cabo, es tu amiga a la que vamos a ver.

Y si Katherine pudo desaparecer una vez, podía volverlo a hacer. Hacía ocho meses, había abandonado la sociedad tan rotundamente que lord FitzGilbert ya ni siquiera reconocía su presencia. ¿Quién le decía que no volvería a huir si se enteraba de que Margaretta se hallaba en el pueblo?

—No —declaró Nash—. No es seguro. —Estiró el brazo hasta posar la mano sobre los hombros de la anciana; el cuidado que imprimió en el gesto suavizó la frustración y rabia que cubrían su cara—. Primero, vamos a ver en qué asuntos se ha metido con la casa.

—Yo no me he metido en nada —resopló la señora Lancaster—. Todo es exactamente como deseo que sea.

Nash cerró los ojos y volvió a suspirar.

La señora Lancaster aprovechó la oportunidad para bajar las escaleras. Margaretta la siguió antes de que el hombre pudiese llevarla de vuelta a la seguridad de la alcoba en la que había permanecido todo el día. Lo mejor sería que se quedase; claramente, sería menos arriesgado, pero ver a la señora Lancaster plantarle cara a Nash y revelar todo lo que había conseguido hacer sin que nadie se enterase, le había infundido un poco de valor.

Sí, la vida le había arrojado un problema, pero ya era hora de que se dispusiera a resolverlo. Aunque la persona que vivía en la casita de la señora Lancaster no fuera Katherine, Margaretta se había cansado de esperar a que alguien le dijese lo que tenía que hacer. Había permanecido oculta bajo el cuidado de la amable viuda y hasta bajo la protección de Nash, con la esperanza de encontrar a una vieja amiga que le daría una solución fácil y sencilla. Ya era hora de que buscase una por su cuenta.

Para cuando llegaron al pasaje al pie de las escaleras, la señora Lancaster casi brincaba como una niña en busca de un tesoro mientras que Nash prácticamente recorría el pavimento de piedra irregular dando zapatazos.

Margaretta sopesó el futuro mientras trotaba tras ellos, y ocasionalmente se llevaba un bocado de pan a la boca. Una parte de ella seguía agotada por el esfuerzo físico y emocional de todo el día, pero la esperanza era un animal poderoso y lo cabalgaría siempre y cuando este le permitiera ir tras sus acompañantes.

Ser madre en un pueblo no podía ser tan malo. Cierto, nunca había vivido en otro lugar que no fuese Londres, pero su vida no sería tan mala si podía establecerse en un pueblo pequeño, envejecer y luego obligar a todos a hacer su voluntad como parecía hacer la señora Lancaster. Era lo último que Samuel esperaría que hiciera. Tenía que haber alguna forma de establecerse en algún lugar, tal vez en algún pueblo menos visitado por los aristócratas y la élite pudiente de Londres.

La idea de abandonar Marlborough, de dejar a Nash, hizo que el corazón volviese a latirle con fuerza en el pecho. O tal vez eso fue porque estuviesen alejándose cada vez más y más de la seguridad de la tienda. Sí, debía de ser aquello, porque con el bebé, no podía permitirse desarrollar ningún tipo de apego que pudiera influir en sus pensamientos.

Bajaron por callejones estrechos y calles angostas y la señora Lancaster saludó a todos los que veía. Varias personas parecían estar ya de camino de vuelta a casa para la noche, probablemente pensando en qué hacer de cena y cuándo mandar a dormir a sus hijos.

La falta de energía física la obligó a ralentizar el paso un poco, y se quedó rezagada. Cada pocos pasos Nash miraba hacia atrás y adaptaba el ritmo para que no se quedase demasiado retrasada, pero la señora Lancaster simplemente siguió arrastrándose hacia adelante; su falda producía un extraño frufrú cada vez que arrastraba el pie derecho por el suelo.

Conforme salieron del pueblo, las tiendas y los escaparates dieron paso a hileras de casas. Los edificios se tornaron más sencillos y el camino más irregular, sobre todo en la colina que se alejaba del área del mercado. Los azulejos todavía cubrían las paredes que no estaban hechas de ladrillo, pero las molduras se volvieron más simples y las estructuras más cuadradas. Algunas hasta parecían ladearse con el peso de los años.

¿Podría Katherine estar realmente viviendo en un lugar así? Mientras que Margaretta había ocupado una posición más alejada en la sociedad, Katherine había sido sumamente popular antes de su caída en desgracia.

¿Podría haber abandonado las joyas y las decenas de sirvientes para vivir una vida más humilde?

De inmediato supo que la respuesta era un sí rotundo. Si los rumores eran ciertos, si había la más mínima rigurosidad en lo que decían, entonces era perfectamente posible que Katherine le hubiese dado la espalda a todo lo que conocía. De verse con la oportunidad, ella, desde luego, lo haría. Si aquello significaba la diferencia entre la muerte y la supervivencia de la vida inocente que llevaba en su seno, barrería y limpiaría el polvo hasta que no pudiese volver a agarrar una escoba. La vida sencilla no había sido tan mala como había temido al principio.

Y si alguien contaba con la resiliencia suficiente como para lograr que funcionase, esa era Katherine. Por eso se encontraba ahí Margaretta. Tenía que saber cómo su amiga había logrado llevarlo a cabo.

Tenía que saber si había forma de redimir tal imposible situación.

El camino por el que subían de repente se abrió, y se hallaron en un espacio abierto y verde enorme iluminado por el sol, medio oculto en el horizonte. Había casas que rodeaban el espacio verde, y unos cuantos niños se perseguían los unos a los otros con palas largas y planas. Su partido de críquet había quedado abandonado en aras de la persecución.

—William —pronunció la señora Lancaster—, ¿sabe tu padre que te has vuelto a escapar con su bate de críquet?

Un niño pequeño se detuvo de golpe, y el pelo rubio oscuro se le metió en los ojos. Se mordió el labio y reveló un hueco donde se le había caído una de las paletas.

—No, señora Lancaster.

—Bueno. —La anciana se inclinó y apoyó las manos en las rodillas—. Pues regresa derecho a casa y esfuérzate el doble esta noche cuando cepilles el caballo de tu padre, y no diremos nada del asunto.

El pequeño sonrió, revelando con ese gesto un segundo agujero en los dientes inferiores, y se abalanzó hacia la señora Lancaster para darle un abrazo.

Margaretta sintió un pinchazo en el pecho al ver la alegría del pequeño. Fuera lo que fuese que la hubiese empujado a encontrar la fuerza necesaria para subir aquella colina, se evaporó. No había pensado más allá del hecho de que iba a dar a luz a un bebé, no se había permitido imaginar lo que vendría después, porque simplemente ignoraba cómo proteger a un ser tan dependiente e indefenso.

No se había permitido pensar en el hecho de que un día el bebé que llevaba en sus entrañas, Dios quisiera, crecería. Sería un niño. Corretearía por ahí y jugaría al críquet.

A menos que Samuel Albany lo encontrara primero.

Capítulo 7

Nash tomó una gran bocanada de aire. Conocía a los niños que correteaban alrededor del parque y abrazaban a la señora Lancaster antes de regresar a sus casas. Por supuesto que los conocía. Incluso lo saludaron a gritos a la vez que se marchaban corriendo.

Tratar con niños siempre le había resultado complicado. Embarazoso. Cuanto más pequeños eran, más se preguntaba si sus madres habrían sufrido al traerlos al mundo. Siempre había resultado ser una vaga incomodidad, un confuso impacto de culpa que lo había llevado a mantener una pizca de distancia entre la generación joven y él.

Sin embargo, esa noche su inquietud no parecía tan imprecisa, sino específica. Personal. Y no sabía por qué.

El niño de su hermana habría sido mayor que los que estaban alejándose de la hierba ahora, pero aquello no le hizo evitar preguntarse cómo habría sido su vida si ella hubiera vivido, si él hubiera visto a su hijo corretear por el parque con un bate de críquet. Si ella y Lewis hubieran tenido una familia. ¿Qué habría significado aquello para él?

Seguramente se habría casado. Pero ver cómo la vida casi abandonaba a Lewis le había convencido de que quizá no fuera un riesgo que valiese la pena correr. Al no tener a un niño que sujetar o un futuro al que aferrarse, Lewis se había abandonado a la melancolía durante cerca de tres años.

Su negocio había flaqueado y a él casi lo habían desahuciado. Su familia y amigos se habían mostrado preocupados mientras trataban de lidiar con su propio luto y a la vez lo animaban para que siguiera adelante.

Con el tiempo, había vuelto a vivir. Había redirigido su negocio, se había vuelto a casar e incluso tenía dos hijos pequeños.

A pesar de su recuperación, una cosa que Lewis había mencionado le rondaba la mente más allá de sus otras dolorosas divagaciones. Lewis se había odiado a sí mismo por ser el que le había hecho aquello a Mary. Su amor había acabado con ella.

Nash no creía poder vivir con tal sensación.

Sobre todo, ahora que aquella vaga emoción empezaba a tener un rostro familiar. ¿Era aquello lo que había supuesto que pensara tanto en Lewis y Mary hoy? ¿La presencia de Margaretta a su lado? ¿La única mujer que había resquebrajado ligeramente su determinación?

Mientras los niños se iban corriendo, felices, Nash pensó en las familias que representaban. Muchos tenían hermanos y hermanas que no habían superado la niñez. Dos habían perdido a sus madres: una durante el parto y la otra por enfermedad.

A pesar de ello, la mayoría de sus familias parecían felices y sanas. Aunque, a veces, el dolor podía enconarse sin ser visto y permitir que uno engañase al mundo.

Cuando el último niño desapareció tras la cuesta, Nash se quedó solo con los oscuros vestigios del dolor.

Margaretta le apretó el hombro y le dedicó una pequeña sonrisa mientras su mirada pareció asegurarle que no estaba solo. Ella ni siquiera sabía por qué se encontraba así, ni lo que había prometido, pero podía sentir su tormento interior. El hecho de que quisiese regodearse en esa conmiseración, apoyarse en ella y buscar el consuelo de su presencia, lo asombró hasta devolverlo al presente.

La señora Lancaster. La casita. Las misteriosas arrendatarias que no parecían estar pagando nada. Aquello era en lo que debía centrarse.

La casa no se hallaba muy lejos del parque, tan solo había que girar dos veces por una calle lateral con baches, y ya se encontraban frente a ella. Las paredes se inclinaban levemente, lo cual demostraba la antigüedad de la casa. Cuando se construyó, probablemente hubiese estado sola supervisando el pasto de las ovejas a las afueras del pueblo, pero con el tiempo Marlborough había crecido hasta engullir el pasto y la casa.

La respiración de Margaretta se aceleró a pesar de que su ritmo seguía siendo lento. Sus respiraciones agitadas lo preocupaban, al igual que el hecho de que su tez había palidecido hasta resultar casi traslúcida.

Él se retrasó un paso para situarse a su lado, pero refrenó el impulso de tomar su mano o envolver un brazo en torno a ella para darle su apoyo. A pesar de la profundidad de sus conversaciones durante las pasadas semanas, jamás la había tocado. No había hecho nada para acortar la distancia entre ellos. De hacerlo, si cambiaba el tipo de asociación entre ellos, temía olvidar la promesa que se había hecho a sí mismo y a su hermana, esa promesa silenciosa que le había hecho al pueblo que se había convertido en su familia.

La señora Lancaster alzó un puño y llamó con los nudillos nudosos a la puerta de madera.

Esta se abrió para mostrar a una chica hermosa de la edad de Margaretta, con el pelo rubio recogido en un moño sencillo y un vestido de muselina verde claro que había estado bien en un principio, pero que ahora mostraba bastantes lavados.

Nash se quedó un poco rezagado cuando la señora Lancaster entró y arrulló al bebé en brazos de la mujer. La joven permaneció callada y observó a Margaretta con los ojos abiertos de par en par, inexpresiva.

El bebé gorjeaba mientras la señora Lancaster seguía prestándole atención.

A Nash se le instaló un nudo en la garganta. Los bebés lo ponían más nervioso que los niños. Los bebés significaban que no hacía mucho una mujer había estado posiblemente en el lecho de muerte y solo Dios había tenido piedad para alejarla de aquello, a pesar de que Nash no comprendía cómo decidía Dios qué mujeres vivían y cuáles no.

Margaretta estiró la mano y envolvió los dedos en torno a la mano de él. Sentir la piel de ella contra la suya, aunque solo fueran sus manos, casi destruyó el muro que había construido en torno a su corazón. Le clavó las uñas en la palma de la mano, pero el dolor no disfrazó la calidez de su contacto o la suavidad de sus manos. Ella se había escapado esa noche sin guantes, y cada detalle de su piel se le grabó en la mente sin pedir permiso siquiera. El pulgar acarició una zona que empezaba a endurecerse debido al uso diario de la escoba.

Margaretta captaba toda su atención, pero él no disfrutaba de la de ella. Ella observaba a la mujer en la puerta y la boca se le movía a pesar de no emitir ningún ruido. Por fin, logró tragar saliva y aclararse la garganta.

—Katherine.

—Margaretta. —La mujer rubia, por lo visto la desaparecida Katherine, se humedeció los labios antes de fruncirlos en una fina línea. Su tono de voz fue apagado, y cuando por fin desvió la vista de la recién llegada, apenas observó a Nash antes de atravesar con la mirada a la señora Lancaster.

La mirada iracunda no afectó a la anciana tendera, la cual permanecía demasiado ocupada con el bebé como para prestar atención a la mujer que lo sujetaba.

—Querida, a pesar de que el tiempo es agradable —exclamó la señora Lancaster cuando por fin se enderezó—, quizá podrías invitarnos a entrar, ¿no? El frío de la noche se acerca y no queremos que el precioso Benedict se resfríe.

Los ojos de Katherine regresaron a Nash una vez más antes de mirar por encima del hombro al interior de la casita. Su rostro mostraba tensión, y las líneas del cuello resaltaban. Pero, a continuación, asintió y regresó al interior antes de dejar la puerta abierta como una invitación silenciosa.

Nash pensó en irse. Si se daba prisa, solo llegaría unos minutos tarde a su cena de negocios. Pero, ante él, de ser capaz de enfrentarse a una sala con un bebé en su interior, se encontraban las respuestas a todos los secretos de Margaretta. Aquella joven era a quien Margaretta había estado buscando. Su búsqueda había finalizado. Podría marcharse de Marlborough, y Nash no quería preguntarse «¿y si...?» durante el resto de su vida.

Tomó aire, aunque hacerlo no le sirvió para regular los latidos de su corazón, y siguió a Margaretta por el umbral.

❀ ❀ ❀

Margaretta no se percató de que había tomado la mano de Nash hasta que tuvo que liberarla para seguir a la señora Lancaster al interior de la casa. Tuvo que esforzarse para hacerlo, aunque no iba a perder la oportunidad de hablar con Katherine, y Nash no parecía tener prisa por acompañar a su anfitriona al interior de la casa.

Tal interior era bastante más oscuro que la calle, y Margaretta tuvo que parpadear para acostumbrar los ojos a la penumbra y a los alrededores inesperados. Recordaba haber visitado a Katherine en Londres, la sala de estar adornada con sedas, la lujosa alfombra de Aubusson en su habitación. El contraste entre aquellos recuerdos y la sencillez que se mostraba ante ella era sorprendente.

El suelo de madera con tablones anchos estaba limpio, y dos sillas de madera de apariencia cómoda flanqueaban una chimenea donde un leve fuego crepitaba. Al otro lado de la sala, una lisa mesa de madera, un banco y tres sillas más se encontraban delante de una zona de cocina básica. Dos puertas daban probablemente a las habitaciones.

Incluso presuponiendo que las habitaciones en la zona trasera de la casa se combinasen hasta llegar al tamaño de la sala delantera, el área del salón era más pequeña que la sala de estar de la casa del padre de Katherine, donde Margaretta había asistido a más de un encuentro.

La señora Lancaster deambuló por la habitación cómodamente con el bebé en brazos y se dirigió hacia la mecedora en la esquina más alejada. Resultaba obvio que había hecho más que darles alojamiento a estas mujeres. Las había visitado con frecuencia, seguramente durante esas largas caminatas al atardecer.

Margaretta observó a Katherine. Su vieja amiga le devolvió la mirada. Por el rabillo del ojo, se percató de que Nash ladeaba la cabeza y miraba de forma intermitente a una mujer y a otra. Qué extraño debió de parecerle que se hubiera mostrado tan desesperada para encontrar a esta mujer, y ahora que lo había hecho, no decía nada.

Aunque, ¿qué podía decir? ¿Cómo abordaba tal asunto?

—Veo que los rumores son ciertos. —Margaretta se encogió. Quizá no hubiese sido la mejor forma de empezar.

Katherine alzó las cejas y miró por encima del hombro hacia donde la señora Lancaster se encontraba meciendo y murmurándole cosas a Benedict. Katherine curvó una de las comisuras de sus labios para esbozar una sonrisa triste.

—No tan ciertos como crees.

El bebé gorjeó hasta gimotear, como si hiciese ver que la declaración de Katherine era mentira. Margaretta se quedó callada y dejó que las circunstancias hablasen por ella.

—La señora Lancaster no me dijo que estabas aquí. —Resultaba obvio que la voz de Katherine transmitía un deje de desaprobación a pesar de que la mirada que lanzó a la señora Lancaster mostraba tolerancia.

—Por supuesto que no, querida. —La señora Lancaster no alzó los ojos del bebé—. Habrías tomado a este precioso niño y te habrías escapado. Cuando dije que te protegería, incluía hacerlo de ti misma.

El pecho de Katherine se deshinchó tras un suspiro que casi se convirtió en risa a la vez que miraba hacia el suelo y sacudía la cabeza. Cuando por fin alzó los ojos, su expresión resultó más suave.

—¿Por qué no os sentáis? Puede elegir una silla si quiere unirse a nosotras, señor Banfield.

El hombre se atragantó.

—Disculpe, ¿nos han presentado?

La sonrisa pícara que asomó por el rostro de Katherine fue lo suficientemente familiar como para que un ramalazo de tristeza atravesase el cuerpo de Margaretta. ¿Sus propias sonrisas también se convertirían pronto en un recuerdo? ¿Algo que solo daría indicios de la chica desenfadada que solía ser?

¿Acaso ya se habían convertido en eso? Su sonrisa había retornado fácilmente tras la muerte de su marido. Quizá demasiado. Pero también era cierto que apenas se habían conocido, ambos habían considerado aquel matrimonio una unión prudente que aseguraría el futuro entre la Guarnicionería Fortescue y el Establo de Carreras Albany. A pesar de que el fallecimiento de John, aunque trágico, había parecido más un inconveniente que una desgracia, era obvio que el futuro de Margaretta no había sido simplemente postergado, sino amenazado.

Desde entonces no había sonreído mucho.

Katherine se sentó en la otra silla junto a la chimenea con apariencia tan serena y grácil como durante la temporada en la ciudad.

—Insisto en conocer a toda la gente importante de mi zona, señor Banfield —exclamó con tacto—. Además, la señora Lancaster habla maravillas de usted. —A continuación, se volvió hacia Margaretta—. ¿Cómo te ha ido la vida?

—Bueno —vaciló Margaretta—. Me he casado.

Katherine parecía no saber qué hacer con aquella información.

—Felicidades.

—Y me he quedado viuda —prosiguió Margaretta.

—Oh. —Katherine abrió los ojos de par en par y entrelazó las manos sobre el regazo—. Lo lamento mucho.

Al tiempo que el bebé emitió otro ruidoso quejido, la puerta de detrás de Katherine se abrió y otra joven mujer salió de ella. A Margaretta se le desencajó la mandíbula. Reconocía a la mujer de rostro redondo y de cabello castaño anodino como la amiga que había seguido a Katherine casi como una acompañante.

—¿Señorita Blakemoor?

La mujer pestañeó hacia Margaretta y tosió.

—¿Señorita Fortescue?

Nash, que se había puesto en pie ante la entrada de la otra mujer, lanzó una mirada acusatoria hacia Margaretta. Un recuerdo de que no había olvidado las noticias que le había confesado antes.

Margaretta se aclaró la garganta.

—De hecho, es señora.

La señorita Blakemoor tosió y lanzó una mirada hacia el señor Banfield.

—Ah, vaya, yo también soy señora.

La debilidad por el mareo de antes le volvió a la cabeza al intentar encontrarle sentido a todo lo que veía y descubría. ¿Qué era real? ¿Qué una farsa? Quizá si ofreciese alguna información, la mujer, o mujeres más bien, proveerían información también.

—Mi matrimonio fue muy breve —exclamó Margaretta con una sonrisa que intentó disipar la tensión en la sala—. A veces me resulta complicado recordar que poseo un nuevo apellido.

Nash se cruzó los brazos y entrecerró los ojos hacia ella.

—¿Qué más ha olvidado?

—Nada que le concierna.

—Demasiado tarde. Mi preocupación crece por momentos.

Margaretta bajó la vista hacia las manos. Casi parecía herido, como si él también se hubiese encontrado en un lugar extraño durante las últimas semanas y se preocupase sobre su creciente amistad. ¿Había desarrollado sentimientos por ella de la misma forma que ella temía que le hubiera pasado con él? Margaretta no estaba dispuesta a ponerle nombre a aquello que causaba que el corazón le latiese desbocado cuando lo oía saludar a la señora Lancaster durante su visita diaria. Hacerlo significaría una cosa más que dejar atrás cuando llegase la hora.

El bebé lloriqueó una vez más y en esta ocasión se negó a que la señora Lancaster lo acallase.

—Queridas, me temo que tiene hambre y yo ya he pasado la edad de poder ayudar con eso.

Margaretta cerró la boca para reprimir la risa sorprendida que pugnaba por escapar al tiempo que Katherine y la señorita Blakemoor no se sintieron obligadas a reprimir las suyas. Nash gruñó por lo bajo.

La señorita Blakemoor caminó hacia la mecedora y tomó al bebé en brazos.

—Yo me ocupo de él, señora Lancaster.

Y a continuación regresó a la habitación de la que había venido.

Katherine miró a Margaretta de manera interrogativa.

—Los rumores rara vez aciertan en todo.

Nash acercó la silla al grupo y se acomodó en ella.

—¿Usted también proviene de Londres, señorita FitzGilbert?

Katherine entrecerró los ojos y atravesó a Nash con la mirada.

—¿Cómo sabe mi apellido? El suyo está expuesto en el cartel fuera de su despacho. El mío, sin embargo, no.

—Margare... es decir, la señora Fortescue, me refiero a... —Se detuvo con un suspiro y se pellizcó el puente de la nariz a la vez que tomaba aire—. Margaretta vino al pueblo buscando a una tal señorita Katherine FitzGilbert. Ya que parece haberla estado buscando a usted, deduzco que usted es la señorita FitzGilbert en cuestión. ¿O es que usted también ha recordado un cambio reciente de apellido?

Katherine apretó los labios.

—No hay ningún cambio de apellido, pero le agradecería que olvidase el mío.

Él alzó una ceja.

—Nunca olvido nada.

La mirada que dirigió hacia Margaretta la hizo sudar.

La señora Lancaster se levantó de la mecedora. Nash también se puso en pie sin apartar los ojos de Margaretta. Ella había logrado memorizar todas las expresiones de él durante el pasado mes, pero esta era inescrutable. ¿En qué pensaba?

—Ya que todos estamos confesándonos esta tarde —anunció la señora Lancaster acercándose a las sillas donde Katherine y Margaretta permanecían sentadas—, hagamos una más. Entonces podremos pasar página de todo este secreto.

Magaretta no sabía cómo sentirse ante la palabra «confesión». Descubrir secretos era, quizá, más preciso, ya que ninguna de las partes involucradas había ofrecido la información de forma voluntaria, pero si la señora Lancaster tenía algo que quería decir, no sería Margaretta quien la detuviera. La mujer había sido una bendición y merecía paz en caso de que algún secreto la estuviera atormentando.

—Por supuesto —contestó Margaretta—. Nos puede contar lo que sea. Creo que todos los presentes le debemos lealtad.

Tanto Nash como Katherine asintieron y sus rostros reflejaron la preocupación y confusión que sentía Margaretta.

—Muy amable por tu parte, querida, pero no es mi confesión. —Sonrió como si lo que dijera después fuera la mejor noticia del mundo—. Es la tuya.

Margaretta abrió la boca al tiempo que contemplaba los ojos amables y sonrientes de la señora Lancaster. La anciana parecía casi entusiasmada por ponerla en aquel aprieto. ¿O era la noticia que esperaba oír lo que la alegraba? Intentó tragar saliva y casi se atragantó. La tendera lo sabía. ¿Desde cuándo? ¿Desde cuándo lo había sospechado?

—Yo... yo... —Margaretta miró a Nash, pero poco después desvió los ojos hasta el suelo—. No sé a lo que se refiere.

—Es la razón por la que estás aquí, ¿no es cierto? —Margaretta fue capaz de deducir que la señora Lancaster fruncía el ceño al oír sus palabras, y aquello la hizo estremecerse. Pero, entonces, una mano arrugada se le posó sobre el hombro y le dio un apretón de ánimo.

¿Por qué no podía decirlo? Margaretta tragó saliva de nuevo. No había hecho nada malo. Se había casado. Pero, de alguna manera, sabía que la noticia lo cambiaría todo. Sí, jamás había afirmado ser algo más que una viuda, pero aparte de aquella conversación, Nash y ella nunca habían hablado de su pasado. En cuanto supiera la verdad, no habría forma de no hacerle caso.

—Yo no... no puedo.

Otro apretón animó a Margaretta a levantar la vista hasta el rostro de la mujer que había desempeñado el papel de amiga y madre durante las últimas cinco semanas.

—Ha llegado la hora —exclamó la señora Lancaster—. Bien puedes contarles a todos lo del bebé.

Capítulo 8

—¿Bebé? —Nash se puso de pie de golpe. Miró hacia la puerta por donde la mujer cuya identidad no conocía había desaparecido con el bebé. Con toda certeza, no estaban insinuando que aquel bebé era de Margaretta, ¿verdad?

Cuando por fin devolvió la mirada a la joven y vio cómo esta apoyaba una mano en el vientre, gesto que recordaba hacer a su hermana en incontables ocasiones, el mundo se le vino encima.

Imágenes y recuerdos que había mantenido guardados resurgieron en la mente de Nash. La felicidad y la risa que había abundado cuando Mary y Lewis compartieron la nueva. Más risa, y alguna que otra queja sin malicia, cuando ganó demasiado peso como para salir a la calle y nunca parecía ser capaz de encontrar una posición que le resultara cómoda durante más de cinco minutos.

La desolación cuando Lewis vino a su casa y simplemente tomó asiento, incapaz de decir las palabras y contarle realmente lo que había acontecido.

La señorita FitzGilbert por fin tosió para romper el silencio antes de hablar con voz queda.

—Te casaste de verdad, ¿no es cierto?

Margaretta no dejó de observar a Nash. Él deseó que así lo hiciera. Entonces tal vez él pudiese dejar de mirarla a ella también.

—Sí. —Su voz sonó tan baja y silenciosa como la de su amiga—. Me casé con el señor John Albany, y pasamos tres días en la casa de campo de su padre en Surrey. Luego regresamos a Londres para que él pudiese prepararse para marcharse con su regimiento. Iban a salir en barco desde Londres una semana después de que llegásemos a casa.

Tragó saliva de forma exagerada.

—Se resbaló en la rampa de desembarco y se golpeó la cabeza. Para cuando pudieron sacarlo del río Támesis, ya estaba muerto.

Nadie dijo nada. Cuando la conmoción del anuncio desapareció, las preguntas asaltaron la mente de Nash y entraron en conflicto con una mezcolanza de otras emociones.

—Una tragedia, desde luego —expresó Katherine en voz baja, pero sin esa emoción que uno normalmente esperaría hallar bajo aquellas palabras—. Pero ¿por qué estás aquí? No tienes nada que ocultar.

Margaretta cerró los ojos. Las lágrimas manaron y le humedecieron las pestañas comprimidas antes de deslizársele por las mejillas en dos torrentes idénticos.

—El hermano menor de John solo desea el título de su padre. —Abrió los ojos. Aquellos pozos marrones solo mostraban pura desesperación—. Si se entera de que estoy encinta, no se detendrá hasta cerciorarse de que el bebé nunca tenga oportunidad de heredar nada.

Nash se aferró al respaldo de la silla hasta que los nudillos se le tornaron blancos y la madera amenazó con rasgarle la piel. Aquella sensación de intranquilidad que había sentido en su oficina aquella mañana creció hasta convertirse en una premonición escalofriante. El hombre que había venido a su oficina, el que viajaba con su padre, el que había solicitado información sobre medios de transporte discretos. Si era él, si ese era el hermano…

Las implicaciones golpearon a Nash más rápido de lo que él fue capaz de procesarlas. Si lo que Margaretta había dicho era cierto, ¿qué diantres iba a hacer?

❈ ❈ ❈

La joven presionó la mano contra su vientre, donde la suavidad que había conocido toda su vida había dado paso a la firmeza que no le permitiría olvidar la situación imposible en la que se encontraba. Era el mejor ejemplo de que la vida no era justa. Lo había hecho todo bien, incluso todo lo que se había pedido de ella, y aun así había sucedido.

Por alguna razón, una vez comenzó a contar la historia, a admitir todos los detalles de esta, la sintió menos desalentadora. Los últimos vestigios de la esperanza que la había llevado hasta Katherine ayudaron a detener las lágrimas que goteaban sobre su falda. Tampoco podía dejar la historia a medias ahora que había empezado, aunque quisiera guardarse lo máximo posible para sí misma y solo responder las preguntas que le hicieran. En un ramalazo de energía y nervios que la obligaron a levantarse de la silla y a comenzar a pasear por la estancia, las palabras brotaron de su boca.

—Por supuesto, su familia estaba ansiosa por saber si era posible que un bebé naciese de aquella breve unión. El hermano mayor de John se marchó a la India hace años y contrajo nupcias allí. Él y su esposa han visitado Inglaterra una vez o dos, pero no han tenido descendencia. John sabía que era muy posible que él heredara el título, pero se unió a la marina igualmente. Nuestro matrimonio fue más un negocio que otra cosa: la Guarnicionería Fortescue y los Establos de Carreras Albany se unirían. Tenía sentido.

Respiró hondo y prosiguió con la mirada fija en los dedos de los pies, que no dejaban de intentar hundirse en el suelo conformado de tablones amplios.

—Samuel fue de lo más insistente. Después de un par de semanas, comenzó a inquietarse, y yo me asusté. Les dije que no había ningún bebé. Creí que era verdad. Creí que tenía que ser verdad. Mis padres llevaban años casados antes de que yo naciese.

—Pero las cosas no funcionan así para todas —comentó Katherine con suavidad.

—No. —Margaretta suspiró.

—Y Samuel Albany también lo sabía —murmuró Nash.

Sus suaves palabras la obligaron a mirarlo, aunque hubiese estado evitándolo. Nash seguía portando una expresión inescrutable en el rostro, así que volvió a agachar la mirada hasta las manos unidas en el regazo.

—Sí. Él está muy implicado en los establos y la crianza de caballos de carreras, y siguió visitándonos con la excusa de tener asuntos que tratar con mi padre, pero siempre encontraba la ocasión de verme. Sospecho que sobornaba a mi doncella, porque pareció enterarse casi a la misma vez que yo. Se enfadó y me insinuó varios métodos que había oído con los que las mujeres se deshacían de los niños no deseados. Mi padre y yo desconocíamos qué haría, así que me envió de viaje a la costa con la señora Hollybroke y sus hijas. Mi padre dijo que nos reuniríamos allí en unas semanas.

Margaretta respiró hondo a sabiendas de que lo que había hecho a continuación había sido una estupidez.

—Pero el lacayo de Samuel me siguió. Llevaba en Margate tres días cuando lo vi fuera de la casa donde nos hospedábamos. Me asusté. Así que hui.

Las lágrimas regresaron. Se derramaron por sus mejillas en un hilo fino que le nubló la visión y se acopló a la tristeza que ya fluía en su interior.

De pronto, unos fuertes brazos se cerraron en torno a ella y Nash la estrechó contra su pecho para hacer que se sintiera a salvo por primera vez en tres meses. Margaretta se empapó de su habitual calidez, y empezó a temblar debido a las apabullantes emociones. Tan solo por un momento, una parte de ella creyó que todo saldría bien al final.

La señora Lancaster resopló en el rincón de la estancia sin molestarse siquiera en ocultar el hecho de que estaba llorando.

—Pero ¿por qué has venido aquí? —Katherine se hallaba ahora de pie, pero seguía mostrándose recelosa y permaneció a unos cuantos pasos de distancia de Margaretta y Nash.

Ella se enderezó entre los brazos de Nash para poder mirar mejor a su amiga.

—Cuando te marchaste de Londres, hubo rumores. Decían que estabas encinta, y no se me ocurría ninguna otra razón por la que pudieras haberte marchado de esa forma. Tenía la esperanza de que tú supieras qué hacer, adónde debía ir. Algún modo de esconder mi condición para que el mundo nunca tuviese que enterarse de lo que había sucedido. Lo único que conservaba era la carta que me enviaste desde Marlborough, así que vine aquí. No sabía qué más hacer.

El pequeño riachuelo de lágrimas se convirtió en un torrente cuando Margaretta se permitió sentir todas las emociones contenidas. Sollozó contra el pecho de Nash. Derramó lágrimas de libertad por haber compartido por fin su carga con alguien más. De desesperanza, porque al parecer Katherine tampoco había hallado una solución de verdad. Todas las lágrimas que se había esforzado por contener durante meses salieron a borbotones. Lloró por John, quizá por primera vez desde que falleció, y lloró por su familia, que lamentó su muerte muchísimo más que ella. No obstante, y, sobre todo, lloró egoístamente por ella misma, por lo injusta que era la vida, y por la fuerza que no sabía si tendría.

Otro par de brazos le rodeó los hombros y la separó de Nash para llevarla a través de una de las puertas de la estancia principal.

No quería abandonar la calidez de Nash, ni tampoco a él. Desesperada por vislumbrar su rostro una última vez, alzó el mentón al tiempo que sus brazos se alejaban de ella. Derramó más lágrimas que desdibujaron las líneas de su semblante y evitaron que pudiese leer la expresión en sus profundos pozos azules.

Apartó la mirada lacrimosa de la de él, pues no estaba dispuesta a prolongar el quebranto de su corazón más de lo necesario. ¿Volvería a verlo alguna vez?

¿Se lo contaría a su padre? ¿Importaba siquiera?

¿Sería capaz Katherine de proporcionarle alguna respuesta? Vivía sola con la señorita Blakemoor y su bebé. ¿Cómo sobrevivían? Fueran cuales fuesen los recursos de los que gozaban, Margaretta no poseía acceso a ninguno similar.

La habitación a la que Katherine la llevó era acogedora. Margaretta no veía a través de las lágrimas, y los párpados estaban empezando a hinchársele por la potencia de su llanto. Pero pudo sentir la suavidad de un colchón, y enseguida la agradable oscuridad del olvido acalló su dolor.

❀ ❀ ❀

Un fuerte gemido asaltó el sueño de Margaretta. Parpadeó para deshacerse de los últimos vestigios de sopor e intentó recordar dónde se encontraba, un problema que nunca había tenido hasta hacía unas cuantas semanas, pues se había pasado la mayor parte de los primeros veinte años de su vida despertándose en la casa adosada de su padre en Londres. Abrió los ojos. La estancia se hallaba en penumbra; era demasiado oscura como para tratarse de la alcoba sobre la tienda de la señora Lancaster. Paredes de yeso pintadas de un color amarillo claro la rodeaban a la vez que se acurrucaba más bajo la manta confeccionada con distintos retales. Provenían murmullos del otro lado de la pared, y el bebé que la había despertado enseguida se quedó callado.

El hogar de Katherine. O la casita de la señora Lancaster. Como quisiera verlo.

El gorjeo de los pájaros la saludó cuando se levantó y encontró su ropa doblada sobre una silla en un rincón. ¿Cuán profundo había dormido para no percatarse siquiera de cuando Katherine le quitó el vestido y los zapatos?

La habitación era pequeña, pero cómoda, con una cama, una silla, y un pequeño lavamanos. La única ventana que poseía daba a un pequeño jardín de verduras y permitía que la luz matutina del sol penetrara por ella.

Las lágrimas amenazaron con volver a caer, pero ya le dolía horrores la cabeza de todo lo que había acontecido el día anterior, y estaba muy cansada de llorar. Respiró hondo y se llevó las manos a los ojos hasta que la necesidad se sosegó.

A la vez que se vestía, una sensación de urgencia le atenazó la garganta, pero retrasó el momento de abandonar la alcoba. Katherine había sido su última esperanza, pero ¿qué ayuda podría ofrecerle realmente? Y aunque Katherine conociera el modo de ocultarse y luego de mantener al bebé, tenía que seguir teniendo en cuenta a su padre y a los de John. No podía desaparecer tal y como Katherine y la señorita Blakemoor lo habían hecho.

Tampoco podía volver a Londres sin más y esperar que Samuel entrara en razón. Ni siquiera podía permitirse marcharse de esa casa hasta que el hombre hubiese partido de Marlborough.

Pero una cosa era segura: no iba a encontrar las respuestas en esa pequeña estancia.

La señorita Blakemoor se hallaba sentada en la mecedora junto a la chimenea, alimentando al bebé, cuando Margaretta se adentró en la habitación principal.

—Buenos días.

—Buenos días, señorita Blakemoor.

Ella se rio.

—Llámame Daphne. No hay razón para ser tan ceremoniosos aquí.

Su mirada descendió hasta el vientre de Margaretta antes de contemplar al bebé que sostenía en brazos. Su sonrisa no flaqueó en ningún momento.

Margaretta avanzó y tomó asiento en una de las sillas.

—Todos creían que era Katherine la que se encontraba en una condición delicada. Juraban que era ella a la que habían sorprendido con el señor Maxwell Oswald. —Avergonzada, Margaretta cayó en la cuenta de que ni siquiera se había preguntado por la desaparición de Daphne. Ni los demás tampoco.

—Me temo que nadie siquiera sopesó la posibilidad de que fueras tú.

—Lo sé. —La sonrisa de Daphne se tornó triste—. Probablemente ni supieran que me había ido. Katherine estaba arruinada para ellos, en su mente, y yo en la vida real, así que convencimos a nuestros padres para que nos entregaran el dinero de nuestra dote para así poder desaparecer. La mía no era muy abundante, por supuesto, pero la de Katherine... Nos imaginamos que sería suficiente para viajar hasta algún sitio y establecernos hasta que pudiésemos encontrar la forma de mantenernos por nosotras mismas.

Se levantó y comenzó a pasear con el bebé sobre su hombro y dándole golpecitos en la espalda.

—Nuestra intención había sido ir hacia el este, y luego subir por la costa, encontrar una casita en algún pueblo costero. Pero el viaje en carruaje me produjo náuseas, y entonces conocimos a la señora Lancaster. Solo pretendíamos quedarnos hasta que me sintiese otra vez con ganas de viajar, pero eso fue hace nueve meses, y todavía seguimos aquí.

Se quedaron en silencio, y Margaretta intentó encontrar el coraje para formular las preguntas que no se atrevía a plantear. ¿Lo sabía el padre? ¿Pretendían vivir aquí para siempre y criar a Benedict ellas solas? Habían gozado de nueve meses para pensar en el futuro, y Margaretta temía que aquello, por desgracia, no había sido tiempo suficiente para hallar una solución, porque el problema resultaba imposible.

—¿De verdad estabas casada? —preguntó Daphne con voz queda, al parecer no tan petrificada como Margaretta con respecto al decoro.

—Sí, de verdad. John y yo coincidimos unas cuantas veces en fiestas durante los dos años que estuve en sociedad. Luego mi padre lo trajo a casa y le propuso los beneficios de un enlace entre nuestras familias. Apenas conocía a John, pero parecía amable, así que accedí.

Volvieron a quedarse en silencio. Si las dos mujeres estaban pensando o no lo mismo, Margaretta no sabría decirlo, pero pareciese que la pregunta tácita en la punta de sendas lenguas era: «¿y qué vas a hacer?». Margaretta se imaginaba que ambas querían formularse la pregunta la una a la otra, pero que sentían que no podían, pues ni ellas mismas sabían cómo responderla realmente.

Un gruñido proveniente del estómago vacío de Margaretta rompió el silencio, y la animó a inquirir sobre comida. Cada bocado que tomó del sencillo desayuno se oyó muy alto en aquella sala sumida en el silencio. Quizá probar suerte en la diminuta vivienda sobre la tienda de la señora Lancaster sería mejor que esto, aunque estar en pleno centro del pueblo aumentaba enormemente las posibilidades de que Samuel, o su lacayo, la encontraran.

La puerta principal se abrió y Katherine entró con prisas con una cesta llena de telas. Dejó la cesta junto a la puerta y miró de Daphne a Margaretta, y viceversa.

—¿Habéis estado así toda la mañana?

—Kit... —la voz de Daphne sonó baja.

Katherine puso los ojos en blanco.

—¿De verdad crees que la cortesía y los buenos modales son necesarios aquí? —Se quitó la pelliza y la colgó en uno de los ganchos junto a la puerta antes de tomar asiento frente a Margaretta—. ¿Qué piensas hacer?

Al parecer, Katherine no tenía problema alguno en plantear la pregunta. Siempre había sido un poco más directa que la mayoría.

Margaretta suspiró y posó la taza de té sobre la mesa.

—No lo sé. Me pasé días en mi alcoba sopesando esa pregunta, rezando como nunca antes lo había hecho. Luego recordé tu carta...

—¿Enviaste cartas? —Daphne se detuvo en el acto de colocar a su hijo en la cuna—. Accedimos a desaparecer.

Katherine ni siquiera se veía avergonzada.

—Quería despedirme de varias personas y hacerles saber que me marchaba, y que no estaba muerta en cualquier zanja. Además, no creía que fuésemos a quedarnos en Marlborough más de un día. Se me antojó un lugar seguro desde donde enviarles las cartas.

Daphne se desplomó sobre la tercera silla junto a la mesa.

—¿Cuántas?

Otro suspiro, y otra vez los ojos en blanco. Tal vez era así cómo Katherine se expresaba cuando se sentía acorralada.

—Tan solo tres.

—Si os sirve de consuelo, no creo que nadie más os esté buscando. —Margaretta vaciló, pero quizá solo necesitasen un poco de la franqueza directa de Katherine—. Yo probablemente no me hubiese acordado, de no haberme encontrado en tal situación de desesperación por saber qué habías hecho si los rumores eran ciertos.

—Pero eres viuda de verdad. —Daphne jugueteó con las uñas de las manos.

—Un hecho que, en realidad, me ha puesto en más peligro que la situación alternativa.

—Pero si el bebé es una niña, podrías volver a casa sin más. —Katherine se sirvió su propia taza de té de la tetera que había preparado antes Margaretta.

—Sí. —Ese era el mejor desenlace que podría esperar. Pero incluso entonces, estaría llevando a una niña a casa, ¿para qué? Sí, tendría cuidados y comodidad, pero Margaretta era ahora una viuda sin muchas expectativas. ¿Podría llevar al bebé y vivir con la familia de John sabiendo el tipo de hombre que era Samuel? ¿Se quedaría en casa a la espera de que su padre volviera a casarla otra vez? ¿Qué clase de hombre querría casarse con una mujer que ya tenía una hija?

La idea de casarse otra vez amenazaba con enviarla de vuelta a la cama, donde podría llorar hasta quedarse sin lágrimas. Aunque una vez ya hubo accedido a la seguridad de un matrimonio sin sentimientos, durante el pasado mes había perdido gran parte de su atractivo. Había aprendido que las relaciones podían ser diferentes, y le resultaba complicado volver a su antigua forma de pensar.

—Entonces, ¿llevarás al niño a un hospicio? —preguntó Katherine en voz baja. Tan baja que Margaretta no estaba segura de no habérsela imaginado.

Porque ya lo había sopesado antes. Con bastante frecuencia, de hecho.

—No puedo. —Margaretta tuvo la sensación de que se le cerraba la garganta. Las palabras que sabía que necesitaba sacar de su interior, se le antojaban empalagosas y pesadas a la hora de atravesar el estrecho conducto y de luchar por buscar espacio entre su respiración superficial—. Pensé que quizá podría, pero no puedo. No amaba a John, pero este bebé es fruto de un matrimonio que, aunque breve, sucedió de verdad. No puedo dejarlo en la puerta de un hospicio para que lo desprecien y lo traten como a un deshecho del mundo.

—Ningún niño debería pensar así de sí mismo —añadió Daphne mirando a la cuna en la esquina. Era una mirada que aseguraba querer a su hijo más que a nada, más que el difícil camino que se había visto obligada a recorrer hasta aquí, más que las montañas que todavía tendrían que ascender.

Margaretta desvió la mirada de forma intermitente entre las dos mujeres sentadas a la mesa.

—¿Cómo lo vais a hacer? La señora Lancaster no va a vivir para siempre.

Katherine asintió hacia la cesta que había dejado en el suelo junto a la puerta.

—Traemos algo de costura. Remiendos. Trabajos para la iglesia, y hacemos ropa para las personas del hospicio. Todo gracias a la modista del pueblo, una amiga de la señora Lancaster. Todos aquellos años bordando han hecho que ahora pueda dar puntadas medio en condiciones. Tenemos suficiente para comprar una casa cuando llegue el momento. Siempre y cuando ganemos dinero para comer, deberíamos ser capaces de sobrevivir, incluso posiblemente de prosperar, al final.

Daphne extendió los dedos sobre la mesa y luego cerró las manos en puños.

—La señora Lancaster nos dijo que en cuanto el bebé se hubiese destetado, encontraría la forma de asegurarse de que lo cuidaran bien. —Su mirada volvió a deslizarse hasta el bebé silencioso en la cuna—. Pero no puedo hacerlo. No puedo pasar estos primeros meses con Ben y luego abandonarlo.

Katherine extendió el brazo y envolvió los dedos en torno al puño de Daphne como muestra de apoyo.

De ninguna manera podía Margaretta imitar su plan. No tenía ni los fondos ni la ayuda necesarios. Pero se le ocurrió otra idea.

—Podría enviar dinero.

Puso una mueca. Así no era como había querido abordar el asunto.

Ambas mujeres la miraron con las cejas arqueadas.

Margaretta se aclaró la garganta y prosiguió con determinación. ¿Qué era lo peor que podía suceder? ¿Que le dijeran que no y la echaran de su casa? No podía verse en peor situación que en la que se encontraba actualmente, quitando el hecho de que no sabía con certeza cómo volver a la tienda de la señora Lancaster.

—Conseguiré dinero para gastos. Podría enviar algo. Para ayudar.

—¿Ayudar a quién? —inquirió Katherine.

—A vosotras. Si el bebé es un niño... Si lo dejase con vosotras, ¿podríais quedároslo? ¿Podríais proporcionarle un buen hogar?

Capítulo 9

Nash no había conciliado el sueño. Ideas y disposiciones se le habían pasado por la cabeza y lo habían distraído hasta el punto de casi cortarse al afeitarse. Era como si se ahogase en aquello que se había pasado casi una década tratando de evitar: una emoción tan devastadora que afectaba hasta la rutina.

A su espalda, el despacho se encontraba plagado de trabajo, pero no había avanzado con nada de aquello. A pesar de ir con retraso, se quedó mirando por la ventana.

Aunque no es que viera mucho más allá del cristal. Se hallaba demasiado ocupado recordando la mirada de Margaretta al acariciarle el brazo cuando Katherine se la llevó. Le había estado rogando algo; había estado usando aquellos ojos oscuros y profundos para tratar de arrancarle el alma del cuerpo con las garras de sus lágrimas derramadas. Pero Nash se había marchado. Incluso antes de que Katherine cerrase la puerta de la habitación, había huido de la casa. Nada sería igual para él. O para ella.

Reconocer a los dos hombres que caminaban por el ajetreo matutino de la calle principal trajo de vuelta a Nash de sus ensoñaciones. El señor Fortescue y el señor Albany caminaban por la calle, tal vez hacia el despacho de Nash. El rostro del anciano estaba contraído y denotaba decisión, mientras que el más joven curvaba los labios en señal de disgusto. Nash no supo adivinar si por la hora temprana o por el mismo pueblo. Tampoco es que le importase. Tras lo descubierto en las últimas veinticuatro horas, Nash no tenía mucho interés en que el hombre le agradara.

De hecho, su disposición se inclinaba más a sacar a Samuel Albany del pueblo que en asegurar su bienvenida en los establos locales y en los hostales donde tenían parada las diligencias.

Sin embargo, no había nada que pudiera hacer. La opinión de Nash acerca de la situación carecía de importancia. A ojos de la ley, el hombre no había hecho nada malo. Si ser ambicioso y desear un título fueran ofensas constitutivas de delito, una gran parte de la aristocracia inglesa se estaría pudriendo en Newgate.

El esposo de Margaretta había fallecido hacía casi cuatro meses según la información que Nash había obtenido durante las pasadas semanas. Había sido tiempo suficiente como para confirmar si había quedado encinta durante su breve matrimonio, y el hecho de que estuviera huyendo y escondiéndose solo serviría como prueba de que Samuel Albany estaba, en efecto, tan obsesionado y enloquecido como Margaretta creía.

Al tiempo que los dos hombres cruzaban la calle, Nash fue capaz de ver que discutían, y el señor Fortescue parecía estar preparado para comenzar una diatriba. Que fuera una manifestación física o verbal hacia el hombre más joven estaba por verse, pero alivió algo del miedo que sentía de que el padre de ella traicionase de algún modo la seguridad de su hija.

Ambos se detuvieron en la puerta del despacho de Nash, pero su posición en la ventana le permitió escuchar sus voces iracundas.

—Muchos podrían preguntarse cómo dirige su negocio si es incapaz de controlar a su hija, señor Fortescue —gruñó el señor Albany.

La amenaza no pareció conmocionar al señor Fortescue. Resultaba claro que por eso Margaretta había reunido la fuerza suficiente para establecerse por sí sola.

El anciano abrió la puerta del despacho de Nash y entró.

—Un negocio es mucho más predecible que una mujer. —Lanzó una mirada interrogativa a Nash—. ¿No cree, señor Banfield?

Dada la nula habilidad de Nash para adivinar cualquier cosa referente a las mujeres, tuvo que estar de acuerdo. Asintió.

—Por supuesto, señor.

El más joven gruñó y entrecerró los ojos mirando a Nash.

—No vino a cenar.

El hombre se volvió, pero permaneció al lado de la ventana.

—Se me presentaron asuntos urgentes con otro cliente. Dado que solo unos cuantos de los hombres con los que requirieron hablar se mostraron interesados y ninguno estaba disponible hasta hoy, decidí esperar hasta esta mañana.

—Deseamos hablar con todos, señor Banfield. —El señor Albany curvó el labio—. Si no es capaz de conseguirlo, encontraré a otro abogado que sí lo sea.

Solo había otros dos abogados en Marlborough, uno de los cuales tenía casi setenta años y solo redactaba contratos sencillos sobre un pequeño escritorio en su misma sala de estar, por lo que no le preocupó en demasía aquella amenaza. Lo que sí le preocupaba era poner a Margaretta lejos del alcance de Samuel Albany y hacerlo cuanto antes. Sí, se sentía traicionado por que ella le hubiese ocultado tal secreto, y descubrirlo consiguió que sintiera como si le hubieran golpeado en el pecho con un bate de críquet, pero aún quería hacerla feliz y mantenerla a salvo.

—Quizá, caballeros. —Nash se acomodó en la silla tras su escritorio y apoyó los dedos bajo la barbilla—. Sería de mayor ayuda si tuviese más información de lo que buscan exactamente.

El señor Fortescue entrecerró los ojos, pero la mirada del señor Albany se volvió desenfocada y borrosa a la vez que vagaba por la estancia hasta llegar a la ventana.

—Pretendo que mi nombre se conozca por todo el país, señor Banfield. Puede que fuese mi abuelo el que comenzara nuestro negocio dedicado a los caballos de carreras, pero yo trato de traerlo a este siglo. Seremos el establo del que todos hablen, al que los príncipes árabes acudan y visiten. Y quiero ser yo el que lo consiga.

Su expresión había adoptado una pasión feroz cuando se volvió de nuevo hacia Nash y apoyó las manos sobre el escritorio para inclinarse hacia delante.

—Un día, los establos de carreras Albany serán míos, y entonces... —Se interrumpió y bajó la cabeza. Tomó aire profundamente como si buscase reorganizar sus pensamientos.

—Los establos de carreras Albany son una parte importante de mi legado familiar, señor Banfield, y formaré parte de ello.

Nash lanzó una mirada al señor Fortescue y apreció la palidez en la tez del hombre bajo aquella máscara de decisión. En la cabeza de Nash se amontonaban multitud de pensamientos, y el primero de todos era que Samuel Albany no parecía hallarse en plenas facultades mentales. Era un hombre al que le obsesionaba el poder y el prestigio, ninguno de los cuales debería esperar ganar siendo el tercero en la línea de sucesión, a menos que lo hiciese por su propia cuenta. Y aquello le convertía en peligroso en lo que a Margaretta se refería.

Un pensamiento molesto acuciaba la mente de Nash, un recuerdo vago que le ofrecía una idea. ¿Sería posible que la pasión de Samuel pudiera redirigirse? ¿Que Nash pudiera indicarle el modo de hacerse un nombre ahora, en lugar de esperar a heredar el control del negocio de su familia?

—La pasión que siente por su legado familiar es admirable. —Nash se aclaró la garganta y se puso de pie antes de caminar hacia una pila de revistas que yacían sobre una mesita. El artículo que recordaba databa de un par de meses atrás, pero podría encontrarlo... Una copia de la *Revista Deportiva* se hallaba al fondo del montón con las esquinas dobladas—. Quizá fuese mejor dejar huella en el deporte general.

El corazón de Nash amenazaba con salírsele del pecho cuando trajo la revista de vuelta hasta su escritorio y volvió a acomodarse tras él. Tenía que tener mucho cuidado con la conversación. No podía descubrir que sabía algo acerca de la hija del señor Fortescue o la situación familiar del señor Albany. Una palabra, un desliz, sería un desastre. Lo más seguro habría sido permanecer en silencio, pero acababa de sugerir algo que requería el control de la conversación.

Bueno. De perdidos...

—Hay un nuevo estilo de carreras en Irlanda.

Sobre el escritorio, dejó la revista abierta en un artículo que se titulaba *Una curiosa carrera de caballos*. El señor Albany tomó el papel y se acomodó en una silla cercana para leerlo, pero el señor Fortescue permaneció centrado en Nash con ojos escrutadores, pensativo.

Nash tragó saliva.

—No soy muy deportista, caballeros, pero me parece que un buen liderazgo podría tomar la idea de esta ociosa apuesta y convertirla en un imperio de carreras de caballos. —Tal vez había dorado mucho la píldora, pero ahora Nash no podía echarse atrás.

El señor Albany levantó la mirada.

—¿Tenían saltos en las carreras?

—Así es. —Nash miró al señor Fortescue de soslayo—. Y si alguien pudiera construir una silla especial para tal carrera, sin duda sería una ventaja para el corredor.

—Sin duda —murmuró el señor Fortescue—. Sería todo un golpe maestro ser el primero en presentar algo tan novedoso en Inglaterra. De seguro algo de lo que un irlandés sería incapaz.

El señor Albany dejó la revista sobre sus piernas con bastante ímpetu.

—La Guarnicionería Fortescue no se llevaría ningún crédito. Las sillas que se hicieran para ello serían para uso de Albany en exclusiva.

—Por supuesto. —El señor Fortescue se aclaró la garganta—. Pero necesitaría analizar cómo son las carreras.

Nash reunió varias hojas en blanco sobre su escritorio.

—Podríamos redactar un acuerdo ahora, si lo desean, de que cualquier desarrollo en monturas realizado para este nuevo estilo de carreras con saltos será de uso exclusivo para los establos Albany.

El señor Albany pareció pavonearse ante la idea de poseer los derechos exclusivos de algo.

—Sí. Podríamos incluso llamar la montura como nosotros. Y su desarrollo tendría que ser prioritario.

—Por supuesto. —El señor Fortescue pareció hundirse en su silla con un suspiro de alivio. Quizá fuera la primera vez que se relajase en semanas. ¿Cuánto tiempo llevaba siguiendo a ese lunático por el país?

—Hemos de hacernos con el control de este asunto pronto —declaró el señor Albany antes de hacer una pausa—. Pero no podemos abandonar nuestro... propósito actual.

El señor Fortescue se tensó en el asiento que ocupaba.

—Nada cambiará en el tiempo que nos lleve viajar a Irlanda y estudiarlo. Podemos abordar el asunto a nuestro regreso.

Nash sabía que el hombre esperaba que para cuando regresasen, el tema se hubiese solucionado por sí mismo y Margaretta hubiese dado a luz a una niña o hubiese encontrado un lugar seguro donde esconder al bebé, de ser este un niño. La alternativa, que Margaretta o el bebé no sobrevivieran durante su ausencia, lo carcomía por dentro. Ningún padre querría considerar tal final para su hija.

—Supongo. —El señor Albany volvió a contemplar el artículo en su regazo antes de asentir en dirección a Nash.

—Redacte los papeles.

✳✳✳

Alrededor del mediodía, Margaretta se encontraba dando puntadas precisas en una costura rasgada en el hombro de una áspera camisa blanca cuando la señora Lancaster entró por la puerta. Las mujeres seguían sentadas a la mesa debatiendo las opciones que tenía la joven, aunque Katherine había exclamado que al menos debían hacer algo que valiese la pena.

Aunque las habilidades para limpiar de Margaretta dejaban bastante que desear, su destreza con la costura era casi tan excelente como sus dotes de cocina. Ya había puesto una cazuela sobre el fuego para calentar el estofado para la cena.

Las conversaciones se detuvieron cuando la señora Lancaster entró a la pequeña casita. Les sonrió a las tres.

—Miraos, señoras. Sacando lo mejor de la vida cuando el diablo preferiría veros derrumbadas y por los suelos. Estoy orgullosa de vosotras.

Daphne se sonrojó, pero no desvió la mirada cuando la anciana se acercó a escudriñar al pequeño en sus brazos.

—Ay, qué pequeño tan dulce. —La tendera levantó la vista y sonrió—. ¿Y nuestro otro pequeño? ¿Hemos arreglado las cosas?

Katherine y Daphne se miraron durante un buen rato. Aunque se hubieran debatido muchas posibles opciones, no se había llegado a un acuerdo. Finalmente, Katherine asintió levemente.

—Vamos a quedarnos con el bebé de Margaretta.

La sonrisa de la señora Lancaster desapareció y miró a la implicada a los ojos.

—¿Dejarías a tu bebé?

Hasta ese momento, Margaretta no se había permitido pensar de esa forma. Había pensado que era como cuidar de alguien necesitado. Como una obra de caridad que se podría realizar de forma impersonal con un poco de distancia. Pero, en ese momento, con aquella tristeza y hasta posible decepción en el rostro de la señora Lancaster, su bebé se convirtió justo en eso. En algo «suyo».

Aunque no cambió las cosas.

—No tengo ninguna dote que aportar ni nada con lo que comenzar mi vida. Si vuelvo a casa, me caso y busco la vida para la que nací, tendré dinero que podré enviar para ayudarlas. Si es una niña, quizá pueda quedarme con ella. De otra forma... —Posó la mano sobre su vientre—. Simplemente no es un riesgo que pueda permitirme correr.

Katherine suspiró.

—Por si sirve de algo, creo que se lo deberías contar a la familia de John. Creo que te protegerían.

—Samuel es el único hijo que les queda viviendo en suelo inglés. No puedo arriesgarme a que le crean por encima de mí. —Margaretta hizo una pausa para no pincharse con la aguja—. E insistirán en que viva con ellos, bajo su techo. Esconderme de Samuel no sería una opción entonces.

Ya estaba arriesgándose mucho al no contarle a la familia de John lo del bebé. Si resultaba ser un niño, de estar en línea para heredar, ¿la creerían cuando afirmase que era de John? ¿O es que estaba condenando a su bebé a una vida sin sus derechos de nacimiento?

La señora Lancaster rodeó la mesa para abrazar fuerte a Margaretta.

—No te preocupes por nada. Al Señor no le sorprende ni un ápice. Recuerda mis palabras, querida. Tiene un plan para todos. Y, a veces —dijo, besándola en el cabello— esos planes son difíciles de comprender.

Margaretta no sabía qué hacer con la abierta muestra de afecto de la señora Lancaster, pero fue como un bálsamo para su corazón dolorido. Daphne y Katherine estiraron los brazos por encima de la mesa y entrelazaron los dedos con los suyos. El momento fue solemne, como una promesa entre mujeres de hacerlo lo mejor posible con las vidas que se les había confiado por cualquier razón. La emoción la embargó, liderada por el miedo de que no estuvieran haciendo lo correcto.

Aquellos bebés necesitaban de mucha guía, de mucha educación, mucho de todo si iban a ocupar su lugar en el mundo. ¿Podrían lograrlo cuatro mujeres que no sabían lo que hacían?

Fue suficiente para que quisiera regresar a la cama y no salir en toda una semana.

Entonces, Benedict la observó de entre su mantita, parpadeó y eructó.

Cuando el más básico de los ruidos rompió el silencio solemne, las cuatro mujeres estallaron en carcajadas en lugar de en sollozos, y Margaretta supo que la señora Lancaster tenía razón. No importaba lo sola que se sintiera, nada de aquello resultaba una sorpresa para el Señor.

❈ ❈ ❈

Redactar el contrato le llevó la mayor parte del día, pero para cuando llegó el final de la tarde, ambos hombres sonreían. Bueno, el señor Fortescue sonreía. El señor Albany parecía un gato que se acabara de comer a un canario.

Nash prometió a los hombres que haría copias del acuerdo y las enviaría a Londres además de a Newcastle, Irlanda, adonde los caballeros pretendían viajar.

Estrecharon las manos y el señor Albany se quejó sobre si no sería muy tarde para llegar a la diligencia. Finalmente, decidió esperar hasta la mañana. Ni Nash ni el señor Fortescue opinaron mientras el señor Albany debatía la decisión consigo mismo. Simplemente asintieron de acuerdo con él.

El señor Fortescue no dejó de observar a Nash con algo de escepticismo antes de exclamar en voz baja:

—Me gustaría seguir hablando de esos detalles de viaje en algún momento.

Nash pensó en cómo responder. Sabía que viajar a Irlanda y abandonar a su hija tenía que resultar una perspectiva complicada para el anciano, pero lo haría para mantenerla a salvo. El señor Albany no parecía preocupado en ese momento por nada; estaba convencido de que su nombre se convertiría en sinónimo de un nuevo estilo de carreras en menos de un año. No obstante, Nash no estaba dispuesto a poner a prueba esa nueva fascinación comentando con el padre nada que no fueran detalles sin importancia.

—Estoy seguro de que podré ser de ayuda sobre ese asunto cuando llegue el momento.

El señor Fortescue entornó los ojos, seguramente al tratar de leer las intenciones ocultas de Nash. A continuación, los abrió de par en par al reparar en algo a espaldas del abogado.

Antes de que Nash pudiera volverse y ver qué había atraído la atención del otro hombre, la puerta se abrió y ello permitió que una ligera brisa entrara en el despacho junto con la señora Lancaster.

—Buenas tardes, caballeros.

Nash tragó saliva e intentó no entrar en pánico mientras la señora Lancaster pasaba por el lado del señor Albany con la maleta de Margaretta delante de ella. Ella asintió en dirección de los hombres y rodeó el escritorio para dejar la maleta fuera de vista.

—No deseo interrumpir. El señor Banfield accedió a ayudarme con mis entregas de hoy. Estos viejos huesos ya no se mueven como antes.

Soltó una risa y parecía completamente relajada, desconocedora de la tensión que su presencia había creado. Afortunadamente, el señor Albany parecía igual de ignorante.

El señor Fortescue, por otro lado, observaba el escritorio de Nash como si pudiese ver la maleta en el suelo detrás de este. Su mirada se endureció cuando por fin lo miró a los ojos.

—Este... acuerdo. Confío en que ha mirado por mis intereses en él, ¿no es cierto? Todos mis intereses.

Nash debatió entre hacerse el tonto en caso de que el señor Albany fuese más astuto de lo que pensaba, pero no pensaba hacerle eso al hombre. Cualquier padre que estuviera dispuesto a dejar de lado su negocio y viajar hasta Irlanda simplemente para proteger a su hija merecía saber que esta se encontraba a salvo.

—Por supuesto, señor. —Nash tragó saliva, pero tenía la garganta seca—. Me aseguraré de que todo lo suyo esté bien protegido.

El señor Albany bufó.

—Sí, sí, ¿no es eso lo que nos hemos pasado horas debatiendo? Ahora marchémonos. He de adelantar a mi lacayo para que pregunte por los billetes a Irlanda.

La tensión que Nash no había sido consciente que sentía desapareció de sus músculos ante la noticia de que el lacayo del señor Albany viajaría con ellos. Con una última mirada, el señor Fortescue levantó la vista y siguió al señor Albany hasta la puerta. Se detuvo en la entrada.

—Cualquier revisión que crea... necesaria en el contrato, me la hará saber, ¿verdad?

Nash asintió.

—Rápidamente, señor.

El señor Fortescue parecía desolado, pero asintió y siguió al señor Albany a la calle.

Nash se dejó caer en su silla, exhausto.

La señora Lancaster sonrió.

—Bueno, parece que ha ido bien.

Nash dejó escapar un gruñido tras apoyar la cabeza en la silla.

—¿Qué hace aquí, señora Lancaster?

—Ha de llevarle esto a Margaretta esta noche. No creo que mis piernas puedan aguantar el trasiego de volver a subir esa colina.

Nash fue incapaz de reprimir la sonrisa que le curvó los labios. La señora Lancaster bien podría recorrer la mitad del trayecto hacia Avebury antes de resentirse, pese a su extraña manera de andar, arrastrando los pies. Sin embargo, jamás podría llamarla mentirosa. No obstante, eso no significaba que quisiera entregar el paquete. No estaba preparado para ver a Margaretta. Y no sabía si lo estaría nunca.

Estaba encinta. Sabía de primera mano lo que aquello significaba. Lo tenía grabado en la mente, tan vívido y con tantísimos detalles horribles. Conocía el peor de los riesgos y el más devastador de los finales. Y no quería pensar en ello.

—Necesita sus cosas. —La señora Lancaster frunció el ceño, una expresión tan inusual en ella que su rostro pareció crujir para que todos los músculos se situaran en la posición correcta—. Y usted se las va a llevar.

Capítulo 10

Nash llevó a Margaretta la maleta, porque, bueno, porque no pudo librarse de la tarea. Aunque aquello no significaba que tuviera que verla. La había dejado en la escalera de entrada, y luego había llamado a la puerta antes de salir corriendo como un niño que acabara de hacer una travesura. Había huido de la casa como si albergara la peste en lugar de un bebé y una mujer encinta.

No obstante, había incluido una nota en la que afirmaba que su padre y Samuel Albany se marchaban del pueblo, pues de momento habían suspendido su búsqueda. La nota no desvelaba demasiados detalles, y probablemente planteaba más preguntas de las que respondía. ¿Esperaba una parte de él que ella lo buscase y le exigiese más información?

De ser así, estaba condenado a la decepción. Habían pasado dos semanas y no había sabido nada de ella.

Tampoco regresó a la tienda de la señora Lancaster, pues eligió permanecer con las otras mujeres en la casita. Tareas como cocinar, cuidar del jardín, y coser eran ahora actividades rutinarias de su día a día. Lo sabía porque sus visitas casi diarias a la tienda de la señora Lancaster habían continuado. Aunque se decía a sí mismo que estaba mejor sin Margaretta en su vida, no podía evitar preguntarse cómo se encontraba y qué hacía.

Al principio, la señora Lancaster se había mostrado encantada de contarle cosas, y hasta le dijo que las mujeres tenían un plan para el bebé que estaba por nacer. Sin embargo, conforme pasaron los días, las noticias de la señora Lancaster se transformaron en ceños fruncidos y miradas incisivas.

Y, aun así, Nash regresaba día tras día, porque era el único modo que tenía de enterarse de algo. Si ocurría algo importante, estaba seguro de que la señora Lancaster rompería el voto de silencio.

Aunque sabía que no debería importarle.

Nash escudriñó los papeles frente a él. Los mismos que llevaban en su escritorio dos días ya. Aunque era cierto que la vida en el campo se movía a un ritmo más lento que en la ciudad, sus clientes seguían esperando que él, de hecho, realizara el trabajo para el que le pagaban.

Tomó una pluma y la acercó al papel con la intención de redactar el nuevo acuerdo sobre la dote de la hija del señor Jacobson. Era un documento sencillo, una suma de dinero determinada por el acuerdo prenupcial de sus padres. No tendría que haberle llevado a Nash más de una hora acabarlo.

Y ahí estaba, consumiendo la mejor parte del día para llevar siquiera la pluma al papel.

Había completado dos líneas enteras cuando reparó en que no había mojado la pluma en tinta.

Arrojó la pluma sobre la hoja de papel en blanco, aunque llena de arañazos, se apartó con un empellón del escritorio y cruzó toda la estancia. Volvió a mirar hacia su mesa, y lo persiguieron los cajones y el espacio vacío donde colocar las piernas frente a él.

«Tiene otro escritorio, pero ningún compañero».

Aunque para él no tenía sentido contar con un compañero aquí, en su pequeña oficina de abogados de Wiltshire, aquella afirmación también pareció hacerse eco en los pasillos vacíos del resto de su vida. No tenía compañero. No tenía a nadie, en realidad. Hasta a los pueblerinos con los que tanto afirmaba sentirse en deuda, y a los que tanto protegía, los mantenía a una cierta distancia.

Pero le importaban, aun sabiendo que un día la muerte llamaría a las puertas de todos aquellos que tan acostumbrado estaba de ver. La señora Lancaster seguiría al señor Lancaster al cielo tarde o temprano. Henry Milbank tendría un sustituto más joven y fuerte cuando ya no pudiera entregar carbón a los negocios del pueblo. El hombre ya hablaba de tomarse las cosas con calma y de acoger a un aprendiz.

Porque no tenía ningún hijo a quien enseñarle el oficio. La vida había dejado al señor Milbank con cicatrices, y no había vuelto a intentarlo.

Pero al menos lo había intentado. Al igual que Lewis y Mary. Nash no podía adjudicarse tal hazaña.

Nash se había alejado de la vida pensando que podría limitar su implicación en ella, y por lo tanto el dolor que sufriera. Al igual que se había alejado de Margaretta. No podía dejarla acercarse, no le podía dar su corazón tan solo para enterrarlo junto a ella, de sufrir el mismo destino que su hermana.

La idea de que Margaretta pudiese no sobrevivir al nacimiento de su hijo le cruzó la mente y lo hizo caer al suelo de rodillas. Se deslizó a tientas hacia una silla y se sentó en ella antes de bajar la cabeza a las manos y de tomar varias grandes bocanadas de aire. El aire entró y salió de su pecho hasta que los labios comenzaron a hormiguearle.

Era demasiado tarde.

Si Margaretta moría, quedaría devastado. Hasta la idea de que sufriese dolor le anegaba los ojos en lágrimas. ¿Y si vivía? ¿Cambiaría de parecer y conservaría a su bebé? ¿Se quedaría aquí? No tenía dinero, ni empleo, ni lugar donde vivir a menos que permaneciera con sus amigas, quienes, por lo que parecía, ya estaban haciendo uso de sus limitados fondos.

Nash sabía, de todos los contratos y documentos que había escrito a lo largo de los años, que sus posibilidades eran más que escasas. Eran inexistentes. Tendría que casarse.

Y se casaría con otro.

Porque se había alejado de ella. ¿Le había preguntado Margaretta a la señora Lancaster sobre él? ¿Se sentía traicionada por su ausencia? Debía de sentirse rechazada por él. Al fin y al cabo, no había ido a verla desde que se había desvelado su secreto. Con toda probabilidad habría supuesto, y con bastante razón, que era incapaz de lidiar con su situación.

Pero ¿podía realmente? Si fuera capaz de eliminar las últimas dos semanas, si pudiera regresar y asegurarle que los sentimientos que habían nacido en silencio entre ellos eran verdaderos y muy reales, ¿lo haría? ¿Había vuelta atrás de su silencioso rechazo?

Más que eso, ¿podía correr el riesgo? El bebé no era suyo, pero podría ser él quien sufriese de haber consecuencias. ¿Importaba?

La puerta de su oficina se abrió con un clic, y Nash se obligó a ponerse de pie para saludar a quienquiera que hubiese entrado. Todavía tenía un negocio que gestionar, al fin y al cabo, y era inequívocamente posible que ese negocio se convirtiera en lo único que le quedara en la vida muy pronto.

❀ ❀ ❀

Margaretta se frotó el lateral del vientre en crecimiento. Pareciera que en la pasada semana hubiese pasado de ligeramente redondeada a claramente abultada. Fue suficiente como para obligarla a permanecer dentro de la casita pese a lo mucho que deseara gozar de más espacio para respirar aire fresco. Marlborough se hallaba actualmente abarrotado de gente, la élite de Inglaterra, que estaba de camino a sus residencias de verano. No podía arriesgarse a que le llegasen a Samuel noticias de dónde estaba o cuál era su condición, ni siquiera estando él en Irlanda.

Por ahora, tendría que contentarse con pasear por el pequeño salón de la casita de campo de la señora Lancaster.

De repente, una sacudida en la mano la detuvo en seco. ¿Había sido…? ¿Era posible?

Margaretta apoyó una mano contra la pared para contrarrestar su repentina debilidad, y presionó la otra con fuerza contra el lugar donde acababa de sentir la convulsión.

Ahí estaba otra vez.

Un movimiento de lo más breve, apenas nada, y no muy distinto a otros dolores menores que había estado padeciendo últimamente, solo que ella sabía que sí era diferente. Sabía que era su bebé.

Había un bebé en su interior, un ser vivo, y ya no se trataba de algo que simplemente supiese, al igual que sabía sumar o quién era el rey de Inglaterra. Era real. Estaba creando un nuevo ser humano. Un niño que un día corretearía y se reiría como los demás niños del barrio.

Un hijo que tendría que aprender a crecer y a ser un hombre con alguien que lo guiase.

O una hija que tendría que ser igual de fuerte para crecer sin un claro sentido de pertenencia ni propósito, portando el apellido de un hombre muerto, en el caso de que los padres de John la reconocieran a pesar de haber afirmado no estar encinta. No tenían ninguna motivación real para acogerla. Para la mayoría, una hija era simplemente una moneda de cambio que casar para obtener beneficios económicos o sociales.

Margaretta se deslizó hasta el suelo, se abrazó el vientre y rezó por que fuese un niño. Sabía que tendría que abandonarlo si así era, pero la señora Lancaster le había asegurado que cuidarían de él en este pequeño pueblo. Tendría una vida sencilla, indigno del linaje de su padre, pero estaría a salvo, y quizá hasta fuese querido.

Lo abandonaría en nombre de la supervivencia, pero Margaretta no estaba segura de poder sobrevivir a aquella separación. Sería difícil, pero al menos lo sabría. No tendría que preguntarse todos los días durante el resto de su vida si su hijo se encontraba bien. ¿Qué sería peor? ¿Ver a su hija luchar por encontrar su lugar en la vida, atrapada entre la educación de hija de comerciante adinerado de su madre y la aristocracia de su padre, o perderse las sonrisas y los abrazos con su hijo?

Había visto a Daphne arrullar y reírse con su propio hijo, y jalear junto a Katherine al pequeño Benedict cuando este había levantado la cabecita por sí solo y su pequeño puño en el aire.

Margaretta se volvió a acariciar el abdomen con manos temblorosas. Era muy posible que no formase parte de esos vítores con este pequeño.

Las lágrimas, saladas, le empaparon los labios al echar la cabeza hacia atrás, contra la pared. Inconscientemente, se llevó una mano al rostro y casi se sorprendió cuando esta terminó mojada. ¿Lloraba por su bebé o por ella misma? ¿Importaba? Con aquella simple sacudida, todo había cambiado. Nunca sería capaz de separarse del todo de este bebé. No en su corazón, al menos.

Al igual que sabía que, aunque se volviese a casar, aquello sería tan práctico como su primer matrimonio.

Nuevas lágrimas cayeron por sus mejillas. No había importado que se dijera a sí misma que no se enamorara del abogado, que compartir una vida con él era tan posible como que lograse conservar a su hijo.

No era justo. Quería gritarle a Dios y clamar al cielo. Lo había hecho todo bien. Había sido el ejemplo perfecto de lo que debería ser una muchacha inglesa, buscando la mejora de su padre en la escala social al aliarse con una familia posicionada por encima de la suya propia, aunque fuese con un segundo hijo con muy pocas expectativas de futuro.

Lo había hecho todo bien. Entonces, ¿por qué se desmoronaba su vida ahora?

❀❀❀

Nash se detuvo al final del callejón y contempló a los niños que jugaban en el parque. Recordó que una tarde no demasiadas semanas atrás había observado una escena similar sin ser consciente de que todo lo que creía conocer sobre la vida y sobre sí mismo estaba a punto de cambiar.

Tres niños terminaron en el suelo, uno encima de los otros, riéndose y chillando mientras los otros cuatro los rodeaban y animaban.

¿Jugaría el hijo de Margaretta en este mismo parque algún día? ¿Habría un niño de tez pálida y pelo oscuro junto a los demás del barrio el día de mercado, esperando que el vendedor del puesto de golosinas les diera gratis las que tenían algún defecto?

Eso suponiendo, por supuesto, que la madre y el bebé sobreviviesen al parto.

Richard, el cuarto hijo de un posadero, se separó del grupo y se arrojó una especie de trapo sobre la cabeza. Jeremiah, el hijo mayor del banquero del pueblo, corrió tras él. Las posibilidades de que aquellos chicos siguieran siendo amigos cuando fuesen demasiado mayores para seguir correteando por el parque eran escasas, pero el futuro no les impedía disfrutar de la vida ahora mismo. Ni tampoco el pasado.

Había una lección muy importante que aprender de aquello. Tal vez eso era a lo que Jesús se refería cuando dijo: «así que no os inquietéis por el día de mañana, que el mañana traerá su inquietud. A cada día le bastan sus problemas». Tal vez eso significaba que había que vivir el presente, porque, desde luego, ya tenía suficiente allí y en aquel momento de lo que preocuparse. Y si estaba viviendo el presente, ¿por qué hacía tantas cosas para volver su día a día tan miserable?

Casi recorrió el resto del trayecto a través del parque y a lo largo de la calle que llevaba hasta la pequeña casita corriendo. ¿De verdad iba a hacerlo? ¿Iba a atravesar aquella puerta y hacer todo lo que había jurado no hacer nunca?

Sí. Porque ya la amaba.

La única pregunta era si pasaría el resto de su vida junto a ella demostrándole cuánto la amaba. Una sonrisa adornó su rostro por primera vez en semanas. Era libre, porque por fin había decidido deshacerse del miedo y aferrarse a la felicidad que parecían brindarse el uno al otro.

Cuando llamó a la puerta no recibió respuesta, así que la abrió con la preocupación carcomiendo la frágil esperanza que acababa de hallar en su interior. Con tres mujeres esforzándose al máximo para que el mundo las olvidase, ¿no debería haber al menos una de ellas en casa?

La puerta crujió desde los goznes cuando Nash la empujó.

Se encogió ante el ruido y deseó que Benedict no estuviese durmiendo en la salita principal.

No obstante, el bebé fue lo último en lo que pensó cuando vio a Margaretta hecha una bola contra la pared.

—¿Margaretta? —Medio corrió, medio se deslizó a través de la estancia hasta encontrarse de rodillas a su lado—. Mi amor, ¿qué sucede?

—No... —Tomó aire con dificultad—. No me llames así. No quiero recordarte llamándome así.

Acunó su rostro y deslizó el dedo pulgar por su mejilla para atrapar una lágrima.

—Quiero que lo oigas. Quiero que lo sepas. Porque es la verdad. Eres mi amor, y siento muchísimo que hayas tenido que vivir estas últimas semanas sin saberlo.

Su respuesta fue un gemido trémulo que le aguijoneó el corazón y derrumbó los últimos resquicios del muro que había erigido para intentar protegerse. Se acomodó en el suelo a su lado, y la aupó hasta colocarla sobre su regazo. Tenerla entre sus brazos lo hacía sentir tan completo incluso cuando nunca había sido consciente de que le faltase nada. Mientras ella lloraba sobre su hombro, él la abrazó y la consoló acariciándole la espalda y los rizos que se le habían escapado del recogido.

Un ramalazo de culpa lo asoló. No tenía derecho a abrazarla así, no hasta que supiese que ella estaba de acuerdo con la dirección que estaban tomando rápidamente sus pensamientos. Era como si en cuanto se había permitido volver a sentir, volver a unirse a la vida, se hubiese abalanzado sobre lo único que deseaba más que cualquier otra cosa.

Margaretta.

Tenía la cabeza llena en buena parte con ideas de matrimonio, de la iglesia en la que se casarían, ya que ella no vivía realmente en el pueblo. Quizá debiera tomar una diligencia hacia Londres y ocuparse de conseguir una licencia especial para poder evitar directamente todas esas complicaciones y casarse sin más de forma discreta.

Inclinó la cabeza hacia atrás, contra la pared, e intentó no reírse de sí mismo. Cuando cambiaba de parecer, lo hacía de manera incondicional, ¿no era cierto?

Margaretta emitió un último sollozo y se incorporó sobre el regazo de Nash a la vez que se enjugaba el rostro lleno de lágrimas con furia. Lo tenía manchado y un poco hinchado, pero a Nash no le importaba. Para él, era precioso, porque significaba que le estaba concediendo permiso para entrar, le estaba permitiendo ver sus vulnerabilidades y sus miedos más profundos. Cuando una mujer permitía que un hombre la viera llorar significaba algo.

—No lo dices de verdad —susurró ella.

—Sí. —Nash tragó saliva—. Lo digo en serio.

Margaretta se llevó una mano al vientre y bajó la mirada. Acurrucada como estaba, era imposible ver el ligero bulto que Nash sabía que se encontraba allí, la curvatura que sus anchas faldas casi lograban ocultar hasta que el viento las pegaba contra su cuerpo. ¿Creía que su amor no se extendía hasta esa parte de ella? ¿Hasta el bebé que había creado con otro hombre, uno que él sabía que ella no había amado?

Nash cubrió su mano con la de él.

—Y también amo a tu bebé. A nuestro bebé. O al menos, puede serlo. —El aire que le entró en los pulmones hizo que se estremeciera—. Si te casas conmigo, puedo teneros a ambos... puedo amaros a ambos. Te demostraré que el día a día está hecho para vivir, tal y como Dios me ha enseñado.

Unos ojos marrones y llorosos se elevaron hasta los de él.

—No he estado viviendo —susurró Nash—. Me he estado escondiendo de la vida, pensando que permanecer a salvo era el único modo de no sentir dolor, pero solo servía para morir antes de que la muerte realmente llegase a mí. Ya no deseo ser así. Quiero vivir, con cada aliento que Dios me ha concedido. Quiero vivir, y quiero compartir tantos de esos alientos como me sea posible contigo.

Algo que Nash creía reconocer como esperanza se reflejó en los ojos de ella, solo para atenuarse una vez más. Se mordió el labio inferior.

—Samuel...

—No tiene nada que ver con nosotros. Yo reclamaré a este bebé como mío, y el mundo no podrá afirmar lo contrario a menos que nosotros lo admitamos.

Si era un niño, podría haber complicaciones, incluso culpa por estar impidiéndole cumplir un propósito mayor en la vida. ¿Pero eran los títulos más importantes que el amor y la seguridad? ¿Había algo que ser el presunto heredero de un título podría darle que él no pudiera ofrecerle, aparte de una posición en lo más alto de la aristocracia?

Respiró hondo, pues sabía que dejaría que Margaretta decidiese. Si ella así lo deseaba, irían a la familia de su difunto marido y se lo contarían todo; pero si no, él estaría encantado de criar a ese niño como si fuera suyo.

Nash comenzó a hablar. Se creó una imagen en la cabeza de lo que su vida podía ser. De cómo se había imaginado a ese niño —el hijo de ambos— jugando con los demás niños del pueblo, esperando con ganas el día de mercado y creciendo hasta convertirse en abogado, o soldado, o cualquier otra cosa que quisiese ser. Habló de darle a su hijo caramelos de menta de la tienda de la señora Lancaster a escondidas mientras Margaretta fingía atravesarlo con la mirada por consentir a los niños.

Con cada frase la sentía relajarse y acomodarse más en su abrazo. Ocasionalmente se reía entre dientes. Al final, descruzó los brazos sobre su vientre y los colocó alrededor de él para acoplarse por completo a su regazo.

Allí donde realmente debía estar.

Nash respiró hondo.

—Cásate conmigo, Margaretta. Quédate aquí. Ámame. Construyamos esta vida juntos.

En respuesta, ella se inclinó hacia adelante y rozó los labios contra los de él. Nash pudo saborear la sal de sus lágrimas y sentir los temblores de su cuerpo.

Se escuchó un suave clic en la estancia, pero Nash tardó unos instantes en adivinar qué lo había causado.

—Bueno, espero que esto signifique que os vais a casar. —Katherine se apoyó contra la puerta y cruzó los brazos sobre el pecho con el ceño fruncido.

A su lado, la señorita Blakemoor sonreía de oreja a oreja a la vez que acunaba a su bebé envuelto contra el pecho.

—Por supuesto que sí. Se aman.

Katherine arqueó una de las comisuras de la boca.

—Supongo que sí.

Epílogo

Dos meses después, Nash se hallaba sentado a la mesa de comedor de la casa que había arrendado para sí y su esposa, apenas a varias casas de distancia de la de la señora Lancaster. Había recibido una carta del padre de Margaretta aquella mañana, haciéndoles saber que él y Samuel se encontraban inmersos en el diseño y las pruebas de una nueva montura, una que sería perfecta para el nuevo estilo de carreras. La idea no se había hecho popular todavía, pero Samuel había hallado una nueva obsesión y estaba decidido a añadir ese nuevo estilo de carreras a aquel deporte.

Nash le deseaba la mejor de las suertes siempre y cuando eso lo distrajera de Margaretta.

Una sonrisa le tocó los labios cuando su esposa maniobró para servir la cena a sus amigas acarreando aquel abultado vientre. Katherine y Daphne se habían dedicado a criar al pequeño Benedict y pasaban la tarde con ella al menos tres veces por semana. A veces la señora Lancaster se unía a ellas.

Normalmente las tardes eran alegres y ruidosas, pero hoy Daphne parecía apagada. Arrastraba la cuchara contra el plato y removía la comida en vez de comérsela.

Margaretta dejó su propia cuchara y frunció el ceño.

—¿Qué sucede, Daphne?

La aludida levantó la mirada. Su rostro redondeado mostraba una expresión seria y contraída.

—Solo desearía que todas tuviésemos a un Nash. Eres muy afortunada, Margaretta. Tienes una bendición.

A Nash se le acaloraron las mejillas mientras todos se turnaban para mirar de él a la cuna donde Benedict se hallaba dormido en aquel instante. No era difícil intuir de dónde provenía la tristeza de Daphne. Aunque las dos mujeres se habían sentido increíblemente felices por Margaretta, no había que olvidar el hecho de que nadie había venido al rescate de Daphne.

Katherine estiró un brazo sobre la mesa y enroscó los dedos en torno a los de la joven.

—Lo seremos. Seremos el Nash de alguien.

Margaretta abrió los ojos de par en par y estos se toparon con los de Nash.

—¿A qué te refieres?

—Bueno, estábamos dispuestas a criar a tu hijo por ti, pero ya no hay necesidad. —Katherine tragó saliva y cuadró los hombros como si la idea que estuviese proponiendo la asustase aun estando decidida a llevarla a cabo—. Así que lo haremos por otra persona. Ahí fuera hay más muchachas atrapadas en la misma situación imposible, y todos lo sabemos.

—Pero no podemos ayudarlas a todas —comentó Daphne con voz queda.

—No —respondió Katherine—. Pero podemos ayudar a una. Y quizá... quizá sea suficiente.

El grupo reunido alrededor de la mesa permaneció en silencio.

A Nash se le ocurrió una idea, allí, en el rincón más recóndito de la mente. Puede que fuese inmoral, y no lo que su cliente tenía en mente, pero Nash no podía negar que la solución parecía ser perfecta. Ideada por el mismísimo Señor. Aun así, no logró más que susurrar:

—¿Y si pudierais ayudar a más de una?

Tres pares de ojos volaron hasta él.

—Apenas nos da para vivir nosotras, Nash —respondió Daphne con el mismo tono de voz susurrante—. Hasta acoger a alguien más ya nos resultaría bastante difícil.

Nash tragó saliva.

—¿Y si pudiéramos solucionar eso?

El sol ya había empezado a caer por el horizonte para cuando el abogado hubo tomado prestados el caballo y el carro de su vecino y convencido a la señora Lancaster de que cuidara a Benedict. Debería haber tiempo suficiente para enseñarles a las mujeres a lo que se refería, lo cual era bueno porque no creía poder encontrar las palabras necesarias para explicarlo en voz alta. En parte porque seguía sin creerse lo que estaba sugiriendo.

Mientras conducía el carro por una carretera con baches que llevaba a las afueras de Marlborough, Nash no sabía qué le latía más, si la cabeza o el corazón. Lo que estaba a punto de proponer iba contra todos y cada uno de los huesos de su cuerpo. De hacerlo, si lo hacían, ¿qué significaría en sus vidas? Observó a Margaretta, acurrucada contra él.

Pero ¿qué significaría para otras tantas vidas? ¿O para las mujeres como Margaretta que no tenían forma de mantenerse a sí mismas y mucho menos a un niño? ¿A mujeres que obligaban a considerar medidas extremas para asegurar su supervivencia?

Imágenes de lo que Margaretta hubiese hecho de no haberla seguido él hasta la tienda de la señora Lancaster ese primer día trataron de nublarle la mente. Las náuseas le revolvieron el estómago al pensar en qué habría sucedido. Lo que habría pasado si ella se hubiera visto obligada a regresar a casa y enfrentarse a Samuel. Lo sucedido de haber escogido no regresar a casa.

Sacudió la cabeza y guio a los caballos hacia un carril descuidado, con ramas y enredaderas rozándole la cabeza.

No había sucedido nada de lo que había imaginado. Nada sucedería. Margaretta estaba a salvo a su lado y justo aquella mañana había sentido al bebé moverse.

Las mujeres se rieron y empujaron las ramas de los árboles que caían contra el carro. Aquella propiedad no había estado al cuidado de Nash durante mucho tiempo, y despejar el camino no había sido prioridad, sobre todo porque el abogado que se había puesto en contacto con él para buscar a un casero no se había preocupado de hacer planes acerca de la propiedad, a pesar de haber pertenecido a su cliente durante años.

Nash no veía motivo por el que las guardesas no pudieran ser un par de mujeres y un puñado de niños. Había algunos hombres en el pueblo que apoyarían tal causa y se encargarían de las tareas más laboriosas. Y como la vegetación estaba descuidada y había crecido en demasía, nadie tenía por qué saber que estaban allí.

Atravesaron el crecido matorral y se detuvieron frente a una finca que no había visto visitas en más de una década.

Las risas cesaron.

Katherine saltó de la parte trasera cuando se detuvieron.

—Nash, este lugar es enorme.

Lo era. Columnas gigantes de dos pisos se alzaban sobre la entrada, flanqueadas por dos largas series de escaleras que conducían a las puertas de dos hojas de la casa. Dos alas se extendían a partir de la sección central y una tercera en la parte de atrás, aunque las mujeres aún no podían verla.

—Necesita un guarda. Me han mandado buscar una solución a largo plazo.

Katherine desviaba la mirada de la casa a Nash y de vuelta a la casa. A continuación, fijó los ojos en Daphne.

—¿Qué te parece?

Daphne se llevó una mano a la boca y se volvió para mirarla antes de regresar la vista a Katherine.

—Creo que habría estado en aprietos mucho más graves que Margaretta si tú no me hubieras salvado. Me gustaría pasar el testigo.

Margaretta pasó los brazos en torno al del Nash.

—Y no estarás sola. —Se volvió para mirar a Nash—. Ninguno de nosotros lo estaremos.

Katherine soltó una bocanada de aire.

—Hay cosas que debemos tener en cuenta. Los fondos del guarda no servirán para mantener a un aluvión de niños. Tendremos que decidir hasta dónde podemos llegar y saber a quién ayudar. —Contempló la propiedad una vez más—. Pero si quieres hacerlo, estoy de acuerdo.

Nash no pudo desviar la vista de Margaretta cuando un sentimiento de resolución se expandió por su pecho junto a un amor que amenazaba con explotar en su interior.

—Hallaremos la solución. Juntos.

—Juntos —susurró Margaretta.

Nash sonrió antes de inclinarse para darle un beso rápido. Volver a vivir era maravilloso.

Querida Amelia

Al Padre de los huérfanos.
Salmo 68,5

*Y a Jacob, por leer este relato quince veces y estar dispuesto
a leérselo una vez más con las mismas ganas.*

Prólogo

Suffolk, Inglaterra, 1803

Amelia Stalwood hizo un gesto de dolor cuando vio que la torre de bloques de madera forrados de tela que había montado se estrellaba contra el suelo. Miró al ama de llaves con sus jóvenes ojos llorosos.

—Lo lamento, señora Bummel.

—No te preocupes, querida. —La mujer dejó la pluma sobre su escritorio antes de inclinarse a besar la cabecita de Amelia—. Para eso he puesto aquí la alfombra.

—¡Amelia! —El sonido de una voz masculina llegó desde la planta de abajo hasta la habitación que el ama de llaves y Amelia habían convertido en una combinación de despacho y cuarto de juegos.

Cuando Amelia se había ido a vivir con lord Stanford un año antes por ser parientes muy lejanos, ya que la sobrina de la tía abuela de Amelia había estado casada con el difunto hermano del vizconde, él se la había endosado al ama de llaves y desde ese momento apenas se había relacionado con ella. Cada vez que quería que se callara se lo comunicaba por medio del mayordomo.

Así que el hecho de que ahora quisiera hablar con ella hasta cierto punto le parecía emocionante.

Amelia se levantó de un salto, sonriente, y corrió hacia las escaleras todo lo rápido que sus larguiruchas piernas de niña de once años le permitían. Él estaba dando vueltas en el recibidor, al pie de las escaleras, despistado al no tener claro por dónde iba a aparecer ella.

Bajó las escaleras a toda prisa. La señora Bummel la siguió a un paso más tranquilo.

—¿Sí, milord? —Le costaba trabajo respirar. El vizconde tenía exactamente el mismo aspecto que cuando lo conoció un año antes: llevaba un abrigo demasiado grande, iba despeinado y unos enormes lentes le tapaban la mitad de la cara.

—¡Ah, sí, aquí estás, Amelia! Tengo buenas noticias para ti. He contratado una institutriz.

—¿Una institutriz? —La señora Bummel puso una mano en el hombro de Amelia—. La verdad es que ya era hora, milord.

—Desde luego que sí, desde luego que sí. Se está encargando de preparar el equipaje y todo eso. Ya debería estar en Londres cuando lleguéis. ¿Cuánto tiempo necesitáis para hacer las maletas?, ¿dos días? —Los brillantes ojos de lord Stanford miraban al infinito—. Me pregunto cuánto se tardará en llegar a Londres. No voy desde que era niño. ¿Dónde habré dejado mi mapa?

Se dio la vuelta para dirigirse a su estudio y la señora Bummel se aclaró la garganta.

—¿Londres, milord? —Amelia se cobijó en las faldas de la señora Bummel, que la asió fuertemente por los hombros.

—Sí, sí, Londres. Un lugar perfecto para una niña, ¿no cree? Ya sabe que tengo una casa vacía allí. Un montón de ruido, un montón de gente y mucho alboroto. Nada que ver con esto. Sería casi bárbaro que la niña siguiera aquí. —Volvió a perderse en sus pensamientos. Era la primera vez que su descuidado aspecto la asustaba en vez de resultarle divertido—. ¿Qué hacían los bárbaros con los niños? A ver, a fin de cuentas eran bárbaros. ¿Tengo algún libro sobre los bárbaros?

Se alejó murmurando quién tendría la ocurrencia de escribir un libro sobre los bárbaros.

Esta vez la señora Bummel lo dejó irse, apretó con más fuerza a Amelia y susurró una oración con la boca pegada al cabello de la niña.

Amelia se puso a jugar con los lazos del delantal de la señora Bummel, apenada porque las intenciones que tenían de ir a dar un paseo por el bosque ese fin de semana a recoger bayas silvestres se habían esfumado.

Mientras las lágrimas le resbalaban por las mejillas, arañándola al rozar la áspera tela de la falda de la señora Bummel, juró no volver a hacer planes nunca más.

Capítulo 1

Londres, 1812

Dios no había elegido un buen momento para recordarle a la señorita Amelia Stalwood que debería estarle un poco más agradecida por ser una persona que pasaba desapercibida para todo el mundo. Ahora daría lo que fuera por tener una pizca de esa invisibilidad. En cambio, aquel caballero le estaba prestando absolutamente toda su atención.

La verdad era que no resultaba fácil pasar por alto el hecho de que, subida a una escalera móvil de biblioteca, hubiera resbalado y acabado en los brazos de un hombre.

Amelia echó la cabeza hacia atrás, con lo que pudo abrir un ojo y mirar a la persona que la había rescatado. La cara de él le pareció rara vista así, bocabajo. Aquellos labios tenían la curva al revés. Y estaban demasiado cerca.

Abrió el otro ojo de golpe al darse cuenta de que él la estaba mirando con curiosidad. Jamás había visto unos ojos tan azules. Ni siquiera sabía que existiera ese tono.

—Oh, Dios.

¿Había pronunciado esas palabras, o simplemente había salido una bocanada de aire por sus labios?

Él alzó una de sus cejas marrón oscuro a la vez que la comisura derecha de la boca.

—Oh, Dios mío.

Ella presionó el rostro contra el hombro de él, fuerte y cubierto de lana de color verde oscuro, y apenas pudo ver nada más aparte de la corbata, blanca como la nieve. Sus marcados pómulos realzaban el brillo de sus ojos azules y su cabello impecable.

—Gracias por ayudarme. —Contempló el oscuro techo panelado—. Creo que ya puede soltarme.

—Me temo que no.

Amelia se volvió como un rayo a mirarlo y desvió la vista hacia donde él estaba señalando. Tenía la falda y los pies enganchados en uno de los peldaños de la escalera, mostrando las botas y los tobillos, como prueba irrefutable de que la impulsividad no conduce a nada bueno.

Ni siquiera era capaz de hacer una buena obra sin que acabara convirtiéndose en una catástrofe. Esa mañana le había parecido una excelente idea ir a visitar a su amiga Emma. También se lo pareció ofrecerse como voluntaria para ayudar con sus tareas a la doncella, que estaba enferma, a pesar de que ella no tenía ni la más remota idea de lo que significaba ser una criada.

—No es que me importe —continuó el caballero.

Se agarró al borde de la escalera y, con ayuda de él, se echó hacia atrás y consiguió volver a incorporarse sobre el escalón. Tras recuperar el equilibrio y alisarse la falda, desafió otra vez con la mirada a su inesperado acompañante.

Era alto. Desde donde estaba, si quisiera podría acariciarle sus espesos rizos de color castaño sin tener que estirarse siquiera. No es que fuera a hacerlo, solamente se le pasó la idea por la cabeza.

Llevaba un abrigo oscuro y unos pantalones de color tostado y calzaba unas botas de montar que estaban gastadas, pero eran caras. Le llamó la atención la tela blanca que tenía sobre uno de los hombros. «¿Acaso no era el trapo de limpieza?». Le entró pánico cuando vio que tenía el hombro gris, lleno de polvo: el que había estado quitando de los innumerables estantes repletos de libros.

—¿Puedo ayudarla a bajar?

—No, creo que puedo apañármelas sola. Gracias. —A pesar de que tenía el estómago como si una bandada de urracas se estuviera haciendo allí el nido, pronunció aquellas palabras de una forma sorprendentemente natural.

Comenzó a descender de la escalera y de un tirón le quitó el trapo al caballero del hombro. Una bocanada de polvo flotó por el aire. Continuó andando hacia atrás, mirándolo, hasta cruzar la habitación y apoyar la espalda en la estantería que acababa de limpiar. Ahora se interponían entre ellos dos sillones de capitoné tapizados en cuero y una mesita de té.

Y el hombre había quedado entre ella y la puerta. La verdad es que su maniobra no había sido muy inteligente.

Él rebosaba confianza y despreocupación: había apoyado un hombro en la estantería y puesto un pie encima del primer escalón de la ahora vacía escalera.

«¿Cómo habría entrado?». Había un enjambre de sirvientes repartido por la casa preparándolo todo para el regreso del propietario de la finca, dentro de tres días, después de dos años sabáticos fuera de Londres. Era necesario tener mucha habilidad para esquivarlos a todos.

O conocer muy bien la casa.

El pánico comenzó a subirle desde los tobillos y le llegó a la garganta al darse cuenta de quién era aquel hombre.

Se encontraba a solas en una habitación con el tristemente célebre Raeoburne Rake. Mucha gente había arruinado su reputación por cosas más triviales. Amelia necesitaba la suya, o más bien su completa falta de reputación. El hecho de que su nombre jamás hubiera estado implicado en un escándalo era la única tarjeta de visita que podía presentar si pensaba empezar a buscar trabajo en cuanto celebrara su próximo cumpleaños.

Retorció el trapo del polvo con los dedos, tanto que el áspero tejido acabó haciéndole un corte en la piel.

—Lord Raeoburne, supongo.

Él inclinó la cabeza haciendo un saludo burlón.

—Creo que me lleva usted ventaja.

Sus buenos modales la obligaron a abrir la boca para responder a la pregunta que lord Raeoburne no había formulado. Pero el sentido común le hizo volver a cerrarla bruscamente. No hacía falta que él supiera quién era ella.

Se apartó de la estantería y pasó un dedo por una de las baldas, todavía sin limpiar.

—Gracias por desempolvar mi biblioteca. Lamento haber interrumpido sus labores.

—Si necesita utilizar esta sala, puedo terminarla en otro momento más apropiado. —La mentira le quemaba la garganta, pero ¿qué otra cosa podía hacer? Además, solo estaba engañando a medias, pues alguien vendría a terminar de adecentar la biblioteca. Algún empleado de verdad.

—¿De veras? ¡Qué interesante! —Avanzó hasta los sillones de capitoné—. ¿Cuándo cree que llegará ese momento?

«Nunca».

—Cuando le parezca a usted conveniente, milord. Después de todo, esta es su casa.

Asintió con la cabeza.

—¿Y pasa usted mucho tiempo en mi casa?

—Suelo estar en la cocina, señor. —Amelia contuvo una mueca de dolor tras contar aquella otra mentirijilla. A pesar de que visitaba con frecuencia la casa, esta era la primera vez que se aventuraba a traspasar el umbral de la cocina. Dudaba mucho de que a él le interesara que la verdadera razón para hacerlo había sido ayudar a su amiga, que estaba enferma. El ama de llaves era una espantosa víbora que había amenazado a Emma con despedirla si no se hacía cargo de sus tareas sin importarle un rábano que la sirvienta fuera ahora mismo incapaz de alejarse metro y medio del orinal.

—Qué curioso —dijo él inspeccionando de nuevo las estanterías—. Soy consciente de que me he ausentado de esta casa durante bastante tiempo, pero lo cierto es que no recuerdo que las sirvientas llevaran vestidos de muselina tan bien confeccionados.

Amelia agarró con la mano que le quedaba libre la parte delantera de su vestido y estrujó la fina muselina. Era de corte sencillo y de un aburrido color marrón, pero tenía razón respecto a su confección.

—A usted se le conoce por su generosidad como patrón. —Amelia se pellizcó. Se le conocía por ser un canalla. Un canalla que había abandonado la ciudad dos años antes para evitar batirse en duelo con el enojado hermano de una joven dama.

Él levantó las dos cejas al tiempo que bajaba la boca. Por un instante, su jocosa expresión de curiosidad sucumbió a una oscura nube de resignación.

—Creo que ambos sabemos que mi reputación más bien apunta en otro sentido.

Amelia parpadeó. El sofisticado caballero chismoso regresó e hizo uso de su posición social como si tuviera una fusta de montar. Relajó la expresión hasta convertirla prácticamente en una sonrisa engreída.

—¿Por qué no empieza contándome quién es usted, puesto que no creo ni por asomo que trabaje para mí?

¿Por qué demonios el primer lord con el que se encontraba en diez años tenía que ser el devastador, apuesto y guapo marqués de Raeoburne? La vida habría sido mucho menos complicada si hubiese empezado por un buen *baronet*.

Aunque un sencillo vizconde tampoco habría estado mal. Sobre todo si se trataba de alguien que se distrajera tan fácilmente como el despistado de su tutor. Se paseaba por su finca de Sussex con el cabello hecho un desastre, con un abrigo que le quedaba grande y con tres pares de lentes escondidos en distintas partes del cuerpo porque siempre se le olvidaba dónde los guardaba. Todo ello atestiguaba que era de verdad muy distraído, aunque entrañable y completamente inocuo.

El marqués no le pareció ni despistado ni mucho menos inofensivo. Rodeó los muebles y se acercó a ella.

—Creo que, dadas las circunstancias, podemos presentarnos. Tal como ha supuesto, soy Anthony Pendleton, marqués de Raeoburne. —Se inclinó y la miró expectante—. ¿Y usted es...?

—Alguien que no debería estar aquí —pronunció las palabras antes de que pudiera interceptarlas.

Las cejas oscuras del caballero treparon hasta la línea del cabello. Sus labios se retorcían intentando sonreír, pero no se lo permitió a sí mismo.

—Hable de una vez.

Tenía que decirle algo, y tenía que ser verdad. Era una pésima mentirosa. La mayor parte del tiempo se vanagloriaba de tener ese defecto.

—No, es cierto que no trabajo para usted. Estaba... de visita. Y la señora Banks ordenó que se limpiara hoy esta habitación. —«Dios santo, por favor, no permitas que la señora Banks se entere de que he estado encargándome de las tareas de Emma». Si el ama de llaves lo descubriera...—. Por favor, no le diga que yo estaba aquí.

Sus miradas se cruzaron. Ella no fue capaz de sostenérsela y la desvió hacia el suelo, aturdida al darse cuenta de que se había acercado más a él durante su confesión.

—No lo haré.

Amelia bajó los hombros, aliviada. Mientras la señora Banks no se enterara de que ella estaba allí, el puesto de trabajo de Emma no correría peligro.

—No puedo hacerlo —continuó el marqués—. Todavía no me ha dicho quién es usted.

Su intención era no contárselo. «Señor, ayúdame», susurró.

Por el pasillo sonaron unos pasos apresurados que sacaron a Amelia de su trance. Ambos se volvieron hacia la puerta. «No, ¡así no!». No podía lograr escapar a costa de otra persona. Corrió al otro lado de la habitación, casi rozando la estantería llena de libros. Se topó con una sirvienta alta, sin aliento, que entró a toda prisa en la estancia.

Jane la agarró por los hombros para evitar tropezar con ella.

—La cocinera me ha contado lo de Emma. Va a verse en un aprieto si la señora Banks se entera de que usted ha abandonado la cocina para limpiar lo que le corresponde a su amiga. —Todos sus esfuerzos por sacar a empujones a la mujer por la puerta fracasaron. La mujer no paraba de despotricar—. ¡Usted no debería estar trabajando! ¡Usted es de alcurnia, señorita Amelia!

Amelia le lanzó una mirada al marqués, que no estaba perdiendo detalle. Jane se volvió y se quedó boquiabierta.

A Amelia le entraron unos escalofríos por la espalda que le llegaron retorcidos al estómago, como si la cocinera estuviera amasando el pan dentro. ¿Y si el marqués culpaba a Jane de la intrusión de Amelia?

Tenía que sacar a Jane de allí. Tenía que sacarla o el marqués las detendría antes de que alcanzaran las escaleras de servicio.

Más asustada que inspirada, agarró el trapo que había estado usando para limpiar el polvo y se lo lanzó al marqués a la cabeza.

Lord Raeoburne le pegó un tirón al paño al rozarle la nariz y el pelo se le llenó de polvo cuando una punta le dio en la frente. Lo último que vio Amelia antes de sacar a empujones a Jane al pasillo fue su mirada de estupefacción.

Las dos mujeres se resbalaron y salieron corriendo escaleras abajo. Sus pisadas en los escalones de madera sonaban huecas, exactamente igual que los latidos del corazón de Amelia. Echó una mirada rápida por encima del hombro y comprobó que nadie las seguía. La verdad es que eso supuso un alivio, pero no tanto como para detener su frenética huida.

Entraron dando tropezones en la cocina y agarrándose la una a la otra para evitar caerse. El impulso que traían tras su loca carrera por la escalera hizo que al terminar de bajarla les costara mantener el equilibrio, por no hablar de la compostura. La cocinera gritó y dejó caer el tazón de harina que tenía entre las manos.

—¡Oh, lo siento muchísimo! —Amelia buscó un trapo para ayudar a limpiar aquel desastre.

—¡Señorita Amelia! —Jane tiró del brazo de su compañera—. ¡Es posible que «él» esté bajando!

—Pero es que yo...

Se detuvo en seco en cuanto oyó unas pisadas de alguien bajando por la escalera de servicio. Parecían demasiado ligeras para ser las del marqués, pero no estaba dispuesta a quedarse para averiguarlo.

Capítulo 2

Anthony apoyó la cabeza en el respaldo del asiento de su carruaje. Llegar tres días antes de lo previsto había supuesto un caos en su casa, pero de haber permanecido más tiempo en su propiedad se habría convencido a sí mismo de que tendría que quedarse. Las amistades que lo habían persuadido para que recuperara su lugar en la sociedad londinense habían regresado a la ciudad hacía casi dos semanas y lo habían vuelto a dejar rumiando en Hertfordshire.

Para acabar con la cordura de su cocinera, esta noche cenaría con esos mismos amigos.

Tal vez ellos pudieran ayudarle a olvidar a la enigmática joven que había encontrado limpiando la biblioteca. Se había quedado cautivado desde el momento en que la había visto encaramada a la escalera, tarareando una cancioncilla mientras pasaba un paño por los libros y las estanterías. La risita de felicidad que tenía en la cara cuando le dio una patada a la estantería e hizo que la escalera bajara por la pared a toda velocidad lo había dejado tan fascinado que hasta se le había olvidado retirarse antes de que la bota se le quedara atascada en la escalera.

Y a continuación había caído en sus brazos.

Dos años antes se habría sentido encantado ante una situación así. Habría coqueteado con ella en lugar de quedarse a una distancia prudencial a la espera de que ella pudiera recomponerse. Le había resultado difícil luchar contra sus viejos instintos durante ese encuentro.

Lo suficientemente difícil como para querer verla de nuevo.

Lo suficientemente difícil como para comprender que lo mejor era evitarla. Estaba intentando demostrarse a sí mismo y ante Dios que él era, por supuesto, el nuevo ser que la Biblia le decía ser. Obsesionarse por una mujer a la que apenas acababa de conocer era más propio de su antiguo yo y suponía un impedimento para mantener su actual paz mental.

Lo cierto es que ella no era el tipo de mujer que le solía gustar. Llevaba el cabello negro estirado y recogido en un práctico rodete, desprovisto de tirabuzones que le enmarcaran el rostro, y un vestido de color barro sin adornos, además de unas botas muy usadas. Parecía una columna de un marrón indescriptible de la cabeza a los pies. Era bella, pero no una belleza clásica, y no llevaba puesto nada que pareciera siquiera estar de moda.

A pesar de ello, jamás había visto a alguien tan feliz de estar donde estaba. Su regocijo en pleno degradante acto de limpieza no se parecía a nada que hubiera visto antes.

Sentirse atraído por la bondad y la alegría eran señales de que estaba cambiando para mejor, ¿no? A nadie hacía daño que el envoltorio de la bondad y de la alegría fuera el cuerpo de un hada del bosque.

El carruaje se detuvo delante de la casa de Londres de su buen amigo Griffith, el duque de Riverton.

Otra señal de que ya no era el mismo.

Hasta hacía dos años, Griffith había sido solo un vecino perteneciente a la aristocracia. Jamás había puesto un pie en la casa de aquel hombre más que para asistir a reuniones en las que había como mínimo cien personas, a pesar de que sus fincas estaban a apenas ocho kilómetros de distancia. Ahora, Griffith y sus hermanos eran lo más parecido a una familia que tenía Anthony.

El mayordomo lo guio hasta el salón y Anthony sonrió al ver a Miranda, la mayor de las hermanas pequeñas de Griffith.

—Conviertes la vuelta a Londres en un acontecimiento espléndido.

Miranda le devolvió la sonrisa a Anthony mientras cruzaba el salón con sus ojos verdes rebosantes de humor.

—Aceptaré el cumplido, a pesar de la ausencia de rivales. Vuelve a decírmelo cuando todas hayan tenido la oportunidad de saludarte. Les doy dos días como máximo para que pasen a visitarte por una u otra razón.

—No he dicho oficialmente a nadie que he vuelto a Londres. —Anthony hubiera jurado que sería imposible resoplar como una dama, pero Miranda se las apañó para conseguirlo.

—No importa.

No pudo evitar soltar un gemido de malestar, aunque le faltó el refinamiento de Miranda. Se acercó a la licorera del brandi y se sirvió una limonada.

—Lo único que quiero es tener la oportunidad de sentar cabeza sin que me importunen. Suena insoportablemente egoísta, pero creo de verdad que mi vuelta a la ciudad me convertirá en presa en lugar de cazador.

El simple hecho de pensar en ello fue suficiente para que le entraran ganas de volver a su finca campestre otra vez. Mientras se servía la limonada vio a Trent, el hermano pequeño de Griffith, que estaba sentado junto a la chimenea.

—¿Van a venir Griffith y Georgina esta noche?

—Griffith partió esta mañana, temprano. Quiere solucionar unos asuntos relacionados con su ducado en algunas de sus fincas antes de que comience la temporada. —Miranda le lanzó una mirada cortante a su hermano—. Trent está enfadado. Griffith le prometió que sería mi acompañante este año y Trent dice que el hermano mayor está eludiendo sus responsabilidades. Me encanta ser una carga.

Anthony se sintió aliviado de no ser él el objetivo de la mirada que lanzó Miranda.

Trent, de pie, tosió y se tiró de la corbata.

—Sí, bueno, Georgina llegará en cualquier momento. A su lado se me ve positivo y contento. Está molesta con nosotros por no permitirle participar todavía en los acontecimientos sociales.

—Se sintió muy sosegada cuando le informé de que podría venir con nosotros a cenar esta noche. —Miranda dejó de mirar a su hermano y ahora miró a su invitado—. Creo que siente algo por ti, Anthony.

—Como todas las mujeres inteligentes. —Anthony logró el favor de Miranda poniendo su sonrisa más encantadora—. He estado esperando que llegara el momento de que vuelvas a tus cabales y caigas rendida también a mis pies. —Levantó la copa en dirección a ella.

—Eso sería como casarme con mi hermano —dijo Miranda haciendo una mueca de disgusto.

—Dudo de que quede un hueco para ella una vez que hagas tu primera aparición social. —Trent trató de ocultar su enorme sonrisa.

Miranda miró de reojo a su hermano.

—Lo cierto, Trent, es que lleva dos años sin poner un pie en la ciudad. Deberías tener en cuenta que muchos de sus conocidos podrían haberse olvidado de él.

Anthony tosió para recordar a los hermanos que él estaba allí presente.

Trent agarró a Miranda por un hombro, miró al suelo y sacudió despacio la cabeza.

—Querida, queridísima hermana, estamos hablando de toda una leyenda. —Levantó la cabeza y apuntó a Anthony con el vaso haciendo una mueca con la boca—. Él mismo me lo ha dicho. —A Anthony se le puso el cuello rojo. Si iba a ruborizarse por primera vez en muchos años, ¿no debería ser por algo mucho más subido de tono que aquel comentario distendido?

—Sí, sí. —Miranda gesticuló con las manos en el aire—. El soltero enormemente popular que posee título, fortuna y mala reputación por apostar en las carreras, por codearse con mujeres y por varias actividades placenteras más. Aunque raros, los hombres de esa índole no son imposibles de encontrar.

—¿Qué sabes tú de sus «actividades placenteras»? —Trent le dirigió una grave mirada, más de hermano mayor que de amable caballero. Ambos clavaron los ojos, verdes y de la misma forma, en el otro. Él encogió los suyos cuando vio que su hermana esbozaba una sonrisa pícara.

Anthony se cambió de sitio intentando no ponerse más colorado. Tampoco le gustaba que Miranda estuviera informada de sus anteriores «actividades placenteras».

—Solo de oídas, te lo aseguro. A las damas les encanta cotillear cuando van de visita, pero ninguna cuenta detalle a las solteras. Solo comparten lo suficiente para asustar a todas las jovencitas decentes.

A la vez que el espantoso calor se extendía por el cuello de Anthony y le llegaba a las orejas, las carcajadas de Trent resonaron en toda la habitación. Se rio tan fuerte que tuvo que agacharse y tomar enormes bocanadas de aire para recuperar el aliento.

—Miranda, Tony es marqués, y encima es rico. Podría haber una sarta de vírgenes depravadas...

—¡Trent!

—Y otra de hijos ilegítimos persiguiéndolo y aun así podría elegir a cualquier mujer soltera de la ciudad.

—Ya lo supongo. —Miranda escondió su sonrisa tras el vaso—. Imagínate si todos ellos supieran que es capaz de subirse a un manzano cuando lo acorralan.

—Por no mencionar su habilidad para seguir en el árbol aun después de desmayarse. —Trent brindó por él una vez más.

Anthony hubiera preferido que no le recordaran el estupor de su última borrachera, a pesar de que concluyera de un modo fascinante e incómodo en un huerto lleno de manzanos. Sin embargo, gracias a ese acontecimiento Griffith había entrado en su vida y la había cambiado para siempre, así que no podía abominar por completo de la experiencia. Al menos el recuerdo fue suficientemente solemne como para refrescarle el rubor de las mejillas.

Miranda miró a Anthony directamente a los ojos.

—Mientras no te metas en ningún escándalo podremos seguir buscándote esa joya rara a la que no le importe tu pasado y conozca al hombre nuevo en que te has convertido.

¿Qué se suponía que debía responder a eso? ¿«Ah, sí, gracias»?

—No te olvides de dar con una joya para ti, querida hermana. No me entusiasma la idea de volver a pasearte por ahí la próxima temporada.

Trent se libró de convertirse en víctima de un fratricidio gracias a que hizo su entrada una excitante joven con la cabeza llena de rizos rubios y unos sonrientes ojos verdes. Georgina apareció bailando en el salón con una atractiva sonrisa decorando su rostro.

—Ya estoy aquí. Qué bien que me hayáis esperado.

Anthony se puso de pie mientras la animada fémina hacía una reverencia para saludar, se daba la vuelta y se acercaba a él.

—Si aceptarais esperarme, milord. Mi autoritaria familia me dejará salir de la escuela la próxima temporada. Entonces podremos bailar al son de nuestra dicha conyugal.

Anthony soltó una carcajada y besó su mano extendida, agradecido de poder tener una conversación más ligera.

—Ay, bella doncella, me temo que no soy digno de tus zapatillas de baile. Tendré que consolarme con alguien que esté al alcance de estos humildes brazos.

—¡Tonterías! —Georgina le dio un pequeño cachete a Anthony en el hombro—. Serás la sensación de la temporada. Ojalá pudiera ver a todo

Londres rendirse a tus pies cuando se enteren de que estás buscando esposa. —Exhaló tal suspiro que casi apagó las velas que había en la sala.

Imaginarse a las bellezas londinenses a sus pies le recordó el percance de aquella misma mañana.

—Miranda, ¿conoces a una morena bastante bajita llamada Amelia?

Un sirviente entró para anunciar la cena.

—Me temo que tendrás que ser un poco más específico, Anthony —murmuró Miranda con indiferencia mientras se levantaba para tomarlo del brazo.

—Me encontré con una joven limpiando el polvo de mi biblioteca cuando llegué hoy a casa. Iba vestida considerablemente mejor que una sirvienta normal.

—¿Se trataba de una dama dispuesta a contraer matrimonio intentando atraer tu atención? —dijo Trent riéndose.

—De ser así, hizo un trabajo terrible. —Georgina puso una mano sobre el brazo de Trent—. No podrá visitarla si desconoce su nombre completo.

—Lo siento, no se me ocurre qué mujer podría estar limpiando el polvo de tu biblioteca, Anthony —dijo Miranda al pasar por delante de un lacayo que tenía los ojos muy abiertos.

Anthony suspiró.

—Compórtate como un diamante y mantén los oídos abiertos para mí, ¿de acuerdo? Quiero enterarme de quién es.

Capítulo 3

El simple hecho de prestarle atención a la solicitud demostraba que debía haber perdido la razón. Amelia se atragantó con un trozo de tostada cuando estaba intentando asimilar la petición de la señora Harris.

—¿Quiere que haga qué?

La entrañable ama de llaves era lo más parecido a una madre que Amelia había tenido. Habría hecho cualquier cosa por la mujer que se las había ingeniado para que se adaptara a Londres cuando el vizconde la había enviado allí hacía ya casi diez años.

Cualquier cosa... excepto volver a la casa del marqués.

La señora Harris puso una botella sobre la mesa del escritorio, que estaba llena de arañazos, dando un golpe seco.

—Que le lleves este tónico a Emma. Dijiste que ayer seguía enferma.

Amelia jamás se había fijado en la cantidad de golpes y abolladuras que tenía aquella vieja mesa. Se había sentado allí a desayunar todas las mañanas y a cenar hasta que la señorita Ryan, su institutriz y dama de compañía, la había declarado no apropiada para ese uso. A partir de entonces todos habían empezado a cenar en el comedor.

Amelia opinaba que esa solución lo único que hacía era dar más trabajo, pero ya que gracias a ello los sirvientes se sentían como si estuvieran haciendo las cosas de modo ortodoxo, nunca se quejó.

—¿De verdad cree que lo necesita? —preguntó.

—¿Acaso crees que ese dragón que tienen por ama de llaves va a permitir que permanezca en la casa si sigue sin poder trabajar?

Amelia acarició la superficie de la mesa, áspera, hasta alcanzar la suave botella de cristal.

—Tal vez podría llevarla Lydia —tanteó esperanzada, refiriéndose a la doncella a la que le salían aquellos tirabuzones rubios por los filos de la cofia—, ¿tal vez Fenton?

Incluso antes de que la señora Harris le dedicara una mirada inquisitiva, Amelia ya sabía que sus sugerencias no tenían sentido. Ella era la señora de la casa, así que a ella le correspondía ir a visitar a sus amigos y velar por ellos y cuidarlos cuando fuera necesario. Enviar a la doncella o al mayordomo, que tenían un montón de tareas por hacer, resultaría impersonal y estaría fuera de lugar.

Si al menos tuviera derecho a reclamar otras obligaciones propias de la señora de la casa, como asistir a veladas o a reuniones sociales por la tarde... Pero cuando lo único que se conoce de la élite londinense es a los sirvientes, no a los señores, es difícil lograr tener presencia social.

—¿Me estás ocultando algo? —La señora Harris apoyó el puño en una de sus flacas caderas y observó a Amelia con la misma mirada asesina con la que le había obligado a confesar que había sido ella quien se había comido todas las galletas de jengibre en su primera Navidad en Londres. El ama de llaves encogió los ojos—. Tienes cara de culpable. Como aquella vez que estuviste escondiendo a la señorita Celia Scott en el taller de la modista todas las noches durante dos semanas, como si ella fuera el duende de los zapateros.

—Consiguió el trabajo, ¿recuerda?

—A costa de todas las velas de esta casa. Creí que me iba a volver loca cuando vi que no encontraba ni una. —La señora Harris se cruzó de brazos, pero no relajó la mirada acusatoria—. ¿En qué lío te has metido ahora?

Si las opciones que tenía Amelia eran llevarle el tónico a Emma o contarle al ama de llaves la historia del marqués, no hacía falta entrar en discusiones. Agarró la botella y se la pegó al pecho.

—En ninguno. Probablemente el ajetreo de la temporada me está afectando. Tanto ruido y tanto tráfico. —Amelia se levantó del taburete—. Lo llevaré ahora. Como bien ha dicho usted, Emma no puede permitirse no trabajar ni un solo día más.

Pero cuando se estaba abrochando los botones del jubón y poniéndose el sombrero seguía buscando una excusa para no ir. Caminando por la calle su cerebro parecía un torbellino, dando vueltas a la cantidad de razones por las que volver al escenario de su humillación no le parecía buena idea.

Tomó un atajo por un callejón y vio la parte superior de la casa del marqués por encima de los tejados de las caballerizas. El extraño olor a caballos y cuero le hacía cosquillas en la nariz y le recordó cuán diferente era la vida del marqués a la suya. Le pareció sorprendentemente estimulante.

Era probable que siguiera acostado. Si se había levantado temprano estaría en el club o en uno de esos otros lugares en los que los caballeros ociosos solían pasar el tiempo. No se encontraría en casa, y desde luego no en la cocina. Amelia podría entrar y salir sin necesidad de pasar por otra situación incómoda.

Cuando estaba cruzando despacio los enormes setos para dirigirse a la entrada de la cocina de la casa del marqués, sita en la calle Grosvenor, su confianza mental había convencido prácticamente a su corazón para que latiera a ritmo normal.

Una risita masculina hizo que se le detuviera por completo.

Se paró en seco. No podía ser él.

Se agachó para asomarse por debajo del seto. Estaba tendido sobre una manta y había una bandeja con una jarra de limonada medio llena a cierta distancia y una enorme pila de tarjetas en el suelo junto a él. Tomó una. El leve gemido que dio llegó a los oídos de Amelia antes de que él la lanzara por encima de su propia cabeza hacia la hierba del jardín.

¿Qué estaría haciendo?

—Así que *lady* Charles está organizando una velada, ¿eh? —Suspiró y tiró la blanca tarjeta por detrás de él—. Me pregunto si ya habrá dejado de servir carne cruda a sus invitados. —Se encogió de hombros y continuó con la siguiente—. Un baile organizado por la condesa de Brigston. Asistirá muchísima gente, eso me permitiría saludarlos a todos de una vez —dijo, y colocó la tarjeta sobre otra pila que tenía a la altura de la cintura—. Aunque tal vez sea mejor ir poco a poco. Me gustaba Harry Wittcomb en la escuela. Una cena en su casa podría ser agradable. —Esta tarjeta la puso en otro montón que tenía al lado de la rodilla.

Debería irse de allí. Estaba en el jardín privado de aquel hombre, que tenía derecho a creer que sus pensamientos verbalizados no los estaba oyendo nadie más que él, pero ¿qué clase de hombre organizaba una merienda en su propio jardín y tiraba invitaciones a diestro y siniestro a su alrededor?

«Por el amor de Dios, Amelia. Qué más da si el hombre no es un dechado de virtudes: se merece tener intimidad».

Pero aquel comportamiento era demasiado intrigante como para marcharse.

❊ ❊ ❊

Anthony tomó la siguiente tarjeta de la pila, que parecía interminable. ¿Todos esos acontecimientos iban a tener lugar en los próximos días? Suspiró y abrió otra invitación.

—Una fiesta en el jardín. Suelen ser un aburrimiento, a menos que conozcas bien a los demás invitados. ¿Quién es *lady* Galvine? Supongo que estará desposada con lord Galvine, pero tampoco he oído hablar de él jamás.

Riéndose de su propio ingenio, Anthony arrojó el pedazo de papel por encima de su cabeza y tomó el siguiente.

—¡¿Qué está haciendo?! —La iracunda voz de su ayudante de cámara, Harper, sonó a su derecha.

Un vistazo rápido por el claro confirmó que él no había sido el blanco de aquel ataque verbal. Lo cual le hizo preguntarse quién lo sería. Anthony se incorporó y echó a correr por la zona de la vegetación.

¿Estaría Harper herido?, ¿estaría atacándole alguien? Era un tipo pequeño y delgado, extraña elección para un ayudante de cámara, pero aquel hombre sabía atar la corbata de una forma impecable.

—¡Harper! —gritó Anthony al rodear los setos. Se resbaló de un pie, pero enseguida volvió a recuperar el equilibrio.

Lo último que esperaba era encontrarse con que su ayudante de cámara había cazado a una mujer.

Y encima, no cualquier mujer.

Aquel familiar vestido marrón, los ojos color chocolate asustados, ese moño tan sobrio. Su mujer misteriosa había regresado.

Amelia chilló cuando se dio cuenta de que la había reconocido. Se tapó inmediatamente la cara con las manos y dejó solo sus enormes ojos marrones al descubierto. Sus miradas se cruzaron y abrió los ojos aún más hasta mostrar completamente el globo ocular.

Harper estaba agarrándola por un brazo. Amelia lo miró y se arremolinó con tal fuerza que le dio un golpe de costado y el sirviente necesitó dar varios pasos para recuperar el equilibrio.

Entonces Amelia salió corriendo.

—¡Espere! —Anthony se precipitó tras ella.

La muchacha miró por encima del hombro. Que la llamara funcionó como una espuela, pues la hizo correr más rápido. Pero Anthony, que tenía las piernas mucho más largas y no le estorbaban las faldas, era más veloz. Derrapó y se detuvo, la agarró por un hombro y le hizo darse la vuelta.

Ambos se miraron. A Anthony el aliento se le acumuló en los pulmones cuando vio que en la cara de Amelia había una mezcla de tristeza y miedo. En el tiempo que tardó su corazón en latir varias veces miró intensamente aquellos grandes ojos marrones y percibió una emoción a la que no fue capaz de dar nombre.

—Vaya a la fiesta de *lady* Galvine —susurró Amelia con prisas—. Trata muy bien a sus criados y lleva todo el año planificándola. Su única hija está enamorada del hijo mayor del conde de Lyndley y él de ella, pero no creen que el conde les permita casarse. Lord Galvine no es más que un barón. Si usted anunciara allí su llegada a Londres, la fiesta adquiriría la importancia suficiente como para que a la señorita Kaitlyn la dejaran casarse con el hijo del conde.

Se alejó y corrió por la zona trasera de las caballerizas.

Él la persiguió, pero cuando alcanzó el callejón Amelia había desaparecido. Su mujer misteriosa había vuelto a escapar.

❋❋❋

—¿Para qué hemos venido? —Amelia frunció el ceño ante la fila de relucientes escaparates que había en la calle Bond. Tras su encuentro con el marqués y su ayudante de cámara lo único que quería era esconderse en su habitación y regodearse en sus inútiles quejas fantaseando en vano.

Fantasías en las que su encuentro con el marqués transcurría en un lugar respetable, ella sabía exactamente qué decir y su vestido no era de un práctico color marrón.

—Llevas más de una semana deambulando por la casa con la cara mustia, refunfuñando sobre setos y trapos para limpiar el polvo. Necesitabas salir. Además, te hace falta un vestido nuevo. —La señorita Ryan, su institutriz convertida en amiga, reafirmó su declaración moviendo la cabeza, lo que hizo que sus bucles negros se balancearan a ambos lados de su sombrero.

Amelia salió de su ensueño parpadeando y se miró la falda.

—Este vestido no tiene nada de malo.

No si no lo comparabas con todos los demás que se veían por la calle.

—Aparte de las dos tiras de adornos que le hemos cosido en el bajo para ocultar los jirones, del desgarro que tiene por detrás, justo donde hubo que coserle un agujero por debajo del brazo y de que la cinturilla lleva tres años pasada de moda, no, la verdad es que no tiene nada de malo —coincidió la señorita Ryan.

Amelia no quería acostumbrarse a las galas de la clase alta para que dentro de pocos meses, cuando cumpliera veintiún años, se las quitaran. ¿Cómo saber si el vizconde la seguiría manteniendo? ¿Se acordaría siquiera de que ella existía?

—Mi vestido es adecuado para lo que hago. A ninguna de mis amistades le importa que haya tenido que remendar un dobladillo harapiento alguna vez. —A lo largo de los años había hecho muchas amigas e incluso la habían invitado a tomar el té en alguna ocasión. Pero no eran la clase de amigas que ayudarían socialmente a una chica.

La señorita Ryan sacudió la cabeza.

—No te casarás si limitas tu vida social a estar con los criados. Eres la hija de un caballero.

—Me gustan los criados —masculló Amelia. Fueron los únicos que le dirigieron la palabra cuando la dejaron en Londres a los once años.

—Los criados no se casan, querida. —La señorita Ryan acarició el brazo de Amelia reconfortándola.

—Tampoco se casan los pupilos anónimos de los vizcondes olvidados —se atrevió a contradecirla Amelia cruzándose de brazos.

—Esto es Londres. Los caminos del Señor son inescrutables. Tal vez los conozcamos si llevamos el vestido adecuado. —La señorita Ryan sonrió, pero no miró a Amelia—. A Cenicienta le cambió la vida, ¿no crees?

Antes de que Amelia pudiera preguntarle a la señorita Ryan que dónde escondía un hada madrina, se dio cuenta de que la había agarrado por un codo y la había metido en una tienda.

Había dos elegantes señoras tomando el té sentadas junto al escaparate. Otras tres estaban mirando un libro lleno de ilustraciones de moda mientras otras dos examinaban una selección de telas.

—¡Pero si esta es la tienda de la señora Bellieme! Aquí seguro que cuesta dinero hasta respirar el mismo aire que ella —balbució Amelia.

—Llevamos diez años ahorrando. —La señorita Ryan se encogió de hombros—. Y de todas formas no hemos venido a verla a ella.

—Ah, ¿no? —Amelia se agarró el sombrero para evitar que saliera volando cuando la señorita Ryan la empujó tras una cortina de seda dorada.

La luz natural que entraba por las ventanas traseras de la tienda era considerablemente más fuerte que la de la zona delantera, en penumbra. Amelia tuvo que guiñar los ojos para acostumbrarse al sol.

—¡Señorita Amelia!

Amelia sacudió la cabeza para fijarse en la persona que le había hablado, una señora de mediana edad que llevaba un ligero vestido azul y el escaso cabello castaño recogido en un moño bajo. Tardó un poco en reconocer a la noble venida a menos que había conocido en los bancos de la iglesia de St. George unos cinco años antes.

—¡Buenos días, Sally! Hace años que no te veo.

—Desde que me ayudaste a conseguir aquel trabajo en Hampstead Heath. Jamás podré agradecerte lo suficiente que le hablaras bien de mí al ama de llaves. Tuve el privilegio de trabajar como acompañante de *lady* Margaret hasta que falleció. Ahora soy dama de compañía. —Sally se asomó por un biombo plegable que separaba gran parte de la zona trasera del resto del área de trabajo.

Amelia también miró el biombo. La señora a la que Sally acompañaba debía de estar allí detrás probándose un vestido.

—¿No te necesita ahí dentro? Yo pensaba que una dama de compañía opinaba sobre las pruebas de los vestidos.

—Suelo esperar aquí fuera. A veces visito a Celia. Su hermano, Finch, es lacayo de la familia para la que trabajo ahora.

La señorita Ryan seguía mirando el biombo desde que habían pasado a aquella zona, tras las cortinas.

—Celia se emocionó cuando supo que hoy vendríamos. Dijo que todavía se pasa por aquí de noche a veces para trabajar a la luz de una vela y recordar las ganas que tenía de conseguir el puesto.

Una joven alta y rubia se asomó de repente por el biombo alisándose la falda a la altura de las caderas.

—Que los lleven a casa cuando estén terminados, señora Bellieme. No necesitaré el otro vestido de gala hasta la semana que viene.

—Por supuesto, *milady*. —La modista era mayor de lo que Amelia recordaba, aunque hacía por lo menos tres años que no la veía.

—Sally, nos vamos.

Amelia no fue capaz de adivinar qué debió pensar la dama cuando con sus brillantes ojos verdes los miró a ella y a los dos sirvientes, pues ninguno de los tres formaba parte del círculo íntimo de la mejor modista de Londres, pero al menos la mujer comprendió por qué estaba Sally allí.

—Claro. —Sally terminó el breve encuentro haciendo un ligero saludo. Un retículo verde, probablemente de su señora, le colgaba de la cintura—. Que pase buen día, señorita Amelia.

Amelia asintió con la cabeza sin decir nada a Sally para no meterla en problemas. La dama continuó mirando a una y otra.

Cuando ambas desaparecieron tras la cortina, Celia salió de detrás del biombo.

—¡Señorita Amelia! —Se acercó de un salto y rodeó a Amelia con sus delgados brazos.

La señora Bellieme le dedicó a Amelia una sonrisa y le dio un toque en el hombro antes de volver a la zona principal de la tienda.

Amelia se separó de Celia, que seguía sonriendo tras abrazarla.

—¡Me alegro de verte! —La joven volvió a darle un apretón con tanto entusiasmo que le arrancó una sonrisa a Amelia.

—¿Cómo te va, Celia?

—Mejor de lo que jamás soñé. Ven, ven, tu vestido está listo. —Celia la llevó a tirones hacia el probador. La señorita Ryan la empujaba por detrás.

Amelia pesaba tan poco que entre las dos pudieron arrastrarla sin esfuerzo a pesar de que se había quedado petrificada. ¿Ya le habían hecho un vestido? ¿Cómo? ¿Cuándo?

—La señora Bellieme ya no puede coser tan bien como antes, así que me he convertido en su aprendiz secreta. Dice que tengo muy buen ojo para la moda y una mano con la aguja casi tan buena como la suya. —Celia estaba tan emocionada que el moño oscuro en que llevaba recogido el pelo se le movía de arriba abajo.

Sacó un precioso vestido de muselina verde estampada de ramitas.

—Lleva un redingote a juego. Vamos, vamos, pruébatelo.

La muchacha tiró del vestido de Amelia para quitárselo, deseando verla con el nuevo. Amelia empezó a emocionarse cuando sintió el tacto de aquella tela sobre su piel.

Celia había utilizado un viejo vestido de Amelia para sacar la talla, así que no iban a hacer falta muchos arreglos para que le quedara perfecto. Solo requería unas cuantas puntadas rápidas y Amelia estaría lista para lucir el conjunto de tarde más bonito que jamás hubiera visto.

Tras doblar el vestido viejo de Amelia y meterlo en una caja, Celia la abrazó de nuevo y le dijo a la señorita Ryan que la avisara cuando quisieran que le confeccionaran más.

—Este es demasiado bonito. —Amelia danzaba de un sitio a otro disfrutando del frufrú de su nueva falda—. Puede que nunca vuelva a parecerme aceptable ningún otro vestido.

Todas se rieron al salir de la zona de los probadores.

—Oh, Dios. —La voz de la señorita Ryan sonó forzada, casi inexpresiva.

—Oh, vaya por Dios —añadió Celia.

Amelia miró a su alrededor, pero no entendía qué les causaba aquella extrañeza.

—¿Qué ocurre?

Celia se agachó para recoger un retículo verde del suelo.

Capítulo 4

—Esto no traerá nada bueno —dijo la señorita Ryan—. ¿Cómo puede haberlo olvidado Sally?

—¿No pueden enviárselo? —Amelia miró a todo el grupo. ¿Por qué estarían tan preocupadas? La solución era muy sencilla. La alta dama no podía ser la primera persona del mundo en extraviar sus pertenencias.

Celia sacudió la cabeza.

—Ya ha salido el lacayo.

—Espero que no despidan a Sally —dijo la señorita Ryan mordiéndose el labio.

¿A qué venía tanta repentina preocupación por el trabajo de la gente? Primero la señora Harris tenía miedo por Emma y ahora la señorita Ryan mencionaba a Sally. ¿Acaso creían que todo el mundo estaba en inminente peligro de desempleo?

—*Lady* Miranda es amable, pero de niña era muy emotiva e impredecible. —Celia miró a Amelia por el rabillo del ojo.

Algo extraño estaba ocurriendo, pero Amelia no tenía ni la menor idea de qué podía ser.

—¿*Lady* Miranda?

—*Lady* Miranda Hawthorne. La hermana del duque de Riverton. —Asintió Celia.

Amelia no había caído en la cuenta del trabajo tan prestigioso que había encontrado Sally. Resignada a tener que mantener otro encuentro con la aristocracia, recogió el bolso.

—La casa de los Hawthorne no queda apartada de nuestro camino.

Socialmente estaba a varios kilómetros de distancia, pero físicamente apenas a un par de calles. Amelia jamás había visitado la casa de los Hawthorne, a pesar de que conocía al mayordomo y a varios sirvientes. Le parecía demasiado intimidatoria. Con el bonito bolso verde colgado de la mano, salió de nuevo a la calle Bond acompañada de la señorita Ryan.

Dejaron la calle de las tiendas atrás comentando las bonitas mercancías que se veían en los variados escaparates. Entonces, de repente, la señora Ryan tropezó con Amelia y casi la hizo caer al suelo.

—¡Oh! Oh, Dios mío, señorita Ryan, ¿se encuentra bien?

La institutriz se las arregló para cruzar al otro lado de la acera y apoyarse en un edificio. Iba cojeando de forma evidente. Amelia se mordió el labio.

—¿Llamamos a un coche de alquiler?

La señora Ryan señaló hacia Grosvenor Square, que quedaba a la vista pero en sentido contrario a su casa.

—Podré llegar a casa. Ve tú primero sin mí.

—Usted... pero... ¡No puedo ir sola!

—Estoy segura de que Finch o Gibson se encargarán de que llegues a salvo a casa. —La señora Ryan cuadró los hombros y echó a andar cojeando por la calle que la conduciría hasta la calle Mount—. Recuerda que Sally depende de ti.

Amelia miró a la institutriz y a continuación la calle que quedaba a lo lejos. «¿Había perdido la cabeza la señorita Ryan?». Sintió que el retículo le pesaba en las manos. No podría llevárselo a casa. Las opciones eran continuar hasta la casa de los Hawthorne o llevar otra vez el bolso a la calle Bond.

Puesto que caminar sola por la calle Bond le pareció peor idea que hacerlo por Grosvenor Square, continuó andando.

❋❋❋

La casa de los Hawthorne apareció, imponente, cuando Amelia atravesó Grosvenor Square. Las enormes columnas parecían sobrecogedoras incluso aunque uno no supiera quién residía allí. Pocas casas de Londres eran más grandes que esta, y pocos hombres eran más poderosos que su propietario.

Se alisó la falda. El conjunto seguía siendo el más bonito que jamás se hubiera puesto o que hubiera tenido ante sus ojos, pero no parecía estar a la altura de la tarea de socializar con la hermana de un duque.

—Señor, no me dejes sola —susurró antes de inspirar fuertemente y subir las escaleras. Llamó a la puerta tan tímidamente que pensó que nadie la oiría, pero enseguida se oyó un pestillo correrse.

—¿Señorita Amelia? —La sorpresa del mayordomo al abrir la puerta fue evidente.

Se mordió el labio. ¿Debería haber llamado por la puerta de servicio?

—Buenos días, Gibson. Vengo a entregar algo. —Extendió el brazo y mostró el bolso verde colgado de sus dedos balanceándose como el péndulo de un reloj que contara los minutos que faltaban hasta su próxima humillación.

—¡Dios la bendiga! Pase. La señora descubrió que lo había perdido hace un momento. —Gibson la condujo a un hermoso salón decorado en blanco y dorado—. Por favor, siéntese.

—No es necesario, Gibson. Puedo dejar el bolso en el recibidor. —Su tono de súplica la hizo estremecerse. Cobarde o no, encontrarse cara a cara y conversar con *lady* Miranda no le parecía buena idea. Sus encuentros con el marqués eran prueba más que suficiente de lo inepta que era relacionándose con la aristocracia.

—Insistirá en agradecérselo en persona. Espere aquí, señorita Amelia, si es tan amable. —Gibson salió a toda prisa de la habitación.

Dejar el retículo en una silla y marcharse le pareció buena idea, pero Gibson sabía dónde vivía. Lo único que faltaba sería que *lady* Miranda apareciera en su propia casa.

La dama rubia que había conocido en la modista entró en el salón con una cálida sonrisa en los labios y una evidente curiosidad en la mirada.

—Gibson me ha dicho que tiene usted mi retículo, ¿es cierto?

—Mmm... sí, *milady*. —Amelia levantó el brazo como si fuera a darle una puñalada a alguien y mostró el retículo colgando otra vez.

Lady Miranda lo tomó.

—Lo vimos justo cuando nos íbamos. Está todo. Celia sabía que era de usted, así que no ha hecho falta abrirlo.

Se le formaron unas arruguitas en los rabillos de sus brillantes ojos verdes y en las comisuras de los labios, que había curvado ligeramente. ¿Le divertía lo que Amelia le acababa de contar? Tal vez le parecía graciosa su falta de compostura. Empezó a enredar los dedos en el cordón de su propio retículo.

—Gracias. —La dama dejó el bolso sobre una mesa cercana—. Soy *lady* Miranda Hawthorne.

—Lo sé. Quiero decir que Celia me dijo quién es usted. —Amelia cerró la boca. No empezaría a hablar como una cotorra ni demostraría lo incómoda que se sentía. Pensaba limitarse a emitir frases de dos palabras, lo que apenas le permitiría decir más que «Sí, *milady*», «No, *milady*».

Lady Miranda bajó la cabeza y levantó las cejas.

—¡Oh! —gritó Amelia—. Soy Amelia Stalwood. —Aquello sumaban tres palabras, aunque tal vez su nombre y apellido contaran como solo una—. Un placer conocerla. —De acuerdo, podría pronunciar frases de tres palabras siempre que fueran frases inteligentes.

Lady Miranda sonrió como si todas las visitas hubieran perdido la cordura. Tal vez así era. Después de todo, se trataba de la casa de un duque.

—Lleva un vestido precioso. ¿Estaba usted recogiéndolo?

Gibson apareció por la puerta antes de que Amelia respondiera.

—¿Le apetece un té, *milady*?

—Oh, no, Gibson, yo no... —Amelia se detuvo en seco. Estaba respondiendo al mayordomo. Notó calor subiéndole por las mejillas y las orejas. La nariz, en cambio, la tenía helada. Miró a *lady* Miranda y vio que se había quedado inmóvil y con la boca ligeramente abierta como si también fuera a responder al mayordomo.

—Señorita Stalwood. Amelia Stalwood, ¿verdad? —*Lady* Miranda fue la primera en recuperar la compostura—. Por favor, quédese. Gibson, un té sería estupendo.

El mayordomo se inclinó y se dio la vuelta para abandonar la habitación.

Lady Miranda señaló una silla de brocado blanca. Amelia se sentó en el borde, dispuesta a salir corriendo si se le presentaba la oportunidad.

El hermano de Celia, Finch, entró con un servicio de té antes de que *lady* Miranda pudiera terminar de arreglarse la falda en el sofá que había al lado. A Amelia le pareció que debía de estar con la bandeja ya preparada en el pasillo cuando Gibson había entrado a ofrecerles el té.

Parpadeó sorprendida. *Lady* Miranda dudó antes de ordenar a Finch que dejara la bandeja sobre una mesita baja.

—Gracias, Finch. —Amelia cerró los ojos. Había vuelto a hablar ella. Conocía al criado de otra persona nada menos que por su nombre. Estaba segura de que *lady* Miranda la echaría a patadas por la cocina por este exceso de familiaridad.

La habitación quedó en silencio. Ni siquiera se oía el tictac de un reloj. Amelia no se había sentido tan vulnerable desde que tenía diez años, de pie ante la puerta de la casa del vizconde con solo un baúl, una maleta y una carta de su abuela reivindicando los lazos familiares más distantes que pudieran imaginarse.

¿Qué estaría buscando la mujer que tenía sentada enfrente? ¿Lo habría descubierto? Por fin, *lady* Miranda concluyó su inspección. Movió la cabeza y comenzó a servir el té.

—¿Conoce a mis sirvientes?

—Mmm... sí, *milady*. —Amelia intentó comportarse exactamente igual que la mujer ante la que estaba. *Lady* Miranda se quedó callada, extrañada, tras servirse su taza de té. Tenía la mano revoloteando por encima de la jarra de la leche.

—Sin leche, solo azúcar, por favor. —Una sensación de confianza recorrió la columna dorsal de Amelia. Aquello había sonado casi culto y sofisticado. De acuerdo, solo se trataba de un comentario sobre cómo quería el té, pero...

—¿Se lleva usted bien con muchos sirvientes? —Volvió la incómoda curiosidad.

—Supongo que sí. —La cosa no estaba saliendo en absoluto como Amelia había previsto. No se avergonzaba de su relación con el bajo Londres, pero jamás imaginó que una dama de alta alcurnia le preguntaría al respecto.

—Yo misma he intentado siempre llevarme bien con las personas a las que contrato, pero jamás he tenido la capacidad de referirme a los sirvientes de otras personas por su nombre. —*Lady* Miranda le ofreció una taza de té.

Deseando que no le temblaran las manos, Amelia aceptó la taza. Su idea de «llevarse bien» era posiblemente distinta a la de *lady* Miranda.

—¿Conoce también a mi criada? —Sirvió otra taza de té. Le añadió un chorrito de leche y una pizca de azúcar. Amelia se tragó apresuradamente su sorbo de té.

—Sí, *milady*.

La dama puso algunas galletas en un platito y se lo ofreció a Amelia.

—No todo el mundo hace el esfuerzo de devolver a alguien lo que le pertenece.

—No ha supuesto ningún problema. —¿Qué otra cosa podía decir? Amelia mordisqueó una galleta para ganar tiempo.

Otra dama joven entró en la habitación. Su impresionante belleza hizo pestañear a Amelia. Tenía la cabeza llena de rizos rubios, con unos tirabuzones marcándole unos rasgos ante los que un fabricante de muñecas de porcelana se desvanecería.

—Gibson mencionó el té. —Evaluó a Amelia con sus ojos verdes—. Buenas tardes.

Lady Miranda sirvió otra taza de té.

—Te presento a mi nueva amiga, la señorita Amelia Stalwood. Señorita Stalwood, esta es mi hermana, *lady* Georgina.

Amelia posó su taza sobre la mesita. ¿Debía levantarse y hacer una reverencia? Era nada menos que la hermana de un duque. Debía de haber una forma correcta de comportarse en una situación así. Al final hizo una ligera inclinación de cabeza que arrancó una sonrisa burlona de la joven.

Amelia volvió a mirar al suelo deseando que las duelas de madera se la tragaran y la transportaran a las habitaciones de los criados. Allí se sentiría mucho más cómoda.

Las hermanas charlaban y sorbían su té. A veces formulaban alguna pregunta a Amelia. Tras varios intentos, Amelia dejó de vacilar al responder y se las arregló para que aquello pareciera una conversación normal.

—Ha sido tan amable al traerme el bolso que odio preguntarle esto. —*Lady* Miranda se sirvió un poco más de té—. ¿Me haría usted otro favor?

Amelia tragó saliva. ¿Podría responder algo que no fuera un «sí»?

—¿Le apetece venir a cenar esta noche?

Amelia sacudió su taza de té. *Lady* Miranda intentó ocultar su sonrisa bebiéndose un sorbo.

—Será muy distendido. Solo la familia y uno o dos amigos íntimos —añadió *lady* Miranda al ver que Amelia no le contestaba.

Sintió que los ojos verdes de la dama la atravesaban como uno de los animales de los que había leído en los libros de los científicos que estudiaba.

—Sería de gran ayuda. Georgina no puede acompañarnos esta noche, así que, sin usted, no nos cuadraría el número de comensales.

Lady Georgina le lanzó una mirada asesina a su hermana.

—Lo cierto es que yo... —*Lady* Miranda le dio una delicada patada en la espinilla. Amelia abrió los ojos de par en par. «¿Cuánto tiempo se tardaría en aprender a hacer algo tan grosero con la gracia de una dama? ¿Quién dedicaba su tiempo a desarrollar un talento tan extraordinario?».

—La comprendo. Yo también he tenido dieciséis años. —*Lady* Miranda acarició la mano de su hermana.

—Tengo diecisiete.

—Señorita Stalwood, por favor, diga que sí.

Amelia se agarró a la falda. Era imposible. ¿Cómo iba a ir?

—La necesito —dijo *lady* Miranda con las manos sobre el regazo y la mirada suplicante.

Amelia aceptó antes de pararse a pensar en ello. El nerviosismo le hacía cosquillas en los dedos, obligándola a esconderlos en la falda para que no se notara que estaba temblando. Ya no había vuelta atrás. Lo único que podía hacer era rezar para que no se arrepintiera antes de que acabara la noche.

Capítulo 5

—En guardia.

La luz del sol se reflejaba sobre el delgado metal cuando Anthony cortó su espada en dirección a Trent. El sudor le corría por la espalda y hacía que su camisa blanca de batista se le adhiriera a la piel. Encontrar a un compañero de esgrima tan compatible había sido una de las inesperadas ventajas de hacerse amigo de la familia Hawthorne. Pasar el tiempo con aquel joven era sorprendentemente agradable.

—¿Cómo va la caza de novias? —refunfuñó Trent.

Aunque fuera un imberbe insolente.

Anthony bloqueó la espada de Trent. No estaba dispuesto a permitir que su oponente lo distrajera con meras palabras, a pesar de que la «caza» hasta ese momento hubiese sido un auténtico fracaso.

—Deprimente.

Trent se rio mientras avanzaba como si estuviera bailando y clavaba su espada en el vientre de Anthony.

—¿Nadie que te parezca atractiva? ¿Qué tal la joven de los Laramy? Todavía no la conozco, pero todos dicen que su belleza es incomparable.

—Lo es. —Anthony levantó de un golpe la espada de Trent para forzarlo a retroceder un paso—. La belleza no es problema, pero empiezo a plantearme que el intelecto sí lo es.

Anthony resbaló de un pie, cayó hacia un lado y notó la punta roma de la espada de su contrincante rozándole las costillas. Admitiendo la derrota, se quitó la máscara.

—Si la falta de ingenio de la aristocracia es equiparable a la cantidad de aspirantes que hay este año para contraer matrimonio, este país está perdido.

—*Lady* Miranda y *lady* Georgina —anunció el mayordomo desde la puerta de la terraza.

—Mejorando lo presente, por supuesto —murmuró Trent sonriendo.

Miranda arrugó la nariz al dirigirse a la terraza y señaló vagamente el cabello de ambos.

—Tenéis un aspecto... repugnante.

Anthony se pasó una mano por los rizos desaliñados, incómodo por estar solo en mangas de camisa. ¿Se había traído a la terraza el abrigo? La cara de Georgina era más de admiración que de repugnancia.

—Han estado haciendo un esfuerzo físico, Miranda. Una ocupación de lo más caballerosa. ¿Sabías que Trent iba a estar aquí?

—¿Ves? —dijo Trent—. Inteligente.

—Por supuesto que lo sabía. —Miranda miró a su hermana de una manera que hizo poner en duda la inteligencia de la joven—. No creo que yo hubiera venido si Anthony hubiera estado solo en casa.

Anthony se volvió para guardar su equipo de esgrima. Sería mejor que las damas no se dieran cuenta de que su discusión le provocaba risa. Tras recomponerse se volvió de nuevo y les hizo una pequeña reverencia.

—Damas, discúlpenme si no las saludo como es debido. Voy, como bien han observado, un poco desaliñado.

Trent hizo un gesto de desdén.

—No te preocupes por eso, solo son Miranda y Georgina. —Se dirigió a sus hermanas—. ¿Qué hacéis aquí?

Miranda le dio la espalda a Trent mientras Georgina lo miraba como si le estuviera lanzando puñales. Anthony se enervó al ver el rostro inexpresivo de Miranda, que habitualmente era una mujer muy segura de sí misma. Ahora no lo parecía.

—No sé qué tenías planeado para esta noche, pero me temo que tendrás que pedir disculpas. Te necesito en la cena.

«¿Cena? ¿Quería que fuera a la cena?». Había creído que sería algo mucho más doloroso y complicado. La verdad era que tomarse un respiro de tanto torbellino social sería más que bienvenido. Hacía dos semanas había imaginado otra cosa, pero había tenido que soportar presentaciones de lo más tediosas, conversaciones aburridísimas y parejas de baile mediocres, por lo que sentía la tentación de volver a desaparecer otros dos años, con o sin la esposa que estaba buscando. Una tranquila cena con amigos inteligentes parecía más bien un favor que le hacía Miranda.

—¿Lo estás invitando a cenar? —La desesperación de Georgina se sumó a la confusión de Anthony. ¿Desde cuándo no quería ella que se quedara a cenar?

—A no ser que Griffith regrese esta mañana, es necesaria la presencia de Anthony. —Miranda dejó de mirar a su hermana para volverse hacia Anthony—. Es de suma importancia.

Era evidente que se trataba de algo más que una mera comida, pero fuera lo que fuese sabría gestionarlo. Miranda era lo más parecido a una hermana que tenía. Si para ella era importante, podría soportarlo.

—Estoy a tu disposición, por supuesto, *milady*.

—Ojalá pudiera ir yo —suspiró Georgina.

Trent dejó su espada colgada, balanceándose, para unirse a la conversación.

—¿Puedo faltar yo también?

Miranda lo fulminó con la mirada.

Anthony rio, agradecido de que Dios hubiera traído a esta familia tan unida a su vida. De repente le entraron muchas ganas de que llegara ya la hora de la cena.

❁❁❁

Amelia estaba frente a la misma casa, con el mismo vestido, por segunda vez ese día. ¿Volvería a meter la pata? Una cena era una situación mucho más complicada que un té.

La brisa hizo crujir las hojas del parque que había detrás de ella, tentándola a darse la vuelta y salir corriendo. No tardaría más de quince minutos en llegar a casa.

No era una opción viable. Si quería comer esa noche tendría que atravesar aquella puerta y cenar con *lady* Miranda. La señora Harris se negaría a darle nada.

Vio el rostro de Gibson mirando por detrás de una cortina, así que ya no había escapatoria. Si salía corriendo ahora todos los sirvientes de Londres lo sabrían por la mañana. Caminó resolutiva hasta la puerta y llamó con los nudillos.

Gibson abrió con una amplia sonrisa que le ocupaba toda la cara delgada.

—Buenas noches, señorita. ¿Me da su abrigo?

Estaba tan contento que Amelia se animó y le devolvió la sonrisa. Le dio su redingote y su sombrero, pero fue incapaz de decirles a sus pies que lo siguieran hasta el salón.

Estaba aterrorizada.

—Hola —saludó alguien desde las escaleras. Amelia pegó un salto y se puso una mano sobre el corazón, que se le iba a salir del pecho. Un hombre estaba cruzando el recibidor. ¿Sería el duque? Sabía que era joven y guapo, pero ¿no era este hombre demasiado joven?

El cabello rubio le quedaba como si llevara un pulcro sombrero, por encima de las orejas y el cuello y casi rozándole las cejas. Había amabilidad en sus ojos verdes, aunque parecía sentir curiosidad por Amelia, allí, de pie, a un metro de la puerta de entrada. No cabía duda de que era un pariente de *lady* Miranda.

—¿Puedo ser increíblemente audaz y presentarme? Soy lord Trent Hawthorne. A su servicio. —Tomó sus dedos lacios, y besó el aire justo por encima de sus nudillos.

Amelia se miró las manos como si no fueran suyas. Tenía que decir algo. Su cerebro estaba intentando buscar las palabras adecuadas para presentarse también, pero lo tenía más desconectado todavía que las manos. Era incapaz de mover los labios. Los pulmones se le habían quedado sin aire.

Esta manía de no poder expresarse ante estas personas se estaba volviendo extenuante. Si no conseguía que su cerebro y su lengua se comunicaran en los próximos diez segundos, se marcharía.

Diez... Nueve...

—No se preocupe. —Lord Trent puso la mano de ella sobre su brazo—. A menudo provoco el efecto de hacer que se quede sin habla gente de lo más encantadora. Las madres, por supuesto, viven en silencio con el miedo de que yo acuda a un encuentro social y deje mudas a sus hijas. Los hombres, en cambio, me ruegan que asista para poder disfrutar de una conversación sensata.

Ocho... Siete...

Amelia soltó una risilla tonta.

Seis... Cinco...

Finch estaba de pie en la puerta del salón, con los ojos abiertos como platos. Cuando Trent y Amelia se aproximaron, miró hacia el interior de la habitación y luego de nuevo a Amelia. ¿Estaba intentando comunicarse con ella?

Cuatro... Tres...

—Por desgracia, el otro invitado a la cena ha llegado ya, así que tendré que compartir sus encantos esta noche. Mi hermana no tardará en bajar. Tenía un pequeño problema con su vestido. Estoy seguro de que sabe de qué hablo.

Dos...

Las mejillas de Amelia se pusieron de un intenso color rosa. El hombre que tenía al lado sabía perfectamente que su vestido no era apropiado para la ocasión. Su flagrante ignorancia de ese hecho era vergonzosa y entrañable al mismo tiempo.

Uno...

Se le había agotado el tiempo. Inhaló profundamente al cruzar el umbral de la puerta del salón, pero no ocurrió nada cuando sus ojos se detuvieron ante algo que le resultaba demasiado familiar.

Los primeros en comprender lo que había visto fueron sus pies, que se detuvieron en seco, haciendo que lord Trent tropezara. La siguiente en comprender fue su sangre, que se le fue de la cara y la dejó helada y seguro que pálida como si estuviera muerta. La sangre debió de decirle algo al corazón, porque se le empezó a acelerar hasta que un rugido sordo le llegó a los oídos. Por fin, le salió la voz.

—Oh, santo Dios —susurró—. Usted.

Aquella no era la espectacular táctica conversacional que había pretendido utilizar.

—Opino exactamente lo mismo —dijo el marqués.

Lord Trent miró a uno y otro invitado.

—¿Ya se conocen?

—No formalmente. Sin embargo, creo que a ella le gusta invadir mi propiedad. —Sonrió lord Raeoburne.

—Ah. —Lord Trent evaluó visualmente a la mujer que llevaba del brazo—. Tu retorcido plumero.

—Eso parece. —Lord Raeoburne relevó a lord Trent y tomó del brazo a Amelia—. Por favor, tome asiento, querida. Está usted un poco pálida. Creo que me presenté la primera vez que nos encontramos, pero entiendo que lo haya podido olvidar. Soy Anthony Pendleton, marqués de Raeoburne.

La sangre que había desaparecido del rostro de Amelia volvió de repente. Notaba el calor en el cuello y en las mejillas y rezó para que no estuviera tan colorada como creía.

—Señ... amelood.

Lord Trent y lord Raeoburne se inclinaron hacia delante.

—¿Disculpe? —preguntó lord Trent.

Amelia se aclaró la garganta y se puso derecha. Se concentró en un delicado jarrón verde que había sobre la mesa, detrás de los hombres.

—Señorita Amelia Stalwood.

—Encantadísimo de conocerla, señorita Stalwood. —Tal afirmación vino acompañada de una sonrisa que hizo que la cara de lord Raeoburne pareciera interesante y atractiva.

—Lo mismo le digo, milord. —Amelia pensaba que sería imposible ponerse más colorada, pero cuando lord Raeoburne le besó la mano, igual que un momento antes había hecho lord Trent, notó que tenía la cara ardiendo.

—Lo pasé de maravilla en la fiesta de *lady* Galvine. Su hija es una auténtica joya. Estoy seguro de que ella y lord Owen van a hacer una excelente pareja. —Anthony subió las comisuras de la boca.

Los ojos de Amelia se iban abriendo más a medida que él hablaba. ¿Cabría la posibilidad de que se le salieran?

—Yo... —Amelia luchaba por encontrarse la lengua.

Lady Miranda irrumpió en el salón respirando con dificultad. ¿Habría bajado las escaleras corriendo?

—¡Señorita Stalwood, ha llegado!

Los dos hombres que estaban en la habitación la miraron con extrañeza. Lord Trent parecía estar divirtiéndose mucho, pero lord Raeoburne tenía más bien cara de acusador.

Que *lady* Miranda apareciera hizo que Amelia se sintiera mejor. Aún consternada por la inesperada coincidencia, pero mejor. Respiró hondo, se puso de pie y decidió dejar una mejor impresión en aquellas personas.

—*Lady* Miranda, ha de disculparme. —Tragó saliva—. Lamento tener que despedirme de ustedes. Verá, yo estaba... Es decir, ya he tratado a su otro invitado, por así decirlo, y me temo que mi comportamiento en aquel momento no favoreció precisamente que alguien quiera conocerme.

Amelia dejó de observar a *lady* Miranda, que estaba con los ojos muy abiertos, atónita, y miró al marqués.

—Milord, por favor, no le guarde rencor a *lady* Miranda. Le he hecho un pequeño favor y ha intentado devolvérmelo. Si le sirve de algo, le pido disculpas por haberme entrometido en su vida privada. No volverá a ocurrir.

Contempló a todos los que estaban en la habitación: tenían aspecto de haber comido algo desagradable. Estaba pasando por delante de lord Trent para escaparse cuando los tres aristócratas estallaron en carcajadas.

—Lo sé, señorita Stalwood. —*Lady* Miranda tomó una bocanada de aire—. O tal vez debería decir que lo sospechaba. Por favor, quédese a cenar. Nadie está enfadado con usted por que haya limpiado el polvo de una biblioteca con tal de ayudar a una criada enferma. Tal vez nos sintamos confundidos, pero no enfadados, en absoluto.

Amelia parpadeó y miró a uno y después a otro. Estaban sonriendo. No eran sonrisas disimuladas, groseras, sino sonrisas sinceras, de auténtica diversión. La de lord Raeoburne iba acompañada de un brillo maquiavélico en los ojos. ¿Estaría acordándose de su segundo encuentro?

Parecía ser que tenía que humillarse del todo. Suspiró.

—No es del polvo de lo que me avergüenzo, *milady*. —Ni siquiera ella oía bien su propia voz—. Regresé al día siguiente y (no hay forma de decirlo educadamente) espié a su excelencia en un momento de intimidad y su ayudante de cámara me cazó. Todo es terriblemente vergonzoso y...

Amelia tuvo que volver a callarse al ver que lord Trent y *lady* Miranda miraban a lord Raeoburne y volvían a estallar en carcajadas.

El marqués siguió examinando perplejo a Amelia.

—No es exactamente lo que parece. Estaba en el jardín leyendo todas las invitaciones.

¿Eso no era lo mismo que había dicho ella? Tal vez no con tanto detalle, pero...

Amelia cerró los ojos, mortificada al darse cuenta de que sus palabras habían dado a entender que lo había espiado en una situación mucho más íntima. Tenía que irse.

Con la cabeza agachada, se dirigió a la puerta sin dejar de mirar las vetas del suelo de mármol. Unos zapatos perfectamente abrillantados aparecieron ante sus ojos, lo que la obligó a detenerse o a chocar contra el pecho de lord Raeoburne.

Otra vez.

Se detuvo.

—Por favor —dijo él suavemente—, no se marche.

Con un dedo le levantó la barbilla y la obligó a mirarlo.

—Quédese y cene con nosotros esta noche. Tendremos la oportunidad de empezar de cero.

Amelia indagó en sus hermosos ojos azules y solo encontró amabilidad y sinceridad.

—Muy bien. —Aquella absolución tácita la alivió y le permitió curvar los labios ligeramente hacia arriba—. Me quedaré.

El duque le ofreció el brazo. Ella vaciló un poco y le otorgó una mano con la esperanza de que no existiera una forma correcta o incorrecta de hacerlo. El abrigo de él emanaba calor y sintió una especie de emocionante espiral subiéndole por el brazo hasta los pulmones.

Al pasar ambos por el pasillo principal para entrar en el comedor, Amelia vio a Finch, a Gibson, a dos criadas y a la sirvienta de Miranda acurrucados detrás de una enorme planta en un rincón del recibidor, con enormes sonrisas en sus rostros. Una de las doncellas la saludó.

Se tranquilizó al ver que sus amigos la apoyaban. Estaba segura de que al final de la cena la poca dignidad que le quedaba permanecería intacta.

Capítulo 6

nthony estuvo pendiente de Amelia durante la cena y se dio cuenta de que le temblaban las manos y de que tenía unos enormes ojos brillantes. A pesar de que ahora ya sabía cómo se llamaba, para él era simplemente Amelia. No pensaría en nada más durante días.

Vio que ella tenía los nudillos completamente blancos cuando agarró la servilleta. Probablemente estaría midiendo cada una de sus palabras y actos para asegurarse de no verse en otra situación embarazosa como la que había tenido lugar en el salón.

Quería ayudarla a relajarse, liberar a la atractiva mujer que había atisbado. «¿Cómo había conocido Miranda a esta mujer?».

Cuando retiraron el pescado oyó un leve murmullo procedente de donde estaba Amelia. «¿Le había agradecido al sirviente que le retirara el plato?». Su padre había sido muy riguroso enseñándole buenos modales, pero ni el más educado de sus conocidos tenía por costumbre dar las gracias a los sirvientes.

Lo cual, ahora que lo pensaba, era bastante desconsiderado.

Aguzó el oído cuando les colocaron el siguiente plato por delante. ¿Volvería a dar las gracias? Anthony se llevó tal sorpresa que buscó a tientas el tenedor. Amelia no solo había dado las gracias al lacayo, sino que lo había llamado por su nombre. La misteriosa intrusa no era solamente amiga de los criados de su casa.

El hombre respondió en voz muy baja: «De nada, señorita Amelia». Le entraron ganas de conocer a fondo a esta mujer. ¿Qué comida le gustaba más? ¿Cuál era su color favorito? ¿Le hacían estornudar las flores?

—¡Tony!

El caballero salió de su ensoñación y vio que Trent y Miranda estaban mirándolo con cara divertida. Se aclaró la garganta.

—¿Sí, Trent?

—Te estaba preguntando si desde que has vuelto has ido alguna vez a Tattersalls. La semana pasada tenían unos caballos de fábula.

Caballos. Tattersalls. ¿Había ido?

—No, aún no.

Miranda sonrió.

—Demasiado ocupado otra vez con el ridículo fulgor londinense, ¿no?

La única respuesta que Anthony fue capaz de emitir resultó ser un gruñido. Llevaba semanas metido de nuevo en el barullo social de la aristocracia y lo habían convencido por completo de que tenía que casarse este año. Londres lo tentaba mucho más a regresar a su antigua vida.

¿Era eso lo que le atraía de Amelia? Ella encarnaba la sencillez que añoraba, la de la vida en el campo. Allí había aprendido a ser otra persona, no solo el jugador de naipes, el que bebía, el que iba con mujeres. Tal vez ella no fuera la elegida para pasar el resto de sus vidas juntos, pero no se le ocurría que pudiera haber ninguna otra mujer que le apeteciera conocer.

Esbozó una sonrisa cuando vio a Amelia haciendo girar la cuchara en su sopa de tortuga. Era obvio que no le gustaba, pero seguía intentando tragársela poquito a poco. El lacayo retiró los cuencos sin que hubiera podido comerse ni la mitad.

—¿Anthony? —Miranda no se molestó en ocultar lo bien que se lo estaba pasando cuando trató de captar su atención. El marqués se limpió las comisuras de la boca con la servilleta y levantó las cejas a modo de respuesta—. La señorita Stalwood ha hablado de ir a la iglesia de St. George en Hanover Square. Te preguntaba si tenías intención de tomar asiento allí.

¿Amelia había hablado? ¿Y se lo había perdido?

Se aclaró la garganta.

—Griffith me ha invitado a compartir el banco de su familia en la capilla de Grosvenor. No veo por qué razón habría de alquilar un asiento si no tengo con quién compartirlo.

Miranda miró rápidamente a Amelia y a Trent, a quien le temblaba la garganta porque estaba intentando ahogar una carcajada. Anthony volvió a mirar a Amelia, su panorama favorito aquella noche. «¿Estaría Miranda insinuando que Amelia debería compartir su asiento o...?». Anthony también ahogó una risita.

La pobre mujer estaba intentando meter trocitos del pudin de pan picante en su servilleta. Detrás de ella el lacayo tenía ya preparada otra limpia, esperando el momento oportuno para cambiarlas. Anthony se pellizcó a sí mismo para evitar soltar una sonora carcajada.

Se obligó a prestar más atención a la conversación que estaba teniendo lugar. Pasarse la noche mirando a Amelia no la ayudaría a ella a relajarse ni a él le permitiría conocerla mejor.

—Trent, ¿qué planes tienes ahora que has terminado los estudios? —Tal vez mencionar el futuro del joven haría que acabaran hablando del de Amelia. Anthony no se atrevía a hacerle preguntas personales directamente a ella viendo que estaba tan incómoda.

La respuesta de Trent fue vaga, no comprometedora. A continuación demostró que no compartía la aversión de Anthony por preguntar a la nueva amiga de Miranda.

—¿Creció usted en Londres?

—No. Viví en Suffolk hasta los once años. —Amelia se calló un momento enrollándose la servilleta limpia en los dedos.

Miranda encogió los ojos.

—¿Cómo no nos hemos visto antes? ¿No dijiste que tu tutor es un vizconde? Seguramente no hayas asistido a ninguna temporada antes de la primera mía. Debías de ser una niña.

Las mejillas de Amelia se cubrieron de un color rosa brillante que fue tornando a rojo a medida que iba mirando a los comensales.

—No estoy segura de que el vizconde recuerde haberme enviado a Londres. Fue hace casi diez años.

Anthony se atragantó solo de pensarlo. «¿Cómo podía un hombre adulto, con un título y una responsabilidad, prácticamente echar a una niña pequeña?».

Se clavó las uñas en las palmas de las manos y miró hacia abajo, sorprendido al ver que las tenía debajo de la mesa, cerradas como puños. Llevaba dos años sin desear darle un puñetazo a alguien. Aquella desagradable sensación no le gustaba. Casi no conocía a esta mujer y ya quería vengarse por las penalidades de su infancia.

Todos se quedaron callados. Miranda cambió de lado la cuchara, que estaba sobre su cuenco vacío. Trent se aclaró la garganta y vio que tenía unas uñas absolutamente fascinantes.

La mirada de Amelia pasaba de un comensal a otro. La pobre debía de estar entrando en pánico creyendo que podría haber dicho algo completamente fuera de lugar otra vez. Él no podía hacer retroceder el tiempo y cambiar que cuando era niña la abandonaran, pero sí podía rescatarla de su inoportuna incomodidad en ese momento.

—Trent, ¿has oído hablar del nuevo sastre que ha abierto un taller justo detrás del de White? Es un excelente profesional. Ha conseguido que Struthers parezca estar en forma.

La pequeña sonrisa de alivio que vio en la cara de Amelia era la única respuesta que necesitaba.

❀❀❀

Amelia estaba repitiendo para sí misma un mantra para comportarse adecuadamente. «Piensa antes de hablar. Siéntate derecha y habla como una dama. No hables con los criados. No hables de los criados. Deja de mirar al marqués». Una risa nerviosa amenazaba con brotar de su pecho.

Cuando Gibson le entregó su redingote y su sombrero se dio cuenta de que estaba sonriendo. Se lo había pasado bien a pesar de la agónica atención que habían prestado a todas sus palabras y movimientos. Aunque este gusto por el refinamiento le hacía complicado regresar a su vida sencilla, se alegró de haber venido.

Anthony también recogió sus cosas al entregárselas Gibson. Después de una cena tan íntima a ella le resultaba difícil seguir pensando en él como lord Raeoburne.

—¿Puedo acompañarla a casa, señorita Stalwood?

—¡Oh! —Un paseo con Anthony sería considerablemente mejor que tener que ir caminando a casa. Miró encantada a Gibson al ver que él asentía levemente, de forma casi imperceptible—. Me encantaría, gracias.

—Excelente. —Anthony la condujo al carruaje, que estaba esperando, con una pequeña sonrisa adornando sus bellos rasgos.

El tipo de sonrisa que la gente luce sin ser consciente.

Las señoras de alcurnia con las que alternaba probablemente no le daban ninguna importancia a que un caballero encantador y guapo las ayudara a subir a un carruaje. Para la huérfana de un terrateniente era un poco abrumador.

Amelia se puso todavía más nerviosa cuando Anthony tomó asiento enfrente. Ella iba jugueteando con la correa de su retículo mientras viajaban.

—Gracias. —No había tenido intención de pronunciar aquellas palabras de gratitud, pero eran lo único en lo que podía pensar y salieron de su boca sin que pudiera controlarlas.

Pasaron unos momentos hasta que Anthony habló.

—No hay por qué darlas, por supuesto, pero normalmente me gusta saber por qué una dama me da las gracias.

Amelia ahogó un gemido. Parecía tonta de remate. Siguió agarrando la correa del retículo y retorciéndola.

—Estoy segura de que soy la última persona con la que usted esperaba cenar esta noche. Podría haber sido una experiencia humillante, pero se ha comportado de una forma muy amable. Gracias.

Anthony miró los dedos de ella. No sabía si, bajo la débil luz de una farola, podría apreciar su hábito nervioso. Al bajar la mirada la luz de la luna le permitió ver que tenía la sangre comprimida en los dedos por culpa de la correa, que agarraba con fuerza.

Amelia se había olvidado de ponerse los guantes después de cenar. Su último intento de parecer un poco sofisticada se había desvanecido como un suspiro. Él se aclaró la garganta, se incorporó y se sentó junto a ella quitándose los guantes. El corazón de Amelia se aceleró. «¿En qué estaría pensando aquel hombre?».

—Tenga cuidado. —Anthony tomó las manos de ella de forma delicada—. Va a hacerse daño.

Ambas pieles se tocaron. La de él era cálida y áspera. Con sumo tacto, le fue desenredando la correa, teniendo especial cuidado cuando iban apareciendo las profundas marcas rojas. Le masajeó las manos para que recuperaran la sensibilidad.

—Los encuentros inesperados pueden acabar convirtiéndose en una gran amistad. No es mi intención incomodarla, pero he de confesar que siento curiosidad por conocer qué relación tiene con mis criados.

La sonrisa que él le dedicó le recordó a la de un niño pequeño que intentara convencer a la cocinera para que le diera otra galleta. Y al mismo tiempo el hecho de que estuviera sujetando sus manos le parecía un sorprendente gesto íntimo que jamás había experimentado en su vida. Tenía la cabeza hecha un lío.

Las cejas del marqués se alzaron inquisitivas. Seguía queriendo saber qué relación tenía con su servidumbre.

—Una de sus criadas es sobrina del cocinero que vive al lado. Jugábamos juntas de pequeñas. Gracias a ella conocí a otros miembros de su servicio, y desde entonces hemos sido amigos, aunque es raro que podamos vernos todos. —Se sintió mortificada—. No quiero decir que usted no les esté dejando suficiente tiempo libre.

Anthony tosió y se frotó la barbilla con la mano. Amelia deslizó su mano libre por los pliegues de su falda. Él seguramente desaprobaba que ella tuviera relación con sus criados. ¿Tal vez temía que alterara su hogar?

—Jamás le pediría que adaptara los horarios de su vivienda a mi conveniencia. —Él tosió y casi escupió—. Sería una grosería. —Se desplomó en el asiento, con la voz convertida más bien en un murmullo.

Él soltó una repentina carcajada que hizo retumbar todo el carruaje.

—Señorita Stalwood, sin duda es usted una de las mujeres más extrañas de Londres.

¿Eso sería bueno o malo?

Las carcajadas fueron sosegándose hasta convertirse en una gran sonrisa. ¿En qué estaría él pensando? Amelia empezó a agarrar otra vez la correa de su retículo. Anthony la tomó de las manos una vez más.

—Algo tenemos que hacer con respecto a esta tendencia nerviosa suya de hacerse torniquetes en los dedos. —Acarició los nudillos de Amelia con el pulgar mientras ella bajaba la cabeza. Tenía las manos grandes y cálidas, y envolvía las suyas de una manera que la hacía sentirse cuidada. Con gusto se pasaría la noche entera en este carruaje si él seguía tomándola de las manos.

Él se agachó y ella, con gesto abatido, pudo verle la cara.

—Nunca he conocido a los amigos de mis sirvientes. Posiblemente porque la mayor parte de las veces también son sirvientes. Nunca he conocido a nadie, noble o aristócrata, que se sepa los nombres de los criados de otra persona.

—No soy más que la hija de un caballero —susurró Amelia.

—Su hogar está en Londres. Debe de tener relación con alguien importante.

Ambos se miraron durante un momento.

¿Por qué él se comportaba como si estuviera fascinado con lo que veía? Amelia miró sus manos entrelazadas.

Todo el mundo sabía que la nobleza aprovechaba los carruajes cerrados para robar uno o dos besos a alguien a quien se deseara cortejar. Esto no tenía nada de cortejo, pero se sentía tan expectante, casi sin aliento, y tan emocionada como seguramente esas otras mujeres. El balanceo del carruaje y la calidez de sus manos la arrullaron y fantaseó con que él le pedía que le diera un beso susurrándoselo al oído, como en *Mucho ruido y pocas nueces*, la única obra de teatro de Shakespeare que la señorita Ryan había logrado que leyera.

—Hubo un tiempo, no hace mucho, en el que habría aprovechado este momento para besarla.

Amelia se dio de bruces con la realidad al oír aquello. Siempre procuraba que sus cavilaciones se quedaran solo en eso, pero ¿habría dicho algo en voz alta esta vez?

—Créame —continuó Anthony—, se encuentra a salvo. Ahora soy otro hombre. —Le dio un último apretón en las manos y se las soltó para volver a sentarse enfrente de ella.

Sintió escozor en los ojos. No podía llorar, no ahora. Sobre todo si no había razón para hacerlo. Este hombre no le había prometido nada, ni siquiera le había insinuado nada. Había sido muy amable con ella toda la noche. Sí, a ella se le había pasado por la imaginación durante la cena la posibilidad de que él la considerara como su probable esposa, pero no pensando que se convirtiera en realidad.

Tal vez la idea de que él la viera como una agradable aventura antes de decidirse a buscar esposa había sido la razón de que le entraran ganas de llorar. En realidad era otra señal de que ella no encajaba en ninguna parte.

El carruaje se detuvo. Cuando el lacayo saltó al suelo para abrir la puerta se oyó un leve rasguño que a ella le pareció un disparo dentro de los silenciosos confines del carruaje de caballos.

Anthony se reclinó en su asiento y frunció ligeramente el ceño.

—No le he preguntado dónde vive.

Amelia se abalanzó hacia la puerta tan pronto como se abrió. Saltó a tierra antes de volverse para mirarlo.

—También soy amiga de su cochero. Y de su cocinera. Hace unas galletas de jengibre deliciosas. —Sonrió—. Buenas noches, milord. —Miró al cochero, lo saludó con la mano y se dirigió a las escaleras—. Buenas noches, James.

—Buenas noches, señorita Amelia.

El sendero que conducía a la puerta de su casa jamás le había parecido tan empinado. Quería volverse y dedicarle una última mirada al marqués para guardarse otro recuerdo con el que fantasear, pero las lágrimas le recorrieron las mejillas durante todo el camino.

Capítulo 7

Pasarse la noche comparando el premeditado coqueteo de las damas disponibles de Londres con la sincera inocencia de Amelia le pareció cuando menos poco apetecible, así que Anthony pensó que era buena idea la sugerencia de Miranda de ir a la ópera.

La propuesta resultó incluso mejor cuando se enteró de que Miranda tenía intención de invitar a Amelia.

Miranda sacudió la cabeza y rio cuando Trent y Anthony salieron del carruaje tras ella para recoger a Amelia.

—Habéis dejado a la tía Elizabeth sola en el carruaje.

—Es él quien la ha dejado sola. —Señaló Trent a Anthony.

—Es tu tía —dijo Anthony cruzando los brazos sobre el pecho.

La discusión se interrumpió cuando se abrió la puerta. Miranda se detuvo nada más entrar en el recibidor y parpadeó sorprendida antes de continuar caminando.

—Señorita Stalwood, se supone que a un caballero hay que hacerlo esperar para hacer una espléndida entrada en la sala.

—Usted no es un caballero. —Amelia frunció el ceño confundida.

—Muy cierto, pero ellos sí lo son. —*Lady* Miranda se apartó y señaló a Anthony y a Trent.

Anthony estaba empezando a adorar el rubor que de nuevo apareció en las mejillas de Amelia. Era bella. Reconoció el vestido, uno que Miranda había llevado a varias reuniones campestres el año pasado, pero a Amelia le quedaba como si lo hubieran hecho especialmente para ella.

Llevaba el pelo adorablemente imperfecto, señal de que su criada no estaba acostumbrada a hacer peinados tan elaborados. Anthony consideró la posibilidad de sugerirle que buscara a alguien para enseñarle a la criada a hacerlos. Empezaba a ser evidente que en el futuro iba a haber muchas más salidas como esta.

Él mismo tenía intención de encargarse de ello.

Miranda le dio un codazo en las costillas. Él se sacudió para salir de su ensimismamiento y la fulminó con la mirada. Ella saludó con la cabeza a su hermano, que estaba adulando a Amelia. Aquel imberbe ya le había dicho a la muchacha lo guapa que estaba. Si él lo repetía le haría parecer un mentecato.

Se aclaró la garganta antes de continuar.

—¿Puedo acompañarla hasta el carruaje?

—Por supuesto. —El mayordomo entregó a Amelia su capa y retículo y ella alzó la mano en dirección al salón, donde había tres sonrientes sirvientes saludándola.

Iban algo apretados en el carruaje, tres damas a un lado y los hombres al otro, pero todos estuvieron de acuerdo en que mejor eso que tener que utilizar un segundo carruaje. El poco tiempo que tardaron en llegar a la ópera lo dedicaron a presentar a Amelia a la tía de Trent y Miranda, *lady* Elizabeth Breckton.

Anthony se quedó maravillado al ver la cara de asombro de Amelia. Todavía no había empezado la ópera —de hecho, estaban todavía tomando asiento— y ella ya parecía estar eufórica.

Miranda tomó el brazo de Amelia al entrar en el palco privado.

—Señorita Stalwood tome asiento en la primera fila. No debería perderse ni un momento de su primera ópera.

Mientras Amelia se acomodaba en su asiento delante de la barandilla, Trent pasó por delante de Anthony con la intención de sentarse al lado de ella. Alguien, educadamente, le puso una pesada mano sobre el hombro. Anthony se quedó sorprendido al darse cuenta de que había sido él, a pesar de no recordar haber movido la mano.

Trent se volvió hacia él con una enorme sonrisa.

—¿Sí, Anthony? —Era la viva imagen de la inocencia. Pero Anthony era un zorro viejo.

Trent, el repulsivo imberbe, se estaba burlando de él. Anthony intentó recuperar la dignidad.

—Creo, teniendo en cuenta que el palco es mío, que tengo prerrogativa para ocupar el otro asiento delantero.

—Puestos a hacer las cosas correctamente, es Miranda la que debe ocupar ese asiento —dijo *lady* Elizabeth dando golpecitos con el abanico a Anthony en el hombro antes de sentarse en la fila posterior con una sonrisa indulgente en la cara—. Yo ya he visto el espectáculo, así que estaré muy contenta de sentarme aquí, desde donde me aseguraré de que todos ustedes se comportan como es debido.

Anthony suspiró, dejó de mirar el asiento vacante y vio la cara sonriente de Miranda. A veces era un fastidio ser un caballero. Se inclinó y señaló la zona delantera del palco.

—Por favor, *milady*, su sillón le espera.

—Gracias, milord. —Miranda se sentó junto a Amelia, que estaba sonriendo como una boba.

Amelia empezó a hablar de los vestidos tan elegantes que llevaban las damas de los demás palcos y del extravagante decorado que había sobre el escenario.

Anthony se sentó en la fila de detrás de las dos jóvenes. Hizo un gancho con el pie en una de las patas de la silla para colocarla en ángulo, pues sabía que le resultaría mucho más placentero ver a Amelia mirando la ópera que disfrutar de la representación en sí.

La ópera comenzó y todo el palco permaneció en silencio mientras transcurría la historia. La titilante luz de las velas era suficiente para que Anthony viera las emociones que Amelia reflejaba en su rostro. Aquel era el mejor espectáculo de la ciudad.

En el intermedio Miranda dijo que estaba completamente sedienta y llevó a rastras a Trent y a *lady* Breckton a buscar un refrigerio. Anthony se pasó al asiento vacío de Miranda.

—Qué maravilla —susurró Amelia—. ¿Qué idioma emplean?

Anthony subió las cejas.

—Francés.

A veces era difícil recordar que Amelia no había recibido una educación convencional. Todas las mujeres que conocía tenían como mínimo una aceptable noción del francés.

—No sé francés, pero no creo que importe. La historia es muy triste.

Pensó en el perfil de Amelia y sopesó cómo proceder. Contarle que la historia mejoraba podría aguarle la fiesta. Ella se volvió y él notó que se sumergía en sus brillantes ojos marrones. ¿Tenía Amelia ganas de llorar?

—Ella no muere, ¿verdad?

¿Cuándo había sido la última vez que una conocida se había emocionado tanto con algo, por no decir con un simple espectáculo?

—Tiene un final feliz. —No pudo resistir la tentación de colocarle detrás de la oreja un rizo que se le había escapado.

Amelia abrió mucho los ojos. Él notó cómo le latía el corazón y se le expandía el pecho al inhalar. ¿En qué estaría pensando? Buscó en sus ojos cualquier atisbo de interés. Algo en su expresión que delatara que tal vez, solo tal vez, ella quería saber de él igual que él quería saber de ella.

—Señorita Stalwood, yo...

—Ya estamos aquí. Olvidé preguntarte si también tenías sed, Amelia, así que te he traído un vaso de limonada. —Por su forma de hablar y sus modales al regresar al palco, Miranda parecía estar muy contenta.

Anthony suspiró y miró el teatro de la ópera. ¿Qué había estado a punto de pronunciar? Las palabras se habían ido formando en su boca, pero no en su cabeza. Quizá debería estar agradecido por que Miranda lo interrumpiera, pero lamentó tener que volver a cederle el asiento.

❋ ❋ ❋

Amelia jamás había contemplado algo parecido a la multitud que se había agolpado a la puerta del teatro al terminar el espectáculo. Era impresionante ver a todos de aquí para allá, hablando entre ellos como si estuvieran en una fiesta, llamándose y formando estrépito, ajenos a los carruajes que hacían cola para llevárselos.

Al subirse al coche de caballos, Amelia oyó que varias personas reclamaban a Anthony. Una dama agarró a *lady* Miranda por un brazo.

Lord Trent se subió a continuación y se puso a esperar como si fuera la cosa más natural del mundo. Ella trató de imitar su despreocupación.

—El aire de esta noche es un poco fresco. ¿Su capa abriga lo suficiente? —preguntó lord Trent.

—Oh, sí. —Amelia estaba tan aturdida con los acontecimientos de aquella noche que si los dedos de los pies se le hubieran puesto azules de frío ni se habría percatado—. Espero que por culpa de eso no se le complique el catarro. ¿Está ya recuperado del todo?

—Sí, bastante, yo... —Lord Trent frunció el ceño—. ¿Cómo sabe que he estado enfermo? Lo estuve hace semanas, cuando llegué a Londres.

—Oh, pues, creo que Fi... alguien debió mencionárselo a mi criada, Lydia. Ni siquiera he pensado en ello hasta ahora mismo. —Amelia agarró los bordes de su capa e intentó sonreír. El esfuerzo le pareció poco natural en el mejor de los casos. ¿Cómo se le puede decir a alguien que ha sido motivo de cotilleo sin que parezca una terrible violación de su intimidad?

Lord Trent parecía pensativo.

—Ese «alguien» sería un criado, supongo.

—Sí, milord. —Amelia tragó saliva.

Él soltó una carcajada.

—¿Ocurren estas cosas a menudo? ¿Que los sirvientes hablen de nuestra salud y cosas por el estilo?

—Los sirvientes chismorrean más que cualquier miembro de la nobleza. —Amelia hizo una mueca de dolor al darse cuenta de lo mal que sonaba aquello, pero era la pura verdad.

Lord Trent parecía escéptico.

—¡Es cierto! —Amelia se defendió—. Los chismes de la alta alcurnia son pura especulación, por lo que entiendo. Alguien puede ver u oír algo y ellos conjeturan y presuponen. ¿Alguna vez saben algo con certeza?

—Rara vez —admitió lord Trent.

—Los sirvientes «saben», milord. Lo ven y oyen todo y les gusta hablar de ello.

Él volvió a ponerse pensativo cuando los demás por fin subieron al carruaje e hicieron el camino de vuelta cruzando Londres.

—Ha sido espléndido, *lady* Miranda. Gracias por invitarme —dijo Amelia.

—No recuerdo cuándo fue la última vez que me divertí tanto. Es de lo más agradable ver las cosas con la mirada de una persona nueva. —*Lady* Miranda se acercó y tomó a Amelia de las manos—. Tienes que llamarme Miranda. Creo que vamos a ser grandes amigas.

—Entonces yo seré Amelia. —Bajo su capa, Amelia se pellizcó.

—Tengo intención de que vengas con nosotros al baile de los Hofferham la próxima semana, Amelia. ¿Estás disponible el jueves?

Amelia se mordió el labio. La cuestión era si sería capaz de conseguir un vestido apropiado de aquí a entonces. El vestido que Miranda le había enviado era encantador, pero no resultaba adecuado para un baile.

—No tengo otros compromisos. —Amelia se lastimó los dos dedos y los mantuvo apretados para no gritar de felicidad por la ventana. Sin duda, la señorita Ryan la obligaría a estar en la puerta de la modista a primera hora de la mañana.

—¿Significa esto que tengo que ir al baile de los Hofferham el próximo jueves? —refunfuñó lord Trent.

—Desde luego. —Miranda resopló y se cruzó de brazos—. ¿Quién si no va a acompañarme?

—Anthony irá. ¿Puede acompañarte él?

Miranda frunció el ceño.

—Anthony no es pariente, so bobo. Además, ¿cómo sabes que Anthony va a asistir?

Lord Trent sonrió abiertamente.

—Si no pensaba hacerlo, ahora seguro que sí.

Anthony abrió la boca, pero volvió a cerrarla enseguida y se encogió tímidamente de hombros.

—No obstante, Trent, nos acompañarás a Amelia y a mí —dijo Miranda haciendo un guiño decisivo—. Así que resígnate.

Amelia, que iba contemplando Londres por la ventana, sonrió.

Capítulo 8

Al día siguiente Anthony tenía la cabeza llena de recuerdos de la noche en la ópera, así que salió de casa desesperado, intentando encontrar algo con que distraerse. Se repanchingó entre los cojines del carruaje y dejó que la cabeza se balanceara con los movimientos al circular. Si Dios era generoso hoy, se encontraría con alguien interesante en el club. Tener que esperar cinco días para volver a ver a Amelia lo iba a volver loco.

Tal vez debería pedirle a James que cambiara de sentido y se dirigiera a la calle Mount. No había razón para no hacerle una visita, aparte de la falta de una carabina adecuada y la vergüenza que pudiera darle a ella. Teniendo en cuenta la ropa que usaba Amelia, se temía que su casa no estuviera dispuesta tampoco, a pesar de hallarse emplazada en un sitio de moda.

Lo último que quería hacer era avergonzarla, pero mentiría si dijera que la situación de Amelia no formaba parte de su atractivo. Lo que él pudiera darle compensaría con creces su escandaloso pasado.

El carruaje se detuvo y un momento después el lacayo abrió la puerta. Anthony asomó la cabeza y se encontró con algo muy diferente al edificio blanco que esperaba ver. En vez de divisar a Beau Brummell[1] en el prestigioso mirador de White, lo que vio fueron mujeres. Muchas mujeres.

---

1   N. de la Trad.: George Bryan Brummell, conocido como Beau Brummell («el Bello Brummell»), fue el embajador de la moda británica en la época de la Regencia.

¿Qué hacían todas aquellas damas en la calle St. James? Se suponía que ni siquiera podían estar allí, y mucho menos frecuentar los establecimientos que había en la calle de los caballeros.

Miró con mayor detenimiento los relucientes escaparates de las tiendas y los almacenes de mercaderías que proveían sin lugar a dudas a clientes femeninas.

—¡James! ¿Dónde diablos estamos?

—En la calle Bond, señor.

Anthony levantó la cabeza y vio al insolente cochero mirando hacia delante. Una mirada al lacayo bastó para darse cuenta de que a él también le parecía sumamente interesante el tráfico que pasaba.

—Ya sé que estamos en la calle Bond —gruñó—. La cuestión es ¿por qué?

James miró con cara de asombro a Anthony.

—Dijo que quería comprarse un sombrero, señor.

—¿Que yo quería comprarme...? ¡No quiero un sombrero! —Se volvió con el ceño fruncido hacia los cursis escaparates—. Además, si quisiera un sombrero, jamás vendría aquí. Iría a... ¡Señorita Stalwood!

Amelia estaba saliendo de una tienda de sombreros con una sombrerera rosa entre las manos. Una mujer alta con un moño subido muy estirado iba detrás de su cautivador ángel moreno. Qué asombrosa casualidad.

Miró por encima del hombro a James y vio que el hombre seguía ensimismado en el tráfico. Aquello de casualidad no tenía nada. Parecía que su cochero se merecía una pequeña gratificación.

—Milord, no esperaba encontrarlo aquí. —Amelia se dirigió a él con cara de sorpresa. Tenía las cuerdas de la sombrerera entrelazadas en los dedos.

—He de reconocer que no esperaba venir. —Se inclinó para saludarla y miró a la otra mujer.

Amelia sacudió un brazo como intentando indicarle algo con un gesto a la mujer que iba con ella, pero no pudo porque tenía las manos liadas en las cuerdas. Si continuaba haciendo eso se le iban a acabar cayendo los dedos.

—Lord Raeoburne, esta es la señorita Ryan, mi doncella de compañía.

La mujer sonrió a Anthony. Él jamás había tenido la desgracia de presenciar un resoplido tan falso como el que aquella mujer emitió a continuación.

—Oh, vaya, creo que... he olvidado algo en la tienda.

Le gustó aquella mujer, incluso con sus falsos resoplidos. Volvió a prestarle atención a Amelia y al enrevesado lío que tenía formado con las cuerdas. Un paso le bastó para acercarse a ella y liberarle los dedos. Sus desgastados guantes se habían arrugado.

—El placer es mío, señorita Stalwood. ¿Sombrero nuevo?

—Pues... sí. Me he comprado algunos vestidos últimamente y ninguno de mis sombreros quedaban bien con la pelliza nueva..., pero no creo que esto le interese, ¿no es cierto?

«Pues la verdad es que no».

—Por supuesto. Me parece de lo más interesante. ¿Tiene que comprar algo más?

—Pues no. Pero también me gusta dar una vuelta y mirar aunque no vaya a adquirir nada en particular. —Lo miró a los ojos. Esta mujer estaba empezando a conseguir la suficiente confianza como para observarlo directamente y no ruborizarse. No pensaba permitir que volviera a encerrarse en sí misma.

—¿Conoce Gunter? —El famoso salón de té sería perfecto. La tarde era calurosa y a nadie le parecería raro que tomaran un helado en uno de los sitios más populares sin llevar carabina.

—¡Me encanta Gunter! Me gusta sobre todo el helado de chocolate. Ya sé que no soy muy original, pero es lo que siempre acabo pidiéndome. —Sonrió más.

—Insisto en invitarla a uno, entonces. Les diré a mis sirvientes que quiten la capota de...

La risita contenida de Amelia impidió que pudiera terminar de pronunciar la frase. Una simple mirada por encima del hombro bastó para comprobar que los criados ya se habían encargado de transformar el carruaje en un descapotable. Sí, definitivamente se merecían una gratificación.

—¿Vamos a Gunter, entonces?

—Oh, sí. —Amelia miró primero su sombrerera y luego la tienda que tenía detrás. La señorita Ryan salió sin nada en las manos, lo cual no sorprendió a Anthony en absoluto.

—Yo te llevaré esto a casa —dijo quitándole la sombrerera a Amelia con habilidad—. ¿Iréis a Gunter?

Anthony intentó aparentar que estaba serio cuando captó la atención de su cochero, pero lo cierto era que aquel ceño fruncido era más bien señal de que estaba sonriendo. Lo estaban manipulando, pero no podía hacer nada al respecto. Lo mismo debería contratar a este grupo de sirvientes tan creativo para que lo ayudaran más. Si eran capaces de conseguir todo esto ellos solos, con su cooperación podrían mejorar bastante.

—Sí. —Amelia se quedó estupefacta al ver a la señorita Ryan hacer un pequeño saludo y salir trotando con la sombrerera bien agarrada hacia un hombre alto, con la peluca torcida. Puso cara de asombro—. ¿Fenton?

Anthony le ofreció una mano para ayudarla a subir al carruaje.

—¿*Milady*?

Amelia dejó de mirar a la sirvienta, que se retiraba, y le dedicó una sonrisa irónica.

—No soy una *lady*.

«No. Pero podría serlo». Anthony sonrió.

—Lo sé.

Le dio una palmadita en la espalda al cochero al subirse al asiento de enfrente de Amelia.

—A Gunter, James. A no ser que tengas preparada otra sorpresa para mí.

—Tengo entendido que han traído un nuevo sabor, milord. Una fruta del bosque que le encanta a la señorita Amelia. —El cochero continuó conduciendo entre el tráfico.

Anthony no podía parar de sonreír. Definitivamente, aquel hombre se merecía un aumento de sueldo.

❀❀❀

Anthony miró la Biblia que había abierta sobre su escritorio. Desde que regresara a Londres le había sido difícil seguir con su costumbre de leerla por las mañanas. Los horarios distintos y las distracciones, que cada vez eran más, le recordaban cómo era su vida de antes. Aquello le hacía pensar que no era merecedor de las Sagradas Escrituras.

Se sentía tan lleno de energía que le resultaba imposible permanecer sentado. Se levantó con prisas y buscó los dardos que utilizaba cuando necesitaba pensar.

Tocó con el pulgar la punta de uno de los dardos. ¿Qué significaba Londres para él? Le dio la vuelta al dardo y lo lanzó a la diana.

—Bebida. —¡Clac!

—Jolgorio. —¡Clac!

—Mujeres. —Boing. Clonch. ¡Paf!

Anthony se quedó mirando el tercer dardo, que seguía girando en el suelo. Ese era el quid de la cuestión.

Dejar la bebida había sido más fácil de lo que había pensado, aunque se estaba dando cuenta de que muchos de sus antiguos amigos eran bastante menos divertidos de lo que antes había creído.

El jolgorio londinense seguía vivo y le gustaba. Una buena partida de naipes o una conversación en el club, tanta gente en los encuentros sociales... Todas eran cosas de las que había disfrutado antes y en las que había vuelto a encontrar placer.

El problema eran las mujeres. O más bien una sola mujer. Su encaprichamiento por una dama tan dulce y pura como Amelia no tenía nada que ver con sus anteriores pecados veniales. Pero por mucho que rezara o leyera la Biblia su pasado no iba a cambiar. Incluso si Dios no lo hacía responsable ya de ello, Anthony no veía cómo ella no podría.

Amelia era un rayo de sol cada vez que la veía. Lo distraía de sus preocupaciones y le alegraba el día.

Mientras disfrutaban de sus helados en Gunter ella le había confesado que no había leído mucho, pero que se deleitaba con relatos sobre otras tierras y sobre viajes históricos, porque le hacían volar la imaginación, pensar que estaba en alguna otra parte, lejos de Inglaterra. Anthony sonrió al recordar que se ruborizó y agachó la cabeza hasta que casi se tocó el hombro con la nariz.

Las doradas letras del lomo de un ejemplar de *Los viajes de Gulliver* le llamaron la atención. De niño le había gustado aquel libro. Después de que su institutriz se lo leyera se pasó todo un año imaginándose que los liliputienses vivían debajo de su cama. Se acercó y sacó el libro de la estantería. Era un pretexto tan bueno como cualquier otro.

Con la mano que le quedaba libre se agachó y recogió el dardo rebelde. Se incorporó y sopesó el libro que tenía en la mano. Sin apenas mirar, lanzó el dardo. La cola tembló al hacer diana.

Giró los hombros con una sonrisa de satisfacción en la cara. No era fácil meter a la fuerza una nueva vida en el mismo lugar en el que había prosperado la antigua. Estaba deseando encontrar esposa y volver al campo, donde todo era mucho más sencillo. Si prestar un libro lo iba a acercar un poco más a ese objetivo, de buena gana se llevaría toda la biblioteca.

❀❀❀

Amelia y la señorita Ryan dieron un traspié. Otro. Amelia soltó una risita nerviosa y la señorita Ryan frunció el ceño. Habían retirado la mayoría de los muebles del salón y estaban intentando bailar. Los esfuerzos de la señorita Ryan por recordar los pasos de baile que su amiga le había enseñado eran admirables, pero Amelia sabía que jamás adquiriría suficiente seguridad como para danzar en un salón de baile londinense.

A pesar de eso, le encantaba que la señorita Ryan lo intentara.

—Creo que ahora el caballero y tú colocáis las manos el uno en los hombros del otro. —Amelia y su institutriz intentaron hacerlo, pero no tuvieron éxito.

—Esto no va a salir bien —murmuró la señorita Ryan.

Amelia soltó una carcajada.

—No creo que importe si sé o no cómo se baila un vals. Dudo de que vaya a bailar. Tener la experiencia de ir a un salón de baile londinense será más que suficiente.

—¡Tonterías! —gritó la institutriz—. Escúchame, jovencita. Te he visto con el vestido nuevo y sé que algún caballero va a pedirte que bailes con él. Esos dos jóvenes lores que han estado acompañándote por la ciudad te lo van a solicitar seguro. Volvamos a intentarlo.

Como eso hacía feliz a la señorita Ryan, Amelia volvió a ponerse en el centro de la «pista».

—Tal vez yo pueda servir de ayuda —tanteó una profunda voz masculina desde la puerta.

Amelia se dio la vuelta y se encontró con Anthony, sonriente, que estaba entregándole su sombrero a Fenton. Llevaba un libro debajo del brazo.

Notó que el cuello se le ponía rojo y rezó para que no se le subiera a las mejillas. Siempre se ruborizaba delante de este caballero.

—Estamos aprendiendo a bailar el vals —dijo tan bajito que no estaba segura de que la hubiera oído.

—Parece bastante complicado cuando ninguna de las dos sabe exactamente cómo es —dijo la señorita Ryan, que le cedió su sitio en el improvisado salón de baile.

—Qué suerte que yo haya llegado, entonces. —Anthony no dejaba de mirar a Amelia. La expectación de verse en sus brazos hizo que se le pusiera la carne de gallina. Incluso cuando soñaba con que él la sacaba a bailar, jamás bailaban un vals.

Le tendió el libro.

—¿Has leído *Los viajes de Gulliver*?

Amelia sacudió la cabeza y extendió una mano para aceptar el volumen.

—Estoy segura de que será un libro delicioso.

La señorita Ryan se acercó, recogió el libro y se dirigió al sofá que había junto a la chimenea. Fenton, que seguía en la puerta, le guiñó un ojo.

Anthony tomó las manos de Amelia.

—Usted coloca una mano sobre mi hombro —lo dijo bajito, lo que hizo que Amelia tuviera que acercarse para oírlo—. Yo coloco la mía sobre su espalda y sostengo su mano derecha.

Amelia miró sus manos juntas. ¿Cuánto hacía que no estaba en brazos de un hombre? Fenton jamás había sido muy dado a ello, pero había dejado de abrazarla cuando ella cumplió quince años. Se le había olvidado la sensación de protección y cuidado que los brazos de un hombre eran capaces de proyectar.

—Ahora damos vueltas por la habitación. —Anthony empezó a tararear una melodía.

Iba guiando a Amelia con los pasos del vals y de vez en cuando le corregía la posición de los pies.

—No, cuando yo dé un paso en esta dirección, tú lo das en la otra y nuestros brazos se reencuentran aquí, sobre nuestras cabezas.

Amelia intentó seguirlo y acabó tropezando. Mientras luchaba por no caerse, un dedo del pie se le enganchó e hizo que se le saliera la zapatilla por el talón. El siguiente paso hizo que la zapatilla saliera disparada y acabara chocando contra la pared.

Se quedó paralizada mirando la maldita zapatilla sin saber qué etiqueta era la que había que seguir para colocarse un zapato en presencia de un caballero.

—Creo, milord, que estoy destinada a pasar vergüenza cada vez que nos vemos.

Dio un suspiro, se acercó como pudo al rincón y, sosteniéndose las faldas para mantener el recato, se volvió a colocar la zapatilla moviendo el pie. Cuando se volvió hacia él, Anthony estaba sonriendo.

Y solo.

«¿Cuándo se habían ido la señorita Ryan y Fenton?».

—Quizá deberíamos probar con una cuadrilla. Como bien ha dicho, es improbable que intente un vals en su primer baile.

Durante una hora Anthony le estuvo enseñando a Amelia los pasos básicos de los bailes más populares de Londres. Si bien era cierto que no iba a destacar por ser la mujer con más gracia de la sala, si la sacaban el jueves a bailar al menos sería capaz de ejecutar los pasos básicos sin que tropezara demasiado.

—Gracias por esta tarde tan deliciosa. —Anthony aceptó su sombrero y abrigo, que le ofrecía Fenton. Su inmediata aparición daba fe de que los sirvientes de Amelia no la habían dejado tan sola como ella había creído.

—Soy yo quien le da las gracias —dijo ella—. De no haber aparecido usted, cualquiera que me hubiera visto bailando el jueves me habría etiquetado inmediatamente de provinciana.

—Cualquiera que te vea bailando el jueves estará demasiado ocupado sintiéndose celoso del caballero que te acompañe como para preocuparse por si te equivocas una o dos veces. —Anthony levantó una mano de Amelia con la suya y le besó rápidamente los dedos.

Amelia volvió a ruborizarse, extrañada de que no hubiera ardido en la última hora y media con tantos cumplidos como el marqués le había dedicado. Seguramente él pensaría que era normal en ella estar siempre así de colorada.

Anthony la miró a los ojos por última vez, se puso el sombrero y bajó la escalera dando ligeros saltitos hasta llegar a la acera.

Capítulo 9

A pesar de que el día amaneció nublado, Amelia seguía teniendo el ánimo muy alto. ¿Cómo no tenerlo, si había pasado la semana más increíble de su vida?

Desayunó con prisas, ansiosa por preparar una bandeja para la señorita Ryan. Por la noche la mujer se había puesto bastante enferma. Probablemente tendría que quedarse unos días en cama, pero ni siquiera eso fue capaz de perturbar a Amelia.

Dudaba de que la institutriz pudiera tomar algo más aparte de un té, pero colocó unas tostadas en la bandeja y una taza de caldo caliente.

Cuando pasó por delante de la entrada para dirigirse a la escalera principal, alguien llamó tan fuerte a la puerta que toda la casa retumbó. Fenton se apresuró a abrir. Aunque sintió curiosidad por saber quién podría venir tan temprano a pesar del mal tiempo, la bandeja pesaba y todavía le quedaba subir las escaleras con ella. No esperaría.

—¿En qué puedo ayudarle, caballero? —dijo Fenton.

Amelia sacudió la cabeza al oír esa mezcla de condescendencia y gracia en su voz. Últimamente estaba mejorando mucho su forma de atender la puerta. Tras despedirse de Anthony el día anterior él mismo había declarado que encajaba con el perfil de la flor y nata de los mayordomos.

La señorita Ryan tenía tos seca y carraspeó cuando Amelia entró empujando con el hombro la puerta de la habitación.

—¡Té! ¡Bendita seas! —La señorita Ryan volvió a dejar caer la cabeza sobre las almohadas. La fiebre la hacía estar pálida y colorada al mismo tiempo.

—También he traído un poco de caldo y tostadas. Si deja de toser un rato tal vez pueda tomárselos.

Amelia dejó la bandeja sobre un pequeño escritorio y empezó a preparar el té. Estaba acercándole una taza a la señorita Ryan cuando Fenton apareció por la puerta.

—Señorita Amelia, abajo hay un abogado que quiere verla.

«¿Un abogado? ¿Aquí? ¿Para qué demonios?». Miró por la ventana, que tenía los cristales salpicados de lluvia.

—Dios mío, debe de estar empapado. Le llevaré una manta cuando baje. Señorita Ryan, regresaré lo antes posible. Fenton, por favor, dígale a la señora Harris que ayude a la señorita Ryan a tomarse la sopa.

—Enseguida, señorita.

Amelia sacó una manta del cofre que había a los pies de la cama antes de bajar corriendo las escaleras. Un abogado. ¿Lo habría enviado el vizconde? ¿Habría venido a darle instrucciones para que desalojara la propiedad después de su cumpleaños?

Entró agitada en el salón mientras seguía pensando en la señorita Ryan. El malestar de su doncella de compañía era un problema cercano, pero sin duda menos importante que el que su tutor dejara de mantenerla.

En el salón un hombre muy bajo y regordete, con gafas redondas, estaba esperándola. De su sombrero caían despacio gotas de lluvia sobre la gastada alfombra que tenía bajo los pies. Amelia le ofreció la manta. Él no la aceptó.

—Soy el señor Alexander Bates, de Chandler, Bates y Holmes. Necesito hablar con la persona que está a cargo de esta casa sobre un asunto legal de suma importancia. —El hombre se estiró todo lo que pudo, de forma que se colocó a la altura de la nariz de Amelia, e intentó por todos los medios parecer muy importante.

—Yo soy esa persona. —Amelia se apoyó la manta sobre el pecho. Dios santo, ayúdanos. Este hombre los iba a despedir a todos de inmediato.

—Ah, la institutriz.

—¿Disculpe? —Se había planteado trabajar como institutriz, pero de momento ni siquiera había solicitado el puesto. ¿Se habría encargado alguno de sus amigos de buscarle trabajo?

—La institutriz —repitió el hombre.

—¿La institutriz?

—De la niña —dijo indignado.

«¿De la niña?». ¿De qué estaba hablando aquel hombre?

El señor Bates arrugó el entrecejo. Amelia pensó en ofrecerle de nuevo la manta, pero él parecía no darse cuenta de que estaba mojado. Quizá se había equivocado de casa.

—No es de mi incumbencia que alguien contrate a gente carente de juicio, pero le puedo asegurar que haré llegar este documento al heredero. —Sacó un fajo de papeles del enorme bolsillo de su abrigo y lo colocó ante sus ojos.

«¿Heredero? Dios mío». Amelia sintió desasosiego en el estómago. Si hablaba de un heredero, eso significaba que...

—En nombre de Chandler, Bates y Holmes me gustaría expresar mi más sentido pésame por su reciente pérdida. —El hombrecito leía los documentos sin expresar emoción. Amelia notó que se le aflojaba la mandíbula. ¿Acababa de decirle que no tenía juicio y ahora le transmitía aquel mensaje sin explicación alguna, sin una disculpa?

Comenzó a asimilar la realidad ante su cambio de circunstancias. Se desplomó en la silla que tenía más cerca. Los oídos le zumbaron levemente cuando la manta cayó al suelo. ¿Qué iba a ser de todos ellos ahora?

—Como estoy seguro de que sabe, no había un heredero directo. Tras un exhaustivo rastreo del árbol genealógico se ha localizado al siguiente pariente masculino y se le ha notificado la herencia. Ha decidido aceptar la tutela de una tal señorita Amelia Stalwood, de once años de edad... —El señor Bates se detuvo y la miró—. Aunque supongo que ya debe de haber cumplido los doce. —Volvió a mirar los papeles—. De todas formas, la persona que ostenta actualmente el título asume el cuidado de la señorita Amelia Stalwood.

»El heredero ha hecho las gestiones oportunas para que la niña viva con su madre y su padrastro en su finca de Essex hasta nueva disposición. Desea que la niña acuda allí lo antes posible, a estar con la familia, para ayudarla a soportar su dolor. Usted y la niña saldrán a las nueve en punto mañana por la mañana.

Amelia sintió frío y se notó pálida. Jamás hubiera pensado que alguien pudiera notarse palidecer. No podía irse al día siguiente. El baile era al día siguiente. No quería en absoluto marcharse de Londres. Debía de haber una forma de retrasar la salida.

—Mañana tengo un compromiso...

—Lo que a usted le venga bien no es procedente. —El hombrecito frunció el ceño. Era la primera emoción que mostraba desde que había llegado—. Él desea que la niña se estabilice lo antes posible. Usted debe asegurarse de que esté preparada.

Si Amelia fuera realmente una niña, seguramente agradecería sus buenas intenciones.

Pero no lo era.

—No tengo once años.

—Espero que no —dijo él frunciendo el ceño de nuevo.

—Amelia Stalwood no tiene once años. Ni doce. Me temo que la información de que dispone no está actualizada.

El hombre miró los papeles como si no pudiera entender que estaba equivocado.

—Ella sigue viviendo aquí, ¿no es cierto? Los documentos especifican que debe permanecer bajo la tutela de lord Stanford hasta que cumpla veintiún años.

Podría mentir. Añadir unos meses a su edad y ser libre. Pero la sinceridad era una virtud que Dios alababa, ¿no? La señora Bummel siempre había creído eso. ¿Reconocería él su honestidad?

—Sí, sigo viviendo aquí, y...

El señor Bates continuó tan pronto oyó una respuesta afirmativa.

—El subsidio trimestral se ajustará en función de la partida del tutelaje y la institutriz. Las demás disposiciones sobre la casa se efectuarán en fecha posterior.

El señor Bates inclinó el sombrero ante Amelia, volvió a guardarse el montón de papeles en el bolsillo del abrigo y salió de la habitación tras tropezar con la manta que se le había caído a Amelia de las manos. Ni siquiera se había sentado.

Amelia salió corriendo detrás de él.

—Pero yo...

—Mañana a las nueve en punto. Que tenga un buen día.

Y se marchó sin que a Amelia le diera tiempo siquiera a respirar.

—Caballero, he de insistir, deténgase. —Lo siguió hasta el recibidor—. Hay un malentendido que debemos aclarar.

Él se detuvo con la mano ya en el pomo de la puerta. Cada arruga de su cara redonda mostraba condescendencia y exasperación.

—Hemos quedado en que Amelia Stalwood todavía no es mayor de edad. Por lo tanto está obligada a obedecer los deseos de su tutor. He cumplido con mi misión de transmitir el mensaje a pesar de este horrible tiempo. Si tiene usted algún otro problema, le sugiero que lo hable con su nuevo tutor. Que tenga un buen día.

Abrió la puerta, salió y pegó un portazo como si temiera que lo fuera a seguir también por la calle.

La lluvia continuaba cayendo y parecía hacerse eco de las palabras del abogado: «Amelia Stalwood, de once años...».

Era consciente de que el vizconde jamás la quiso ni pensó mucho en ella. ¿Pero había significado tan poco para él como para que, tras haber dejado de verla, ni él ni sus abogados recordaran que ella iba a seguir cumpliendo años?

Las lágrimas serían inevitables. Cuando desapareciera la conmoción, el dolor y el miedo saldrían a la luz. Se acurrucaría haciéndose una bola y se dejaría arrastrar por la pena. Pero acogió con beneplácito su actual falta de sensibilidad. Más de lo que nunca hubiera imaginado.

Colocó un pie delante del otro y subió con dificultad las escaleras. Entró en la habitación de la señorita Ryan, donde se encontró con toda su pequeña familia de sirvientes. Lydia, la doncella, estaba cambiando las sábanas empapadas en sudor. La señora Harris estaba intentando convencer a la señorita Ryan de que se tomara uno de sus remedios caseros. Fenton estaba reemplazando el orinal. La señorita Ryan seguramente había vomitado la sopa que Amelia le había convencido que tomara.

Todos se detuvieron cuando Amelia entró por la puerta. ¿Tan mal aspecto tenía? Se sintió pequeña, frágil, como un trocito de papel a merced del viento. Los tres sirvientes que estaban en buena condición física corrieron hacia ella hasta que Amelia levantó una mano.

Los miró a todos a la cara antes de hablar.

—Lord Stanford ha fallecido. Por la mañana un carruaje vendrá a recogerme y me llevará con mi nuevo tutor. La señorita Ryan también puede venir cuando se recupere. —Si era necesario. Quizá Amelia pudiera asegurar un puesto y la señorita Ryan consiguiera buscar trabajo en Londres, donde sus contactos podrían favorecerla—. Ahora, si me disculpáis, tengo que hacer las maletas.

Amelia no miró a los ojos a ninguno antes de volverse y bajar al pasillo que la conducía a su habitación. No le llevaría mucho tiempo guardar todo lo que consideraba suyo. Sus padres le habían dejado poco y no había razón por la que adquirir muchos objetos personales que le hicieran acordarse de su vida londinense.

El nuevo vestido rosa de baile estaba colgado en el armario, recordándole lo cerca que había estado de empezar una nueva vida. No le quedaba otra que meterlo en la maleta y dejar que le sirviera de recordatorio de tantos momentos de alegría.

Por encima de todo, Amelia deseaba tener suficiente coraje para quedarse, pero no cabía duda de que pronto podría mantenerse a sí misma. En cuanto le dijera su verdadera edad al nuevo vizconde buscaría trabajo.

Sería mejor buscarlo en Essex. Londres le recordaba demasiado lo que había estado a punto de ser. Cuando se librara de esos recuerdos, podría ser feliz. Se obligaría a serlo.

Inspiró profundamente y llenó los pulmones de aire. Cuando volvió a expulsarlo con un silbido se limpió con energía las manos en la parte delantera de la falda. Las maletas no iban a hacerse solas. Había mucha faena antes de que el carruaje la recogiera por la mañana, y todavía tenía que colaborar en los cuidados de la señorita Ryan.

Lydia apareció y empezó a doblar y a colocar los pocos vestidos que tenía Amelia en un baúl.

—¿Por qué tiene que irse? —susurró la doncella.

—No tengo forma de mantenerme si no me voy. He de confesar que creía que faltaban varios meses para que llegara el día en que me quedaría sola. Nadie nos hacía caso aquí, lejos de lord Stanford, de sus libros y sus estudios, así que creí que podría recorrer mi propio camino en la vida. Me temo que estoy a merced del nuevo vizconde.

Lydia sonrió temblando, pero de forma descarada.

—Tal vez sea joven y soltero. Parece que usted le gustaba mucho al marqués. Un vizconde no es lo mismo, pero podría mantenerla debidamente.

Amelia le arrojó una almohada a su amiga. Comenzó a sonreír, sacudió la cabeza y continuó con el equipaje. Terminaron de preparar las maletas en silencio, pero el ambiente no parecía estar cargado.

Capítulo 10

La escena se parecía demasiado a la que tuvo lugar cuando se fue de la casa del vizconde para marcharse a Londres diez años antes. Amelia se sentó sobre su baúl en el recibidor principal, valija en mano, esperando el carruaje prometido. En el suelo, a sus pies, había una cesta con las mejores especialidades culinarias de la señora Harris. Ella, la señorita Ryan y Lydia ya se habían despedido una hora antes. Solo quedaba Fenton, que estaba paseándose de una ventana a otra.

Un fuerte golpe en la puerta le hizo pegar un salto. Hubo otro y se apretó la valija contra el pecho. El tercero le pareció un toque a muerto.

Fenton abrió la puerta y se encontraron con un lacayo de pie, alto y erguido como los guardianes de palacio.

—El carruaje para la señorita Stalwood y la señorita Ryan ha llegado.

Amelia avanzó paso a paso con una precisión deliberada. Hoy no había lugar para vacilaciones. Dios no le había prometido nada más que este instante y le sacaría el mayor provecho posible.

—Buenos días. Soy la señorita Stalwood, pero, por favor, llámeme señorita Amelia. ¿Y usted es…?

El lacayo cambió el peso del cuerpo a la otra pierna.

—Me llamo Gordon, señorita. Jeremy Gordon. Creía que venía a recoger a una niña.

—Me alegro de conocerle, Gordon. Me temo que aquí no hay ninguna niña. Solo yo. La señorita Ryan está indispuesta y no puede viajar, por desgracia. Le agradecería que me ayudara con el equipaje, no quisiera retrasar más nuestra partida. Llevo una cesta con bizcochos y galletas que ha preparado mi ama de llaves y estoy más que dispuesta a compartirlos durante nuestro viaje. ¿Nos vamos?

La tensión se desvaneció al descubrir que su voz permanecía inalterada. Incluso se las arregló para sonreír.

Gordon echó una extraña mirada a la cesta, pero no dijo nada cuando levantó el baúl.

—¿Esto es todo, señorita?

—Sí, eso es todo. —Sus veinte años de existencia cabían en un solo baúl—. Gracias, Gordon.

El conductor ayudó a Gordon a amarrar el baúl. Empezó a bostezar y se agachó tras el carruaje, quedando fuera de la vista. Amelia fue tras él.

—¿Se encuentra bien?

El hombre se sonrojó.

—Le ruego me disculpe, señorita. No llegamos de Essex hasta anoche, bien tarde.

Y ahora aquel hombre tenía que hacer el camino de vuelta conduciendo. Amelia no pudo evitar pensar que debían haberse tomado un día de descanso, así ella podría haber acudido al baile de esa noche. Se sintió un poco culpable al respecto. El conductor y el criado creían que debían ayudar a toda prisa a una niña desconsolada. Les mostró la cesta.

—¿Les apetece un bizcocho de frambuesa?

Los dos hombres intercambiaron una mirada, pero a continuación aceptaron cortésmente la oferta. Gordon la ayudó a subir al carruaje e hizo un brindis con el último bocado de su bizcocho.

—Están muy buenos, *milady*.

—Mi... es decir, la señora Harris es una cocinera extraordinaria. —Amelia tuvo que aguantar las lágrimas al darse cuenta de que la señora Harris ya no seguiría siendo su cocinera. Ya no podría pedirle nada—. Por favor, llámeme señorita Amelia. Todo el mundo me llama así.

—Muy bien, señorita Amelia. —Su sonrisa pareció un poco más auténtica cuando cerró la puerta y subió al carruaje—. Póngase cómoda, no deberíamos tardar mucho. Esta mañana las carreteras estaban bastante vacías.

El constante sonido de las pezuñas de los caballos supuso para Amelia algo a lo que aferrarse. Lo único que debía hacer era mantener la compostura hasta que sonara el siguiente casco. Si lo lograba, cuando llegaran a Essex estaría en completo control de sus facultades.

Iba mirando los edificios al pasar, pendiente de salir de Londres por la misma carretera por la que había llegado hacía muchos años. De repente hicieron un giro que la tomó por sorpresa: esta calle les conduciría al mismo corazón de Mayfair[2]. ¿Se habrían perdido? Quizá estuvieran dando la vuelta, poco familiarizados a moverse por las estrechas calles londinenses.

Le costó trabajo abrir la ventana, pero lo consiguió y se asomó. Una enorme gota de lluvia le cayó en la frente antes de preguntarles si necesitaban ayuda. Enseguida cayó otra y en apenas unos momentos empezó a descargar un chaparrón.

Metió de nuevo la cabeza. Seguramente iban a pasar la noche en Londres, en alguna parte, en lugar de arriesgarse a andar por las carreteras con tanta lluvia.

Había un rayo de esperanza, aunque intentó desechar la idea. Si se quedaban en Londres a pasar la noche, ¿podría ir al baile?

Dieron unas vueltas más y llegaron al otro lado de Mayfair. Amelia nunca había visitado esa zona, así que lo más seguro era que no encontrara a nadie que estuviera dispuesto a ayudarla a acudir al baile. El rayo de esperanza se desvaneció.

Se detuvieron delante de una sencilla pero majestuosa casa con jardín, con al menos seis ventanas de ancho de fachada.

Gordon abrió la puerta y bajó el escalón. El agua le caía por la nariz.

—¿Vamos a detenernos aquí? —Amelia odiaba ser la causa de que aquel hombre se siguiera mojando, pero no podía meterse en casa de alguien sin más, sin saber quiénes eran o qué esperaban.

—Por supuesto, señorita Amelia. *Lady* Blackstone la está esperando. —Gordon le ofreció una mano para ayudarla a salir—. Creyó que un viaje a Essex sería demasiado para una pequeña afligida, así que ha venido a Londres a conocerla. —Se oyó un arañazo y vio que el conductor estaba transportando su baúl a la entrada de servicio. Gordon se frotó la nuca—. Desde luego, usted de niña no tiene nada.

---

2   N. de la Trad.: Mayfair es un barrio del oeste de Londres, caro y prestigioso, en el que está, entre otras, la famosa calle Bond, conocida por sus lujosas tiendas.

—Me temo que tendré que explicar eso. —Amelia inspiró profundamente y se bajó del carruaje. Lo hizo con tanta determinación que se resbaló en el escalón y casi dio con el trasero en un charco.

Gordon la ayudó a enderezarse y recuperó su postura formal.

—Gracias. —Miró las escaleras de la entrada principal. Su determinación se había transformado en miedo.

—Se está mojando, señorita.

—Sí. Tiene razón. Debería pasar, pues. —Voló escaleras arriba como si otro momento de duda pudiera hacer desaparecer todo. La puerta principal se abrió al acercarse y entró con tanto ímpetu en el recibidor que sus zapatillas se deslizaron por el mármol resbaladizo. Logró evitar su casi segunda caída en pocos minutos. No estaría bien conocer a su anfitriona arrastrando el trasero por el suelo.

El mayordomo cerró despacio la puerta. No estaba sonriendo, pero tenía los rabillos de los ojos algo arrugados.

—¿Quiere una toalla? —Amelia aceptó agradecida el lienzo de lino que le extendió.

—La chimenea del salón está encendida. Haré que llamen a *lady* Blackstone. Ha llegado usted un poco antes de lo previsto.

El mayordomo se llevó la capa mojada, pero el vestido que llevaba debajo seguía húmedo. Amelia se fue a la habitación que le había indicado, pero se negó a que su ropa empapada rozara alguno de los hermosos muebles tapizados. Se colocó junto al fuego, de pie, disfrutando del calor en la piel mientras una fría inquietud se le filtraba por la sangre. «¿Quién era *lady* Blackstone? ¿Qué le habrían contado?». Tenía un leve recuerdo de una tal *lady* Cressida Blackstone, que había contraído matrimonio el año anterior. ¿Se llamaría así antes o después de casarse?

Otro carruaje se detuvo frente a la casa. ¿Sería *lady* Blackstone?

La curiosidad le hizo asomarse por la ventana, pero no pudo distinguir a las personas que se estaban bajando del carruaje. Vio a dos mujeres que llevaban una capa con una enorme capucha y a un hombre con un gabán con los cuellos subidos hasta las orejas y sombrero de copa. Todos se apresuraron a subir las escaleras.

Oyó pisadas en el recibidor mientras se alejaba de las ventanas y se iba al otro lado del salón. Reconoció los andares sigilosos del mayordomo de antes, pero no el sonido pesado de unas botas ni el frufrú de unas zapatillas de dama.

Deseosa de conocer la situación antes de darse de bruces con ella, se asomó por la puerta del salón, que estaba entreabierta. No pudo ver a los recién llegados, pero sí a una elegante mujer que estaba bajando las escaleras y a un hombre enorme que se estaba acercando desde la zona posterior de la casa.

La mujer tenía algunas canas en el cabello, de color rubio oscuro. Le ofreció una mano al gigante caballero rubio, que iba con ropa de montar.

—Me alegro de que hayas podido venir esta mañana. Debo de haberlo entendido mal, pues me han dicho que la recién llegada es una mujer.

El hombre hizo un gesto señalando la puerta principal, donde supuestamente el grupo que acababa de llegar se había despojado de sus abrigos y capas.

—¡Madre! —dijo una voz femenina joven que le sonó ligeramente familiar.

Amelia intentó ver todo el recibidor sin tener que abrir más la puerta del salón, pero resultó imposible.

—Te ruego que convenzas a Miranda para que abandone el proyecto —continuó la joven.

Amelia se apartó de la puerta. «¿Miranda?. No podía ser la misma Miranda. Era imposible».

—No se trata de un proyecto. Además, me envió una nota esta mañana cancelando nuestros planes para esta noche y luego le pidió a su mayordomo que me dijera que no se encontraba en casa cuando fui. Creo que está asustada y que intenta alejarse de mí por completo. Madre, tienes que ayudarme a hacerla entrar en razón...

Era la misma Miranda. Amelia había tenido la intención de despedirse de ella, ya que no pensaba volver de Essex, pero pospuso la escritura de la carta hasta que lo único de lo que tuvo tiempo fue de garabatear una nota en la que le decía que no podría acudir al baile. «Pero ¿cómo podía...? ¿Por qué razón iba a...? ¿Había llamado "madre" a aquella mujer?».

—¿De quién estamos hablando? —La sonrisa de la mayor de las mujeres era indulgente. Decididamente, la de una madre.

—De una pobre chica a la que Miranda se ha empeñado en meter a la fuerza en sociedad como si fuera un cordero sacrificado —murmuró Georgina.

Amelia se detuvo justo cuando iba a alcanzar el pestillo de la puerta. ¿Estaban hablando de ella?

—Eso no es cierto —se quejó Miranda.

—Trent ha decidido cortejarla —continuó Georgina.

—No es cierto. —Trent entró en su campo de visión—. Buenos días, Griffith. ¿Qué te trae por la ciudad? Por cierto, creo que mentía en la nota que envió esta mañana. Era bastante confusa.

—¿Por qué razón iba a mentir? —dijo Miranda resoplando.

Amelia se cruzó de brazos y frunció el ceño. No había mentido. Haber escrito «unas circunstancias imprevistas» le había parecido una explicación plausible de por qué razón no acudiría al baile.

—Disculpen —dijo una voz que asumió que era la de Griffith—, pero ¿de qué estamos hablando? ¿No hemos venido todos para conocer a mi nueva protegida?

—He conocido a una joven «desamparada» y me he hecho amiga de ella. —Miranda hizo una pausa—. Parece ser que Trent ha decidido cortejarla. ¿Qué quiere decir con que tiene una nueva protegida? ¿Quién se ha muerto? Nadie cercano o me habría enterado.

A Amelia la cabeza le daba vueltas. Miró a ver si el salón tenía otra puerta. Posiblemente no podría mirarlos a la cara ahora, no tras haber oído aquella conversación. ¿Cómo podría dirigirse ahora a Trent, si su corazón ya pertenecía a Anthony?

—Tonterías, Miranda. Solo me he hecho amigo de ella también. Valoro mi cabeza, ya sabes. Anthony me mataría si la cortejara habiéndosela adjudicado ya para él.

No había ninguna otra puerta. Iba a tener que encontrarse con ellos. Con la toalla alrededor de los hombros, abrió por completo la puerta del salón, pero nadie se dio cuenta.

El hombre que asumía que era Griffith estaba observando a unos y otros miembros de la familia. Su madre parecía encantada.

—¿Anthony la está cortejando?

—Por supuesto que no —dijo Georgina—. Tiene que hacerse cargo de su marquesado.

—De verdad que me encanta que estés equivocada —dijo Trent con aires de suficiencia. Ya ha ido a visitarla. Incluso han estado tomando un helado en Gunter.

—¿Ah, era ella? —dijo Georgina haciendo un puchero.

Miranda aplaudió entusiasmada.

—Todo el mundo está hablando de eso. Nadie pudo ver a la dama porque la tapaba un árbol. Rebecca Laramy dijo que había sido ella, pero yo sabía que no podía ser verdad.

—Fascinante todo —dijo Griffith—, pero una jovencita va a llegar pronto.

—¿Cómo de jovencita? —Georgina encogió los ojos.

—No nos has dicho quién ha fallecido —dijo Miranda.

La relevante declaración de Griffith caló en la confusa mente de Amelia. Él era su nuevo tutor.

¿Pero cómo podía ser posible? ¿Cómo podía Dios hacer algo así? La única amistad que había trabado en la que la otra persona no se jugaba nada excepto su compañía estaba a punto de echarse a perder por culpa de las obligaciones.

—Santo Dios. —Cinco cabezas se volvieron a mirarla.

—¡Amelia! —Miranda cruzó el vestíbulo como si estuviera bailando y la abrazó.

—¿Quién es usted? —La madre de Miranda se dirigió a ella con el ceño fruncido—. ¿Es usted la institutriz? ¿Qué ha hecho con la pequeña?

—¿Es una criada? —Georgina tosió.

Miranda arrugó el entrecejo.

—Creí que eras la protegida del vizconde de Stanford.

—Lo soy, pero... —Miranda tragó saliva.

—No —dijo Griffith—, la protegida del vizconde es una pequeña de once años. Llegará en cualquier momento.

—Pero la doncella me dijo que la niña ya había llegado. —La madre de Griffith, que se suponía que era la tal *lady* Blackstone que vivía allí, parecía muy confundida—. Así que usted debe de ser la señorita Ryan.

—La señorita Ryan está enferma. No pudo acompañarme. Yo...

—Prefiero a Amelia a una niña de once años. ¿Podemos quedárnosla, mejor? —Trent sonrió.

—Ten cuidado con lo que dices. —*Lady* Blackstone le dio un golpe en el pecho a Trent—. Nos hacemos cargo de los menos afortunados de esta familia, y una jovencita que ha pasado dos veces por un abandono es alguien muy desdichado.

—No se apellida Ryan. Es Stalwood —dijo Griffith—. Amelia Stalwood.

Todos se callaron y miraron a Amelia. Aquel repentino silencio se hizo denso. Amelia realizó un pequeño gesto con la mano a modo de saludo.

—Hola.

—Usted —dijo por fin *lady* Blackstone—, no tiene once años.

Capítulo 11

Apenas tardaron cinco minutos en explicar que *lady* Blackstone era la madre de Miranda, casada en segundas nupcias el año anterior.

Amelia tardó casi una hora en contar su historia a la familia, que se mostraba curiosa. No sabía quién estaba más sorprendido: si ellos al descubrir que era en realidad la protegida o si ella al enterarse de que estaba emparentada con un duque. Suponía un ascenso social con el que jamás podría ni haber soñado.

—¿Cómo te las has arreglado para heredar un vizcondado? —preguntó Trent.

Griffith se encogió de hombros.

—El primer duque de Riverton era el segundo hijo del cuarto vizconde de Stanford.

—Las reuniones familiares deben de haber sido de lo más divertidas —afirmó Trent sonriendo.

—No era una rama muy prolífica. Los vizcondes que siguieron tuvieron cada uno un hijo, este a su vez se casaba y tenía también un hijo propio. —Griffith sacudió la cabeza—. Un par de ellos también tuvieron hijas, pero han tenido que remontarse nueve generaciones para encontrar otro heredero varón.

—¡El baile de los Hofferham! —gritó Miranda.

—¿Cómo? —*Lady* Blackstone dejó su taza de té de forma refinada, a pesar de su evidente confusión.

—No me digas que sigues pensando ir —dijo Georgina.

—¡Por supuesto que sí! —Miranda abrazó a Amelia, que estaba sentada a su lado en el sofá—. Será el momento perfecto para anunciar la nueva posición social de Amelia.

—Pero todavía no hemos deshecho su equipaje —dijo *lady* Blackstone.

—Perfecto. No lo hagáis. Insisto en que se venga a vivir a Hawthorne House, de todas formas. Ha dejado de llover, así que ya podemos llevarnos allí su baúl. —Miranda miró a todos los que la rodeaban rebosante de emoción.

—No tengo doncella —dijo Amelia. Lo cierto es que la señorita Ryan había demostrado no ser de gran ayuda cuando le había correspondido vestirla de gala. Tardó horas en peinarla para la ópera y aun así llevó el peinado un poco torcido.

—Sally puede ayudarte. O Iris. Iris es la criada de la planta superior. Es fabulosa. Si no fuera por Sally yo me quedaría con Iris sin pensarlo.

Nadie tuvo nada que objetar, así que tanto Amelia como su baúl volvieron al carruaje. Ya no sentía la misma opresión en el pecho que aquella mañana.

Como un relámpago, como solo en un hogar competente se podía hacer, se dispuso una habitación para Amelia, se deshizo el equipaje y se planchó la ropa para el baile. Amelia apenas había tenido tiempo de respirar cuando se encontró en el recibidor de Hawthorne House con Gibson, sonriendo como un padre orgulloso.

—Ahora, querida, no te preocupes por nada. Esta noche estarás maravillosa. —*Lady* Blackstone, que había insistido en que la llamara Caroline por considerar que entre los miembros de la familia no eran necesarias las formalidades, le echó a Amelia un mechón de pelo hacia atrás—. ¿No está preciosa Amelia esta noche, William?

Lord Blackstone, que se había casado con Caroline el año anterior, sonrió a Amelia y luego a su esposa. Amelia había oído hablar del matrimonio de la hija de él.

—Así es, querida, pero creo que tu ánimo, más que prestar apoyo, está causando revuelo.

Amelia abrió el abanico y se echó aire en la cara intentando mantener a raya el inminente rubor.

Trent, Miranda, Amelia y Griffith fueron en el mismo carruaje que lord Blackstone, y Caroline en otro, directamente detrás de ellos.

Miranda no paraba de hablar de lo divertido que sería tener a Amelia en casa. Amelia no decía nada. Lo único que era capaz de hacer era respirar. Después de tantos altibajos, de tanto albergar esperanzas y perderlas, por fin iba camino del baile.

Los caballos aminoraron la marcha hasta detenerse y la sacudieron contra Miranda. El lacayo, Gordon, abrió la puerta y permaneció de pie, estirado, esperando para ayudar. Rompió el protocolo un momento para mirar de reojo el carruaje y guiñar un ojo a Amelia, lo cual la reconfortó mucho más que cualquier cosa que le hubiera podido decir Miranda, Caroline o incluso Griffith.

Amelia levantó la vista y vio la casa, incapaz de creer que estaba allí. Recordó los años que había pasado contemplando el resplandor de las velas en las casas, con tantas luces encendidas que se veían desde las calles adyacentes. Ahora sabría con sus propios ojos qué ocurría dentro de ellas. Se sentía pletórica. Dios era bondadoso, a pesar de haber trazado una extraña ruta para hacerla llegar adonde estaba ahora.

Trent le ofreció el brazo a Miranda y sonrió como un chiquillo travieso.

—Estoy deseando ver la cara de Anthony.

Los hermanos se marcharon y dejaron que Amelia pudiera deleitarse en su mundo de fantasía mientras esperaba con Griffith a lord y a *lady* Blackstone. A su alrededor iba apareciendo gente vestida con hermosas sedas y satenes de todos los colores del arcoíris. La repentina necesidad de saber si el interior era tan inspirador como el exterior liberó sus pies de su prisión invisible. Echó un vistazo a su alrededor buscando a sus acompañantes y los descubrió a unos pasos, con una breve sonrisa y los ojos húmedos.

—¿Cuánto tiempo llevo aquí de pie? —Odiaba percibir que le temblaba la voz, pero no podía evitarlo.

—Todo el que has necesitado. —Griffith le ofreció un brazo y la acompañó al interior del edificio.

Lo primero que le llegó fue el ruido del salón de baile, una confusa mezcla de voces y música. El corazón de Amelia se aceleró y le comenzaron a sudar las palmas de las manos. Agradecida de llevar guantes, se asió al brazo de Griffith con más fuerza.

El salón de baile parecía un cuadro que hubiera cobrado vida: había gente maravillosa, sonaba una música hermosa y la decoración era exquisita. Todo se juntaba y conformaba una espléndida estampa llena de color.

Un pequeño tramo de escaleras conducía al salón. Eso permitía a Amelia estar por encima de los demás, a suficiente altura como para ver dos cabezas rubias abriéndose camino entre la gente. Miranda y Trent seguían intentando acercarse a Anthony. Siguió con la mirada el camino que iban abriendo y lo vio. Estaba bailando. Su imaginación hiperactiva le hizo creer que desde allí veía el brillo de sus ojos azules.

De nuevo lo miraba, cuando ella había decidido que jamás volvería a sentirse incómoda por dentro. El corazón, que le latía rápidamente, se le subió del estómago a la garganta. Ya no podía respirar, pero al menos tampoco tenía náuseas.

Cuando la había visitado, ella había empezado a albergar la esperanza de que su aparente interés fuera auténtico. Eso seguramente solo sería posible ahora que sus circunstancias habían cambiado.

¿Lo sería?

❋❋❋

Anthony no estaba seguro de por qué absurda razón había llegado tan temprano al baile de *lady* Hofferham. Aquella vaga nota que Griffith le había enviado en la que le garantizaba que asistiría lo había dejado intrigado, pero dudaba de que tal misterio lo distrajera lo suficiente tras la decepción que había sentido al enterarse, por otra nota que a primera hora de la mañana Miranda le había dejado, de que Amelia no acudiría a la fiesta.

Murmuró los cumplidos de rigor a su pareja de baile mientras se la entregaba a su madre.

Era bastante agradable, pero también lo eran las otras docenas de mujeres con las que había bailado en los últimos tiempos.

Tal vez debería regresar a la finca campestre y volver a intentarlo al año siguiente. Su obsesión por la ausente Amelia le impedía fijarse en otras candidatas. Era insoportable. Había estado con ella muy pocas veces. Seguramente no tantas como para que fuera lógica la incesante comparación que establecía entre ellas y todas las demás mujeres.

Miranda y Trent lo abordaron mientras se alejaba de la joven de la que ya había olvidado el nombre. La hermosa y enorme sonrisa de Miranda lo tomó por sorpresa. ¿No se suponía que ella debería estar casi tan desilusionada como él?

Lady Helena Bell estaba abriéndose camino en el salón dirigiéndose a él. Otro problema que preferiría no tener. Lo había estado persiguiendo desde su primera aparición pública en Londres. Miranda le había contado que sobornaba a ciertas personas para que le contaran adónde iba él cada noche para así poder hacer ella también su aparición. Sus intenciones eran vergonzosamente obvias, pero él ni quería oír hablar de ello. ¿Por qué no desaparecía esta dama, sin más?

—¡Hola! —lo saludó, alegre, Miranda, que lo enganchó por un brazo y lo obligó a darse la vuelta para ponerse frente a ella.

Trent estaba detrás cambiando el peso de un pie a otro y sonriendo como un idiota.

—Buenas noches —dijo Anthony con cautela—. ¿Dónde está Griff? Dijo que vendría.

—Sí, está aquí —dijo Miranda con una sonrisa nerviosa.

Trent carraspeó.

—Lo hemos convencido para que no entre hasta que no te encontremos.

Anthony empezó a sentirse preocupado.

La sonrisa de Trent se hizo más grande.

—Él tiene la solución para tu decaimiento, cuya causa es el imposible enamoramiento que sientes por Amelia —gorjeó Miranda.

—¡El excelentísimo señor duque de Riverton, lord y *lady* Blackstone y la señorita Amelia Stalwood! —gritó el alguacil desde la puerta.

«¿Había oído bien? ¿Estaba Amelia allí de verdad?».

Al lado de Griffith había una imagen rosa pálido. Era ella. Incluso a esa distancia notaba el cúmulo de emociones que se reflejaban en su rostro. Casi percibía el pulso de Amelia en sus dedos y veía el rubor detrás de sus orejas amenazando con extenderse de forma encantadora por sus mejillas si ella se convertía en el centro de atención.

Empujó a un lado a *lady* Helena al pasar por su lado cuando se dirigía a la entrada e hizo caso omiso al resoplido de indignación que ella soltó.

Miranda y Trent se encargarían de gestionar el corazón herido de su acosadora.

La boca se le secó al fijarse en cada detalle. El atuendo de Amelia era elegante, un vestido de baile que cualquier mujer presente en aquel salón estaría encantada de lucir a pesar de ser la quintaesencia de la sencillez, como Amelia. Llevaba el cabello, castaño, recogido en un moño y un solo tirabuzón, enorme, le caía sobre el hombro derecho. Sintió que los dedos le ardían, deseando enredarse en aquel tirabuzón. Era tan grande que si quisiera se lo podría liar alrededor de la cintura. ¿Cómo habría conseguido peinarse así?

Amelia no lo estaba mirando, tan cautivada estaba con todo lo que le rodeaba, moviendo la cabeza de un lado a otro e intentando asimilarlo todo mientras bajaba las escaleras. Cuando por fin lo vio, los ojos se le iluminaron y las mejillas se le tiñeron de rosa. Anthony jamás había visto a un ser tan encantador en toda su vida.

—Señorita Stalwood. —Se inclinó y le besó los nudillos. Nunca un guante le había parecido tan molesto—. Es un placer volver a verla.

Dos personas se acercaron por detrás de él. El frufrú del vestido mientras daba saltos de emoción delató a Miranda.

Anthony les dedicó, a ella y a Trent, una mirada cáustica antes de volver a prestar toda su atención a Amelia.

—Creía que no vendrías.

—Yo también lo creía. Han ocurrido muchas cosas desde ayer, tantas que ni siquiera las entiendo todas —dijo Amelia.

Él le ofreció el brazo. Ella esbozó una pequeña y dulce sonrisa al apoyar una mano sobre el codo de él. Anthony pudo ver, por encima de la cabeza de Amelia, a *lady* Helena, que echaba chispas por los ojos. Él se encogió de hombros. Jamás le había dado motivos para que creyera que él tenía algún interés en ella. No tardaría en buscarse a otro incauto noble.

❀ ❀ ❀

La noche transcurría como una espiral de colores y sensaciones. Anthony la acompañó directamente de las escaleras a la pista de baile. Aterrorizada ante la posibilidad de que se le hubieran olvidado los pasos, apenas le dirigió un par de palabras. A él no pareció importarle y le sonrió de forma comprensiva cuando la llevó de nuevo junto a Caroline.

Mientras habían estado bailando, la noticia de que ella era la nueva protegida del duque había circulado por la sala, así que se había formado una cola de caballeros que la estaba esperando. Las presentaciones y las peticiones para bailar se producían con tanta frecuencia que Amelia empezó a sentirse mareada. Se quejaba todo el tiempo de que le faltaba el aliento, pero no por no saber bailar. Su clase con Anthony no había sido tan larga como para alcanzar ese nivel de popularidad.

Dos horas más tarde, Caroline permitió que Anthony bailara de nuevo con ella.

—¿Cómo lo estás pasando en tu primer baile? —le preguntó mientras la conducía de nuevo a la pista.

Amelia sintió un hormigueo en la mano cuando percibió el calor de la de él a pesar del guante. Bailar con Anthony era mucho más emocionante que hacerlo con cualquier otro.

—Sé que, en gran medida, que me presten tanta atención es en realidad porque todos sienten curiosidad por conocer a la nueva protegida del duque, pero aun así está siendo una experiencia maravillosa.

Las directrices del baile requerían que se separaran un momento, pero cuando volvieron a acercarse el uno al otro, Anthony preguntó:

—Me ha parecido oír antes a *sir* Hollis recitando un poema, ¿no es así?

Amelia trató de no reírse al recordarlo. La oda dedicada a su vestido rosa que el hombre había improvisado había sido agradable, pero un verdadero horror.

—Sí, parecía muy entusiasmado.

Volvieron a separarse. Ella no paraba de sonreírle mientras bailaban. Por fin se quedaron otra vez en el centro.

—Nunca he entendido por qué razón todos los jovencitos escupen terribles versos floreados por la boca. —Anthony la tomó de la mano y la condujo haciendo círculos por la fila de bailarines hasta el final—. Creo que ahora sí lo entiendo.

Amelia no pudo contener una sonrisa.

El baile llegó a su fin. Cuando regresaron, Griffith estaba esperando junto a Caroline y Miranda.

—Mañana por la tarde el salón parecerá un invernadero.

—Gibson va a tener que hacer guardia junto a tu puerta —añadió Anthony.

Miranda se agarró a un brazo de Amelia.

—No me cabe la menor duda de que el hombre está deseando hacerlo. ¿No os disteis cuenta de que las criadas estaban retirando los arreglos florales de las mesas del recibidor cuando nos estábamos marchando? Creo que los criados están tan deseosos de que triunfes como yo.

Caroline ladeó la cabeza.

—Gibson estaba mucho más entusiasmado esta noche. ¿Eso por qué?

—Porque todos adoran a nuestra querida Amelia.

Miranda no podría haber dicho nada que agradara más a Amelia. Mientras sus viejos amigos fueran conscientes de que ella no los había olvidado, podría disfrutar de todo lo que esta nueva vida le ofrecía.

Una joven alta con el cabello rubio perfectamente colocado pasó por allí y encogió los ojos al ver a Amelia y a Anthony.

Tal vez no todos estuvieran tan contentos con la nueva fortuna de Amelia como Miranda parecía creer.

Capítulo 12

Trent, Amelia y Miranda iban paseando tranquilamente por el sendero junto a Rotten Row. El lugar estaba atestado de gente de la alta sociedad, pero Amelia se daba por satisfecha con estar con sus compañeros de paseo. Durante las últimas tres semanas, para ella aquella rambla había ido perdiendo brillo al darse cuenta de que la gente no miraba a los demás para admirarlos, sino más bien para juzgarlos.

—Qué extraño es no tener a Trent en casa —dijo Miranda.

Amelia recordó todas las historias de sus años de estudiante que Trent les había contado.

—¿No lleva años fuera de casa?

—Pero su hogar seguía estando con nosotros. Ahora tiene el suyo propio.

—Imagínate lo insólito que me resulta a mí. Está viviendo en mi antigua residencia. —Amelia sonrió a Miranda esperando disimular lo verdaderamente rara que se sentía. Había estado yendo de visita varias veces a la semana con la señora Harris, Lydia y Fenton. Pero esas visitas tendrían que acabarse, ya que Trent había tomado oficialmente posesión de la casa el día anterior.

—Sois conscientes de que estoy aquí, ¿verdad? —preguntó Trent.

Miranda continuó hablando como si tal cosa.

—Supongo que debe de ser difícil para ti. A fin de cuentas, él come ahora en la mesa en la que tú comías antes. —Miranda sonrió abiertamente—.

¿Crees que dejará puestas las mismas cortinas? Recuerdo que en una o dos ventanas eran de encaje.

—La señora Harris pensaba deshacerse de las cursilerías de la casa.

—Es más: estoy andando entre vosotras dos —dijo Trent tras carraspear.

Miranda frunció el ceño.

—No tiene nada de divertido. Seguiré figurándomelo ahogado entre tanto volante. Me hace reír.

Amelia puso los ojos en blanco. La verdad es que imaginárselo era divertido, pero también inquietante. Trent estaba comiendo en los mismos platos que ella había usado a diario en su vida anterior. Se estaba sentando en los sofás en los que ella había descansado. Menos mal que la señora Harris lo había instalado en uno de los otros dormitorios... Así al menos no tenía que pensar en algo tan incómodo.

—¿Cómo te ha ido la primera noche en tu nuevo hogar, Trent? —Amelia esperaba poder distanciarse de la casa y percibirla más como propiedad de él cuando lo escuchara.

—Ah, de modo que hemos decidido que yo forme parte de la conversación ahora, ¿no? —Trent se tiró de los puños—. Olvidaste mencionar que vivías en la casa más extraña de Londres.

Amelia frunció el ceño, confundida.

Miranda soltó una carcajada.

—Yo he estado en esa casa, hermano. No tiene nada de extraño.

—Cenaron conmigo —gruñó él.

Amelia soltó una risita.

—¿Quiénes cenaron contigo? —Miranda bajó las cejas.

La risita de Amelia se convirtió en una carcajada. Sabía perfectamente de qué hablaba Trent.

—¿Quién crees que cenó conmigo? —Trent se detuvo y se cruzó de brazos.

—No puedes haber tenido invitados. La mitad de tus cosas siguen en Hawthorne House.

Amelia se rindió. Imaginarse a la señora Harris y a Fenton sentados en la misma mesa para cenar y comportándose con Trent como con ella le parecía demasiado divertido para resistirse. Los bucles castaños que Iris le había peinado con tanto cuidado aquella mañana se balanceaban felices. Lo cierto era que no parecía muy adecuado reírse tan fuerte ni tanto tiempo, pero a Amelia le daba exactamente igual.

Las carcajadas comenzaron a remitir gracias a que su cerebro se había distraído con esas disquisiciones. No le importaba. Desde el mismo momento en que Amelia había conocido a Miranda, había estado siempre pendiente de su vestido, de sus modales y de su forma de hablar. El deseo de impresionar podía con ella, incluso después de haberse asegurado un puesto en la familia.

Su mirada revoloteó en círculo posándose sobre los ya familiares rostros. Miranda sonrió, aunque por su mirada se notaba que estaba confusa. Trent estaba frunciendo de manera exagerada el ceño, como disgustado, para hacerla reír más fuerte. Amaba a estas personas y ellos también la amaban a ella.

Su corazón se hinchó al sentir la maravillosa libertad que sin darse cuenta había extrañado en los últimos meses. Tenía mayor confianza en sí misma, y aunque probablemente temblaría justo antes de entrar en el siguiente baile, de momento no era más que ella. Se sentía en la gloria.

—¿No lo prefieres a comer solo, Trent? —La risita de Amelia pasó a ser una amplia sonrisa.

—Pues no lo sé. No he tenido la oportunidad de averiguarlo.

—¿Averiguar qué? Si es tan agradable como parece indicar la sonrisa de Amelia, quiero que me cuentes el secreto.

Amelia se volvió sonriendo todavía y vio a Anthony desmontándose del caballo. Le dio las riendas a su mozo de cuadra y se acercó al grupo. Amelia notó que su pacífica confianza se estaba evaporando. Se aferró a ella con determinación.

—¿De qué estábamos hablando? Anthony miró una y otra vez a Amelia y a Trent.

—Trent ha adquirido mi casa —dijo Amelia.

—¿Qué? —Anthony casi gritó y lanzó una mirada acusatoria a Trent.

—Ella ya no vive allí. Y a decir verdad, la casa no era suya, sino de Griffith. Miranda se cruzó de brazos y resopló.

—¿Podría, por favor, decirme alguien qué pasó anoche que parece tan divertido? Trent, ¿pudiste o no pudiste cenar tranquilamente en casa?

—Oh, estuve en casa. No tuve invitados.

—¿Entonces qué ha ocurrido?

Trent hizo un gesto a Amelia.

—¿Por qué no les cuentas lo que te has olvidado de advertirme?

Amelia se ruborizó mientras sonreía.

—Apostaría que la señora Harris y Fenton cenaron contigo.

—¡No! —Miranda sacudió la cabeza sorprendida.

Trent asintió.

—Y Lydia. Después, Fenton y yo incluso nos sentamos a tomarnos un oporto.

Las risitas de Amelia comenzaron de nuevo.

—¿No es ese el mayordomo? —preguntó Anthony.

—Sí, sí, así es. —La voz de Trent carecía de toda emoción. Cerró los ojos y dejó caer la cabeza.

Miranda y Anthony se rieron a la vez que Amelia.

—¿Quieres que hable con ellos? —Se ofreció ella.

—No, no necesito que hables con mis sirvientes. Sería terrible que cada vez que quisiera solucionar algo tuviera que cruzar toda la ciudad para preguntarle a la protegida de mi hermano.

A Amelia se le ocurrió una idea terrible.

—No irás a despedirlos, ¿verdad?

Trent le sonrió.

—No; creo que, con el tiempo, me gustará tener la casa menos convencional del barrio. A decir verdad, me estaba preguntando cómo me irían las cosas viviendo solo. Iba a suponer un cambio importante el hecho de no tener a nadie que cuestionara mis entradas y salidas, de no tener a nadie con quien hablar por las noches. Estoy seguro de que será difícil encontrar a las personas adecuadas para completar la plantilla de criados, pero creo que puede funcionar.

—Me alegro. Me encantaría ayudarte a encontrar a las personas idóneas. Conozco a gente que podría encajar.

—Me las arreglaré. —Trent sacudió la cabeza, pero estaba sonriendo—. Y bien, Anthony, ¿quieres ayudarme a llevar a estas señoras a casa? Creo que luego iré a pasar un rato en el club. Así obligaré a la señora Harris a preguntarse si me habrá ocurrido algo.

Anthony le ofreció un brazo a Amelia.

—Encantado, Trent.

La caminata de regreso a Hawthorne House fue tranquila, charlando todo el rato tontamente sobre el tiempo y las fiestas venideras. Cuando Amelia subió las escaleras se dio cuenta de que había conseguido tener una conversación entera con dos atractivos nobles y no se había enroscado los lazos ni una sola vez en los dedos.

Sonrió y el resto del trayecto hasta su habitación lo hizo bailando. La vida era bonita, claro que sí.

❀ ❀ ❀

Anthony iba dándose con los guantes en la palma de la mano al subir las escaleras de Hawthorne House. El librillo de apuestas del club lo había convencido de que su comportamiento actual era casi tan reprobable como el de dos años antes. Si permitía que eso continuara así, alguien iba a salir mal parado.

En el librillo alguien había apostado que en verano se casaría con Amelia.

Debajo de esa apuesta había otra a que *lady* Helena se las arreglaría para llevarlo a rastras al altar.

Dos páginas más adelante lord Howard había escrito que apostaba veinticinco libras a que Griffith retaría a Anthony por sus tejemanejes con Amelia.

Al parecer lo de menos era que Anthony no se hubiera declarado, al menos no explícitamente.

Todo Londres se daba cuenta de que estaba enamorado.

Pero también conocían su reputación.

No podía permitir que Amelia quedara atrapada en los tentáculos de su pasado, no ahora que ella tenía tantas oportunidades. Ser la protegida de Griffith significaba que los hombres hacían cola para bailar con ella. En el salón hubo un interminable ir y venir de caballeros incluso los días que las damas se quedaban en casa.

¿Cómo iba a pedirle que lo eligiera a él entre tantos hombres respetables?

La puerta se abrió antes de que pudiera levantar la aldaba de latón.

—Me temo que hoy no se reciben visitas, milord —dijo Gibson.

Anthony pensó en todas las razones posibles por las que se le debería permitir entrar cuando era obvio que ninguna otra persona en todo Londres estaba pasando por delante del portal.

Antes de que emitiera una sola palabra, Gibson continuó.

—Sería una pena desaprovechar la caminata que se ha dado hasta aquí, milord. ¿Tal vez le apetecería tomar prestado un libro de la biblioteca de su excelencia antes de regresar a casa?

¿Un libro?, ¿el mayordomo le estaba ofreciendo un libro? Anthony encogió los ojos al ver el brillo de los del por lo demás estoico sirviente.

—¿Un libro, dice?

—Sí, milord. Me siento obligado a darle, como amigo de la familia, acceso a la biblioteca. —Elevó una ceja.

—Es justo la razón por la que he venido, Gibson. Qué astuto es usted.

Anthony pensó que Gibson seguramente habría puesto los ojos en blanco al hacerle un gesto para que pasara, pero el artero mayordomo volvió la cabeza para que Anthony no lo tuviera claro.

Después de quitarse el abrigo y el sombrero, Anthony subió corriendo las escaleras hacia la biblioteca con la esperanza de haber interpretado correctamente el mensaje oculto. Conociendo la estrecha relación de Amelia con los sirvientes no tenía claro con qué se iba a encontrar, si con ella, ansiosa por verlo, o con Griffith, exigiéndole que se declarara.

El corazón se le aceleró al acercarse a la biblioteca, imaginando que vería a Amelia acurrucada con un libro o tal vez ojeando de forma perezosa los estantes. El hecho de haber venido con el propósito de romper su «noviazgo» extraoficial voló por su mente y en la cara le apareció una sonrisa. Tal vez Amelia estuviera subida a una escalera, limpiando. Si ahora volviera a caer sobre sus brazos las consecuencias serían bien distintas.

Mentalmente cerró de un portazo el sendero que su cerebro intentaba tomar.

El objeto de sus cavilaciones no estaba descansando, sino buscando algo furtivamente en la biblioteca.

—¿Buscas algo en particular?

Ella se dio la vuelta con los ojos muy abiertos.

—¡Anthony! —Se dio una palmada en la boca—. Mmm... quiero decir, lord Raeoburne.

—Creo que me gusta Anthony. —«Sabía» que le gustaba Anthony. Oír su nombre salir de sus labios le hizo tiritar del corazón a los pies. Tal vez fuera un egoísta, pero no disponía de voluntad para alejarse de aquella mujer.

—Entiendo que se refiere de esa forma, es decir, aquí, en la casa. No tenía intención de asumir...

—Basta. —Anthony cruzó la habitación y la agarró por los hombros, saboreando la preciosa y frágil sensación de notar sus pequeños huesos bajo sus manos.

Las mejillas de Amelia se ruborizaron y miró directamente al suelo. Anthony, que sintió dolor al dejar de ver aquellos ojos marrones tan profundos, le puso un dedo en la barbilla y la obligó a que le prestara atención de nuevo.

—Me gusta que me llames Anthony. Me gusta mucho. —Su voz sonó ronca y tranquila.

La sonrisa de Amelia fue ligera y tímida, pero también sonrió con los ojos.

—¿De verdad?

El placer de ver aquella sonrisa ahogó el sentimiento de culpa de Anthony. Tal vez él podría ser válido para ella. Estaba dispuesto a pasarse el resto de la vida intentándolo.

—De verdad. —Anthony deslizó las manos por los brazos de Amelia y tomó las de ella—. ¿Puedo llamarte Amelia?

Ella asintió con la cabeza.

Quería besarla. Tomarla en sus brazos y hacerla suya. Pero acababa de prometerse a sí mismo darle lo mejor que pudiera ofrecerle. Reticente, le soltó las manos y se obligó a dar unos pasos hacia las estanterías para marcar un poco de distancia entre ellos.

—¿Qué estabas buscando?

—Oh, nada. Bueno, en realidad no. Sería una tontería no buscar nada. He pensado que entre tantos libros debería de haber una Biblia familiar[3], pero supongo que debe de estar en la casa de campo.

De todas las respuestas que Anthony esperaba, la Biblia familiar no estaba entre ellas.

—¿Quieres investigar los nacimientos y las muertes de los Hawthorne?

—Me interesaba más la parte de la Biblia que la de la familia. —Amelia enredó los dedos en los lazos de su vestido.

Se había autoimpuesto no volver a tocarla, pero no confiaba en sí mismo. Aunque no soportaba ver que se anudaba los lazos en los dedos.

—Por muy adorable que me parezca esta pequeña costumbre tuya, preferiría que no te pusieras nerviosa conmigo.

—No puedo evitarlo, milord.

---

3 N. de la Trad.: La Biblia familiar era una costumbre en la Inglaterra victoriana que consistía en tener una Biblia grande y de calidad a la que se agregaban páginas en blanco para que el primogénito varón de cada generación fuera registrando los nacimientos, matrimonios, fallecimientos y acontecimientos notables de la vida familiar.

—Anthony. —Le apretó las manos, libres ya de los lazos, y le acarició las muñecas, sintiéndose como el canalla que todo el mundo asumía que aún era.

—Anthony —susurró ella.

—Yo puedo resolver tu dilema, sin ir más lejos. Lo que buscas está en el estudio de Griffith. Acompáñame. —Anthony se dio permiso para tomarla de la mano. Le ayudó a superar la obvia reticencia de Amelia a invadir el espacio privado de Griffith.

La puerta estaba entreabierta. Anthony asomó la cabeza para comprobar si podrían molestar a Griffith. No había nadie en la habitación, así que la llevó tras él y la condujo hasta un par de sillones orejeros colocados en ángulo delante de la chimenea, con una mesita en medio.

—La guarda aquí. Tiene por costumbre leerla nada más despertarse por la mañana.

Amelia tomó el libro, encuadernado en cuero negro. Se sentó en uno de los sillones orejeros y se puso el ejemplar sobre el regazo. Abrió el pesado tomo y lo hojeó con cariño.

—Nunca he tenido una en mis manos —susurró. Anthony notó un puñetazo en el estómago que lo obligó a sentarse en el otro sillón al ver su sonrisa de veneración, de expectación. El rostro de Amelia era pura alegría.

—Es maravilloso oír las partes que el sacerdote lee en la iglesia, pero a menudo me he preguntado qué dice el resto. —Pasó la mano por el lomo, estampado en oro—. El ama de llaves de la casa de lord Stanford solía relatarme historias de la Biblia. —Sonrió al recordarlo—. Siempre me decía que me acordara de que había alguien más poderoso que el rey Jorge que me amaba.

Anthony sacó a relucir habilidades que había dejado latentes desde sus días de apuestas a las cartas y se obligó a sí mismo a relajarse y no decir nada. Amelia nunca había hablado de su infancia, por lo que no quería arriesgarse a que no quisiera revelar este atisbo de su joven vida.

❉ ❉ ❉

Amelia inspiró profundamente y se acomodó en el sillón. Anthony estaba esperando impacientemente a que contara más. Tal vez él necesitara conocer sus antecedentes antes de declarar sus serias intenciones.

—Mis padres no me querían. —Amelia hizo un gesto de dolor ante lo repentino de su propia afirmación y se cuestionó su intento de relatar su pasado. Podría ser demasiado para él, algo que incluso lo convenciera para que dejara de ofrecerle sus atenciones.

A pesar de todo, continuó. Era mejor saber ahora si su pasado lo ahuyentaría.

—Querían un varón. Mi padre despreciaba a mi tío y necesitaba un hijo para heredar el mayorazgo.

El orgullo les había impedido condenar a su hija al ostracismo. La educaron, la vistieron de acuerdo con su posición y la hicieron pavonearse ante sus amigos como una jovencita atractiva que algún día se emparejaría maravillosamente y sería digna de elogio en la comarca. Pero nunca la amaron. Nunca la mimaron ni abrazaron y ni siquiera la sacaron jamás a pasear.

—No eran malos padres —dijo encogiendo los hombros—. Sencillamente, no me amaban. Toda su atención se dirigía a intentar concebir un varón.

Al final, ese deseo acabó con ellos.

—Los médicos dijeron que los beneficios de bañarse en el mar podrían ayudar a mi madre a quedarse embarazada, así que planificaron inmediatamente un viaje, a pesar de que yo tenía unas fiebres terribles. Pararon en una posada de camino a Brighton. Hubo una discusión en la taberna de abajo y se declaró un incendio. El tío Edward llegó a los pocos días.

Le hubiera permitido que se quedara, pero no tenía intención de criarla como si fuera su hija. Amelia no deseaba seguir los pasos de Cenicienta como acompañante y sirvienta de sus hijas.

—La abuela me acogió, pero supuso una carga demasiado pesada para sus limitadas finanzas.

Amelia fijó la mirada en los dedos de los pies. Qué difícil resultaba admitir que nadie te quería, sobre todo estando sentada junto al hombre que deseabas que te quisiera por encima de cualquier otra cosa en el mundo.

—El vizconde me acogió, pero me dejó a cargo de su ama de llaves.

Recordar a la señorita Bummel siempre había hecho sonreír a Amelia, y esta vez no fue una excepción. La mujer le había echado un vistazo a la niñita perdida y la había hecho sentarse a la mesa de la cocina con un plato repleto de galletas y una gran taza de chocolate caliente por delante.

—La señorita Bummel lo hizo lo mejor que pudo, pero tenía mucho trabajo y yo solo diez años —continuó Amelia—. La seguía por todas partes. Era una mujer agradable. Incluso cuando las criadas quemaban la comida o rompían algo.

»Los demás criados hablaban mucho del vizconde y del daño que le hacía al título. Ella jamás lo hizo. Yo creía que era sencillamente por tratarse de una criada más importante, pero solía decir que Jesús le dictaba que tratara con respeto al vizconde, y así lo hacía.

La única vez que se quejó del vizconde fue cuando decidió enviar a Amelia a Londres.

—Cuando me marché a Londres, ella dijo que no estaría sola. Que Jesús me acompañaría a todas partes si dedicaba mi vida a Él. —Se encogió de hombros—. Ha estado bien saber que no estaba completamente sola, pero intuyo que hay algo más. —Deslizó de nuevo la mano por encima de la desgastada cubierta—. Nunca he tenido la oportunidad de cuidar de mí misma.

El libro le cubría todo el regazo, pero no le resultaba incómodo manejarlo. A medida que lo fue hojeando, las palabras comenzaron a bailar ante sus ojos y se dio cuenta de que los tenía húmedos—. ¿Por dónde empiezo?

—Griffith me dijo que empezara por el Evangelio según san Juan —susurró Anthony antes de levantarse y besarle la coronilla.

Y a continuación se fue. Amelia lo sintió marcharse. Había abierto su corazón para él y le había contado cosas que jamás había dicho a nadie. Y se alejaba. No podía culparlo. ¿Quién querría a alguien con semejante historia?

—Tiene razón. El Evangelio según san Juan es excelente para comenzar.

Amelia se volvió hacia Griffith.

Él cruzó la habitación y se arrodilló delante de ella.

—Quédate con este ejemplar. Puedo comprarme otro.

Amelia miró el libro. Durante años había sabido que Jesús estaba con ella y que Él le había prometido cuidarla, pero jamás había esperado recibir un regalo como este. Puede que hubiera perdido a Anthony, pero haber ganado una familia que la protegiera significaba mucho más.

—Gracias.

—No hay de qué. —Griffith sonrió—. Y si la señorita Bummel sigue trabajando en Harmony Hall, va a recibir un gran regalo.

Capítulo 13

Durante las siguientes dos semanas Anthony dejó de intentar evitar a Amelia en público. Mantenía toda la distancia que podía para dejar que ella tuviera la oportunidad de disfrutar de la sociedad como nunca había hecho, pero no se alejaba demasiado.

A modo de recompensa, ella sonreía con más frecuencia y ya no se sonrojaba tanto. Su confianza fue creciendo hasta que dejó de tener problemas al mirarlo. Los lazos que había añadido a sus vestidos para acostumbrarse a su hábito nervioso se balanceaban con libertad mientras bailaba.

Hasta esta noche. Anthony frunció el ceño al verla liarse los dedos con fuerza en los lazos. No tenía los ojos abiertos, no estaba fascinada, como siempre.

Definitivamente, algo iba mal. La gente llevaba hablando toda la noche y sus miradas habían sido más descaradas por momentos. Era imposible que los cotilleos de siempre fueran tan interesantes. Se devanó los sesos buscando algo que pudiera haber hecho recientemente que sirviera de fuente de inspiración para una charla tan ávida.

Fuera lo que fuese, si su nombre estaba implicado, su pasado con toda seguridad también lo estaría. Amelia se enteraría.

Y entonces ella no querría tener nada que ver con él.

Anthony se escondió en un rincón tras la mesa de los refrescos, una compañía no muy apropiada, pero era incapaz de marcharse. A pesar de las macetas que lo tapaban, Griffith lo localizó.

—Tenemos un problema.

Si Griffith consideraba que tenían un problema debía de ser muy grave. Y personal. Nada enfurecía a Griffith, excepto los problemas relacionados con su familia. Anthony tomó el vaso de limonada que le ofrecieron y apoyó un hombro contra la pared, intentando parecer desenfadado.

—Parece que hay personas que se preguntan si Amelia es o no verdaderamente mi protegida.

Anthony tomó un sorbo de limonada y miró a las parejas que se arremolinaban mientras notaba que la sangre le subía a la cabeza. Pensó en varias posibilidades, pero inspiró profundamente y las desechó. De nada servía sacar conclusiones precipitadas.

—Tonterías. ¿Qué podría ser si no?

—Lord Howard ha insinuado que Amelia podría ser hija ilegítima de mi padre.

Anthony se quedó petrificado con el vaso a un palmo de los labios. Esa posibilidad nunca se le había pasado por la cabeza.

—Ningún ser inteligente creería que tu padre tuvo una aventura, y mucho menos un hijo ilegítimo de ella. Todo el mundo sabía que tus padres se adoraban. Hasta yo lo he oído.

—En cualquier caso... —dijo Griffith, pero parecía no saber qué expresar a continuación. No tuvo oportunidad de descubrirlo antes de que lord Geoffrey Chester apareciera dando un tropezón con el que casi arranca la cortina que había atada a la pared.

Lord Geoffrey había bebido a base de bien, como parecían indicar los vapores que emanaban de su boca sonriente. Anthony volvió la cabeza para inhalar aire fresco.

—Te aplaudo, amigo mío. —Lord Geoffrey levantó un dedo y señaló a Anthony—. Pensaba que te habías ablandado en el campo, pero esto es magistral. ¡Una amante en los salones de baile londinenses!

Anthony notó que Griffith le clavó los ojos como si fueran dardos. No se atrevió a cruzar la mirada con él. Si percibía reprobación o convicción en la mirada de su amigo... No, lo mejor sería seguir dirigiéndose al pomposo charlatán que amenazaba con arruinar su intento de reconstruir su reputación.

Había tenido mucho cuidado. ¿Cómo podía alguien pensar que estaba dando asilo a una amante?

Anthony pensó en la posibilidad de darle un puñetazo a lord Geoffrey, pero eso probablemente lo dejaría inconsciente en el suelo y no podría sacarle más información. En vez de eso levantó su vaso y tomó otro pequeño sorbo de limonada.

—¿De qué estás hablando?

Lord Geoffrey se volvió hacia Griffith y se rio.

—He de decir, no obstante, que jamás imaginé que tú formarías parte de alguno de sus libertinos ardides.

Anthony casi pudo saborear el *whisky* que emanaba el aliento de lord Geoffrey cuando se acercó un poco más a él.

—Dime, muchacho, ¿de veras lloró en la ópera? ¿Te has buscado a una blandita? —Lord Geoffrey agarró la limonada de Anthony y bebió un trago. Tosió fuerte y frunció el ceño antes de volver a poner el vaso en las manos de Anthony con un gesto brusco—. Eres un cabeza de chorlito, Raeoburne. ¿Acaso no sabes que el brandi bueno está en la sala de naipes?

Anthony colocó su vaso en una repisa cercana tratando de encontrar las palabras adecuadas. Había estado en la ópera solo una vez desde que volviera a Londres. Sí, Amelia había llorado, pero eso había ocurrido hacía semanas, antes de que nadie en la sala supiera de su existencia.

Lord Geoffrey dio una palmadita en el hombro a Anthony antes de tropezar y hablarle por encima.

—No estoy seguro de qué pretendes, pero para el resto de nosotros es muy entretenido.

Anthony le dio la espalda al atestado salón.

«¿Quién habría empezado semejante rumor?». Daba por sentado que no podía proceder de un hombre que no era capaz de distinguir entre el brandi y la limonada.

—Tenemos que salir de este rincón. —Griffith se arregló las mangas del abrigo y pasó un dedo por debajo de su corbata—. Escondidos detrás de las plantas no vamos a enterarnos de nada.

❋ ❋ ❋

Amelia bailaba de forma mecánica con la mente ocupada, como solía sucederle, en Anthony. Esta noche parecía estar desanimado. Su compañero de baile mencionó algo sobre el tiempo. ¿Por qué siempre hablaban del tiempo?, ¿acaso a otras damas les parecía fascinante hablar de la temperatura y de la cantidad de nubes? A ella desde luego que no.

La noche entera había sido extraña. La mayoría de la gente o la había acogido calurosamente o había sido indiferente a su presencia hacía pocas semanas, pero esta noche la pluralidad de los saludos eran fríos. Las damas solteras le habían hecho el vacío directamente.

Incluso su anfitriona, *lady* Mulberry, parecía insegura cuando Amelia llegó. De no haber sido porque iba del brazo de Griffith, Amelia se habría visto saliendo de la casa.

Tras la reverencia final del baile, aseguró que le estaba empezando a doler la cabeza y se dirigió al baño con la esperanza de encontrarse con Miranda por el camino. Tardó una hora en atravesar el salón debido a la enorme cantidad de gente que se negaba a abrirle paso o que fruncía el ceño hasta que ella decidía cambiar de dirección.

Qué voluble era el mundo que había anhelado. En una sola noche Amelia había sido condenada al ostracismo. Consideró la posibilidad de pasar el resto del baile en las cocinas. Al menos seguía gustando a los criados.

Amelia mantuvo alta la cabeza incluso mientras temblaba. Comportarse como si nadie estuviera arrastrando su nombre por el lodo era más difícil de lo que jamás hubiera imaginado.

Los susurros le llegaban de todas partes. Incluso procedentes de personas que ni siquiera conocía. Algunos estaban sorprendidos de que se hubiera dignado a hacer su aparición. Otros cuestionaban el gusto de su anfitriona por dejarla entrar.

Justo cuando encontró a Miranda, un grupo que pasaba soltó entre dientes una audaz calumnia sobre el honor de Amelia.

Miranda cerró los puños.

—La próxima persona que se atreva a abrir la boca para difamarte sabrá lo que es mi ira.

Amelia agradeció sus ganas de defenderla, pero ¿qué podía hacer ella?

—¿Pretendes enfrentarte a alguien?

Miranda se encogió de hombros.

—Podría arrancarle el pelo. Eso serviría de mensaje.

Cuando oyeron el siguiente comentario despectivo, Amelia sacó a Miranda a empujones del salón para no comprobar que lo que había dicho era cierto.

—¿Adónde vamos? Esa despreciable se merece una buena reprimenda. Tu tutor es un duque. No se calumnia a la protegida de un duque. —Miranda tropezó con Amelia cuando caminaban por el pasillo.

—Necesito un sitio en el que poder respirar. —Amelia obligó a Miranda a entrar en el baño de señoras, donde dos jóvenes estaban intentando limpiar una zapatilla rosa pálido.

—¡Champán sobre mis zapatos! ¡Están completamente destrozados!

La otra joven dejó de mirar el zapato sucio y dijo:

—¿Cómo ha podido ocurrir? Está empapado.

—Estaba tomando un vaso de la bandeja y de repente se inclinó. El sirviente agarró todos los vasos, pero media bandeja de champán se derramó justo delante de mí —dijo la muchacha haciendo pucheros mientras se subía un poco la falda.

—Es una suerte que no te hayas manchado el vestido. Habrías tenido que marcharte a casa.

Las dos miraron a Amelia y a Miranda, de pie en la entrada. La de rosa, que le había dicho antes a Amelia que la había calado a pesar de su disfraz de mujer inocente desde el principio, agarró el zapato mojado y salió de la habitación. La otra la siguió apresuradamente.

Solas en el baño, Amelia y Miranda se tomaron un tiempo para rezar y respirar. El Señor las ayudó haciendo que no viniera nadie durante veinte minutos y calmándoles los ánimos.

—Podríamos irnos —dijo Miranda.

Amelia sacudió la cabeza.

—No. No los he necesitado antes ni los necesito ahora, pero me niego a esconderme. Por fin siento que sé quién soy y no permitiré que ellos me quiten eso.

Miranda asintió con la cabeza y ambas volvieron al salón de baile tomadas del brazo.

La pista de baile estaba mucho menos concurrida de lo normal. Todo el mundo había formado grupos alrededor masticando el exquisito chisme. Amelia no sabía qué hacer, así que se mantuvo cerca de la puerta, aferrada a la idea de que no les permitiría que la ahuyentaran. Una solterona amargada que había dicho que Amelia era una prostituta pasó por su lado gimoteando por culpa de unos goterones de cera de vela derretida que le habían caído sobre el pelo. Nadie de su grupo entendía cómo había podido pasar. Amelia miró a su alrededor. ¿A alguien se le había ocurrido preguntarle a la pequeña doncella que sonreía en un rincón mientras colocaba velas nuevas en los candelabros? Seguramente ella debía saberlo.

—Todavía podemos irnos —susurró Miranda.

—Tal vez sería lo mejor —dijo Amelia tragando saliva con fuerza.

❀❀❀

—¿De veras la enseñaste a bailar? —Griffith apoyó un hombro contra la pared al volver a reunirse con Anthony en el rincón.

—Fue una idea magnífica en su momento —gruñó Anthony—. Pasé dos horas ininterrumpidas en su compañía.

—Querrás decir dos horas «inapropiadas» —Griffith sonrió—. Debería pedir las pistolas.

—Harías ganar una bonita cantidad de dinero a lord Howard.

Anthony echó un vistazo al salón de baile. Llevaban toda la noche haciéndose preguntas y ni siquiera estaban cerca de solucionar el problema. La élite londinense estaba formando pequeños grupos por la sala, todos con las cabezas pegadas, sin duda hablando de él o de Amelia.

Avanzó unos pasos hacia la mesa de los refrescos y agarró un petisú antes de regresar al rincón. Le sirvió de excusa para quedarse de pie. Griffith eligió un vaso de limonada.

Trent se acercó con ambas cejas levantadas. Llevaba las manos agarradas a la espalda mientras caminaba, aparentemente sin una intención concreta, pero se las arregló para llegar hasta donde estaban ellos en un momento.

—¿Qué contemplamos mirando el salón con la cara enfurruñada?

Anthony lo conocía lo suficiente como para percibir la tensión que escondía tras su aparente naturalidad.

—Estoy tratando de indagar quién me desprecia tanto como para estar vigilándome.

Griffith dio un sobresalto.

—¿Qué te hace pensar eso?

—La gente está hablando de cosas que no debería saber. Un imberbe me preguntó si suelo permitir que mis amantes me limpien la casa. ¿Cómo puede alguien enterarse de eso?

—No ha habido suerte intentando averiguar de dónde proceden los rumores. —Griffith levantó la copa y se la acercó a los labios, pero se dio cuenta de que estaba vacía.

Anthony escondió una sonrisa mientras Griffith intentaba disimular su metedura de pata colocando la copa sobre la bandeja de un criado que pasaba.

—Nadie lo va a admitir, pero un desmesurado número de personas se ha enterado de cosas por *lady* Helena.

—No es ella —dijo Trent con seguridad—. Al menos, no la primera fuente de información. De haber sabido qué día había regresado Anthony a la ciudad, ella habría buscado alguna excusa para verlo.

Griffith asintió con la cabeza.

—No ha ocultado su deseo de contraer matrimonio contigo. Por eso rechazó a lord Henry el año pasado. Ella puede haberse enterado de lo de la ópera, pero no estaba vigilando tu casa cuando llegaste.

Los tres hombres continuaron apoyados en la pared del salón de baile, mirando con diferente intensidad a cualquiera que se les acercara. Aquel puesto tras la mesa de los refrescos les permitía ver sin obstáculos a un gran número de personas, entre ellas a *lady* Helena.

Había un criado cerca con una bandeja llena de copas de champaña. Al pasar *lady* Helena por su lado, el criado le pisó el dobladillo del vestido de gala y la hizo tropezar. Se intentó agarrar al brazo de un admirador cercano, pero él se dio la vuelta para aceptar un pastel de hojaldre que le estaba ofreciendo otro criado. Al no tener ningún obstáculo que la detuviera, *lady* Helena cayó de bruces sobre la ponchera.

Trent dejó de apoyarse en la pared.

—Parece ser que estaba equivocado.

—¿Sobre qué? —preguntaron simultáneamente Anthony y Griffith.

Trent sacudió la cabeza como si quisiera salir de un trance.

—Amelia me dijo una vez que los chismes entre sirvientes son peores que entre los miembros de la alta sociedad porque ellos sí saben. Lo saben todo.

—Y los sirvientes adoran a nuestra Amelia —dijo tranquilamente Anthony. Vio como *lady* Helena aceptaba disculpas entre un buen puñado de risas mal disimuladas. Soltó un exabrupto.

Griffith pestañeó.

Anthony hizo un mohín.

—Pido disculpas. Son las viejas costumbres, ya sabéis.

—¿Qué hacemos ahora? —preguntó Trent.

Anthony se frotó la cara con la mano enguantada. Se le ocurrían múltiples formas de vengarse, pero ninguna que estuviera dispuesto a admitir ante Dios. ¿Qué hacer ahora? Buena pregunta.

Capítulo 14

—Deberías haberla obligado a quedarse en casa —se quejó Anthony. Él, Trent y Griffith seguían apoyados en una pared del salón de baile intentando decidir qué hacer ante los constantes chismorreos. Los rumores habían pasado a ser ridículos y parecía que no iban a acabar nunca.

Griffith gimió.

—Odiaría ver en qué se convertiría mi casa si Amelia viviera disgustada bajo mi techo. Los criados se rebelarían. No cabe duda de que me pondrían gachas para cenar, llevaría agujeros en las camisas y usarían las velas de sebo más malolientes que fueran capaces de encontrar.

—Los criados colocaron las sillas de los salones de forma que ella pudiera sentarse a ver la gente pasar. —Trent se rio.

La imagen mental hizo sonreír a Anthony, pero no le levantó el ánimo.

—Entonces, deberías haberle dicho que no bailara.

Griffith y Trent vieron que Anthony miraba la pista de baile.

—Hay tipos peores que el señor Bentley —dijo Trent.

—Sí, pero esos tipos no me han acorralado para preguntarme si he terminado de cortejar a Amelia, como ha ocurrido antes.

Griffith hizo una mueca de dolor.

—Tal vez debería ir.

Anthony sacudió la cabeza.

—Iré yo. Vigila a *lady* Helena. Puede que le haga daño si me quedo aquí.

❀ ❀ ❀

—Cuánto chisme... qué lío tan espantoso.

Amelia ya se estaba arrepintiendo de haber aceptado bailar con el señor Oliver Bentley. Le había parecido una buena forma de entretenerse, pero ya no estaba tan segura.

—A pesar de mi bajo rango, tengo el bolsillo bien hinchado.

Aquella conversación tan estrambótica hizo que echara de menos hablar sobre la posibilidad de que lloviera. ¿Debería felicitarlo por su proeza económica?

—Como ya se ha destapado el engaño, pronto van a tener que dejarla marchar. Poseo una casa muy cerca de Piccadilly, muy discreta.

Las parejas que estaban alrededor aguantaron la respiración.

Amelia miró en torno a ellos y se quedó atónita al ver a Anthony al filo de la pista con los puños cerrados a ambos lados. ¿Qué estaría haciendo? Llevaba toda la noche evitándola.

—Caballero —Amelia intentó mostrarse tranquila a pesar de que tenía el corazón que parecía que iba a romperle las costillas—, creo que estamos entorpeciendo el baile. —Odiaba parecer estúpida, aunque lo hiciera de forma deliberada, pero la única alternativa que le quedaba era escupirle a este hombre a la cara. No quería dejar de gustarse a sí misma al día siguiente.

Pero el hombre continuó.

—Ha alardeado demasiado de usted en público como para mantenerla si desea casarse.

Las parejas que estaban bailando a su lado se detuvieron y los miraron boquiabiertos. Ella odiaba la hipocresía. Seguramente aquellas personas habían estado destrozando su reputación esa misma noche. Como se habían parado, todo el grupo se detuvo, lo cual provocó que Amelia no tuviera adónde ir.

—Vaya —dijo mirándolos a todos—, parece que el baile se ha acabado. Adiós.

Desesperada por salir de allí, comenzó a caminar, pero no tenía ni idea de adónde dirigirse. Anthony apareció y la tomó por el brazo para escoltarla

❦300❦

hasta la terraza. Una vez fuera, Amelia se soltó del brazo y se apoyó sobre la balaustrada.

—Qué hombre tan insoportable.

—Lo siento, Amelia —susurró Anthony.

Parecía torturado. ¿Aquellos chismes lo habían angustiado tanto, entonces? ¿Cómo podía ser? Aquel hombre había alimentado durante años la fábrica de murmuraciones sin ayuda de nadie.

—Debería llevarte dentro de nuevo. Solo quería sacarte de ahí, pero aquí fuera...

Amelia lo interrumpió sacudiendo la cabeza.

—Dentro de un rato. Creo que necesito aire. Y espacio.

Él se acercó y apoyó las manos sobre los hombros de ella.

Amelia miró hacia abajo, con las mejillas levemente sonrosadas de placer. Anthony, con un nudillo, la obligó educadamente a levantar la cabeza.

—Eres una mujer maravillosa. Pura, inocente, amable, educada. Ahora mismo, ahí dentro, hay personas diciendo cosas horribles de ti y aun así sonríes. Ese hombre... —Anthony se detuvo un momento para recuperar la compostura—. Estabas en todo tu derecho de haberlo dejado plantado en medio del baile, pero lo terminaste. No lo entiendo. Quiero acabar con él y con cualquier otra persona que piense mal de ti. En cambio tú... Jamás he visto mayor demostración del amor de Dios. Te admiro más de lo que soy capaz de expresar y te mereces el mejor hombre del mundo.

Amelia contuvo la respiración. Jamás había esperado formar parte de la sociedad londinense ni tener una familia. Si por ella fuera, la sociedad podía saltar al Támesis ahora que había encontrado una. Sería perfecto que el hombre que tenía delante sintiera lo mismo por ella.

El apasionado discurso de Anthony le infundió esperanzas. Sí, eso era. Anthony iba a asegurarle que la amaba a pesar de los duros tiempos que se avecinaban.

—Yo no soy el mejor hombre del mundo.

Amelia jadeó y los ojos se le llenaron de lágrimas. Se suponía que él quería protegerla, casarse con ella y llevársela consigo a su casa de campo, alejados de los rumores.

—Si yo fuera un hombre como Griffith, conocido por su rectitud y moralidad y todo lo que caracteriza a un caballero, esos chismes no tendrían credibilidad. Esto me ha hecho comprender que no soy el tipo de hombre que mereces.

A Amelia le subía y bajaba el pecho, agitada, y el aire que respiraba le quemaba la garganta. Sacudió la cabeza. Anthony le apretó más fuertemente los hombros y por fin lo miró a la cara. El dolor que vio en los ojos de él le llegó al alma.

—Te dejaré tranquila —le dijo él susurrando—. Los chismes terminarán desvaneciéndose. Griffith seguirá manteniéndote y acabarás encontrando a un hombre que te merezca.

La primera lágrima se deslizó por la cara de Amelia, que no pudo hacer nada para detenerla. Él la siguió con la mirada hasta que cayó sobre una piedra. Ella luchaba por encontrar las palabras adecuadas, por mantener la compostura.

—No me enorgullezco de haber sido quien he sido, Amelia. No puedo permitir que mi pasado afecte a una vida a tu lado. Lo lamento.

—¡Tu pasado no significa nada para mí! —Las palabras salieron de su pecho como si alguien se las hubiera arrancado mientras él se volvía para marcharse.

Anthony, despacio, se puso frente a ella.

—¡Ellos saben quién era yo antes —sacudió el brazo señalando el salón de baile— por eso se han inventado esta historia! Es culpa mía que te hayan insultado de una forma tan atroz.

—No eres más responsable que yo de lo que ese hombre haya dicho. No puedes culparte de los actos de los demás.

Anthony la miró fijamente, inmóvil.

Tras su brillante mirada herida Amelia sentía que tenía todo el amor que ella necesitaba. Debía hacerlo entrar en razón. Anthony dejó de contemplarla y de prestarle atención.

Ella lo tomó de las manos, desesperada por hacerle comprender.

—Has entregado tu vida a Jesús. Todos tus pecados están perdonados. Lo leí en la Epístola a los romanos. ¡Eres tan puro como yo! —Lo agarró por los brazos con todas sus fuerzas—. No me importa lo que hayas hecho antes. ¿No sabes que ya lo he oído todo sobre ti? No solo se trata de que estén difamándome ahí dentro. El hombre del que están hablando no es el que está delante de mí.

Anthony le tomó la cara con las manos y le acarició las mejillas con los pulgares. Su mirada perdida comenzó a desaparecer. ¿Estaría viendo la luz? ¿Estaría ella haciéndole entender? Sin avisarla, deslizó una mano por su cuello y se inclinó para besarla. El beso fue fugaz, pero ella se aferró a la cálida conexión que sintieron. Saboreó sus propias lágrimas en los labios de él.

Anthony se obligó a separarse. La angustia volvió a aparecer en su rostro.

—No tenía ningún derecho a hacer eso, Amelia. Lo siento. —Dio un paso atrás—. Puede que no distingas a ese hombre, Amelia, pero ese hombre sigue al acecho en alguna parte, dentro de mí. Lo veré en el espejo cada vez que recuerde este momento.

Se volvió y salió volando escaleras abajo hasta llegar al jardín.

❀ ❀ ❀

¿Cómo era posible que se marchara? Amelia se quedó en la terraza abrazándose a sí misma. Así permaneció hasta que se le secaron las lágrimas. Cuando la conmoción fue desvaneciéndose apareció en su lugar un sentimiento de rabia. Si no sintiera nada por ella, habría aceptado que la rechazara, incluso se lo habría agradecido. Pero poner como excusa su pasado era inaceptable.

La música flotaba en el ambiente nocturno, lo que le recordó el torbellino de personas, de ambiciones y de mentiras. ¿Por qué había anhelado ese mundo?

—¡Por fin te encuentro! —Miranda entró a toda prisa en la terraza y abrazó a Amelia. La arrastró hasta una zona a la que llegaba la luz de una ventana de la planta superior. Con el ceño fruncido parecía estar triste, pero no lo bastante como para que a Amelia le importara lo mucho que las lágrimas le habían desfigurado el rostro.

—Vamos. —Miranda la obligó a entrar por una puerta lateral y se metieron en el baño—. ¿Qué ha ocurrido?

—Se ha ido. —Amelia aguantó las ganas de volver a llorar—. Los detalles carecen de importancia. ¿Sería posible que nos fuéramos a casa?

—Todo el mundo vio a Anthony salir contigo ahí fuera. Él no ha vuelto a aparecer, así que debes hacerlo tú.

Miranda le ofreció un pañuelo húmedo.

—Límpiate la cara antes de que regresemos.

Amelia se limpió las marcas de las lágrimas en las mejillas.

—Gracias.

El apoyo tácito de Miranda la conmovió. Si fuera necesario, aquella mujer pondría en juego su propia reputación por estar con ella.

Se merecía algo mejor. Griffith, Trent y Caroline se merecían algo mejor. Hasta la señora Harris y Fenton se merecían algo mejor, porque quién sabía lo que estarían pasando los criados con todo este lío.

No hicieron alarde de esconderse al regresar al salón de baile. Cuanta más gente viera juntas a Miranda y a Amelia, mejor. Pero ninguna de las dos tuvo en cuenta que una de esas personas sería *lady* Helena.

—¿Aceptando su soltería, *lady* Miranda?

Miranda se puso tensa y pellizcó los huesos de la mano de Amelia.

—¿Disculpe?

Lady Helena dirigió una fría mirada a Amelia.

—Considérelo una amistosa sugerencia de alguien que pasa un poco más de tiempo en la pista de baile que usted. Es importante saber con quién se anda.

—Entonces debería marcharme antes de que alguien se dé cuenta de con quién estoy hablando.

El aire salió silbando entre los dientes de *lady* Helena mientras sostenía la mirada a Miranda.

—Con cuidado, *lady* Miranda. Tengo los oídos de muchas reputadas jovencitas bien informados. ¿Sus hermanos aún no se han casado? He avisado a todas de lo que significaría relacionarse con esta..., quiero decir, con ella. —Arrugó la nariz—. Tal vez debería prevenirlas del carácter que tiene toda la familia.

Amelia no pudo soportarlo más. Había perdido a Anthony, pero no pensaba perder también a su familia. Recordar las caras circunspectas de Griffith y de Trent cuando se había cruzado con ellos unos momentos antes le dio fuerzas. Se adelantó y le dio un último apretón a Miranda en la mano antes de soltarla.

—Creo que no hemos sido debidamente presentadas. Permítame arreglar eso. Soy la señorita Amelia Stalwood, la protegida del duque de Riverton.

—Sé quién es usted —se mofó *lady* Helena.

Amelia levantó las cejas.

—Le pido disculpas. He asumido que usted creía que yo era una mujer de baja moral y carácter malvado.

—Como le he dicho, sé quién es usted.

Llegados a ese punto alguien había visto el enfrentamiento y varias personas empezaron a congregarse a su alrededor. La oportunidad de sacar a relucir la verdad no se le volvería a presentar jamás. «Señor, ayúdame a proteger a mi familia».

Se sentía muy tranquila. Rogó a Dios que le diera las palabras adecuadas.

—La compadezco. —Amelia parpadeó, sorprendida de sí misma al darse cuenta de que había dicho la verdad. Compadecía a *lady* Helena, que debía de estar desesperada para tener que comportarse de aquella manera.

Lady Helena entrecerró los ojos.

—No soy yo quien jamás podrá volver a hacer su aparición en Londres. Tengo el suficiente sentido común como para no andar revoloteando por ahí con un hombre como ese.

—Y a pesar de ello quería desposarlo.

La multitud, silenciosa hasta entonces, comenzó a reírse y a murmurar.

—Quería ser marquesa.

Los que estaban más cerca de ellas se quedaron sin respiración.

—*Lady* Helena —la voz de Amelia sonó muy baja, lo cual hizo que todos los espectadores que tenían alrededor se inclinaran hacia delante—, me da lástima de usted.

Cualquiera habría creído que Amelia acababa de escupirle en la cara por cómo todos se echaron hacia atrás, conmocionados.

—¿Qué acaba de decir? —*Lady* Helena ladeó la cabeza ligeramente mientras miraba a su oponente.

—Si esto es todo lo que tiene, me da usted pena. Sus estratagemas pueden haber herido al hombre al que amo, pero yo tengo algo más. Aunque usted consiguiera que yo no pudiera volver a entrar en un salón de baile, jamás me arruinaría la vida. Yo no le otorgo ese poder.

Amelia no estaba segura de qué pretendía enfrentándose así, ni siquiera había querido entrar en una batalla de voluntades en toda regla. Pero ahora que había disparado un cañón tan volátil, no podía hacer otra cosa que esperar a ver si había dado en el blanco o si la contratacarían.

Y no le importaba. Había terminado con *lady* Helena y ya estaba bien de doblegarse ante las opiniones de la aristocracia.

Dándole la espalda a *lady* Helena, se dirigió a los ávidos oyentes.

—Diré esto una sola vez por el bien de todos ustedes. Jamás me he comportado con nadie, sea hombre, mujer, niño, aristócrata, noble o sirviente, de ninguna manera que pudiera hacer daño a mi nueva familia.

Dio un paso hacia *lady* Helena y bajó la voz, pero tenía pocas esperanzas de que lo que iba a decirle quedara entre ellas. Los oyentes que les rodeaban estaban demasiado atentos a la conversación.

—*Lady* Helena, usted está tan soltera como yo. A pesar de todos sus planes y sus mentiras, todavía no ha logrado su objetivo. Tal vez vaya siendo hora de que cambie de estrategia. —Se dio la vuelta—. Buenas noches a todos.

Con la cabeza alta, se acercó a la multitud y esperó a que le abrieran paso.

Lo hicieron. Le despejaron el camino hasta la salida.

Cuando se fue de la habitación, estalló un ruido casi ensordecedor que llegó incluso a los pasillos. ¿Cómo podían entenderse unos a otros? De nuevo parecía no importarles. Tal vez solo les interesaba hablar sin ser escuchados.

Al dejar el salón detrás, parecía que Amelia también hubiera dejado atrás su coraje. Cuando llegó a la puerta principal estaba temblando.

Y allí se encontraban todos ellos. Miranda, Griffith y Trent, e incluso Caroline y lord Blackstone. Todos la abrazaron susurrándole palabras de aliento, aceptación e incluso amor.

Se apiñaron en el carruaje. A pesar de la oscuridad que suponía haber perdido a Anthony, Amelia vio un leve rayo de luz y esperanza sobre su futuro.

Capítulo 15

A la tarde siguiente Amelia estaba convencida de que todo el mundo en Londres debía haber perdido la cabeza. Desde el momento en que la primera enfermera había aparecido con el pretexto de comprobar si estaba bien de salud —estaba bastante pálida cuando se fue del baile la noche anterior—, el salón de Hawthorne House había sido testigo de un flujo constante de visitas.

Ella se había hecho a la idea de que recibiría muestras de apoyo por parte de un puñado de personas, pero jamás habría imaginado que oiría aquella sarta de injurias venenosas contra *lady* Helena Bell.

—Siempre he dicho que esa chica no acabaría bien.

—Le tiró los tejos a mi hijo el año pasado, él escapó por los pelos.

—Tenga por seguro que no recibirá una invitación a ninguna de mis reuniones. Les he dicho a mis amistades que deberían excluirla también.

—La culpa la tienen sus padres, la verdad. Esto es lo que ocurre cuando se mima tanto a un hijo. Se vuelven rencorosos y odiosos.

Solo con aquello una chica podría caer enferma.

Los hombres, que comenzaron a llegar a una hora más normal, no les fueron a la zaga.

—*Lady* Helena es insípida y no tiene vida comparada con el espléndido colorido de la suya.

—He escrito una oda a su espíritu y a su honestidad. ¿Le apetece que demos una vuelta y se la lea?

—¿Quiere casarse conmigo?

Griffith puso fin a aquella proposición llevándose a *sir* Craymore a la puerta con amabilidad, pero con firmeza.

—No creo que este sea el momento adecuado para hablar de eso. Le haré saber cuándo sería aceptable retomar su propuesta.

—Muy agradecido, excelencia. No me cabe duda de que estará ansioso por tranquilizar a la dama en tanto su popularidad esté en auge.

—Qué hombre tan pomposo —dijo Caroline cuando oyeron cerrarse la puerta principal—. Gibson, no recibiremos más visitas hoy.

Miranda señaló a Gibson.

—A menos que se trate de Anthony. —Se sentó en un brazo del sofá, olvidando el decoro, como prueba del agotador drama que había tenido lugar entre tazas de té en el cuarto de estar.

—Anthony no vendrá hoy de visita, te lo aseguro —susurró Amelia. Las lágrimas asomaron a sus ojos y le nublaron la vista—. Yo no quería esto.

Caroline y Miranda se volvieron hacia ella con mirada inquisitiva.

—No pretendía herirla. Solo quería... solo quería arreglar las cosas. Esto no está bien.

Caroline tomó una mano de Amelia y la frotó con las suyas.

—Querida mía, si la aristocracia está implicada en una situación, la figura del villano aparece siempre. En todas las historias tiene que haber un libertino. Si tú eres inocente, entonces ella debe ser culpable.

—Y lo es. —Miranda se encogió de hombros ante la exasperada mirada de su madre—. Anoche te ganaste la admiración de todos. Eso obliga a *lady* Helena a ser la canalla por haberse atrevido a hacerte daño.

—¿Cómo puedo acabar con esto? —Amelia desenredó los lazos del vestido sobre su regazo.

—Tal vez si Anthony quisiera volver... —suspiró Caroline.

—Amelia ha declarado su amor por él delante de medio Londres. —Miranda le dio un puñetazo a un cojín bordado—. Si no regresa es que es tonto.

Griffith volvió a entrar en la sala de estar y se dejó caer en un sillón orejero frotándose la frente y las sienes. Amelia sabía cómo se sentía. Ella también estaba intentando mantener a raya el dolor de cabeza que comenzaba a aparecer.

—Deseo marcharme —anunció Amelia.

Griffith dejó caer las manos y abrió los ojos, pero no hizo ningún otro gesto.

—Si no existe la posibilidad de que me vaya de verdad de Londres, ¿podemos decirle a todo el mundo que lo he hecho? Me quedaré en casa y nadie más lo sabrá.

Caroline empezó a protestar, pero Griffith la sostuvo por las manos para contenerla.

—Tengo una casa a las afueras de Londres. Todos saben que solemos retirarnos allí para tomar un respiro en plena temporada. Con un poco de suerte, *lady* Helena también se esconderá. Si ninguna está en la ciudad, la aristocracia acabará hablando de otra cosa.

❀ ❀ ❀

Anthony estaba mirando al techo sin fuerzas aún para levantarse de la cama. Los criados estarían probablemente revueltos todavía tras su llegada sorpresa a la finca en el campo la noche anterior. No lo esperaban hasta bien acabada la temporada.

Se dio la vuelta y le dio un puñetazo a una almohada.

—¿Por qué, Dios? —gimió. ¿Por qué Dios lo había hecho llegar tan lejos y se mofaba de él sobre algo tan importante? ¿Cómo podía un Dios bondadoso ponerle la miel en los labios y a continuación quitársela?

La respuesta se materializó como si el mismísimo Dios le hubiera hablado a Anthony al oído: «Yo no te la he quitado. Lo has hecho tú».

Se incorporó e instintivamente se cubrió el pecho desnudo con las sábanas. Saber que Dios estaba siempre presente era bien distinto a percibir que estaba a los pies de su cama. Entonces entendió la trascendencia de aquellas palabras. Dios no le había arrebatado a Amelia. Su propio egoísmo y sentimiento de culpabilidad la habían obligado a apartarse. ¿Cómo podía ser tan estúpido?

—Buenos días, milord. —El mayordomo entró con agua fresca, dispuesto a hacer las veces de ayuda de cámara. Harper estaría probablemente muy enfadado con él por haberlo dejado en Londres.

—¿Has hecho alguna vez algo tan absurdo que has acabado convencido de que, en lugar de cerebro, tienes un borrego metido en la cabeza?

El mayordomo se quedó helado y miró a su alrededor para ver si había alguien más en la habitación. Anthony se rio al darse cuenta de cuánto le había influido Amelia. No se había pensado dos veces comenzar una conversación con el mayordomo, que al parecer tenía muy serias dudas sobre qué responder.

—Le ruego me disculpe, milord.

Anthony balanceó las piernas sobre un lado de la cama y se frotó la cara con las manos.

—He cometido una estupidez. ¿De veras creía que iba a salvarla abandonándola?

Chalmers se aclaró la garganta.

—¿«La», milord?

Anthony asintió con la cabeza.

—La dejé allí, en la terraza, como un cobarde. Plantarle cara a Bentley estuvo bien hasta cierto punto, pero debería haberlo hecho en el baile en lugar de en el exterior de su casa.

—Mmm... por supuesto, milord.

—¿Cómo puedo haberme comportado como un alcornoque?

Anthony metió los brazos en la bata como si fueran dos estoques y comenzó a caminar mientras se ataba el lazo a la cintura.

Pasaron unos momentos. Chalmers tenía aspecto de querer salir corriendo, y la verdad era que Anthony no podía culparlo. El mayordomo debía de estar pensando que su amo se había vuelto loco.

—Si me permite el atrevimiento, señor, creo que usted podría estar enfrentándose a esto de una manera equivocada.

Anthony le hizo un gesto para que continuara. Chalmers se aclaró la garganta.

—No es una cuestión mental. No existe una razón lógica. No sé qué ha hecho, señor, pero no parece tratarse de algo cerebral, sino de un asunto del corazón.

Anthony asintió con la cabeza.

—Entonces concéntrese en la verdad, no en la lógica. Deje de intentar averiguar el porqué y busque el qué.

Anthony se quedó en silencio, atónito. Tenía un mayordomo muy profundo. Cuando las cosas se calmaran iba a tener que convertir en costumbre hablar con este hombre.

—Lógicamente —empezó Anthony paseando de nuevo por la habitación—, volvería a caer en mis viejos hábitos y costumbres y sería la persona que ellos creen que soy. Lo cierto es que he cambiado.

Chalmers tiró de la campana y comenzó a elegir la ropa del vestidor asintiendo para dar a entender a Anthony que seguía atento a sus divagaciones.

—No tiene sentido, porque fue obra de Dios, no mía. —Anthony se asomó por la ventana y miró sus tierras. Chalmers añadió una camisa a la ropa que estaba seleccionando mientras hablaba bajito con el criado que había acudido a la llamada—. Si Dios es capaz de aceptarme, ¿por qué ella no?

La voz volvió a sonar como un martillo en su oído: «Ella sí te acepta».

—Ella sí me acepta. —La voz de Anthony se apagó cuando comprendió la realidad. En el baile estaba demasiado consternado y cuando ella lo expresó no la oyó, pero su cerebro lo había almacenado para cuando estuviera preparado.

«Todos tus pecados están perdonados».

—Estoy perdonado —susurró.

Cruzó la habitación y agarró a Chalmers por los hombros.

—Tengo la oportunidad de empezar una vida nueva y ella está dispuesta a compartirla conmigo. Solo un estúpido dejaría marchar a una mujer como ella, Chalmers.

—Completamente de acuerdo, milord.

—Necesitaré un caballo fresco. Hoy no podría regresar a Londres con el mismo que traje. Y ropa. También necesitaré... —Se detuvo al darse cuenta de que Chalmers había preparado toda la ropa de montar.

—Están preparando el caballo en este instante, milord. —Chalmers sacó la navaja de afeitar—. ¿Podría sugerirle un buen desayuno antes de que se marche?

—Sí, desayuno. —Anthony estaba estupefacto. Nunca había comprendido cuánta razón tenía Amelia.

Las personas eran personas, independientemente de la clase a la que pertenecieran. Unas eran amables, otras inteligentes, y otras malas y mezquinas. Se vistió rápidamente y cuando salió del vestidor se encontró una bandeja con el desayuno preparado en su habitación.

Chalmers recogió las sábanas sucias y se dispuso a salir.

—Chalmers —lo llamó Anthony—, quiero encargarle algo para que lo haga durante mi ausencia.

—¿Cuál es el color favorito de ella, milord?

—¿Su color?

—Sí, milord. ¿Cuál es su color favorito? Si lo que desea es que me ocupe de disponer las habitaciones para la señora, vendrá bien saber cuál es su color favorito.

Impresionante. ¿Cómo se las había arreglado para contratar al mayordomo más listo del país?

—Rosa —dijo recordando lo encantada que estaba Amelia con su primer vestido de baile—. Le gusta el rosa.

Capítulo 16

La casa de las afueras de Londres era tranquila y acogedora, pero demasiado grande, en opinión de Amelia. La mayor parte de la familia parecía aliviada de haberse alejado de Londres. Incluso Trent se había apuntado al éxodo. Solo Georgina parecía estar amargada por culpa de la mudanza.

Su actitud primero había sido hosca, pero ahora había llegado a ser grosera. Incluso parecía enfadada. Amelia había intentado hablar con ella, dispuesta a hacer lo que estuviera en su mano por la familia que la había acogido, pero lo único que hacía Georgina era quedarse con la mirada perdida y ponerse sarcástica.

Para intentar evitar la ira de Georgina y la pena de Miranda, Amelia trató de echarse una siesta. Se pasó una hora mirando al techo sin poder dormir. A pesar de que el cielo amenazaba con lluvia pensó en darse una vuelta por el jardín. Tal vez animara a Trent a echar una partida de piquet.

Iba por el pasillo caminando con parsimonia.

—¡Amelia! ¡Amelia!

Movió repentinamente la cabeza. «Esa voz... ¿sería posible?». Corrió hacia las escaleras, con el corazón que se le salía del pecho, intentando ir más rápida de lo que sus pies le permitían. ¿Estaría soñando?

Llegó a la parte superior de las escaleras y divisó una figura andando por el recibidor.

Era él.

Jamás lo había visto tan desaliñado. Respiraba con dificultad y se pasaba las manos por el pelo.

Estaba más guapo que nunca.

Bajó las escaleras flotando, sin ser consciente de que sus pies tocaran los escalones.

—Amelia. —Respiró cuando se encontraron al pie de las escaleras.

La tomó en sus brazos, la apretó y la soltó al mismo tiempo. Le rozó la mejilla con los labios mientras le susurraba.

Ella no era capaz de distinguir las palabras porque le zumbaban los oídos, pero sabía lo que significaban.

La amaba. Haría cualquier cosa por ella.

Sus labios se encontraron y el corazón de Amelia percibió el calor directo. Saboreó algo salado. Anthony estaba llorando.

Él se apartó y apoyó su frente en la de ella.

—Te he echado de menos.

Amelia sonrió luchando por no llorar ella también.

—Yo también te he echado de menos.

Las carcajadas de él sonaron en todo el recibidor mientras la tomaba en brazos y le daba vueltas por la habitación.

—Qué estúpido he sido creyendo que podría alejarme de ti. —La volvió a dejar en el suelo, pero no se separó de ella—. Vengo de Hertfordshire. Cabalgué hasta allí la mañana después de dejarte en la terraza y todavía no llevaba un día cuando me di cuenta de que me había comportado como un alcornoque. Regresé a Londres y Gibson me dijo dónde estabas. Amelia, te quiero. Y cuando Dios bendice a un hombre haciéndole conocer a una buena mujer a la que amar, hay que hacerle caso. Supongo que lo correcto sería preguntarle a Griffith, pero te lo voy a preguntar primero a ti. ¿Quieres casarte conmigo?

—¡No!

Amelia se volvió al oír aquel grito y se quedó estupefacta al ver a Georgina en la puerta del salón temblando.

—¡No puedes casarte con ella! ¡Se supone que tienes que casarte conmigo! ¡Conmigo!

—¿Georgina? —preguntó Amelia con suavidad. Miró alternativamente a uno y otro. Los pocos pensamientos que la confesión de Anthony pudiera haber dejado intactos estaban ahora confundidos.

Él permanecía de pie, con la boca ligeramente abierta, tan sorprendido que no podía articular palabra.

Georgina retorció la cara de ira.

—Durante dos años has estado viniendo a Riverside Manor, y siempre he hecho cuanto estuviera en mi mano por demostrarte que podría convertirme en una magnífica marquesa. Todo iba perfecto hasta que le dijiste a Griffith que estabas buscando esposa. Le supliqué a mamá que me dejara salir. Se lo rogué porque sabía que si eras capaz de verme como mujer me elegirías.

—Georgina, yo... —Anthony se alejó de Amelia, pero sin soltarla de la mano. Con la mano libre intentó alcanzar a Georgina antes de retroceder.

—Pero no me dejaron salir. Así que intenté detenerte. Le conté todo a *lady* Helena. Ella tenía derecho a saber el error que estabas cometiendo al elegir a esta mujer. ¿No te das cuenta de que no reúne las condiciones para ser una marquesa? —Señaló a Amelia acusándola. Su mirada parecía un puñal y Amelia se estremeció—. Sabía que nunca te casarías con *lady* Helena. Pero se suponía que desecharías la idea de casarte con la protegida de Griffith y que esperarías un año más y entonces yo estaría allí y me elegirías.

—Georgina —dijo él en voz baja—. Amo a Amelia. —La soltó de la mano y se acercó un poco más a Georgina.

Pero la joven debió de darse cuenta de lo que había hecho, los secretos que había revelado, y empezó a temblar. Amelia sintió compasión por ella.

—¡Alejaos de mí! ¡Todos!

Amelia se dio la vuelta y vio que Miranda, Caroline, Trent y Griffith, incluso lord Blackstone estaban en el recibidor atraídos por el estrépito. Todos parecían incómodos ante tal confesión. Georgina se volvió y huyó por el salón hacia los jardines.

Anthony hizo ademán de seguirla, pero Caroline lo detuvo.

—Déjala marcharse. Tiene el orgullo herido, y el orgullo de una jovencita puede ser enorme. Podréis hablar cuando se tranquilice.

Se retiraron al salón a la espera de que Georgina volviera. Sin estar oficialmente comprometidos (después de todo, Amelia no había tenido oportunidad de responder a la proposición de matrimonio), Anthony se sentó junto a Amelia en el sofá sosteniéndole la mano.

Él sacudió la cabeza.

—No tenía ni idea. Siempre pensé que era la diablilla, la hermana pequeña. Jamás vi...

—Nosotros tampoco —dijo Griffith.

Anthony le dedicó una sonrisa irónica.

—Desgraciadamente, tengo un poco más de experiencia que tú. Si miro atrás me doy cuenta de que hubo algunas señales a las que no hice caso. Lo siento de veras.

Amelia se inclinó y tomó la cara de Anthony con las manos.

—Eres muy bueno echándote la culpa, creyéndote que tu pasado te da derecho a culparte de cualquier situación. Mira, yo le he hecho la cama turca[4] a mi institutriz, he metido escarabajos en el pudin de pasas y he mentido todo lo que he podido si he creído que así conseguiría captar la atención de mis padres. Eso, milord, es tan pecaminoso como lo que quiera que hayas hecho. Estoy aquí sentada, perdonada. Ya va siendo hora de que aceptes que tú también estás perdonado.

Anthony la miró a los ojos. Amelia no supo qué vio allí, pero fue suficiente para que el rostro de Anthony se iluminara.

—Tienes razón, amor mío. Ya es hora de que me perdone a mí mismo.

Alargó una mano y le apartó el cabello de la cara, se inclinó y rozó suavemente sus labios con los de ella.

Miranda suspiró.

Griffith se aclaró la garganta.

Caroline escupió al tragarse una carcajada.

Trent vitoreó.

Amelia se echó hacia atrás abanicándose sin éxito las mejillas, que tenía encendidas.

Anthony la besó en la frente y sonrió entusiasmado.

—Bueno, supongo que ahora tendrás que casarte con ella —murmuró Griffith.

Finalmente, Caroline fue a buscar a Georgina. Parecía una niña cuando apareció en el salón. La oferta de Amelia de hacerla dama de honor le hizo abrir los ojos atónita.

—¿Por qué razón harías algo así?

—Todo el mundo se merece una segunda oportunidad.

---

4   N. de la Trad.: Broma que consiste en hacer la cama con las sábanas dobladas de tal forma que, al meterse en ella, no caben las piernas.

Amelia no podía culpar a Georgina de intentar forjarse el mejor futuro posible, a pesar de que sus métodos fueran más que cuestionables. Haberse pasado toda la vida viendo que la gente tenía cosas que ella creía desear le hicieron compadecerse de la joven. Tal vez fuera el comienzo de una nueva relación entre ellas.

Sin embargo, al menor atisbo de sabotaje la sacaría de su vida.

Anthony acarició los nudillos de Amelia con el pulgar.

—Estoy deseando llamarte «esposa».

—Tendrás que esperar a que regresemos a Londres —dijo Georgina—. A pesar de mi falta de juicio, sé cómo funciona la alta sociedad. Si no queréis que los chismes os persigan toda la vida, la gente tiene que ver un noviazgo feliz.

Anthony gimió al ver que Caroline y Miranda estaban de acuerdo con la afirmación de Georgina.

—Pronto te olvidarás del aplazamiento. Esto será para siempre, después de todo.

Amelia le retiró el pelo de la cara a Anthony, encantada cuando se dio cuenta de que ahora tenía derecho de hacer eso.

—Para siempre. Si como me siento ahora es un indicio a tener en cuenta, viviremos felices toda la vida.

—Como mínimo, seremos bendecidos para siempre —añadió Amelia—. Porque si Dios no me concede nada más en esta vida, me habrá ofrecido a ti, y eso es mucho más de lo que jamás soñé.

Anthony la besó cuidadosamente, sin prestar atención a los gemidos que se oían en la habitación.

—«Bendecidos para siempre» suena muy bien.